Dochter van twee werelden

Eerder verschenen van Sarah Lark:

De vrouwen van Kiward-serie
Het land van belofte
Het lied van de wolken
De roep van het land
Een nieuwe wereld

De sterren van Matariki-serie
Het land met de gouden kust
De schaduw van de kauri-boom
De dag van de zonnewende

De Cascarilla Gardens-serie
Het eiland van duizend bronnen
Dochter van de mangroven

De vuurbloemen-serie
De tijd van de vuurbloemen
De zang van de hoornschelp
De legende van de vuurberg

Het nieuwe land-serie
Grote dromen
Goede hoop
Een moedig besluit

De geheimen van het winterhuis
Het familiegeheim
Alle sterren aan de hemel

Sarah Lark

Dochter van twee werelden

Vertaald door Corry van Bree

De Fontein

Eerste druk februari 2024
Dit is het eerste deel in de Ivy-serie

Oorspronkelijke titel *Ein kleines Stück von Afrika. Aufbruch*
Oorspronkelijke uitgever Bastei Lübbe AG

Vertaling Corry van Bree
Omslagontwerp bij Barbara
Omslagbeeld vrouw © Richard Jenkins Photography; achtergrond (savanne) © Shutterstock
Opmaak binnenwerk Crius Group, Hulshout
ISBN 978 90 261 6987 8
ISBN e-book 978 90 261 6988 5
ISBN luisterboek 978 90 261 6989 2
NUR 302

www.uitgeverijdefontein.nl

Uitgeverij De Fontein vindt het belangrijk om op milieuvriendelijke en verantwoorde wijze met natuurlijke bronnen om te gaan. Bij de productie van het papieren boek van deze titel is daarom gebruikgemaakt van papier waarvan het zeker is dat de productie niet tot bosvernietiging heeft geleid.

Wees zelf de verandering die je in de wereld wilt zien.
Mahatma Gandhi

Proloog

Londen, september 1900

Ivory Parkland Rowe was nooit bang geweest tijdens het spel 'Wie is er bang voor de zwarte man?' Eigenlijk vond ze het nogal onzinnig. Waarom zou ze bang moeten zijn voor iemand die ze nog nooit had gezien? Bovendien vermoedde ze dat die zwarte man helemaal niet bestond, net als zoveel andere dingen waarmee de nanny dreigde als ze ongehoorzaam was.

Ivory, die door de meeste mensen Ivy werd genoemd, was pas zeven maar had al een eigen wil. Dat beweerde haar moeder tenminste als Ivy nadacht en vragen stelde. Het klonk altijd enigszins verwijtend.

Daarom was Ivy heel verbaasd toen haar oudere zus Rosamond en zij op een middag mooie jurken moesten aantrekken om hun oom Richard te begroeten. Ivy – in een witte kanten jurk met een roze sjerp – en Rosamond – die een lichtblauwe jurk met donkerblauwe strikken droeg – stonden voor hun ouders te wachten. Oom Richard had een koffieplantage in het verre Afrika en had zijn nichtjes nog nooit gezien. Nu verbleef hij een paar dagen in Londen en kwam hij bij de Parkland Rowes op bezoek, maar hij was niet alleen.

Achter oom Richard, die veel op Ivy's vader leek, liep een jongen in vreemde kleding. Hij droeg een rode pofbroek en een wit overhemd met daaroverheen een zwart vest, maar het was nog verbazingwekkender dat zijn huid zwart was. Ivy geloofde het in eerste instantie niet. Had hij zich ingesmeerd met schoensmeer? Nee, zijn gezicht en handen waren schoon. Ivy kon haar ogen niet van de jongen afhouden terwijl hij na een handgebaar van oom Richard naast de deur ging staan alsof hij op verdere instructies wachtte.

Ze maakte met moeite een lichte reverence, maar nadat haar moeder haar met een duwtje had aangemoedigd, durfde ze in elk geval naar oom Richard, en dus ook naar de jongen, toe te lopen. Rosamond daarentegen was doodsbang door het uiterlijk van de jongen en verstopte zich achter hun moeder.

Die trok haar lachend tevoorschijn. 'Je moet het de meisjes maar niet kwalijk nemen, Richard. Ze hebben nog nooit een Afrikaan gezien.'

Oom Richard gebaarde naar de jongen. 'Ga naar buiten en wacht daar, boy,' zei hij tegen de jongen. 'Je maakt de meisjes bang.'

De jongen kreeg een blik in zijn grote donkere ogen alsof hij het er niet mee eens was, maar daarna maakte hij een buiging en ging naar buiten. Ivy begreep dat hij daar geen zin in had. Het regende al urenlang.

Nu maakte Rosamond eveneens een reverence, waarna ze naar de speelkamer terug mochten, waar de nanny met thee op hen wachtte.

Ivy bleef echter stiekem achter terwijl haar vader zijn broer hartelijk begroette. Haar ouders namen de bezoeker mee naar de salon en ze sloop achter hen aan en verstopte zich snel achter de deur. Misschien zou oom Richard iets over de jongen vertellen. Ze werd inderdaad niet teleurgesteld.

'Waarom heb je dat jongetje meegenomen?' vroeg Ivy's moeder. 'Reis je met je eigen bedienden?'

Oom Richard lachte. 'Hij is heel bruikbaar en maakt zich bijzonder nuttig, maar eigenlijk is hij van Grace. Ze is dol op hem en wilde hem per se meenemen naar Europa. Vandaag brengt ze echter een bezoek aan de hertogin van Brinkhurst en zij beweert dat ze allergisch is voor Indiërs en honden. Hij is duidelijk geen Indiër of hond, maar de hertogin heeft de neiging om te generaliseren, dus heb ik de jongen meegenomen. Het spijt me dat hij de meisjes heeft laten schrikken.'

'Is hij van je vrouw?' vroeg Ivy's moeder met een afkeurende klank in haar stem. 'Slavenhandel is toch verboden?'

'Je moet niet ieder woord op een goudschaaltje wegen, Hortense. Ik bedoelde er niets mee,' zei oom Richard verdedigend. 'Grace heeft hem min of meer gevonden. Ze steunt de missionarissen en is een keer met hen naar een Zoeloedorp gegaan, waar de jongen in de modder speelde. Ze zeiden dat hij een wees of een vondeling was en bij niemand hoorde. Ze zorgden duidelijk slecht voor hem en... nou ja... je weet hoe Grace is. Ze heeft een goed hart, dus gaf ze de inboorlingen wat geld en nam ze de jongen mee. Onze Afrikaanse kokkin zorgt voor hem en Grace speelt met hem als ze daar zin in heeft. Hij blijkt heel intelligent te zijn en spreekt uitstekend Engels. Grace is er zelfs van overtuigd dat hij kan leren lezen.' Hij lachte alsof dat iets heel bijzonders was.

Ivy was verbaasd. Lezen was helemaal niet zo moeilijk. Ze kon het zelf al en de jongen was veel ouder dan zij, zeker al tien of twaalf.

'Hoe heet de jongen?' vroeg Ivy's vader.

Oom Richard ademde hoorbaar uit. 'Het is onmogelijk uit te spreken en ik vergeet het steeds, maar hij luistert naar "boy". En laten we nu ergens anders over praten. Een compliment voor jullie dochters, ze zijn allerliefst. Vooral het jongere meisje. Een bijzonder charmant kind...'

Ivy glipte weg. Ze hoefde niet te horen hoe schattig ze was, dat zei bijna iedereen die haar sneeuwwitte huid, stralende blauwe ogen en blonde krullen zag. Wat een schatje, fluisterden de vrouwen altijd, vooral als ze kant droeg, zoals nu. Ivy wilde niet schattig zijn en was iets heel interessants van plan voordat ze werd gemist.

Ivy sloop via de hal naar buiten. De jongen moest hier ergens zijn. Uiteindelijk vond ze hem ineengedoken onder een erkerraam, waar het relatief droog was. Ze liep naar hem toe.

'Ben jij de zwarte man?' vroeg ze toen hij haar zag. Ivy viel altijd meteen met de deur in huis.

De jongen keek haar verbaasd aan. 'Ben geen man,' zei hij. 'Heb nog geen leeuw gedood.'

'Wat bedoel je?' vroeg Ivy.

'Mama Ayana zegt dat een jongen een man wordt als hij een leeuw doodt,' legde de jongen uit.

Ivy fronste haar voorhoofd. Ze betwijfelde dat hij de waarheid sprak. Haar vader verzamelde allerlei jachttrofeeën in hun landhuis, maar daar was geen leeuw bij. Toch was hij absoluut een man.

'Die arme leeuwen,' zei ze. 'Ben je altijd zo zwart geweest?'

Hij haalde zijn schouders op. 'Ik denk het wel,' antwoordde hij. 'Alle bedienden zijn zwart. Zo is het gewoon.'

Dat vond Ivy ook vreemd. Hun butler, dienstmeisjes en bedienden hadden dezelfde huidskleur als het gezin.

'Waarom draag je zulke vreemde kleren?' vroeg Ivy verder.

Ze was naast hem op de straatstenen gaan zitten, wat niet bepaald gunstig voor haar witte jurk was. Daar trok Ivy zich echter niets van aan.

De vreemde jongen haalde zijn schouders opnieuw op. 'Dat vindt mijn *missus* leuk,' zei hij. 'Mama Ayana zegt dat ik mijn *missus* dankbaar moet zijn.'

Ivy ging hier niet op in. 'Ik heet Ivory,' zei ze. 'Dat betekent ivoor.'

Hij lachte. 'Een olifantenslagtand,' bevestigde hij. 'Net zo wit als u bent, miss.'

Ivy schudde haar hoofd. 'Ik ben geen miss, ik ben Ivy. En jij...' Ze glimlachte stralend. '... jij bent Ebony. Ebbenhout. Mijn moeder heeft een doosje van ivoor en ebbenhout. Wil je het zien?' Ze stond op en stak haar hand naar hem uit. De jongen pakte hem voorzichtig vast en liet zich omhoogtrekken.

Ivy keek gefascineerd naar haar lichte hand in zijn donkere hand. 'We moeten wel stil zijn,' waarschuwde ze hem terwijl ze hem meenam naar de voordeur, die ze wijselijk op een kier had laten staan.

Het doosje stond in de hal en werd gebruikt voor bezoekers, die hun visitekaartje erin konden achterlaten. Het was prachtig. Ivy volgde de met ivoor ingelegde bloemenranken die in het ebbenhouten doosje waren verwerkt eerbiedig met haar vinger. Haar moeder had uitgelegd dat het intarsia heette.

'Ivoor en ebbenhout, net als wij,' zei ze en ze keek naar haar hand, die de jongen nog steeds vasthield. 'Mooi!'

Voordat haar nieuwe vriend iets kon zeggen, ging de deur naar de hal open.

'De volgende keer moet je Grace meenemen,' hoorde Ivy haar moeder zeggen.

Ze namen blijkbaar afscheid van oom Richard. Het volgende moment liepen ze de hal in. Ivy en de jongen schrokken toen Ivy's moeder hen ontdekte en een kreet slaakte.

'Wat is dit, boy? Wat doe je hier?' tierde oom Richard. 'Val je het meisje lastig?'

'Nee! Ik heb hem alleen het doosje laten zien...' begon Ivy uit te leggen.

De jongen onderbrak haar. 'Het spijt me, master Richard,' zei hij onderdanig. 'Het was buiten zo nat en...'

'Ik heb hem binnengelaten!' riep Ivy, maar niemand luisterde naar haar.

'Dit zal gevolgen hebben,' dreigde oom Richard. 'We hebben het hier straks over.'

'En jij gaat naar je kamer, Ivory!' Ivy's moeder had zich inmiddels vermand. 'Het is ongepast om met vreemde bedienden te praten en te pronken met de kostbaarheden die we in huis hebben. Dat verleidt die jongen alleen maar tot stelen.'

'Het spijt me,' zei Ivy.

Haar moeder aanvaardde de excuses welwillend, maar eigenlijk was Ivy's excuus voor de jongen bedoeld.

Hij keek niet op en volgde zijn meester met een gebogen hoofd naar buiten. Ivy hoopte dat hij niet te hard gestraft zou worden.

Tien jaar later…

1

Ivy neuriede terwijl de trein naar Londen het station van High Wycombe binnenreed, niet omdat ze per se in een goed humeur was, maar vooral om het geklets van haar zus en haar vriendinnen op het perron buiten te sluiten. Rosamond, Melissa en Diane waren zo opgewonden dat ze eindelijk van school mochten, dat ze onophoudelijk aan het praten waren. Hun gesprekken gingen eigenlijk al maandenlang over hetzelfde onderwerp: hun debuut tijdens het komende balseizoen. Het was juli en de debutanten werden pas in oktober aan het hof gepresenteerd, maar dat weerhield de meisjes er niet van om er urenlang over te praten. Meestal gingen de gesprekken over het dilemma van Rosamond, dat met Ivy te maken had.

Ivy was de jongste van de vier en ze hadden zojuist hun schooltijd op Wycombe Abbey, een gerenommeerd meisjesinternaat in Buckinghamshire, afgerond. Om beide dochters tegelijk naar het internaat te kunnen sturen, hadden hun ouders Ivy een jaar eerder en Rosamond een jaar later dan de meeste meisjes naar school gestuurd. Ivy was pas zeventien en Rosamond was al negentien, wat volgens de mening van haar schoolvriendinnen eigenlijk al te oud voor haar debuut was. Rosamond was bang dat hun ouders het dure en overdadige debuutseizoen van beide dochters eveneens wilden combineren. Daarom praatten ze er onafgebroken over of Rosamond misschien nog een jaar moest wachten tot Ivy achttien was, of dat Ivy's debuut vervroegd zou worden.

'Het zou verschrikkelijk oneerlijk tegenover Rosamond zijn als ze nog langer moet wachten,' zei Diane opgewonden. Ze trok net zo lang aan haar haar tot er een donkere lok loskwam uit het strenge kapsel dat hun school voorschreef. Vanaf nu zouden ze zich allemaal met mode in plaats van met de ouderwetse schoolregels bezighouden. Het had Ivy iedere ochtend verschrikkelijk veel tijd gekost om haar krullen in een knot te dwingen. 'Dan kunnen ze Ivy beter dit jaar laten debuteren.'

'Maar Ivy is nog een kind,' beweerde Melissa. Rosamond, Diane en zij trokken zich er niets van aan dat ze over Ivy praatten alsof ze er niet bij was. 'Ik vind haar nog heel onvolwassen.'

Melissa betaalde achteloos de kruier die haar bagage naar haar coupé bracht en op het bagagerek legde. Vlak daarna vertrok de trein.

Ivy rolde met haar ogen. Melissa was zelf net achttien geworden en was op school niet opgevallen vanwege haar buitengewone intelligentie. Haar scherpe oordeel was gebaseerd op verschillen in interesses tussen haar en Ivy. Terwijl Melissa het liefst kletste en zichzelf van alle kanten in de spiegel bekeek, bracht Ivy haar vrije tijd tussen de lessen graag door met een boek in de tuin van het internaat en ze vond het heerlijk als de dikke kater van haar huismoeder naast haar kwam zitten en haar gezelschap hield. Melissa en Diane maakten daar altijd grappen over.

'Waarover moet ze dan met de jonge heren praten?' ging Melissa verder. 'Over katten?'

De drie vriendinnen lachten.

Ivy liet zoals gewoonlijk alles aan zich voorbijgaan. Het kon haar niet veel schelen of ze dit jaar of volgend jaar zou debuteren. Ze beschouwde zichzelf absoluut niet als te onvolwassen of te onhandig om een keurige reverence voor de koning en de koningin te maken. Natuurlijk betekende de officiële presentatie aan het hof dat ze beschikbaar was op de huwelijksmarkt, maar ze hoefde zich tijdens haar eerste seizoen niet meteen te verloven.

Het pad van een jonge vrouw van haar sociale klasse was volkomen uitgestippeld. Iets anders dan een huwelijk kwam niet in aanmerking en Ivy zag geen reden om zich daartegen te verzetten. Ze was niet bang om als een oude vrijster te eindigen; tenslotte had ze van jongs af aan gehoord hoe mooi ze was met haar lichte huid, expressieve ogen en haar dat krulde als een engel van klatergoud. Vergeleken met Ivy's stralende uiterlijk leek alles aan Rosamond een beetje flets: haar ogen waren grijsblauw, haar haar was asblond en haar gezicht was vrij lang. Waarschijnlijk zou er eerder iemand naar Ivy's hand dan naar die van Rosamond dingen, maar Ivy twijfelde er niet aan dat ze uiteindelijk allebei zouden trouwen. De bruidsschat zou ook geen probleem zijn. De familie Parkland Rowe was rijk, ook al behoorden ze tot de lage adel. Hun goede relatie met het koningshuis hadden ze te danken aan de bijbaan van hun vader, die zich niet alleen met het beheer van zijn landgoederen bezighield, maar ook met import. Samen met zijn broer Richard handelde hij in koffie en thee uit de koloniën en hij had een uitstekende reputatie als theekenner, waardoor hij hofleverancier was geworden. In zijn kantoor hing een persoonlijke brief van de koningin waarin ze zich bijzonder lovend over de producten van zijn bedrijf uitliet.

Naast het herenhuis in Londen bezaten de ouders van Ivy en Rosamond een prachtig landhuis in Parkland Gardens in Sussex en Ivy verheugde zich erop om de zomer daar door te brengen. Als ze überhaupt al nadacht over haar toekomst als getrouwde vrouw, wilde ze trouwen met een landedelman met wie ze het grootste deel van het jaar op zijn landgoed kon doorbrengen. Ze deelde haar liefde voor de natuur met haar vader, die haar als kind al voor wandelingen en lange ritten had meegenomen. Vaak werden ze vergezeld door zijn jachtopziener, die Ivy altijd attendeerde op de vogelgeluiden die te horen waren en het wild dat ze soms zagen.

Ivy's vader, Edward Parkland Rowe, die door zijn vrienden meestal Ted werd genoemd, was een gepassioneerde jager en had graag gewild dat zijn dochters zich eveneens voor de jacht zouden interesseren, maar Rosamond was met tegenzin aanwezig bij de jachtpartijen en Ivy weigerde categorisch. Ze bedankte ervoor om prachtige herten of indrukwekkende wilde zwijnen te achtervolgen met de bedoeling ze te doden.

Als trofee in de jachtkamer van haar vader waren ze lang niet zo mooi en indrukwekkend als in vrijheid in de bossen. Geweien en opgezette dieren maakten Ivy eerder verdrietig.

Nu keek ze verveeld uit het raam van de trein die de voormalige leerlingen van High Wycombe naar Londen bracht en ze besloot om de tijd te doden met een boek. Natuurlijk was het onbeleefd om zo duidelijk te laten merken dat het gesprek van de anderen haar niet interesseerde, maar ze zou Diane en Melissa deze zomer nog vaak genoeg moeten verdragen. Hun ouders hadden tenslotte ook zomerhuizen op het platteland. Ze verdiepte zich in de reisdagboeken van de Weense schrijfster Ida Pfeiffer, die vier continenten had bezocht en levendig over de mensen en dieren uit vreemde landen schreef.

Na een uur kwam de trein aan op Victoria Station, waar de koetsen van de families op de vier jonge vrouwen wachtten. Rosamond, Melissa en Diane namen zo uitvoerig afscheid alsof ze elkaar nooit meer zouden zien, terwijl Ivy ervoor zorgde dat de koffers in de juiste rijtuigen werden geladen. Tegelijkertijd maakte ze een praatje met de koetsier, die al heel lang voor haar familie werkte en haar min of meer had zien opgroeien. Zoals ze had verwacht, was er sinds haar laatste bezoek niet veel veranderd. Eén dienstmeisje was getrouwd en de dochter van de kokkin was in haar plaats in dienst gekomen. Een van de paarden liep kreupel en daar maakte de koetsier zich zorgen over. Aan de andere kant was Ivy blij om te horen dat het goed ging met haar oude pony Wendy.

'Maar nu hebt u een nieuw paard nodig, miss Ivory,' zei de koetsier. 'Als u in de herfst debuteert en met de jonge heren wilt gaan rijden, hebt u iets eleganters dan die oude merrie nodig.' Ivy trok een gezicht. Ze wilde graag een volbloed, maar wilde geen afscheid van Wendy nemen.

De koetsier, die dat wist, knipoogde samenzweerderig naar haar. 'Ik ben zo vrij geweest uw vader voor te stellen om de pony mee te nemen naar Parkland Gardens en haar daar in de weide van een rustige oude dag te laten genieten,' zei hij. 'Dat heeft ze verdiend.'

Ivy glimlachte. Rosamond en zij hadden beiden op Wendy gereden en de pony was altijd betrouwbaar geweest.

'Dat zou geweldig zijn, Max,' zei Ivy dankbaar. 'Ik zie haar al smullen van het gras dat tot haar buik komt. De stalmeester in Parkland Gardens zal ervoor moeten zorgen dat ze niet uit haar voegen barst.'

De koetsier hield de deur voor Ivy en Rosamond open en liet hen instappen. Het gesprek verstomde meteen. Ivy kon vanuit de koets alleen schreeuwend met Max communiceren en haar zus en zij hadden elkaar niets te vertellen. Rosamond en zij hadden geen ruzie, maar ze deelden geen vriendinnen en interesses. Ivy vermoedde dat Rosamond een beetje jaloers op haar was. Haar oudere zus was onopvallend en geen zonnetje zoals zij was. Haar vader trok Ivy vaak voor omdat ze de jongste was, hoe Rosamond ook haar best deed om bij hem in de smaak te vallen en hoe weinig Ivy op haar beurt haar best deed om bij hem in het gevlij te komen. Aan de andere kant had Rosamond een betere band met hun moeder Hortense, maar zij had haar dochters nog nooit laten merken dat ze een voorkeur voor een van beiden had.

Na een korte rit door de drukke straten van Londen stopte de koets voor het indrukwekkende herenhuis in Mayfair, waar ze al werden opgewacht door een huisknecht. Hij begroette de dochters beleefd en laadde hun bagage uit. De butler, meneer Hargroves, opende de deur voor hen en heette hen welkom. Een dienstmeisje nam hun reiscapes en hoeden aan.

'Het is zo fijn om terug te zijn!' Ivy straalde van blijdschap en glimlachte warm naar alle personeelsleden. 'Ik heb jullie allemaal ontzettend gemist!'

Meneer Hargroves, een gezette, iets oudere man met het gezicht van een goedaardige buldog, glimlachte. 'We hebben jullie ook gemist, miss Ivory en miss Rosamond. Ik moest jullie van mevrouw Lovelace meedelen dat ze al jullie favoriete gerechten klaargemaakt heeft. Ze kookt een feestmaaltijd voor vanavond. Maar nu willen jullie waarschijnlijk jullie ouders begroeten. Jullie vader is net van zijn club teruggekeerd, precies op tijd voor jullie aankomst. Ze wachten in de salon, waar de thee al geserveerd is. Ik zal verse thee voor jullie laten brengen.'

'En scones?' vroeg Rosamond hoopvol.

Scones waren haar favoriete broodjes en mevrouw Lovelace, de kokkin, wist dat natuurlijk heel goed.

'Natuurlijk,' verzekerde de butler haar met een buiging, waarna hij voor hen uit liep naar de salon.

Het leek echter niet alsof daar harmonieus thee werd gedronken. In de gang hoorden ze al boze stemmen. Meneer Hargroves bleef aarzelend voor de deur staan in plaats van hem te openen.

'Wat zeg je? Blijven we de hele herfst en winter weg? Hoe stel je je dat voor?' zei lady Hortense op scherpe toon tegen haar man. 'We hebben twee dochters, Edward, en Rosamond debuteert komende herfst. En dan wil jij... op leeuwen gaan jagen?'

Rosamond onderdrukte een vreugdekreet toen ze het woord 'debuteren' hoorde en Ivy spitste haar oren. Op leeuwen jagen?

'George Maitland heeft ook een dochter,' antwoordde haar vader.

'En zijn vrouw Alicia zal hem precies hetzelfde vertellen als ik tegen jou zeg,' beweerde Ivy's moeder.

'Dat denk ik niet,' zei haar vader. 'Hij neemt ze gewoon mee.'

Ivy kon zich de ondeugende glimlach op zijn gezicht helemaal voorstellen. Mevrouw Maitland was, net als haar dochter Diane, een enthousiaste jager. Als het inderdaad om een jachtreis ging, zouden ze de koning en alle jonge heren uit de hoogste kringen graag achterlaten. Maar een jacht die de hele herfst en winter duurde?

'Ik doe in elk geval niet mee aan die gevaarlijke waanzin,' zei Ivy's moeder op de vastberaden toon waarmee ze onaangename gesprekken gewoonlijk beëindigde. Ivy en haar vader hadden daar meestal niet veel tegen in te brengen en Rosamond probeerde het niet eens.

Vandaag leek haar vader echter niet helemaal nuchter meer, wat hem dapper maakte. Hij was duidelijk dolenthousiast over zijn plan. 'Dan ga je niet,' antwoordde hij even vastberaden als Hortense. 'Blijf hier en stel Rosamond aan de koning voor. Daar heb je mij toch niet voor nodig. Geniet met haar van het balseizoen, maar laat Ivy met mij meegaan. Ivy is nog veel te jong voor de huwelijksmarkt. Ik neem haar gewoon mee.'

'Ze is te jong om te debuteren, maar niet te jong om op olifanten te jagen?' vroeg Ivy's moeder spottend. 'Ik ben niet van plan om nog langer naar je te luisteren, Edward. Je gedraagt je zo door de cognac.'

Voordat Ivy's vader nog iets kon zeggen, klopte meneer Hargroves vastbesloten op de deur. Hij besefte blijkbaar dat zijn aarzeling als afluisteren kon worden opgevat, wat absoluut ongepast gedrag voor zowel het personeel als voor Ivy en Rosamond was.

Toen haar ouders zoals verwacht zwegen, opende hij de deur. 'Mevrouw en meneer, uw dochters. Miss Rosamond en miss Ivory zijn net gearriveerd.' De butler deed een stap opzij en Rosamond vergat meteen dat het beter was om niet te laten merken dat ze haar vader en moeder had afgeluisterd.

'Mama!' Ze omhelsde haar moeder. 'Is het waar? Debuteer ik deze herfst?'

Ivy liep minder enthousiast naar haar vader toe. 'Ik denk niet dat ik op olifanten wil schieten,' zei ze bezorgd.

Hij keek haar liefdevol aan. Haar vader was niet lang en had aanleg voor zwaarlijvigheid, maar toch zag hij er goed uit als hij aan het jagen was of op de rug van een paard zat. Zijn gezicht was rond en vriendelijk, en was nu een beetje rood, maar zijn blauwe ogen waren volkomen helder. Hij had misschien één of twee glazen cognac gehad en was absoluut niet dronken.

'Lieve Ivy van me,' begroette hij haar opgewekt met een samenzweerderige glimlach. 'Ik weet dat je een hekel aan jagen hebt, maar ik geloof niet dat je liever een reverence voor de koning maakt en om de avond met willekeurige jonge heren walst dan dat je met mij meegaat.'

'Naar de dierentuin?' vroeg Ivy, die nu razend nieuwsgierig was. Waar anders kon je olifanten en leeuwen bekijken? Hoewel het niet gebruikelijk was om daar dieren neer te schieten.

Haar vader lachte hartelijk. 'Nee, liefje, het is nog veel beter! We reizen naar Afrika en gaan op safari.'

2

Ivy was blij toen het dienstmeisje een bord vol scones bracht en voor iedereen verse thee inschonk. De poging van Rosamond en haar moeder om het gesprek op het succesvolle eindexamen en het komende balseizoen te brengen mislukte. Haar vader liet zich er niet van weerhouden om enthousiast over zijn plannen te vertellen.

'We hadden een lezing in de club,' vertelde hij. Net als zijn vrienden was hij lid van een exclusieve herenclub. 'Majoor Bannon vertelde op verzoek van de organisator – reisbureau Newland, Tarlton & Co., dat grote jachtpartijen organiseert – over zijn reis naar Kenia van afgelopen winter. Het bureau mocht de reis van Theodore Roosevelt vorig jaar zelfs organiseren. Majoor Bannon was in elk geval bijzonder onder de indruk. Het reisbureau regelt alles, van wapens, spoorzoekers en dragers tot uitstekende maaltijden en voortreffelijke bediening in het jachtkamp.'

'Slapen we dan in tenten?' vroeg Ivy, die niet zeker wist of ze enthousiast was bij het vooruitzicht op dit avontuur of dat het haar eerder bang maakte. Ze had nog nooit in de openlucht geslapen.

Haar vader lachte. 'Het is maar wat je een tent noemt. Majoor Bannon verzekerde me dat hij zelfs in de beste woningen zelden zo luxueus geslapen en gegeten heeft. De Afrikaanse bedienden vervullen iedere wens, zegt hij. Ze zijn uitstekend opgeleid. De leiders van de expeditie zijn uiteraard wit en ervaren jagers op groot wild. Het doodschieten van de interessantste dieren is gegarandeerd en er is een preparateur aanwezig om de trofeeën veilig te stellen. Jullie hadden het moeten zien! Olifantenslagtanden, geweien van gazellen en zelfs een opgezet luipaard! Majoor Bannon was bijzonder succesvol geweest. En hij was heel, heel tevreden. George en Francis – de twee beste vrienden van Edward – hebben na afloop nog een cognac met hem gedronken en ik ben bij ze gaan zitten. Wat kan ik zeggen? We hebben bloed geroken!'

'In de ware zin van het woord,' merkte Ivy's moeder op. 'Is het niet voldoende om die arme dieren in jullie eigen jachtgebieden dood te schieten?'

Ivy's moeder wilde ook niets van de jacht weten en had een grondige hekel aan de trofeeën van haar man, die hij trots in alle kamers van hun landhuis tentoonstelde.

'Dat is iets heel anders,' beweerde haar vader. 'Afrika! Het zwarte continent! Leeuwen, tijgers... De uitdagingen zijn daar veel groter.'

'Er zijn geen tijgers in Afrika,' corrigeerde Ivy hem. 'Daarvoor zouden we naar India moeten gaan. En je weet dat ik niet van jagen hou... Maar ik zou de wilde dieren heel graag willen zien.' Ze had een verlangende klank in haar stem. In veel van de reisverslagen die ze zo graag las werd over olifanten en neushoorns geschreven. Het moest fantastisch zijn om die dieren in het echt te zien.

'Je gaat dus mee?' vroeg haar vader hoopvol. 'Je weet dat ik je niet zal dwingen om te schieten.'

Ivy glimlachte. Ze was niet van plan hem erop te wijzen dat hij haar, ook al zou hij eisen dat ze een jachtgeweer zou vasthouden, in elk geval nooit zou kunnen dwingen om te raken. Het zou volkomen zinloos zijn om haar dat tegen haar wil te laten doen.

'Ivory gaat alleen mee als er andere dames meegaan,' zei haar moeder. 'Ik geef haar in geen geval toestemming om alleen met jou en je kameraden in de wildernis te bivakkeren.'

Ivy's vader maakte een afwerend gebaar. 'Natuurlijk niet.'

Hij leek er volkomen zeker van te zijn dat Alicia en Diane Maitland mee zouden gaan. Geen van beiden zou het vooruitzicht kunnen weerstaan om met een geweer in de hand tegenover een leeuw te staan.

De volgende dag ging Ivy's vader met zijn vrienden George Maitland en Francis Main Carruthers naar Piccadilly Circus, waar het kantoor van Newland, Tarlton & Co. was gevestigd. Toen hij na een paar uur terugkwam was hij dolenthousiast en rook hij weer naar cognac.

'Werkelijk een uitstekende service,' vertelde hij zijn gezin tijdens de lunch. 'We hebben de safari tot in de kleinste details gepland. Het zal ons aan niets ontbreken. Ze garanderen het neerschieten van dieren zelfs. Ik heb meteen een leeuw geboekt. Trouwens, het jachtkamp bevindt zich in Kenia. We reizen vanaf Londen via Marseille naar Aden, daarna volgen we de Oost-Afrikaanse kust naar Mombasa en daarvandaan reizen we met de trein naar Nairobi in Kenia. Daar heeft het reisbureau zijn hoofdkantoor. In de wildernis gaan we te paard...'

'En wie gaat er mee?' vroeg Ivy.

Ze twijfelde er niet aan dat Diane de safari boven het balseizoen verkoos, hoewel ze niet zeker wist of ze blij was met haar gezelschap, hoewel ze haar leeftijd had. Ze mocht Diane niet en vond haar enthousiasme voor de jacht weerzinwekkend. Ze had de vriendin van haar zus vaak meegemaakt tijdens jachtpartijen en wist dat het haar niet bloederig genoeg kon zijn. Diane schoot graag en goed, en ze hield het meest van de jachtpartijen te paard waarbij de vos aan het eind door de roedel honden werd verscheurd.

'Zoals ik gisteren al zei blijft Ivory thuis als er geen vrouwelijke begeleiding is,' zei haar moeder. 'En Rosamond heeft me verzekerd dat Diane nauwelijks kan wachten om te debuteren.'

'Sinds gisteren kan ze nauwelijks wachten om een olifant dood te schieten,' verklaarde haar vader triomfantelijk. 'Net als haar moeder. Diane debuteert gewoon een jaar later. Waarom denken jullie er niet nog een keer over na? Hortense? Rosamond? Dit is de kans van je leven, Rosie! Ik zie al helemaal voor me hoe je naast je zelfgeschoten luipaard staat.'

Rosamond, die een hekel aan de bijnaam Rosie had, schudde haar hoofd resoluut. 'Ik ben negentien,' herinnerde ze haar vader. 'Als ik dit jaar niet debuteer, wanneer dan wel? Bovendien heb ik er absoluut geen behoefte aan om in een tent te slapen en de kans te lopen om door wilde dieren opgegeten te worden. Het is al erg genoeg dat Diane dit boven haar balseizoen verkiest. Ik vind het persoonlijk niet bijzonder... beschaafd.' Ze legde haar mes en vork overdreven netjes op haar bord neer.

Het laatste was niet helemaal waar. Jagen werd in de Engelse adellijke kringen ook door dames als een respectabele vrijetijdsbesteding beschouwd. Bij Newland, Tarlton & Co. waren ze ingesteld op meereizende vrouwen.

'Goed dan, Rosie,' antwoordde haar vader. 'Als ik je niet kan overhalen, dan is het niet anders. Ivy, jij deelt een tent met Diane. Ze hebben ons trouwens verzekerd dat de dames de gemakkelijkste en tamste paarden krijgen. We krijgen een fantastische tijd. Je verandert toch niet van gedachten, Ivy?'

Haar vader had gezien dat ze haar voorhoofd fronste bij het vooruitzicht om een tent met Diane te moeten delen.

Ivy schudde haar hoofd. Ze begon zich te verheugen op het avontuur. Als ze Afrika en zijn exotische dieren wilde zien, kon ze niet om de reis met de jagers heen. Het was weliswaar heel goed mogelijk dat haar toekomstige echtgenoot ook van reizen hield, maar ze hoefde er niet op te hopen dat ze een man zou vinden die niet jaagde.

De safari zou in oktober 1910 beginnen, rond dezelfde tijd als het balseizoen. Beide ondernemingen vergden uitgebreide voorbereidingen. Ivy's moeder had nauwelijks tijd om op hun landgoed te verblijven. Ze moest om de week met haar dochters naar Londen voor pasbeurten. Rosamond kreeg avondkleding en kleding voor middagactiviteiten zoals theekransjes en lichamelijke activiteiten zoals jachtpartijen. Ivy kreeg een garderobe voor de safari, met rokken en jasjes in traditioneel kaki, lichte blouses, zonnehoeden en tropenhelmen met sluiers om zich tegen insecten te beschermen. Het bureau had een kleermakerij geadviseerd die was gespecialiseerd in safarikleding. De kleermaakster die Ivy advies gaf was bijzonder ervaren.

'Iedereen is bang voor de leeuwen en de olifanten, miss Ivory,' vertelde ze, 'maar die zijn helemaal niet zo gevaarlijk. De steekmuggen zijn veel erger omdat ze de slaapziekte overbrengen, een ziekte waardoor je levensgevaarlijke hoge koorts krijgt. Bescherm uw gezicht en nek met sluiers, en draag handschoenen en stevige schoenen tijdens de jacht. Ik maak uw kleding van het lichtste materiaal dat toch stevig genoeg is om steekmuggen geen kans te geven. En...' Ze glimlachte stiekem naar Ivy en begon te fluisteren zodat haar moeder het niet hoorde. '...als u dat wilt, kan ik een rok voor u maken waarmee u op een herenzadel kunt rijden. Veel dames geven daar de voorkeur aan omdat het veiliger en comfortabeler is. Tijdens de jacht heeft niemand behoefte aan elegante en fatsoenlijke kleding.'

Ivy nam het aanbod dankbaar aan. Ze had al vaak met een herenzadel op Wendy gereden en vond dat prettig.

Naast de safari-uitrusting had ze natuurlijk ook elegante kleding nodig; onder meer voor de bootreis, waar soms heel formele kleding werd gedragen. Voor het diner droeg men elegante kleding en dekspellen vereisten nonchalante kleding zoals rokken en blouses. Uiteindelijk had ze twee reiskisten nodig voor haar garderobe.

De jachtvrienden besteedden meer tijd aan de keuze van hun wapens dan aan hun kleding. Hoewel het reisbureau de jachtbuksen en geweren ter plaatse kon leveren, wilden ze toch hun eigen geweren meenemen. Ivy's vader koos een .405 Winchester uit de Verenigde Staten, waarmee Roosevelt al op safari was geweest. Hij stond erop om het uit te proberen tijdens de hertenjacht, hoewel zijn jachtopziener het afraadde. Het enorme kaliber vernielde de kop van het prachtige hert inderdaad zodanig dat er geen trofee meer van gemaakt kon worden. Ivy's vader, die op het hart had gemikt, was enerzijds geërgerd, maar beschouwde het anderzijds als een bewijs dat hij met zijn nieuwe jachtgeweer ook probleemloos olifanten en neushoorns zou kunnen neerleggen.

Door al deze activiteiten vloog de zomer voorbij en de gebruikelijke uitnodigingen en pleziertjes zorgden ervoor dat de tijd nog sneller verstreek. Ivy merkte tot haar verrassing dat Simon Main Carruthers, de zeventienjarige zoon van Francis Main Carruthers – de derde expeditiegenoot en vriend van haar vader – onverwacht belangstelling voor haar toonde. Simon zou ook meegaan en zocht de nabijheid van de deelnemende jongedames. Diane had hem meteen bot afgewezen. Ivy was verdraagzamer, maar het werd haar al snel te veel. Net als Diane kon Simon niet wachten om de Afrikaanse dierenwereld te decimeren en praatte hij enthousiast over de verwachte trofeeën. Hij geloofde nauwelijks dat Ivy niet wilde schieten, maar beschouwde het als meisjesachtige gevoeligheid en vond het 'heel charmant'.

Ivy huiverde nu al bij het vooruitzicht van de gezamenlijke reis met de jonge charmeur die haar overlaadde met attenties en vleierijen.

En toen was het eindelijk zover. Ivy zag dat haar vader toezicht hield op het inladen van hun bagage in het ruim van het schip met de naam *African Lady*. Terwijl Diane in tranen afscheid nam van Rosamond, voegde een jonge man zich bij hun reisgezelschap.

'Meneer Parkland Rowe?' zei hij tegen Ivy's vader. 'Mijn naam is Gerrit Harper. Ik heet u namens Newland, Tarlton & Co. van harte welkom op uw reis.'

Ivy's vader draaide zich aangenaam verrast om. 'Ik wist niet dat we vanaf Londen al een begeleider zouden hebben,' zei hij. 'Mag ik u voorstellen aan mijn dochter? Miss Ivory Parkland Rowe.'

'Aangenaam.' Gerrit Harper maakte een plechtige buiging. Hij was lang en slank, had kortgeknipt krullend lichtbruin haar en donkergroene ogen. Hij droeg een lichte linnen broek, hoewel het in Londen al behoorlijk koud was, en leek dus een snelle verbetering van het weer te verwachten. 'Aangenaam kennis met u te maken, meneer Parkland Rowe. Mijn begeleiding van uw reis is een extra service omdat ik na een lang verblijf in Engeland naar Kenia terugkeer om mijn werk voor Newland, Tarlton & Co. te hervatten. Ik werk al langer voor het reisbureau en kan daarom alle vragen die u wellicht nog hebt beantwoorden.' Hij glimlachte innemend, maar Ivy vond dat hij een verdrietige uitdrukking op zijn gezicht had.

Diane en haar ouders liepen naar hen toe en de vriendin van Rosamond keek met duidelijke belangstelling naar Harper. Toen hij zich voorstelde, keek ze hem stralend aan.

'We hebben beslist veel vragen,' kirde ze. 'Dit is een enorm avontuur voor ons. Eet u samen met ons, meneer Harper?'

Ivy zuchtte onhoorbaar. Diane wilde zo snel mogelijk weten of de werknemer van het reisbureau eveneens eersteklas reisde of dat hij naar het tussendek werd verbannen. Eigenlijk had ze meteen moeten weten dat er helemaal geen tussendek op de *African Lady* was. Tenslotte reisden er geen arme emigranten naar Afrika. De passagiers waren allemaal plezierreizigers, handelaren en gezinnen van Europese afkomst die in Afrika woonden en gebruik hadden gemaakt van de Afrikaanse winter om naar hun vaderland te reizen. De enige Afrikanen aan boord van het schip waren hun werknemers: een jonge man die als kamerdienaar voor een van de reizigers werkte en een jonge vrouw die voor de kinderen van een echtpaar zorgde.

Ivy dacht aan haar ontmoeting met de jongen die ze Ebony had genoemd. Ze was hem na al die jaren bijna vergeten, maar nu herinnerde ze zich hem weer. *Alle bedienden zijn zwart*, had hij gezegd. In Afrika leek dat inderdaad zo te zijn. Toen het schip vertrok, speelde een muziekkapel op de kade en hoewel de passagiers bij de reling en de achterblijvende familieleden ijverig met zakdoeken zwaaiden en af en toe een traan vergoten, was de stemming geladen met vrolijke verwachting.

Ivy en Diane gingen naar hun hut – Ivy merkte geïrriteerd dat ze de accommodatie op het schip al moesten delen – terwijl Diane over Gerrit Harper praatte.

'Hij is de eerste jager op groot wild die we ontmoeten,' zei ze enthousiast. 'Het zal ongelofelijk interessant zijn om te horen wat hij te vertellen heeft.'

Ivy fronste haar voorhoofd. Ze had zich een jager op groot wild anders voorgesteld dan meneer Harper, die bijzonder vreedzaam leek en ze opperde dat hij misschien een andere functie bij het agentschap had.

Diane wilde daar echter niets van weten. 'Waarom zou hij trouwens in Engeland geweest zijn?' vroeg ze. 'Denk je dat ik hem dat kan vragen? Of is dat te nieuwsgierig?'

'Misschien is het inderdaad een beetje te persoonlijk,' antwoordde Ivy. Ze legde de kleding uit haar reiskist in haar deel van de smalle kast in de kleine hut. 'Hij zal zijn redenen hebben en omdat hij die niet meteen aan ons verteld heeft, wil hij er misschien niet over praten.'

'De reis is nog lang,' zei Diane onbezorgd terwijl ze haar garderobe bekeek. 'Zal ik vanavond mijn roze of matgroene jurk aantrekken?'

Diane had een voorkeur voor pastelkleurige jurken omdat ze vond dat haar donkere haar daardoor goed tot zijn recht kwam. Ze droeg het niet meer strak opgestoken, maar losjes in haar nek met een sierlijke speld. De krullen vielen over haar schouders en gaven haar een bijna mediterrane uitstraling. Haar huidskleur was echter licht en haar ogen waren blauw. 'Ik ben een Sneeuwwitje-type,' zei ze altijd over zichzelf.

Ivy kon zich de vriendin van haar zus met de beste wil van de wereld niet als een sprookjesfiguur voorstellen. Diane had beslist niet gekookt voor de dwergen, ze had hooguit haar geweer gepakt om wild voor hen te schieten.

Natuurlijk zagen ze Harper bij het diner, maar hij was druk in gesprek met hun vaders, die van alles over Newland, Tarlton & Co. wilden weten. Dat leverde niet veel nieuws op. Victor

Newland en de Tarlton-broers waren veteranen van de Boerenoorlog en waren vervolgens in Afrika gebleven. Met een startkapitaal van tweehonderd pond richtten ze een gecombineerd bedrijf op dat bemiddelde bij de aan- en verkoop van grond, in vee handelde en safaribenodigdheden verkocht, waarna ze zich uiteindelijk op het laatste concentreerden.

'We organiseren jachtsafari's en wetenschappelijke expedities,' legde Harper uit. 'Het bedrijf heeft zowel jagers, dierenpreparateurs als biologen in dienst. Jullie krijgen beslist waar voor jullie geld.'

De vader van Ivy en zijn vrienden waren opgetogen en vierden het begin van de reis met champagne. Ze merkten nauwelijks dat Ivy en Diane vroeg naar hun hut gingen terwijl Simon bij de mannen bleef om te testen hoeveel hij kon drinken.

De volgende ochtend was Simon Main Carruthers zeeziek en dat bleef hij de hele reis. Ivy was dankbaar dat ze daarom alleen met Diane om hoefde te gaan en zij leek vastbesloten om zoveel mogelijk tijd met meneer Harper door te brengen. Hij trok zich na het diner meestal vroeg terug en Diane liet nooit een kans voorbijgaan om hem tot een praatje op het dek te dwingen. De jonge man gedroeg zich beleefd maar toonde geen belangstelling om met haar te flirten.

Ivy vond dat Diane zich gênant gedroeg.

De reis naar Nairobi zou een paar weken duren en het langste deel was de boottocht van Marseille naar Aden. De bemanning van het schip deed er alles aan om ervoor te zorgen dat de vermogende gasten zich niet verveelden. De reizigers sjoelden, er werden bingoavonden georganiseerd en de mannen kaartten 's avonds.

Op de vierde dag – toen het schip in rustiger vaarwater kwam – bouwden een aantal matrozen een installatie op om op kleiduiven te schieten. Vooral de jagers onder de passagiers waren meteen dolenthousiast.

'Wil je echt niet meedoen?' vroeg Diane aan Ivy nadat ze na drie pogingen haar eerste kleiduif had geraakt.

Mevrouw Maitland bleek beter te kunnen schieten. Zij raakte de kleiduif bij haar tweede poging. Daarna schoten de mannen. Tot hun ongenoegen misten ze bijna allemaal.

'Het interesseert me niet,' antwoordde Ivy eerlijk. Ze was bang dat de dolfijnen – die het schip tot haar vreugde al sinds de vorige dag vergezelden – verjaagd zouden worden door het lawaai van de afgevuurde schoten.

'Ik dacht dat het je alleen maar om het doodschieten van dieren ging,' drong Diane aan. 'Dit zijn gewoon kleiduiven.' Ze gaf Ivy haar geweer. 'Vooruit, probeer het een keer. Misschien vind je het wel leuk.'

Ivy zag dat haar vader naar haar knipoogde. In tegenstelling tot Diane wist hij dat Ivy absoluut niet voor het eerst op kleiduiven schoot.

'Vooruit, Ivy!' spoorde hij haar aan. 'Het is leuk om te doen.'

Ivy vond het niet echt leuk, maar ze wist dat haar vader graag een beetje met haar wilde pronken en had geen reden om hem dat plezier te ontzeggen. Ze zou hem tijdens de reis nog vaak genoeg teleurstellen als ze bij haar beslissing bleef om geen dieren te doden.

Ze nam even de tijd om vertrouwd te raken met het wapen dat leek op de luchtbuksen die in Parkland Gardens voor deze vrijetijdsbesteding werden gebruikt. Vervolgens richtte ze, knikte naar de matroos die de kleiduiven de lucht in schoot en raakte de kleiduif bij het eerste schot.

Diane wist de verbijstering op haar gezicht niet te verbergen. 'Nog een keer,' drong ze aan.

Ivy raakte de tweede kleiduif ook.

'Ik heb altijd al goed kunnen mikken,' zei ze bescheiden en ze legde het geweer neer.

'Je zou de eerste kunnen zijn die een leeuw doodschiet,' zei Diane met duidelijke jaloezie in haar stem. 'Als je maar niet zoveel medelijden met die mensenetende kat zou hebben...

Wil je echt geen enkele trofee mee naar huis nemen? Als je bedenkt hoeveel deze reis kost?'

Ivy liep naar de reling en keek naar de zee, waar de dolfijnen zich vermaakten. Ze trokken zich niets aan van het kabaal van de schoten. Ze wilde veel liever dat Gerrit Harper haar over de dolfijnen vertelde dan dat ze haar tijd met nutteloze spelletjes op het dek verdeed. Ze had de eerste dagen al gemerkt hoe goed Gerrit Harper op de hoogte was van de zeefauna.

'Ik neem mijn herinneringen mee,' zei ze glimlachend. 'Die zijn waardevoller en levendiger dan welke trofee dan ook. En ja, een leeuw is een kat, een grote, indrukwekkende kat. Niets meer en niets minder. Voor zover ik weet, doden leeuwen meestal geen mensen. Tenminste, zolang je niet op ze schiet. Als je ze verwondt, worden ze boos, wat begrijpelijk is. Ik schiet de leeuwen dus niet neer en zij eten mij niet op. Dat wordt diplomatie genoemd, Diane. Het vreedzaam naast elkaar leven van verschillende culturen.'

Gerrit Harper, die net passeerde, moest lachen. 'Bent u van plan om onze ambassadeur in het dierenrijk te worden, miss Ivory?' vroeg hij vriendelijk. 'Dan kunt u de olifant beter niet vertellen dat u naar hem vernoemd bent.'

Ivy glimlachte terug. Ze vond de ernstige jongeman, die zoveel interessants over hun komende avontuur wist te vertellen, sympathiek, maar zonder zich meteen te verbeelden dat ze verliefd op hem was, zoals Diane.

Diane liet zich door hem afleiden. Ze had duidelijk meer zin om met hem te flirten dan om Ivy te pesten, en ze keek stralend naar hem. 'Ik heet Diane,' zei ze, wat volkomen overbodig was omdat Harper dat al wist. 'Naar de Romeinse godin van de jacht!'

De jonge man knikte. 'Hebt u er ooit over nagedacht waarom een vrouwelijke godheid verantwoordelijk was voor de jacht?' vroeg hij. 'Alle oorlogsgoden waren tenslotte mannelijk.'

'Misschien omdat vrouwen beter kunnen raken?' zei Diane flirterig.

'Wijsheid is vrouwelijk,' merkte Ivy op. 'Dus misschien nam men aan dat vrouwen weten wanneer het zinvol is om op jacht te gaan en wanneer het niet nodig is.'

Gerrit Harper lachte opnieuw. 'U bent een eigenaardige safarireiziger, miss Ivory! Ik ben benieuwd wat Adrian daarvan zal zeggen. Voor hem is het een kwestie van beroepseer dat iedereen een olifant schiet.'

'Adrian?' vroeg Diane. Ze trok een pruillip. 'Gaat u niet met ons mee?'

Gerrit Harper schudde zijn hoofd. 'Nee, miss Diane.' Daarna vertelde hij eindelijk wat voor werk hij bij Newland, Tarlton & Co. deed. 'Ik ben verantwoordelijk voor de wetenschappelijke expedities, niet voor de jachtsafari's. Als ik dieren doodschiet en ze prepareer, is dat om ze in musea tentoon te stellen en niet om er een jachttrofee van te maken. Heb ik dat nog niet verteld? Maar maakt u zich geen zorgen. Adrian Edgecumbe is een ervaren jager op groot wild, misschien wel de beste van Afrika.' Hij glimlachte. 'Bovendien is hij bijzonder charmant. U zult hem ongetwijfeld aardig vinden.'

Daarna draaide hij zich af van Diane en richtte hij zijn aandacht op de dolfijnen. Toen Ivy naast hem tegen de reling leunde – niet zo dichtbij dat het opdringerig leek, maar toch dichtbij genoeg om haar belangstelling duidelijk te maken – begon hij over het leven van de zeezoogdieren te vertellen.

Ivy luisterde vol aandacht. Het moest fascinerend zijn om naar de universiteit te gaan om over de dieren- en plantenwereld te leren en later misschien onderzoek te doen. Een natuurwetenschappelijke expeditie – zelfs als die gevaarlijker en minder luxe dan de reis van hun gezelschap zou zijn – zou haar veel aantrekkelijker lijken dan een jachtsafari.

3

'Is dit Afrika al?' vroeg Diane toen de *African Lady* de indrukwekkende haven van Aden binnenvoer.

De witte stad, die in 1839 was veroverd door de Britten, had de op twee na grootste zeehaven ter wereld en was in overeenstemming daarmee levendig. Boven de stad torende de enorme berg Djabal Sjams uit. Hoewel het erg heet was, droegen de plaatselijke bewoners lange witte broeken en shirts of kaftans, terwijl de vrouwen gesluierd waren. Hun huidskleur was donkerder dan die van de Engelsen, die ook ruimschoots aanwezig waren in de haven. Sommigen van hen waren gewapende ordehandhavers.

'Dit is Jemen,' legde Harper uit. 'Het behoort tot het Arabisch Schiereiland. Zie je die hoge torens in de stad? Dat zijn minaretten. Van daaruit roept de muezzin de moslims vijf keer per dag op tot het gebed.'

'Kunnen we de stad bekijken?' vroeg Diane's moeder. 'Of is het gevaarlijk om hier van boord te gaan?'

Sommige reizigers verlieten het schip al en werden meteen omringd door bedelende kinderen en straatverkopers die hun verfrissingen en souvenirs aanboden. Toen Ivy's vriendelijke vader de kinderen een handvol munten toewierp, werden ze bijna onder de voet gelopen.

'Het is absoluut niet gevaarlijk,' antwoordde Harper terwijl hij vastberaden via de loopplank naar de pier liep en een weg voor de dames baande. 'Aden heeft een Brits bestuur en de stad valt officieel onder de regering in Bombay vanwege de belangrijke rol die het in de handel met India speelt. Bovendien reizen we vanavond al verder. Zoals jullie weten gaan we aan boord van een kleiner schip dat ons naar Mombasa brengt. Helaas hebben we daar geen tijd voor uitstapjes. En als jullie een moskee willen betreden, dan moeten jullie jezelf bedekken. In Arabië mogen vrouwen alleen gesluierd in het openbaar verschijnen. Niemand anders dan de echtgenoot mag van hun schoonheid genieten.'

'Wat opwindend!' babbelde Diane.

'Bij deze temperatuur lijkt me dat een twijfelachtig genoegen,' merkte Ivy op. 'Ik neem aan dat Arabische vrouwen net zo transpireren als wij.'

'Ivy!' Diane was geschokt, maar haar moeder lachte.

Alicia Maitland was taai en veel minder preuts dan de meeste vrouwen uit de hoogste kringen. Ze verkoos het leven op het platteland boven haar huis in Londen en hield zich niet alleen bezig met de jacht, maar ook met het fokken van paarden en honden. Ze werd vaker in een waxjas dan in een elegante middagjurk gezien.

'Misschien is dat de reden voor de mysterieuze geuren van het Oosten die de harem blijkbaar vullen,' merkte Harper op. 'Het maken van parfums en geuroliën is een traditie in Arabië. Tijdens mijn laatste bezoek aan deze stad heb ik...' Hij stopte en schraapte zijn keel. 'Misschien kunnen we een bemanningslid naar de stad sturen om een selectie geuren voor jullie te kopen, dames. Ik zal kijken wat ik kan doen.' Daarna liep hij weg.

Moeder en dochter Maitland werden in beslag genomen door alle indrukken en Ivy zei niets over Harpers gedrag. Ze dacht echter dat ze tranen in zijn ogen had gezien. Was hij tijdens zijn laatste reis misschien niet alleen geweest?

De reizigers hadden inderdaad geen tijd om Aden te verkennen. Een vertegenwoordiger van een rederij wachtte op de kade om hen naar een kleinere stoomboot te brengen waarmee ze 's nachts door de Golf van Aden zouden varen.

'Met dit schip varen we langs de Afrikaanse kust,' vertelde Harper voor het avondeten terwijl hij de opgetogen vrouwelijke gasten een mooi bewerkt doosje met een selectie geuroliën gaf. 'De geuren zijn bijzonder intens, dus jullie hoeven er maar heel weinig van te gebruiken,' adviseerde hij.

Ivy voelde zich exotisch mooi en bijna een beetje mysterieus nadat ze wat rozenolie achter haar oren had aangebracht. Het nieuwe schip was niet zo luxueus als de *African Lady*. Diane klaagde over de nog kleinere hut, waarin de hitte bleef hangen. Vanaf het dek was echter meer te zien. De Afrikaanse kust was bijzonder gevarieerd met woestijnen, stranden, kliffen en bossen. Nederzettingen van mensen zagen ze nauwelijks; die bevonden zich blijkbaar verder landinwaarts.

Na drie dagen op zee bereikten ze eindelijk Mombasa en dus Kenia. Afrikanen waren druk bezig met het laden en lossen van schepen in de haven, voornamelijk onder toezicht van Britse scheepsofficieren. Kenia was weliswaar geen Britse kolonie, maar de sultan had de kust aan de Imperial British East Africa Company verpacht. De Britten hadden ook hier dus veel invloed. De stad Mombasa was anders dan Aden: kleurrijk in plaats van wit. De havenarbeiders en straatverkopers kleedden zich westers. De meesten droegen linnen broeken en kleurrijke shirts, tenzij ze met een ontbloot bovenlichaam werkten. De reizigers werden minder lastiggevallen dan in Aden, wat de avontuurlijke geest van Diane's moeder wekte.

'Kunnen we de stad verkennen?' vroeg ze aan Harper.

Bij de haven stonden ezelkarren en paardenkoetsen klaar voor het vervoer van mensen en goederen.

De jonge man knikte. 'Ik leid jullie graag rond,' bood hij aan. 'We overnachten in een hotel omdat de trein naar Nairobi morgen pas vertrekt. Ik regel eerst dat onze bagage daarnaartoe getransporteerd wordt en daarna kunnen we gaan. Tenzij de dames zich willen opfrissen, want dan kunnen we eerst naar het hotel gaan.'

Mevrouw Maitland en Ivy wilden meteen op pad en Diane sloot zich bij hen aan. Simon Main Carruthers, die zich op het schip van Aden naar Mombasa beter had gevoeld dan tijdens het eerste deel van de reis, wilde met hen mee. Terwijl

Ivy's vader en zijn vrienden in een kleine bar met uitzicht op de haven met een glas van de beroemde Mombasa Club Gin toostten op de tot dan toe voorspoedig verlopen reis, volgde de kleine groep Gerrit Harper door de smalle straatjes van de stad.

'De oude stad is op een koraalrif gebouwd,' legde hij uit. De bezoekers bewonderden de kleuren van de huizen, die varieerden van melkwit en crèmekleurig tot verschillende nuances roodbruin. Daartussen stonden kleurrijke houten huizen met veranda's waarop rode acacia's bloeiden, en boven dat alles torende een oude vesting uit, uit de tijd waarin de Portugezen en de Arabieren hevige gevechten met elkaar voerden. Overal was het levendig en druk; de reizigers keken gefascineerd naar de bewoners van de stad, die in hun open werkplaatsen aan het werk waren of ezelkarren vollaadden en door de straten leidden terwijl ze lachten en kletsten.

'De arbeiders en ambachtslieden in Mombasa komen uit alle delen van Kenia en behoren tot verschillende stammen,' legde Harper uit. 'Voor Newland, Tarlton & Co. werken voornamelijk Kikuyu en Kamba, die in de omgeving van Nairobi wonen. De bijzonder lange en slanke mensen zijn Masai. Zij zijn afkomstig uit Masai Mara aan de grens met Tanzania en Kedong Valley bij Kijabe. De vrouwen met tulbanden zijn Somaliërs. Dat zijn moslims.'

De Masai trokken de aandacht van de vrouwen omdat ze ook in de stad in traditionele kleding rondliepen. Ze hadden kleurrijke doeken rond hun lichaam gewikkeld en de mannen hadden speren bij zich.

Harper leidde hen over een drukke markt naar de schaduw van een paar enorme mangobomen. Vrouwen vormden hier het merendeel van de verkopers en klanten. Ze droegen jurken van kleurrijke stoffen en vaak tulbanden, maar geen sluiers. Terughoudendheid leek niet van hen geëist te worden, ze dongen af en lachten met elkaar. Sommigen hadden een peuter in een doek op hun rug gebonden. De verkoopsters lieten niet alleen hun klanten, maar ook de nieuwsgierige Engelse vrouwen proeven van de in grote manden uitgestalde vruchten die ze verkochten. Harper kocht bananen, mango's en papaja's.

'Erg zoet! Erg lekker!' probeerde een van de vrouwen haar Engels op Ivy uit.

Ivy wees naar haar baby, die ze in een draagdoek op haar rug had, en zei: 'Ook erg zoet!'

De vrouwen barstten in lachen uit. 'Engelse vrouw eet baby's?' vroeg de vrouw giechelend. Het woord 'zoet' kenden ze blijkbaar alleen in verband met hun koopwaar.

Ook de kleurrijke stoffen waarvan de jurken van de vrouwen waren gemaakt, werden op de markt aangeboden en Ivy kon zich nauwelijks beheersen.

Mevrouw Maitland fronste haar voorhoofd. 'Wil je daar echt kleding van laten maken, Ivy? Waar ga je dat dragen? Tijdens een diner in Londen of een picknick op het gazon van Parkland Gardens?'

Ivy moest haar gelijk geven, maar Londen en Sussex leken inmiddels zo ver weg dat ze zich de mist, de regen en de overheersend gedekte kleuren in Engeland nauwelijks kon voorstellen. Ze genoot van het levendige land, waar iedereen vriendelijk leek. De vrouwen lachten, hun donkere ogen fonkelden, de zon scheen en de lucht smaakte zilt naar de zee.

Een paar kramen verderop roerde een mollige vrouw met een felrode tulband op haar hoofd in een enorme pan waaruit een kruidige geur opsteeg. Toen Ivy nieuwsgierig dichterbij kwam, wenkte de jonge vrouw Ivy en gaf haar een lepel om te proeven.

'Dat ga je toch niet eten?!' riep Diane ontzet. 'Wie weet wat erin zit...'

Harper knikte echter naar haar en Ivy doopte de houten lepel in de pan. Ze proefde aarzelend en glimlachte. 'Linzen!' zei ze. 'Heel anders gekruid dan thuis. Een beetje pittig, maar erg lekker.'

Dat maakte ze ook duidelijk aan de vrouw, die bij wijze van antwoord een uitnodigend gebaar maakte.

'Zin in een lunch?' vroeg Harper. Hij bestelde een portie linzen met platbrood voor allen.

Ivy ging in de schaduw van een acaciaboom zitten en genoot van de maaltijd. Een paar kleine jongens hadden ijverig een provisorische bank van stenen en planken voor hen gemaakt en de reizigers beloonden de kinderen met een paar munten.

Mevrouw Maitland at eveneens met smaak, maar Diane en Simon waren niet enthousiast over het buitenissige eten.

'Ik hoop dat we tijdens de safari fatsoenlijke maaltijden krijgen,' mompelde Simon.

Harper stelde hem gerust. 'Er gaat een kok mee. Waarschijnlijk zelfs een Franse, tenzij hij toevallig met een andere groep op pad is. Meneer Newland is erg trots op zijn maître. Maar vind je het niet jammer dat je daardoor maar heel weinig van de plaatselijke gerechten proeft?'

Simon haalde zijn schouders op bij wijze van antwoord.

Ivy bedankte de vrouw nogmaals toen ze de houten kommen en houten lepels terugbracht. Dit eenvoudige serviesgoed was ook te koop op de markt, net als pannen en keukengerei. Ze vond de gevlochten voorwerpen van de plaatselijke bevolking met hun kleurrijke kralensieraden prachtig en kon het niet laten om een van de manden te kopen die een ogenschijnlijk blinde man met behendige vingers bij de kraam van zijn vrouw maakte. Meteen daarna vulde ze hem met uit hout gesneden en beschilderde dieren – olifanten, giraffen en zebra's – die ze bij de kraam ernaast kocht. 'Kijk, ik heb mijn trofeeën al,' plaagde ze Diane. 'Die herinneren me voldoende aan Afrika als we in Engeland terug zijn. Ik hoef geen dieren te doden en op te zetten.'

Het hotel waar ze overnachtten was bijzonder eenvoudig. Ivy herinnerde zich later vooral de enorme plafondventilator, die in elk geval voor een beetje verkoeling zorgde, en de klamboes die rond de oude ijzeren bedden en voor de ramen hingen. De vloer was van kaal beton. Diane controleerde de gedeelde kamer zorgvuldig op ongedierte, maar vond niets. Het reisbureau wist wat de gasten verwachtten. Ze hadden beslist het beste hotel in de omgeving gereserveerd.

Er was een treinverbinding tussen Mombasa en Nairobi, wat een reis van een dag betekende. De spoorwegmaatschappij probeerde de eersteklasreizigers alle luxe te bieden, maar de safarideelnemers hadden genoeg van het reizen. Ze waren al heel lang onderweg en verlangden ernaar om hun bestemming eindelijk te bereiken. Heel af en toe, als ze kuddes zebra's of antilopen achter het treinraam zagen, ontwaakten ze uit hun apathie en ze waren allemaal klaarwakker toen de imposante besneeuwde top van de Kilimanjaro opdoemde.

'Dat is het hoogste bergmassief van Afrika,' vertelde Harper. 'Het bestaat uit drie uitgedoofde vulkanen.'

'Sneeuw in Afrika?' verbaasde Ivy zich.

Harper glimlachte. 'Je kunt er zelfs skiën,' antwoordde hij. 'U zult nog merken hoe afwisselend Afrika is, miss Ivory. In dit land kun je jezelf verliezen, je kunt het liefhebben of haten...'

'Ik ga ervan houden,' zei Ivy. Ze meende het.

Ze was nu al bedwelmd door de zon, de exotische vegetatie, de heldere lucht en de uitgestrektheid van het land.

Harper glimlachte opnieuw, maar nu weemoedig. 'Sommigen die het liefhebben betalen daar een hoge prijs voor,' fluisterde hij.

Het hoofdkantoor van Newland, Tarlton & Co., waar ze dezelfde avond nog langsgingen, was een teleurstelling voor de uitgeputte groep. Op het station wachtte een open paardenkar met primitieve houten banken om hen naar het hotel te brengen, maar de mannen wilden eerst controleren of er met betrekking tot hun safari al iets was geregeld. Het bedrijf was echter verlaten en leek niet bijzonder uitnodigend. Het kantoor bestond uit een eenvoudige schuur, de opslagruimtes waren opgetrokken van hout en tentdoeken.

Het gebied eromheen, dat vroeger waarschijnlijk uit savanne

had bestaan, was vlak, zanderig en vertrapt. Hier groeide niets en verder was er ook weinig van de flora en fauna van Afrika te zien. Hoewel het silhouet van een acacia zich sprookjesachtig aftekende in het licht van de ondergaande zon, zagen ze geen exotische dieren. Alleen de paarden die in de weilanden voor de gebouwen stonden keken nieuwsgierig naar de nieuwkomers.

'Vertrekken we morgen hiervandaan?' vroeg Ivy's vader sceptisch.

'Waarschijnlijk eerder overmorgen,' temperde Harper zijn verwachtingen. 'Er moeten tenslotte allerlei voorbereidingen getroffen worden. Maar maakt u zich geen zorgen, morgenochtend ziet alles er heel anders uit. Ik breng jullie nu naar het hotel. Jullie hoeven alleen bagage voor de nacht mee te nemen, al het andere blijft hier. Slaap lekker! Bij het aanbreken van de dag begint het avontuur.'

Ivy voelde zich geradbraakt na de lange treinreis en viel meteen in slaap.

De volgende ochtend maakte Diane haar energiek wakker. 'Goedemorgen,' zei ze zangerig. 'Het is tijd om op te staan. Gerrit Harper heeft gisteren gezegd dat we ons vroeg bij het hoofdkwartier moeten melden.'

Diane droeg kaki kleding en had haar tropenhelm in haar hand. Ze gaf Ivy nauwelijks de tijd voor een kopje thee en inderdaad stond de auto waarmee ze van het station naar het hotel waren gebracht al voor de ingang van het hotel te wachten. De chauffeur verzekerde hun ervan dat de bagage die ze de vorige dag hadden achtergelaten rechtstreeks naar het reisbureau was gebracht. Harper stapte in en heette hen formeel welkom bij het begin van hun expeditie.

'Ik wil trouwens nu alvast afscheid nemen, voor het geval jullie het straks te druk hebben. Zoals ik al vertelde, begeleid ik de safari niet. Meneer Newland en de Tarltons stellen jullie aan Adrian Edgecumbe voor. Ik wens jullie een plezierige en succesvolle safari.'

Het hoofdkwartier van de aanbieder van safari's was vanochtend inderdaad nauwelijks te herkennen. Tientallen mannen sjouwden manden, zakken, kisten, tentdoeken en huiden naar buiten en verpakten ze. Ezelkarren brachten levensmiddelen, rijst en peulvruchten in zakken, maar ook fruit en groenten. Ivy vroeg zich af hoeveel lastdieren er nodig zouden zijn om dit allemaal door de bush te slepen.

Een lange man met kort donker haar en een snor in een kakibroek en een wit overhemd kwam uit het kantoor. Hij leek een jaar of veertig en stelde zich voor als Leslie Tarlton, waarna hij de mannen een voor een de hand schudde en de vrouwen beleefd begroette.

'Ik heb jullie safari georganiseerd en zal mijn uiterste best doen om jullie zoveel mogelijk tevreden te stellen,' zei hij. Hij ontdekte Harper tussen de gasten en onderbrak zijn verhaal om hem te begroeten. 'Gerrit, welkom terug! Ik ben erg blij dat je je ondanks alles weer bij ons aansluit en ik wil je namens ons allemaal condoleren met het verschrikkelijke verlies.' Hij legde zijn hand even op de schouder van de jongeman.

Harper knikte beheerst. 'Het was jouw schuld niet,' zei hij.

Tarlton schudde zijn hoofd. 'Natuurlijk niet. Het was Afrika. Dat eist zijn tol van iedereen.' Hij richtte zich weer tot zijn gasten terwijl Harper in het kantoorgebouw verdween. 'Ik informeer jullie nu kort over de samenstelling van het expeditieteam. Jullie besteden deze dag aan het kennismaken met de jachtbegeleiders en het kiezen van de wapens en de paarden. Naast expeditieleider meneer Edgecumbe, de meest ervaren jager op groot wild van Afrika, stellen we nog twee jagers tot jullie beschikking die jullie tijdens de jacht zullen vergezellen en instrueren. Daarnaast hebben we onze spoorzoekers, die allemaal stamkrijgers zijn.' Hij lachte. 'Het is niet per se waar dat een Afrikaanse jongen een leeuw moet doden om een man te worden, maar geloof me, als het om jagen gaat weten de inheemse mensen wat ze doen. Ze ruiken als het ware waar ze een kudde olifanten of een luipaard kunnen vinden.

Wees dus niet bezorgd, want jullie zullen wild schieten. Aha, daar is de expeditieleider. Mag ik jullie voorstellen aan Adrian Edgecumbe.'

Een lange man met donker haar gleed met een soepele, elegante beweging van een groot zwart paard. Ivy schatte hem een jaar of dertig. Hij beweegt als een roofdier, dacht Ivy onwillekeurig. Ze moest aan de veerkrachtige tred van een leeuw en de vloeiende bewegingen van een panter denken. Hij droeg zijn haar langer dan gebruikelijk was in Europa en had een baard die hem een onverschrokken uitstraling gaf. Zijn huid was gebruind en zijn gezicht was ongelofelijk expressief. Ivy kon de uitdrukking erop niet goed interpreteren. Edgecumbe's gelaatstrekken waren opvallend, maar niet onsympathiek. Een beetje zoals de beelden van Romeinse en Griekse krijgers. De man had model kunnen staan voor een van die beelden. Zijn felblauwe ogen waren eveneens opvallend. Er lag een open, enigszins onderzoekende blik in, die hij nu over de deelnemers van de expeditie liet dwalen.

'Ik vind het fantastisch om jullie in mijn Afrika te mogen verwelkomen,' zei hij luid en met een vaste stem. 'Ik wil jullie een paar onvergetelijke weken lang laten kennismaken met mijn wereld en jullie mijn gevoelens voor dit land en zijn wild overbrengen. Misschien hebben jullie allemaal al eens een geweer in handen gehad, maar pas na deze reis zullen jullie echte jagers zijn!'

De groep zuchtte collectief en Ivy wist niet goed wat ze voelde. Ze wilde geen jager worden, maar deze man raakte iets in haar. Hoe zelfverzekerd moest je zijn om jezelf een heel land toe te eigenen? *Mijn wereld.* Dat klonk alsof Afrika van hem was en hij betaalde daar beslist geen tol voor. Wat hij wilde, nam hij gewoon.

4

Adrian Edgecumbe liet zijn woorden even inwerken op de safarideelnemers. Intussen naderden twee andere mannen, die net als Tarlton kaki droegen.

Edgecumbe stelde hen voor als de jagers die zijn expeditie zouden begeleiden. 'Rob Bingham en Theodore O'Toole zijn ervaren jagers op groot wild die langer dan ik voor Newland, Tarlton & Co. werken.'

Bingham was een kleine, gespierde man die Ivy eveneens rond de dertig schatte. O'Toole was een oudere, gezette man met een baard die gezien zijn naam en rode haar van Ierse afkomst leek te zijn. Ivy vroeg zich af waarom niet een van hen de leiding over de safari had. Tenslotte werkten ze beiden langer voor het bedrijf. Aan de andere kant kwamen de jagers niet bijzonder charismatisch over. Misschien kon Edgecumbe gewoon beter met de klanten overweg.

'Zijn jullie de enige blanke mensen die met ons meereizen?' vroeg de moeder van Diane.

Ivy had de vorige dag al het vermoeden gekregen dat mevrouw Maitland zich niet helemaal op haar gemak voelde in het gezelschap van Afrikanen.

Edgecumbe glimlachte sympathiek. Het leek erop dat hij gewend was aan dergelijke vragen. 'Er gaan ook nog twee dierenpreparateurs mee om de jachttrofeeën veilig te stellen. Daarnaast hebben we onze gewaardeerde maître Gaston, onze Franse chef-kok. Maar maakt u zich geen zorgen. De boys...' Hij wees naar de Afrikaanse werknemers. '...zijn goed opgevoed, vriendelijk en beleefd. We hebben nog nooit klachten gehad.'

Ivy vond het vreemd om het woord 'opgevoed' te gebruiken als het om mensen ging, maar ze zei niets.

'Vindt u het geen probleem dat ze wapens dragen?' vroeg meneer Main Carruthers terwijl hij naar twee Afrikaanse mannen keek die hun geweren net hadden geladen.

Edgecumbe fronste zijn voorhoofd. 'Het zijn van huis uit jagers, meneer Main Carruthers. En krijgers. Als ze u iets willen aandoen, is een mesje of een snel gesneden speer voldoende. Veel stammen dopen hun speren in gif. U zult ze dus moeten vertrouwen; ze zijn in dienst van Newland, Tarlton & Co. en we geven ze moderne wapens om u en uw gezelschap te beschermen. Onze groep wordt door gewapende mannen begeleid.'

Meneer Main Carruthers zweeg duidelijk gegeneerd. Tenslotte had hij met zijn vraag toegegeven dat hij bang was voor Afrikanen.

'En nu wil ik jullie vragen om de wapens die jullie meegebracht hebben te halen. Het schietterrein en onze wapenkamer bevinden zich achter de loodsen. Rob, Theo en ik zullen jullie wapens inspecteren en jullie voorzien van extra geweren uit onze voorraad. Ik breng mijn paard weg en zie jullie daar over een paar minuten.'

De zwarte hengst, die naast hem stond te wachten, volgde hem naar de stallen. De deelnemers aan de safari keken elkaar onzeker aan, maar meneer Bingham verzekerde hun ervan dat de reiskisten met de geweren al waren gearriveerd. Ze waren rechtstreeks van het schip naar het startpunt van de safari gebracht. Bingham leidde de groep naar een van de loodsen. Ivy bleef achter en zag hoe meneer Tarlton zijn werknemers commandeerde. Het viel haar op dat hij met bijzonder weinig woorden met hen communiceerde en regelmatig zijn handen gebruikte om iets duidelijk te maken. 'Jij, tent, daar!' zei hij bijvoorbeeld terwijl hij een dak met zijn handen vormde en naar een stapel tentdoeken wees die een van de mannen naar een andere stapel moest brengen. Het viel haar ook op dat hij de namen van de werknemers niet kende. Als hij een van hen aansprak, noemde hij hem 'boy'.

De mannen droegen het uniform van het bedrijf, een blauwe korte broek en een wit overhemd met het bedrijfslogo. De stevige schoenen die hun werkgever eveneens had verstrekt, droegen de meesten niet aan hun voeten, maar met aan elkaar geknoopte veters rond hun nek. Ze bewogen zich behendig op blote voeten en hadden blijkbaar geen last van stenen of doorns. Als ze tegen meneer Tarlton praatten, noemden ze hem '*bwana*' of 'baas', terwijl een van hen hem gewoon 'Tarlton' noemde. Het leek hem niet te kunnen schelen hoe ze hem aanspraken. Hij was duidelijk overtuigd van de loyaliteit van zijn werknemers. Ivy merkte echter dat de sfeer hier heel anders was dan op de markt in Mombasa. De mannen lachten niet en leken geen plezier in hun werk te hebben. Ze leken eerder angstig en deden moeite om hun baas tevreden te stellen. Ondanks de hitte verplaatsten ze zich bijna in looppas.

Ivy zag hoe alles werd ingepakt en over draagrekken werd verdeeld. Vervolgens werden ze naar een weegschaal gebracht, waar een slanke jonge Afrikaanse man toezicht hield. De mannen stonden in de rij om het gewicht van de uitrusting gelijkmatig over de dragers te laten verdelen. Soms ontstond er ruzie – sommige mannen accepteerden de beslissingen van de weegmeester niet – waarna hij de cijfers op de weegschaal geduldig en uitvoerig aan hen uitlegde. Alle dragers kregen ongeveer dertig kilo toegewezen. Ze droegen het gewicht deels op hun hoofd en deels op hun rug. Veel dragers gebruikten een hoofdband om hun nek- en schouderspieren te kunnen gebruiken om de last te dragen.

'Dat is bijna een half leger,' barstte Ivy uit. 'Wat slepen we allemaal mee de wildernis in? Hoeveel mensen hebben we daarvoor nodig?' Ze praatte tegen niemand in het bijzonder en ging ervan uit dat niemand haar verstond, dus was ze verrast toen de weegmeester antwoord gaf.

'Ruim tweehonderd man, *memsahib*,' zei hij in onberispelijk Engels. 'Ongeveer dertig dragers per safarigast.'

Ivy keek hem verbaasd aan, maar vond het onbeleefd om naar

zijn talenkennis te vragen. 'En komen daar de mensen voor de keuken en de spoorzoekers nog bij?' vroeg ze in plaats daarvan.

De jonge weegmeester glimlachte, waardoor zijn stralend witte tanden zichtbaar werden. 'Nee, *memsahib*, dat niet. De boys hebben andere taken als het kamp eenmaal opgebouwd is, maar er gaan ook bewakers voor de dragers mee. We lopen tenslotte door de wildernis, *memsahib*, en u moet beschermd zijn voor het geval we een leeuw, luipaard of neushoorn opschrikken. Neushoorns zijn erg gevaarlijk.'

Ivy vroeg zich af of Afrikaanse dieren echt onverschrokken genoeg waren om niet weg te vluchten als er een karavaan van meer dan tweehonderd mensen naderde.

De jongeman leek haar gedachten te lezen. 'Het risico op een aanval is over het algemeen niet zo groot,' zei hij op een enigszins spottende ondertoon. 'Meneer Tarlton wil vooral dat zijn gasten zich veilig voelen.'

Ivy beantwoordde zijn glimlach bijna samenzweerderig. 'Ik ben niet zo bang,' zei ze.

Voordat de weegmeester nog iets kon zeggen, zagen ze Adrian Edgecumbe naar hen toe komen en de jonge Afrikaan ging meteen ijverig aan het werk. Ivy begroette de expeditieleider vriendelijk, maar Edgecumbe's gelaatsuitdrukking beloofde niet veel goeds.

'Wat doet u hier, miss Parkland Rowe? Moet u niet op het schietterrein zijn om uw wapens te krijgen?' Zijn stem klonk streng.

Ivy schudde haar hoofd. 'Ik jaag niet, meneer Edgecumbe,' legde ze uit. 'Daarom heb ik ook geen geweer. Ik ben alleen meegekomen omdat ik Afrika wil leren kennen en de dieren wil zien.'

Edgecumbe ademde abrupt uit. 'Afrika is identiek aan de jacht, miss Parkland Rowe. De wet van de jungle is doden of gedood worden. Dit is geen land voor dromers en fantasten. U kunt niet ongewapend door de wildernis struinen. Dus ga nu mee en haal uw geweer op. Uw vader zegt dat u kunt schieten. Bewijs dat op het schietterrein. Of u daarna jaagt of niet, maakt me niet uit. Ik wil alleen dat u het geweer voor uw eigen veiligheid bij u draagt als u zich binnen en buiten het kamp verplaatst. Als u dat weigert, moet ik twee gewapende bewakers aanstellen, wat ik liever niet doe omdat zij andere taken hebben. Alsof die verwijfde Fransman niet al moeilijk genoeg doet als hij een geweer moet afschieten. Als hij zijn eigen keuken moest bevoorraden, zouden we alleen groenten eten. Dus, miss Park –'

'Ivory,' onderbrak Ivy hem. 'Noem me gewoon miss Ivory of miss Ivy. Dat is eenvoudiger.'

Ze zag dat de jongeman bij de weegschaal even naar haar keek toen hij haar naam hoorde, maar had geen tijd om daarover na te denken.

'Dan noemt u mij Adrian,' zei Edgecumbe en hij begon zo snel voor haar uit te lopen dat ze bijna moest rennen om bij te blijven.

Door de herinnering aan de gevaren van Afrika dacht Ivy weer aan Gerrit Harpers mysterieuze opmerking en ze besloot meneer Adrian te vragen wat hem was overkomen.

'Ik wil niet nieuwsgierig zijn,' verontschuldigde ze zich, 'maar meneer Tarlton heeft meneer Harper daarnet gecondoleerd...'

Adrian Edgecumbe zuchtte en verlaagde zijn tempo. 'Dat is een triest verhaal,' zei hij. 'Sommige mensen zijn gewoon niet geschikt voor Afrika. Harper nam zijn vrouw Leonie mee naar Nairobi. Ze was erg mooi, erg teer en zwak. Misschien was ze ook een beetje onvoorzichtig. Ze kreeg al snel malaria en hij bracht haar terug naar Engeland om van de moeraskoorts te herstellen. Helaas overleed ze. Dat spijt me voor hem.'

Ivy slikte en frunnikte aan het muskietennet op haar tropenhelm.

'Die krengen zijn voornamelijk actief tijdens de schemering,' ging meneer Adrian verder. 'En hier bij het hoofdkwartier komen ze sowieso niet veel voor. Tarlton spuit gif en verbrandt speciaal hout waarvan de geur ze op afstand moet houden, en de inheemse mannen smeren zich in met modder. Let vooral 's nachts op dat u het muskietennet goed sluit. Dan gebeurt er niets.'

Ze hoorden de schoten lang voordat ze bij het schietterrein arriveerden. De mannen, Diane en haar moeder probeerden enthousiast verschillende wapens uit. Ivy's vader was er trots op dat de jagers op groot wild zijn Winchester als zeer geschikt voor de safari beschouwden. Diane worstelde met een olifantengeweer. Ze wilde per se een van de olifanten neerschieten, hoe zwaar het geweer ook mocht zijn.

Meneer Adrian koos een licht wapen voor Ivy. Ze kon het over haar schouder hangen en zich toch redelijk vrij bewegen. Hij drong er bij iedereen op aan om altijd zo'n wapen bij zich te hebben om zich te kunnen verdedigen.

'Als een leeuw aanvalt, moet je snel bij je geweer kunnen,' legde de jager uit.

Ivy ging niet tegen hem in en volgde zijn instructies op terwijl ze het geweer op het schietterrein uitprobeerde. Het duurde even voordat ze eraan gewend was, maar uiteindelijk raakte ze de opgestelde dierenfiguren tot volle tevredenheid van meneer Adrian en hij beëindigde de schietoefening.

Na de lunch was het tijd om de paarden te kiezen.

'Ik hoop dat paardrijden u minder tegen de borst stuit dan schieten,' zei meneer Adrian terwijl hij de gasten naar het kantoor begeleidde, waar een barbecue voor hen was klaargemaakt.

'Dat klopt,' antwoordde Ivy. 'Ik hou van paarden. Uw zwarte paard is prachtig.'

Meneer Adrian grijnsde. 'Dat geloof ik graag,' zei hij. 'Het is een volbloed, hij is overgebleven uit de Boerenoorlog. Ik weet niet wat er met zijn oorspronkelijke eigenaar is gebeurd, maar Raven heeft geluk gehad. De boeren haatten de Engelsen en hun paarden zo erg dat ze de meeste buitgemaakte paarden meteen slachtten. Vreemd volk... Maar goed, laten we maar kijken welk paard we u zo meteen geven.'

5

Ivy zat op een mooie appelschimmel toen de deelnemers aan de safari zich de volgende dag bij zonsopgang verzamelden om te vertrekken. Het paard was niet al te groot en vrij levendig; Ivy mocht hem meteen. Ze zou op een herenzadel rijden, en waarom ook niet. Diane besloot hetzelfde te doen, waarschijnlijk omdat Adrian Edgecumbe Ivy's keuze voor het herenzadel nadrukkelijk toejuichte. Diane was Gerrit Harper vergeten zodra ze meneer Adrian had ontmoet. Ivy had haar de hele avond over hem horen praten.

Alleen mevrouw Maitland wilde in amazonezit op haar merrie rijden. 'Ik ben niet van plan om alle beschaving overboord te gooien omdat we toevallig in de wildernis zijn,' zei ze gedecideerd toen meneer Adrian erover begon.

Ze was echter zo'n goede paardrijdster dat ze in Engeland zelfs de moeilijkste jachtritten in amazonezit deed. Meneer Adrian betwistte haar beslissing dan ook niet. Hij betreurde het alleen dat hij de deelnemers geen edelere paarden kon geven.

'Zulke paarden hebben we hier helemaal niet,' vertelde hij toen Ivy's vader op een volbloed of een grote vurige warmbloed zoals hij thuis voor de jacht gebruikte wilde rijden. 'Raven is mijn eigen paard. Voor de expeditie stelt het agentschap terreinpaarden ter beschikking. We hebben de boerenpony's speciaal voor dat doel uit Zuid-Afrika gehaald. Sommige zijn gekruist met grotere paarden om gepassioneerde ruiters zoals u in elk geval een beetje tegemoet te komen, maar de raszuivere Basuto-pony's zijn uiteindelijk het best geschikt voor ons doel.'

Diane hing aan zijn lippen en was meteen bereid om zo'n pony te proberen. Ze leek er ook redelijk tevreden mee terwijl Simon, die zichzelf als een vlotte ruiter beschouwde, over de kleine, rustige paarden mopperde.

Inmiddels werd de colonne gevormd. Adrian Edgecumbe ging op zijn prachtige zwarte paard vooraan staan. Hij werd gevolgd door de mannelijke safarigasten en daarna de vrouwen, die werden geflankeerd door de jagers Bingham en O'Toole. Achter hen kwam de lange rij dragers, terwijl de preparateurs en de kok de rij sloten.

Meneer Adrian keek om toen iedereen klaarstond. 'Op safari!' riep hij.

'Op safari!' herhaalden de gasten opgewonden.

De dragers beantwoordden de kreet eveneens, maar duidelijk minder enthousiast. Vervolgens zette de stoet zich in beweging.

'Waar komt het woord "safari" eigenlijk vandaan?' vroeg Ivy aan O'Toole, die naast haar reed maar nog geen woord tegen haar had gezegd.

'Ik heb geen idee,' bromde de jager.

Meneer Adrian had zijn paard een beetje ingehouden om bij de gasten te informeren of alles naar wens was. Hij wierp de Ier een misnoegde blik toe. 'Safari komt uit het Arabisch, miss Ivy. "*Safar*" betekent reis,' legde hij uit.

Ivy bedankte hem voor de uitleg.

'Hoe weet u dat allemaal?' kirde Diane.

Ivy liet haar alleen met haar flirtpoging en ging naast haar vader rijden, die stralend op een kleine bruine pony zat. Hij was zijn ontevredenheid over zijn paard al vergeten.

'Nou, bevalt het je?' vroeg hij. 'Tot nu toe, bedoel ik.'

Ivy glimlachte. 'Het is opwindend,' zei ze. 'Wat vind je van Adrian Edgecumbe?'

De mannen hadden de vorige avond nog lang nadat Diane, haar moeder en Ivy naar bed waren gegaan bij de jagers gezeten en meneer Adrian had misschien iets meer over zichzelf verteld.

'Onze *bwana*?' vroeg Ivy's vader opgewekt. Hij had de naam die de dragers voor de expeditieleider gebruikten overgenomen. 'Dat is een interessante man, Ivy... Ik heb meneer Tarlton gisteren nog een beetje over hem uitgehoord. Ik wilde tenslotte weten met wie we te maken hebben. Bovendien kwam de naam me bekend voor en daar had ik gelijk in. De Edgecumbes zijn een zeer oude, rijke familie van Schotse adel. Onze *bwana* heeft op Eton gezeten en daarna biologie en geneeskunde gestudeerd, waarna zijn avontuurlijke geest de overhand kreeg. Volgens Tarlton is hij achtereenvolgens zeehondenjager, walvisjager en postrijder in Zuid-Afrika geweest, waarna hij zich op de jacht op groot wild en het organiseren van safari's toegelegd heeft. We hebben geluk, want hij schijnt de beste te zijn.'

Ivy keek naar de man op het zwarte paard die juist weer naar de kop van de groep reed. De paden waarop ze reden werden al snel smaller en onherbergzamer. Ze doorkruisten een open bos met loofbomen met witte stammen die een soort bevroren sprookjeslandschap vormden en daarna werd de bush dichter.

Adrian Edgecumbe wees zijn gasten op de enorme mierenhopen. 'Termieten,' zei hij kort.

Ivy had graag meer over het leven van de insecten willen horen, maar daar leken de jagers geen belangstelling voor te hebben. Ze werden pas nieuwsgierig toen er een vrij groot dier tussen het weelderige groen zichtbaar werd. Het was donker, had lange poten en een grote logge kop. De jagers grepen reflexmatig naar hun geweren toen het dier enigszins verbaasd naar hen staarde. Ivy vond het met zijn grote oren en hoorns op een rund lijken.

'Een gnoe,' verkondigde meneer Adrian. 'Hij behoort tot de antilopen en het is niet de bedoeling om hem dood te schieten,' zei hij tegen de jagers. 'Wat moeten we hier in vredesnaam met het karkas doen? Er zijn in Kenia genoeg gnoes en als jullie per se zo'n kop aan de muur willen hangen, kunnen jullie er later altijd nog een neerschieten.'

Ivy's hart ging naar hem uit. Ze zou het erg verdrietig vinden als het eerste wilde dier dat ze tegenkwamen meteen werd doodgeschoten. Omdat de expeditieleider die ochtend toegankelijker en minder dominant dan de vorige dag leek, durfde ze hem vragen te stellen.

Meneer Adrian vertelde bereidwillig dat gnoes gewoonlijk in kuddes leven, vreedzame planteneters zijn en er eerder op hen werd gejaagd vanwege hun huid en vlees dan bij wijze van trofee. 'Vroeger werden er vliegenmeppers van hun staarten gemaakt,' vertelde hij opgewekt. 'En aangezien u de dieren het liefst alleen observeert, miss Ivy, bent u beslist geïnteresseerd in de lange afstanden die gnoes en andere dieren in Afrika afleggen. Antilopen, zebra's en giraffen vormen enorme kuddes die van de Serengeti naar Masai Mara migreren. Dat is een indrukwekkend schouwspel.'

Inmiddels waren er geen aangelegde paden meer en meneer Adrian leidde de groep via wildsporen door het struikgewas waarbij hij zich met behulp van een kompas oriënteerde. Ze zagen steeds vaker dieren, voornamelijk kleine antilopen, die soms verstard bleven staan en zich over de menselijke invasie leken te verbazen, en wrattenzwijnen. Ivy vond het grappig hoe snel deze kleine dieren wegschoten als ze de ruiters zagen. Helaas bleven ze nooit lang genoeg staan om hun merkwaardige koppen nader te kunnen bestuderen.

's Middags maakte het struikgewas plaats voor de savanne: uitgestrekte graslanden met maar weinig acaciabomen die schaduw boden. Er waren geen dieren te zien, maar het was nu zo heet dat er zelfs geen kudde in de zon aan het grazen was.

'We gaan 's ochtends vroeg en 's avonds op jacht,' vertelde Adrian Edgecumbe zijn teleurgestelde gasten. 'Nu rust het wild uit. Wacht tot zonsondergang. Misschien zien we vanuit ons kamp al dieren.'

Ongeveer een uur voor zonsondergang – ze hadden meer dan tien uur gereden en vooral mevrouw Maitland leek uitgeput – bereikten ze de plek die meneer Adrian voor hun eerste kamp had uitgekozen. Het was een heuvel van waaruit ze de savanne konden overzien. De acaciabomen werden prachtig verlicht door de avondzon en het gras had een gouden gloed. In het licht van de ondergaande zon leek het landschap een silhouet, het werk van een kunstenaar.

Eigenlijk had Ivy verwacht dat de dragers, die de ruiters zonder te klagen met hun bagage waren gevolgd, nu dankbaar op de grond zouden gaan zitten, maar hun werk ging gewoon door. Terwijl meneer Adrian de gasten en de andere witte mensen uitnodigde voor een aperitief, waarvoor een van de dragers hem allerlei populaire flessen drank overhandigde, zetten sommige helpers de tenten op. Anderen plaatsten een tafel in de openlucht waar het diner later zou worden geserveerd.

Een kleine groep onder leiding van O'Toole verdween in de bush. Korte tijd later klonk er een schot. De vrouwen schrokken.

'Wat was dat?' vroeg Diane geschrokken. 'Zijn dat stropers?'

Bingham lachte. 'Miss Diane, dit land is van niemand, dus zijn er ook geen stropers. Iedereen kan neerschieten wat hij wil. Dit schot heeft waarschijnlijk ons avondeten opgeleverd. Ik ben benieuwd wat het is.'

'Eigenlijk is het vreemd,' zei Ivy tegen haar vader. Terwijl ze naar de savanne keken dronk hij cognac en nipte zij van een martini. Wat het uitzicht betreft, had meneer Adrian niet overdreven. Eerst trok een kudde gnoes over de savanne, daarna ontdekte Ivy antilopen. Aan de horizon waren de silhouetten van giraffen in het laatste licht te zien. 'Er is zoveel land en toch zijn er geen eigenaars. Hoe zit het dan met de stammen, met de inboorlingen die hier tot nu toe geleefd hebben of nog steeds leven? Kunnen zij geen aanspraak op het land maken?'

'Misschien trekken ze rond,' opperde haar vader. 'Tarlton vertelde dat hier veel nomaden leven.'

Ivy fronste haar voorhoofd. 'Wij wonen meestal in Londen en zijn een enkele keer in Parkland Gardens, maar toch is het jachtgebied daar van ons.'

Haar vader gaf geen antwoord.

De werknemers staken vuren tussen de tenten aan. Het had minder dan een uur gekost om het kamp op te bouwen.

'De tenten zijn klaar,' vertelde Adrian Edgecumbe. 'Ze zijn

echter minder comfortabel dan jullie waarschijnlijk hadden verwacht. Als we morgen ons eerste jachtkamp opzetten, zal dat anders zijn. Hier slapen we maar één nacht, dus het zou te veel rompslomp zijn om alles uit te pakken en morgen weer op te bergen. Mijn excuses voor het noodkamp.'

Ivy's vader en de andere jagers leken er juist van te genieten om in een spartaans kamp te overnachten en te genieten van een diner dat niet in een keuken, maar op een kampvuur was bereid. De vrouwen waren enthousiast over de gezellige tenten. Ivy en Diane vonden het heerlijk dat er water stond om zich op te frissen. Na de lange rit hadden ze daar behoefte aan. Er was ook een draagrek met een deel van hun kleding en toiletartikelen naar hun tent gebracht. Ze konden hun haar kammen en schoon ondergoed aantrekken. Daarna voelden ze zich een stuk beter.

De mannen zaten bij het vuur. Ze waren het eens geworden over de verdeling van de tenten. Alicia en George Maitland hadden een eigen tent terwijl Ivy's vader de grootste tent met Francis Main Carruthers en diens zoon Simon deelde. Adrian Edgecumbe had zijn eigen tent, die klein en bijzonder eenvoudig was en die hij op zijn paard vervoerde. De andere witte mensen deelden een gemeenschappelijke tent. Het leek niemand te interesseren waar de inheemse mannen zouden slapen.

Het diner – om insecten af te schrikken werden er kruiden verbrand – bestond uit steaks die naar kip smaakten, aardappelen, zoete aardappelen en wortelgewassen die in het vuur waren gebakken. Daarbij werd wijn geserveerd. De Franse kok verstond zijn vak duidelijk. Hij rende tussen de open vuren heen en weer en commandeerde zijn helpers. Ivy had medelijden met de mannen die moesten koken en serveren. De meeste dragers zaten rond hun eigen vuren en de geur van gegrild vlees waaide naar hen toe.

'Wilt u nog een beetje wijn, *memsahib*?' hoorde Ivy een warme, diepe stem vragen.

Achter haar stond een van de boys. Hij gedroeg zich als een

goed opgeleide huisdienaar. Het was de man die de vorige dag bij de weegschaal had gestaan. Ivy verbaasde zich erover hoe fijn ze het vond om hem terug te zien. Ze voelde zich niet prettig te midden van alle bedienden en arbeiders met wie ze geen woord kon wisselen en die volkomen werden genegeerd door meneer Adrian en zijn mannen. Alleen de maître schreeuwde tegen hen als iets hem niet beviel.

'Heel graag,' antwoordde ze, waarna ze uiting aan haar gevoelens gaf. 'Wat fijn dat u met ons meereist!'

'Altijd tot uw dienst, *memsahib*,' antwoordde hij vormelijk en hij vulde haar glas.

Ivy wilde hem bedanken, maar zijn koele toon hield haar tegen. Blijkbaar was het niet gepast om met hem te praten.

'Boy! Meer wijn, boy!' Meneer Main Carruthers praatte al op dezelfde manier tegen de bedienden als de witte jagers. In Engeland zou hij er 'alsjeblieft' aan toegevoegd hebben.

Omdat ze allemaal doodmoe waren na de lange rit, was het diner vroeg afgelopen. Ivy en Diane liepen naar hun tent en gingen op de veldbedden liggen. Diane klaagde dat ze ongemakkelijk lag, maar viel al snel in slaap. Ivy daarentegen lag nog lang wakker. Ze luisterde naar de geluiden van de wildernis. Eigenaardige klanken van nachtvogels, geritsel, kreten die ze niet kon plaatsen, een soort gebrul dat klonk als de roep van een eenzame leeuw. Ze voelde geen angst, was alleen nieuwsgierig en verheugde zich op de volgende dag. Het liefst wilde ze de tent uit gaan om zich onder te dompelen in de nacht die door allerlei onbekende wezens werd bevolkt.

De volgende ochtend was Ivy al heel vroeg wakker. Omdat ze buiten stemmen hoorde en vermoedde dat de arbeiders bezig waren met het afbreken van het kamp, besloot ze op te staan. Ze sloeg het muskietennet weg en trok haar safarikleding aan, met inbegrip van de tropenhelm met muskietennet. Ze had tenslotte gehoord dat de muggen tijdens de ochtend- en avondschemering actief waren.

Het inpakken was inderdaad al begonnen, maar niet rond de tenten van de gasten, die blijkbaar nog wat rust werd gegund. Sommige mannen borstelden de paarden, andere bereidden het ontbijt voor. De jonge Afrikaan die zo uitstekend Engels sprak leek de leiding te hebben. Hij schrok toen Ivy vrolijk 'goedemorgen' naar hem riep. Hij keek om zich heen alsof hij wilde controleren dat er niemand naar hem keek en glimlachte vervolgens naar haar.

'U bent vroeg op, *memsahib*,' zei hij beleefd. 'Kan ik koffie of thee voor u maken?'

Ivy schudde haar hoofd. 'Ik wil niet storen. Ik wil alleen... ik wil gewoon een beetje rondkijken. Het was vannacht zo lawaaiig. Volgens mij heb ik zelfs een leeuw horen brullen.'

'Het spijt me dat de nachtrust van de *memsahib* verstoord is,' zei de man. 'Het was niets om bang voor te zijn, alleen een troep bavianen die op de restanten van het diner hoopte. Ze zijn heel nieuwsgierig en brutaal, en stelen alles.' Zijn glimlach logenstrafte de strenge woorden.

'Apen?' vroeg Ivy enthousiast. 'O, die moet u me laten zien! Ik heb eens een draaiorgelman met een aapje gezien. Dat was zo schattig...'

'Bavianen kunnen gevaarlijk zijn. U mag niet zomaar bij ze in de buurt komen, *memsahib*.' De jongeman zei een paar woorden in hun eigen taal tegen de arbeiders en keek vervolgens naar Ivy. 'Ik zal u iets laten zien waarvan u zult genieten,' bood hij vriendelijk aan. 'Ga maar mee.'

Hij hing een geweer om, waardoor Ivy zich herinnerde dat ze haar wapen in de tent had laten liggen, nam haar mee naar de rand van het kamp en liep een paar stappen de bush in. Daar gebaarde hij naar haar dat ze stil moest zijn, waarna hij naar een open plek wees waar een enorme vogel rondliep.

Ivy keek gefascineerd naar de struisvogel, die zijn vleugels spreidde, en toen ze achter en naast hem kuikens zag, kon ze haar enthousiasme nauwelijks nog bedwingen. Ze zag tien tot twaalf kleine struisvogels die allemaal even schattig waren.

De volwassen loopvogel hielp de kleintjes bij het zoeken naar voedsel en leek zorgvuldig in de gaten te houden dat geen van de kuikens verdwaalde.

'Wat een goede moeder,' fluisterde Ivy.

'Het is de vader,' corrigeerde Ivy's begeleider haar. 'De mannetjes hebben een zwart en de vrouwtjes een bruin verenkleed. U hebt hem vannacht gehoord. Hun geluid lijkt inderdaad op brullen.'

'Waar is de moeder?' vroeg Ivy.

De jongeman kreeg een verdrietige blik in zijn ogen. 'Het vrouwtje was ons avondeten,' antwoordde hij. 'Ik weet niet of meneer O'Toole gezien heeft dat ze kuikens had of dat het hem niet kon schelen. Struisvogelbiefstuk is een delicatesse.'

Ivy keek hem geschokt aan en werd meteen misselijk.

'En... nu?' vroeg ze.

'De haan brengt de kleintjes alleen groot,' antwoordde haar metgezel. 'Daar hoeft u zich geen zorgen over te maken. Het spijt me dat ik u heb laten schrikken.'

'Moeten we ons... eten... altijd zelf doodschieten?' vroeg Ivy, hoewel ze zich een beetje onnozel over haar vraag voelde. Het was duidelijk hoe het jachtgezelschap gevoed zou worden.

'In een bepaald opzicht wel,' gaf de jongeman toe. 'De dieren die jullie als trofeeën doodschieten leveren meestal genoeg vlees op. We hoeven niet specifiek voor het diner te jagen.' Hij glimlachte en ging verder voordat ze iets kon zeggen. 'Ja, ik weet dat u niet jaagt. Ik wilde jullie niet afluisteren, maar ik stond naast de *bwana* toen u met hem praatte. Het komt maar zelden voor dat iemand die op safari is niet jaagt.'

Hij draaide zich om naar het kamp. De struisvogelfamilie verdween in het struikgewas.

Ivy keek met een ondeugende blik in haar ogen naar haar begeleider. 'Hebt u al een leeuw geschoten om uw mannelijkheid te bewijzen?' vroeg ze.

Hij keek met een bijzonder ernstige blik terug. 'De mannen hier schieten de leeuwen niet meer zelf, maar ze brengen blanke jagers naar hen toe om het voor hen te doen. Dat is winstgevender, hoewel het niet bevorderlijk is voor onze mannelijkheid.' Daarna werd zijn toon luchtiger. 'Het spijt me, *memsahib*, maar nu moet ik me met het ontbijt bezighouden.'

Ivy liep nadenkend achter hem aan het kamp in.

6

De tweede dag van de safari verliep hetzelfde als de eerste. Adrian Edgecumbe leidde de expeditie door bosgebieden en de savanne verder de bush in. Ze staken rivieren over – hij leek precies te weten waar de doorwaadbare plekken waren zodat er geen vlotten gebouwd hoefden te worden – en de safarideelnemers zagen steeds meer dieren. Net als de vorige dag voornamelijk antilopen en gnoes, maar soms ook zebra's, waarover vooral mevrouw Maitland enthousiast was. De paardenfokster vergeleek ze met de pony's die in Europa voorkwamen.

'Kunnen ze getemd en bereden worden?' vroeg ze.

Meneer Adrian schudde zijn hoofd. 'Dat wordt soms geprobeerd, maar het is moeilijk. Zebra's hebben een eigen wil en hun rug is niet zo geschikt voor het dragen van een zadel als die van een paard. Als zebra's gaan bokken, is het moeilijk erop te blijven zitten. En door wie moeten ze bovendien bereden worden? Ze zijn te klein voor een man en te wild voor een kind. Soms proberen boeren ze met paarden te kruisen. Het resultaat is vergelijkbaar met een muilezel, sterk en net zo koppig. Schiet er een neer en hang de kop in de salon. Dat zal een mooie aanblik zijn.'

Ivy vond de zebra's gewoon mooi. Net als de giraffen, die ze alleen van een afstand zagen. Ze reed steeds vaker naast Adrian Edgecumbe, wat voornamelijk met haar paard te maken had. Tango was een levendig dier dat niet graag achteraan reed. Ze had het de vorige dag telkens ingehouden om meneer Adrian niet te ergeren, maar ze had gemerkt dat hij geen waarde aan een strikte volgorde hechtte en daarom liet ze haar appelschimmel naar zijn zwarte paard toe rijden. Als de staat van de weg het toeliet, leek de *bwana* er niets op tegen te hebben om met haar te praten. Vanochtend nam hij zelf het initiatief.

'Hoe komt het eigenlijk dat u een hekel aan de jacht hebt, miss Ivy?' vroeg hij. 'U eet toch vlees, of niet soms?'

Dat moest Ivy toegeven.

'Bent u serieus van mening dat het beter is om een koe door het bloed van zijn soortgenoten naar de slachtbank te trekken dan een hert met een bladschot te doden?' Hij keek haar vragend aan.

Ivy voelde zich niet op haar gemak. Ze had zulke discussies ook met haar vader gevoerd. 'Nee,' antwoordde ze. 'Natuurlijk niet. Het gaat me niet om het doden op zich, maar om het plezier in het doden. Ik kan niet accepteren dat het als een vorm van vertier beschouwd wordt.'

'Maar veel dieren worden gegeten,' zei meneer Adrian. 'Je kunt de jacht dus net zoals slachten beschouwen als een manier om aan voedsel te komen.'

Ivy zuchtte. 'Toch zit het me dwars. Hoe kan iemand ervan genieten om vanuit een hinderlaag op een dier te loeren en het vervolgens dood te schieten? Hoe kan doden een mondain tijdverdrijf zijn? Ik bedoel, mijn vader en zijn vrienden zijn niet duizenden kilometers naar Afrika gereisd omdat ze in Engeland niets te eten hadden.'

Meneer Adrian lachte. 'In dat opzicht zou u dus meer sympathie voor mij en de andere begeleiders van de safari moeten hebben omdat wij om beroepsmatige redenen jagen.'

Ivy haalde haar schouders op. 'Heb ik aanleiding gegeven om te denken dat ik een bepaalde wrok tegen u koester?'

Hij glimlachte. 'Doet u dat ook niet als ik beken dat ik van mijn beroep hou?'

'Het is niet aan mij om over u te oordelen, meneer Adrian,' antwoordde Ivy. 'En ook niet over de andere jagers. Ik begrijp het gewoon niet. En dat hoeft ook niet, of wel soms?'

Hij keek naar haar met een vreemde blik die ze niet kon duiden. 'Misschien zult u het op een dag begrijpen,' zei hij uiteindelijk. 'Dat hoop ik tenminste.'

Tegen de avond bereikten ze een prachtige plek, een heuvel met uitzicht op een waterpoel tussen de bush en de savanne. Meneer Adrian vertelde dat hun eerste jachtkamp hier zou verrijzen.

'Het eerste?' vroeg Ivy's vader. 'Reizen we rond?'

'Er zijn meerdere kampen voor de safari gepland,' zei de *bwana*. 'We willen jullie zoveel mogelijk van Afrika laten zien.'

Ivy fronste haar voorhoofd. Ze vermoedde eerder dat het wild zich na een paar dagen terugtrok uit de omgeving van een jachtkamp. En natuurlijk was het voor de veiligheid en het gemak van de jagers beter om zich te verplaatsen dan zich iedere dag verder in de bush te wagen om op jacht te gaan.

De arbeiders bouwden het kamp op terwijl de jagers en gasten met een nog adembenemender uitzicht dan de vorige avond van hun aperitief genoten. Langzaam verzamelden de dieren uit de omgeving zich bij de waterpoel. Het eerste was een eenzame neushoornstier. Hij werd gevolgd door een kudde giraffen, verschillende antilopen, gnoes en uiteindelijk olifanten.

Ivy was zo geboeid door het schouwspel bij de waterpoel dat ze bijna vergat haar aperitief te drinken. Ondertussen discussieerden de mannen over het bereik van hun geweren. Ze zouden de wapens het liefst meteen op de nietsvermoedende dieren uitproberen.

'Daarvoor moeten jullie toch dichterbij komen,' zei meneer Adrian. Hij keurde het gesprek duidelijk af. 'En het is misschien geen goed idee om bij de waterpoel te schieten. Zolang we hier zijn willen we tenslotte van het uitzicht op de dieren genieten. Als er te vaak geschoten wordt, blijven ze weg. Niemand hoeft zich echter zorgen te maken. Jullie krijgen nog voldoende kansen, misschien morgen bij zonsopgang al. Dan beginnen we namelijk met jagen.'

'Wat gebeurt er dan met Ivy?' vroeg Diane quasi-bezorgd. Ze vond het niet prettig dat Ivy en meneer Adrian tijdens de rit zoveel hadden gepraat. Diane's pony had niet vooraan willen rijden en meneer Adrian had haar gezelschap niet gezocht. 'Ivy wil tenslotte niet schieten. Moet ze dan hier blijven?'

Meneer Adrian keek naar Ivy en net als eerder had ze het gevoel dat zijn blik iets langer op haar bleef rusten. 'Dat laten we miss Ivy zelf beslissen,' zei hij. 'U komt het dichtst bij de dieren als u met de jagers meegaat, miss Ivy. Dus zelfs als u alleen wilt observeren, is het noodzakelijk om met ons mee te gaan. Ik duld echter geen sabotage. Als u plotseling gaat schreeuwen of een schutter dwarsboomt, bent u voor de eerste en de laatste keer mee geweest.' Hij keek haar streng aan.

Ivy knikte en haar vader verzekerde meneer Adrian haastig dat ze bij meerdere jachten aanwezig was geweest zonder zich ongepast te gedragen. Toch vond ze het geen prettig idee. Het was in Engeland al niet gemakkelijk geweest om kalm te blijven als de trotse herten werden neergeschoten. Hier zou dat nog moeilijker zijn.

Het kostte deze keer meer tijd om het kamp op te bouwen, maar daarna waren de gasten vol bewondering. De bedden in de tenten van Diane en Ivy waren opgemaakt met kleurige dekens en kussens, de linnen lakens waren van de fijnste kwaliteit en waren voorzien van het geborduurde logo van Newland, Tarlton & Co. Op de vloer lagen geweven kleden, twee klapstoelen lagen vol kussens waardoor het comfortabele fauteuils leken. Er was een wastafel met water en toiletartikelen. Op een tafel stonden twee karaffen, een met wijn en een met water, en daarnaast een bord met fruit en kaas. Buiten de tent was een apart toilet voor de dames, dat weliswaar nogal primitief was, maar voldeed. Het reisbureau had niet overdreven toen het de gasten een verblijf beloofde dat vergelijkbaar was met de service in een grand hôtel.

Een eind bij de tenten vandaan was een werktent voor de dierenpreparateurs opgezet, en daarnaast een keukentent waar maître Gaston al aan het werk was. Er was opnieuw vers vlees, Bingham had deze keer een wrattenzwijn geschoten, dat met sherrysaus werd geserveerd. De maître deed zijn reputatie alle eer aan.

Ivy kon de struisvogelmoeder echter niet uit haar hoofd krijgen. Ze kon niet van het vlees genieten, hoewel het in een fantastische sfeer op fijn porselein werd geserveerd. De tafel stond weer onder de uitgestrekte Afrikaanse sterrenhemel en werd alleen door gaslampen verlicht, wat het licht van de sterren nog intenser maakte. Er werden weer kruiden verbrand. Ivy zocht naar vertrouwde sterrenbeelden, maar op dit continent zag ze andere sterren. Zouden de Afrikanen ook horoscopen maken? Ze betrapte zichzelf erop dat ze het graag zou vragen aan de jonge Afrikaan die haar vanochtend de kuikens had laten zien.

De bewuste jongeman serveerde ook vanavond de wijn en Ivy slaagde erin om even met hem te praten toen ze naar het toilet ging.

'Ik wil u nogmaals bedanken voor vanochtend,' zei ze. 'Het was fantastisch, maar ik moet de hele tijd aan die arme struisvogelweduwnaar denken. Ik heb zoveel medelijden met hem.'

'Tot uw dienst, *memsahib*,' antwoordde hij opnieuw. Deze keer klonk het minder zakelijk, eerder vriendelijk en vertrouwd.

Het leek alsof hij er nog iets aan wilde toevoegen, maar op dat moment zag hij Adrian Edgecumbe blijkbaar naar hem kijken en hij opende de nieuwe fles wijn die hij in zijn handen had haastig. Ivy vermoedde dat het personeel niet met de gasten mocht praten en vroeg zich af wat het nut van zo'n verbod kon zijn. Misschien schrikken veel gasten als een van de Afrikanen tegen hen praat, dacht Ivy. Mevrouw Maitland was nog steeds bang voor de mannen met de donkere huid.

De nacht verliep niet rustiger dan de vorige, hoewel er deze keer geen struisvogelmannetje was dat zijn verdwenen vrouwtje riep. Het was nooit helemaal stil in de bush en alle verschillende geluiden verrieden het leven rondom het kamp. Ivy zou het liefst naar buiten gaan om naar de dieren te zoeken, maar dat had meneer Adrian streng verboden. De gasten mochten alleen overdag en tijdens het diner vrij in het kamp rondlopen. Als ze dat 's avonds of 's nachts deden, werden ze begeleid door een bewaker met een geweer.

Ivy nam aan dat ook voor hun tent iemand de wacht hield. De Afrikaanse wilde dieren waren niet gewend aan mensen en waren niet bang om 's nachts in het kamp rond te lopen. Natuurlijk waren niet alle dieren gevaarlijk. Ivy was enthousiast toen ze, nadat ze tijdens het ochtendgloren was gewekt, uit haar tent keek en twee antilopen tussen de tenten zag grazen. De bewakers keken onbezorgd naar het schouwspel.

Ze kregen alleen koffie en thee met een snack, waarna ze bij zonsopgang op jacht gingen. Onder begeleiding van meneer Adrian, O'Toole, Bingham en twee Afrikaanse spoorzoekers per groepje van twee of drie vertrokken de gasten. Meneer Adrian sloot zich bij de dames aan, waarschijnlijk om zich ervan te verzekeren dat ze aan de eisen van de safari voldeden. Ivy, Diane en mevrouw Maitland volgden hem in een grote boog om de waterpoel heen. Af en toe stopten ze zodat de spoorzoekers de uitwerpselen en sporen op de bodem konden inspecteren. Daarna praatten ze kort met meneer Adrian, die bepaalde welke richting ze namen en of ze een spoor zouden volgen.

Tijdens de wandeling was hij bijzonder beleefd en hij praatte vlot met de vrouwelijke gasten. Diane vertelde over haar jachtervaringen in Engeland – ze had op haar vijfde haar eerste vossenjacht meegemaakt – en stelde herhaaldelijk nogal naïeve vragen die bedoeld waren om meneer Adrian te vleien.

'Het moet zo opwindend zijn om van de jacht te leven! Wat was het grootste dier dat u tot nu toe geschoten hebt, *bwana*?' vroeg ze.

Meneer Adrian gaf kalm antwoord alsof ze niet op jacht waren in de Afrikaanse bush, maar een wandeling in een park maakten. Als de dieren langs hun route mensen hoorden praten, zouden ze op de vlucht slaan, maar meneer Adrian wees zijn gasten er niet op dat ze beter stil konden zijn. Hij leek niet op verrassingen te rekenen of bang voor gevaarlijke situaties te zijn. De jacht was zorgvuldig voorbereid.

Nadat ze ongeveer een uur over het ongelijke terrein hadden gelopen, langs grillige termietenheuvels, over boomstammen en door plassen die wachtten op de volgende regenbui om in waterpoelen voor de dieren te veranderen, zocht meneer Adrian dekking in de uitlopers van de bush en maande hij zijn gasten om stil te zijn. Voor hen graasde een kudde antilopen op grasland.

'Grote koedoes,' fluisterde meneer Adrian. 'Onze Afrikaanse spoorzoekers hebben de kudde gisteren al bespied. Er zit een bok bij die het waard is om neer te schieten. Laten we dus afwachten of hij zich laat zien.'

De meeste dieren in de groep waren vrouwelijk. Ze hadden geen geweien, dus waren ze niet interessant voor de jagers, maar Ivy bewonderde hun omvang, hun soepele bewegingen en de merkwaardige dwarsstrepen die de rug van de grijsbruine dieren sierden. De kalveren dartelden tussen hun moeders. Het was een toonbeeld van vrede.

Ineens verscheen de bok. Misschien was hij geschrokken van een van de spoorzoekers, die een paar minuten eerder was verdwenen. Waarschijnlijk had hij het dier rechtstreeks naar het schootsveld van de jagers geleid. De bok was prachtig. Hij was net zo groot als een boerenpony en zijn enorme kop had een fijne wit-bruine tekening. De oren, die in principe groot waren, leken klein in verhouding tot de enorme hoorns die kronkelden als een schroef. Ivy telde drie wendingen en ze waren bijna een meter lang.

De bok keek in de richting van de jagers. Diane, haar moeder en meneer Adrian richtten hun geweer. De *bwana* gaf de vrouwen voorrang, maar zou het dier het genadeschot geven als ze misten.

Diane miste de bok niet. Ze was de eerste die schoot en het

was een briljant schot. De bok verstijfde, leek niet te begrijpen wat er met hem gebeurde en viel dodelijk getroffen neer. De andere antilopen vluchtten de bush in. Op de plek waar Ivy het vredige familietafereel daarnet nog had bewonderd, lag nu alleen de stervende bok.

'Perfect!' prees meneer Adrian terwijl het dier stierf. Hij praatte even met de spoorzoekers en feliciteerde Diane. Haar moeder was enthousiast en erg trots. Ivy had tranen in haar ogen. Ze liep achter de jagers aan naar de bok en meneer Adrian controleerde of hij echt dood was. 'Een bladschot, miss Diane! U doet uw naam eer aan!'

Mevrouw Maitland glimlachte, plukte een tak van een struik, doopte hem in het bloed van de bok en streek ermee over de wangen van haar dochter. 'Een oud Engels ritueel dat gewoonlijk ter ere van de eerste vossenjacht uitgevoerd wordt,' legde ze uit, hoewel haar begeleider dat beslist wist. 'Ik vind het hier eveneens op zijn plaats. Je hebt je eerste groot wild gedood, Diane!'

Ivy kon het niet aanzien. Ze had het ritueel in Engeland al barbaars gevonden en toen het haar zelf als kind was overkomen – ze kon uitstekend paardrijden en had zich niet aan de vossenjacht kunnen onttrekken – had ze overgegeven en had ze niet kunnen stoppen met zich wassen. Ze dacht het bloed nu nog op haar wangen te voelen en vroeg zich af of het kijken naar de antilopen de misselijkheid die alweer in haar opkwam waard was. 'Wat gebeurt er nu?' vroeg ze geschokt.

Meneer Adrian draaide zich naar haar om. 'We gaan terug naar het kamp. De zon staat al behoorlijk hoog en ik denk dat het niet verstandig is om nog een poging te wagen. Laten we het succes van miss Diane liever vieren en voor vanavond op een goede jacht hopen.'

'En de bok?' vroeg Ivy voorzichtig terwijl ze haar hand op de warme schouder van het dier legde.

'De dragers halen hem op. U mag het transport begeleiden, miss Diane. En daarna moet u beslissen hoe u hem geprepareerd wilt hebben. Ik zou de kop laten opzetten. Het is een prachtig dier.'

Ivy struikelde achter de anderen aan door de bush terug. De andere jagers waren er nog niet, maar verschenen even later en hadden eveneens succes gehad. Ivy's vader had een impala gedood, een rooibok met indrukwekkende hoorns, en Simon had een zebrahengst geschoten.

De aanblik van de dode zebra raakte Ivy nog meer dan de bokken. Ze was gewend aan het doden van herten en reeën, maar in Engeland schoot niemand op paarden of ezels.

Simon wilde de vacht van het dier, dat een bijzonder mooi streeppatroon had, graag hebben. 'Die leggen we thuis voor de open haard neer,' verklaarde hij met een van trots gezwollen borstkas.

Ivy besloot om tijdens de avondjacht in het kamp te blijven.

Diane was de heldin van de dag en werd tijdens het jachtontbijt, dat de lunch na de jacht verving, door iedereen bejubeld. Na een lange middagpauze zette een van de preparateurs een camera op een statief, waarna de succesvolle schutters met de kadavers poseerden. Diane tilde de kop van de bok met behulp van de mannen op en hield hem voor de camera en Simon ging op de zebra zitten. Ivy's vader was terughoudender; hij liet zich samen met zijn jachtvrienden achter de dode impala fotograferen.

Ivy draaide zich vol afkeer om en liep naar meneer Adrian, die aan een klaptafel voor zijn primitieve tent zat te roken en met een afkeurende blik naar de gasten keek.

'Kunt u daar niet tegen?' vroeg ze met scherpe ondertoon. 'Gisteravond vond u het niet prettig dat uw gasten op de dieren bij de waterpoel wilden schieten. Zou het kunnen dat u medelijden met de dieren hebt?'

Meneer Adrian keek met een ernstige blik naar haar. 'Laten we zeggen dat ik het betreur dat hun geesten niet het respect krijgen dat ze verdienen,' merkte hij op.

Ivy fronste haar voorhoofd. 'Wat bedoelt u?'

'De mens heeft altijd gejaagd, miss Ivy, maar onze voorouders, en dat geldt tegenwoordig eveneens voor veel stammen in Afrika, hebben altijd respect voor de dieren gehad. Er waren en zijn rituelen om hun geesten tevreden te stellen, en die worden altijd bijzonder serieus uitgevoerd. Voor mij is het prepareren van de dieren zo'n ritueel. Ze blijven in de herinnering, je brengt ze als het ware weer tot leven. Deze dwaze vertoning heeft niets met respect te maken. Zodra ze groot wild gedood hebben, zullen de heldenposes nog potsierlijker worden.' Meneer Adrian keek weg.

Ivy vermoedde dat hij niet zo over zijn gasten hoorde te praten, maar ze had het gevoel dat hij geen spijt van zijn woorden had. Deze man zei wat hij dacht. Hij was niet afhankelijk van Newland, Tarlton & Co.

Hij keek weer naar haar. 'En voor wat betreft de dieren bij de waterpoel geniet ik niet minder dan u van hun aanblik, miss Ivy. Ik bewonder hun schoonheid en behendigheid. Als je ze alleen als een prooi beschouwt, mis je...' Hij dacht na.

'...het contact met hun geesten?' vulde Ivy aan.

Adrian Edgecumbe glimlachte. 'U zou een goede jager zijn, miss Ivy. U begrijpt waarom het gaat.'

Ivy fronste haar voorhoofd. 'Bedoelt u dat u contact met hun geest maakt en ze vervolgens doodschiet?' vroeg ze.

'Na het contact met hun geest volgt de macht die ik over ze heb. Ik kan een dier doden of het laten gaan. Dat is de aantrekkingskracht ervan, miss Ivy. De macht over de geest van de prooi. Iets wat veel jagers nooit voelen en misschien ook niet willen voelen. Niet iedereen is daar sterk genoeg voor.' Hij stond op. Misschien vond hij dat hij te veel had gezegd, dat hij Ivy te diep in zijn gedachten en gevoelens had laten kijken.

Ivy bleef geïrriteerd achter. Adrian Edgecumbe fascineerde haar steeds meer. Soms had ze het gevoel dat ze op hem leek, dat ze een verwante ziel in hem herkende, maar daarna schrok ze terug voor de ondoorgrondelijke diepte in zijn gedachten. Ze had nog nooit iemand zoals hij ontmoet.

7

Vlak voor het invallen van de schemering gingen de jagers op pad voor de tweede jacht van die dag. Ivy deed alsof ze hoofdpijn had. Diane verweet haar dat ze jaloers was op haar succesvolle schot. 'Jij zou ook succesvol kunnen jagen, Ivy! In plaats daarvan zeur je en verpest je het voor iedereen.'

Meneer Adrian gaf geen commentaar op Ivy's beslissing om niet mee te gaan. Hij wenste haar alleen een fijne avond en verdween vervolgens met Diane en haar moeder in de bush.

Ivy ging met het reisdagboek waaraan ze was begonnen op de heuvel met uitzicht op de waterpoel zitten. Zo meteen zouden de eerste dieren verschijnen, misschien zelfs meer dan de vorige avond omdat het rustiger in het kamp was. Ze zou ze weliswaar alleen van een afstand kunnen observeren, maar dat vond ze geen probleem omdat ze in elk geval niet naar opmerkingen zoals 'wat een enorme bok' hoefde te luisteren.

Niet lang nadat ze was gaan zitten, verscheen de jongeman die de wijn had geserveerd met een glas martini. 'Ik hoorde dat u zich niet goed voelt, *memsahib*. Wilt u toch een aperitief tijdens de zonsondergang drinken, of wenst u iets anders? Ik kan ook thee brengen.'

Ivy glimlachte naar hem. 'Nee, bedankt, dat hoeft niet. Ik ben niet ziek. Ik heb gewoon genoeg van de jacht, dus geniet ik van het uitzicht. Er zullen zo meteen beslist dieren verschijnen.'

De jongeman leek even te aarzelen. 'Als u de dieren liever van dichtbij wilt zien, dan wil ik u graag brengen, *memsahib*,' zei hij. 'Rond de waterpoel zijn voldoende mogelijkheden om te schuilen.'

'Maar we mogen ze toch niet verjagen?' zei Ivy. 'Meneer Edgecumbe heeft me er uitdrukkelijk op gewezen dat ik de jacht niet mag saboteren.' Ze nam een slok martini.

De jongeman schudde zijn hoofd. 'We verjagen ze niet,' zei hij zelfverzekerd. 'Ze merken niets van onze aanwezigheid, dat beloof ik. Ik ben zelf geen ervaren jager, maar het is niet moeilijk om naar een waterpoel te sluipen en daar een tijdje verborgen te blijven. Jagers in het struikgewas worden pas opgemerkt als ze schieten.'

Tegen dat argument wist Ivy niets in te brengen. Terwijl ze op advies van de jongeman voor alle zekerheid haar geweer ging halen, vroeg ze zich af of wat ze ging doen gepast was. Wilde ze echt met een onbekende man, die bovendien van lagere komaf was dan zij, alleen de Afrikaanse wildernis in trekken?

Toen Ivy met haar tropenhelm, muskietennet en een jas als bescherming tegen de avondkou op de heuvel terug was, stond niet alleen de Engelssprekende jongeman op haar te wachten, maar ook een iets kleinere, veel oudere man.

'Dit is Kymani, een van onze spoorzoekers,' stelde de jongeman hem voor. 'Hij gaat met ons mee om erop te letten dat we ons correct gedragen.' Hij zei iets tegen Kymani, die glimlachte. 'Hij weet ook hoe hij blanke mensen onzichtbaar kan maken,' legde hij aan Ivy uit.

Zij glimlachte eveneens.

Het was niet ver naar de waterpoel. Ze arriveerden ongeveer tegelijkertijd met een kudde gnoes, die vanavond als eerste hun dorst kwamen lessen. Kymani instrueerde Ivy en de jongeman om in het dichte struikgewas te blijven. Het uitzicht op de dieren was adembenemend. Ivy kon ze horen en dacht ze zelfs te ruiken. Vlak daarna verschenen er zebra's en impala's, en vervolgens kwamen er twee giraffen uit het bos tevoorschijn. Het verbijsterde Ivy hoe groot ze waren. Hoewel ze beschrijvingen had gelezen en afbeeldingen had gezien, bevond ze zich nu op maar enkele meters afstand van de dieren en hun aanwezigheid overweldigde haar.

'Het zijn twee mannetjes,' fluisterde de jonge man.

Kymani verdween in het struikgewas, waarschijnlijk om een betere uitkijkpost te zoeken. Vlak daarna verschenen er nog twee enorme giraffen, die maar iets kleiner waren dan de eerste twee. Dit waren vrouwtjes en tot Ivy's onuitsprekelijke blijdschap hadden ze hun jongen bij zich. Zelfs de kleintjes moesten hun voorpoten ver uit elkaar zetten om het water met hun kop te kunnen bereiken. Ivy bewonderde de hoorns van de dieren en de patronen op hun vacht, die bij iedere giraf anders waren, net zoals voor de zebra's gold.

De giraffen gingen ervandoor toen er een neushoornstier naderde, waarschijnlijk dezelfde die ze de vorige dag hadden gezien. Ivy's metgezel leek plotseling gespannen en haalde voor alle zekerheid het geweer van zijn schouder. Hij had haar al uitgelegd dat neushoorns gevaarlijker dan leeuwen en luipaarden waren. Het indrukwekkende dier schonk echter net zo weinig aandacht aan hen als de andere dieren en Ivy was niet bang. Ze genoot van de aanblik van zijn ruwe huid, de enorme hoorn en de kleine ogen.

Kymani kwam met een brede glimlach op zijn gezicht terug en gebaarde dat ze hem moesten volgen. De jongeman stak zijn hand naar Ivy uit terwijl ze over een hobbelig pad tussen de struiken door slopen en ze pakte hem vol vertrouwen vast. Plotseling herinnerde ze zich iets, maar voordat ze erover kon nadenken, wees Kymani naar de nieuwe plek, deze keer met uitzicht op een verborgen inham in de waterpoel. Wat ze nu zag overtrof al haar verwachtingen. In het donkere water zag Ivy een groep olifanten die uit vrouwtjes en kalveren bestond. Ze waren hier duidelijk niet alleen om hun dorst te lessen, maar genoten ook van een gezamenlijk bad. De jonge olifanten stonden tot aan hun buik in het water en besproeiden elkaar door het water in hun slurf op te zuigen en vervolgens uit te blazen. De volwassenen waren minder uitgelaten. Zij gebruikten hun slurf om zichzelf op te frissen.

Ivy was nog nooit zo opgewonden en gelukkig geweest als tijdens het betoverende uur waarin ze naar de olifanten mocht kijken terwijl ze aan het spelen waren. Tegelijkertijd groeide haar dankbaarheid tegenover haar begeleiders, die vast geen toestemming voor dit avontuur hadden gevraagd.

'Dat was geweldig,' fluisterde ze bijna plechtig tegen de jonge man toen de olifanten verder trokken. 'Ik kan u niet genoeg bedanken.' Plotseling herinnerde ze zich iets. 'Hoe heet u eigenlijk?' vroeg ze. 'Ik weet uw naam helemaal niet.'

De jongeman glimlachte en Ivy keek voor het eerst aandachtig naar hem. Zijn neus was breder dan die van de meeste Europeanen en zijn lippen waren voller. Vooral zijn lachende donkere ogen vond ze prachtig. Zijn haar was zwart en krullend, en was waarschijnlijk niet gemakkelijk in bedwang te houden. Het was haar ineens duidelijk waarom veel inheemse mensen, ook de vrouwen die ze tot nu toe had gezien, hun haar kort droegen.

Zijn gezicht kreeg een ondeugende uitdrukking. 'U hebt me ooit een naam gegeven,' zei hij tot haar verbazing. 'Herinnert u zich dat niet? Het is al heel lang geleden. We waren nog kinderen.'

Ivy fronste haar voorhoofd en ineens viel het kwartje. 'Was u dat?' vroeg ze ongelovig. 'De jongen die mijn oom Richard meegenomen had? Het spijt me dat ik u niet herkend heb!'

'Ebony,' zei hij. 'U noemde me Ebony. Ik herkende u ook pas toen u aan de *bwana* vertelde dat u Ivory heet. Dat is volgens mij een zeldzame naam.'

'Dat is het inderdaad.' Ivy probeerde zich de ontmoeting opnieuw voor de geest te halen terwijl ze begon te blozen. 'Het spijt me. Ik was destijds beslist niet erg tactvol.'

'Tactvol is geen woord dat iemand zoals ik iets zegt,' zei de jonge man spijtig. 'En ik kan me er ook niet veel van herinneren. Alleen dat ik naar u bleef staren. Ik had nog nooit eerder een blank kind gezien en dan ook nog een met haar als goud. Dat kende ik alleen van de missieschool. Daar werden de engelen zo beschreven.'

Ivy lachte gegeneerd. 'Ik ben absoluut geen engel.'

'En ik ben geen zwarte man voor wie u bang hoeft te zijn,' antwoordde de jongeman. 'Uw zus verstopte zich destijds achter de rug van uw moeder, dat herinner ik me nog. Maar u…'

'Ik wilde alles over u weten,' zei Ivy. 'Ik ben gewoon ontzettend nieuwsgierig. Het spijt me als ik te opdringerig was.'

'Dat was u niet,' verzekerde hij haar. 'Integendeel. Ik was bijzonder onder de indruk. En ik ben ook nieuwsgierig, hoewel ik dat eigenlijk niet zou moeten zijn.' Nu was het zijn beurt om te blozen. Ivy voelde het meer dan dat ze het zag.

'Dat is toch helemaal niet erg,' zei ze. 'En u hoeft het woord "nieuwsgierig" niet te gebruiken. Laten we het gewoon "leergierig" noemen.' Ze glimlachte vriendelijk.

Hij glimlachte niet terug. 'Wat voor u leergierig is, miss Ivory, is voor mij ongepaste interesse voor de hogere klasse. Ik weet mijn plaats niet als ik iets van u wil weten. Ik hoor alleen uw wensen te vervullen.'

'Dat verwachten we van onze bedienden, maar u was mijn bediende niet. En nu bent u dat eigenlijk nog steeds niet. In elk geval niet hier in de bush. Op deze plek zijn we twee mensen en de een laat de ander zijn land zien.'

'Zo eenvoudig is het niet,' mompelde hij.

Ivy vermande zich. Wat ze nu ging doen was waarschijnlijk heel ongepast, maar het voelde toch als het enige juiste. Ze stak haar hand uit naar de jonge man. 'We beginnen gewoon opnieuw,' zei ze, waarna ze verderging. 'Ik ben Ivory Parkland Rowe, een Engelse die voor het eerst in Afrika is. Ik ben blij dat u de schoonheid van uw land met me wilt delen.'

De jongeman keek haar ongelovig aan, maar schudde vervolgens haar hand.

Ivy had het gevoel dat ze terug was op de dag waarop ze zijn hand voor het eerst had vastgepakt: ebbenhout en ivoor.

'Ik ben Sanele Zoeloe,' stelde hij zich eveneens formeel voor. 'Die achternaam heb ik gekregen omdat ik afkomstig ben uit Zoeloeland, dat in Zuid-Afrika ligt. Aangenaam kennis met u te maken. Uw bezoek is een grote eer voor Afrika.'

Ivy glimlachte. 'Bedankt,' zei ze. 'En nu moeten we waarschijnlijk gaan, denkt u niet?'

Kymani stond al een tijdlang achter hen. Hij onderbrak hun gesprek in de voor hem onbekende taal niet, maar werd steeds ongeduldiger. Het werd donker en daardoor gevaarlijk in de bush.

'Dat moeten we inderdaad,' bevestigde Sanele. 'De jagers komen zo terug en ik moet de tafel voor het diner dekken. De Kikuyu zijn jagers en nomaden. Ze kunnen niet onthouden hoe een tafel feestelijk gedekt moet worden. Ze hebben nooit een tafelcultuur ontwikkeld en zien het nut er niet van in.'

Ivy lachte. 'Een feestelijk gedekte tafel in het wild lijkt me ook nogal vreemd,' zei ze. 'Ik denk niet dat er een nomadenvolk is dat porselein en kristallen glazen meeneemt. Is Kikuyu de naam van een stam?'

Sanele knikte. 'Kamba ook. Onze dragers zijn voornamelijk Kikuyu en Kamba. Dit was ooit hun land en hun jachtgebied, maar de blanken nemen alles in beslag.'

'Waarom verzetten ze zich daar niet tegen?' vroeg Ivy.

Sanele haalde zijn schouders op. 'Het heeft waarschijnlijk ook voordelen,' antwoordde hij. 'Ik heb mijn hele leven bij de blanken doorgebracht en veel van hen geleerd, en niet alleen lezen en schrijven. Ik weet niet of ik de voorkeur zou geven aan een bestaan als stammenkrijger. Ik heb er in elk geval geen enkele behoefte aan om een leeuw te doden.'

'Ik ook niet,' zei Ivy. Ze lachte. Dat had meneer Adrian dus bedoeld. Nu begreep ze beter hoe de traditie waarbij jongens tot mannen werden gewijd, was ontstaan. Het ging niet om moed of precisie, maar om de macht van de mens over het dier.

8

De jagers hadden bij hun tweede tocht door de bush ook succes gehad. Ze hadden nu allemaal een eerste trofee in de vorm van verschillende soorten antilopen en zebra's buitgemaakt.

De komende dagen zouden moeilijker worden, legde meneer Adrian tijdens het diner uit. Ze zouden de sporen van luipaarden en leeuwen volgen, en achter neushoorns en olifanten aan gaan.

Ivy's vader was dolenthousiast. Hij had, zoals hij later aan haar vertelde, de indruk gehad dat het wild tot nu toe op een presenteerblaadje werd aangeboden.

'Iedere idioot kan een zebra neerschieten,' merkte hij op, waarmee hij waarschijnlijk naar Simon verwees, wiens grootspraak hem net zo irriteerde als Ivy zich aan Diane ergerde. 'Dan kun je net zo goed een pony doodschieten. Echt wild, neushoorns, olifanten, alles waarop ik hier in Afrika wilde schieten, hebben we vandaag niet eens gezien.'

Ivy wilde hem haar geheim dolgraag vertellen, maar dat was natuurlijk uitgesloten, dus knikte ze spijtig toen hij zei dat zij waarschijnlijk ook niet veel aan de eerste jachtdag had gehad.

'Het is toch niets om de dieren alleen van een afstand te zien. Ga morgenochtend met mij mee. Ik ga met Francis en Adrian Edgecumbe op leeuwenjacht.'

Ivy kon geen nee zeggen, dus ging ze bij zonsopgang weer met de *bwana* mee. Adrian Edgecumbe glimlachte toen ze zich bij hen aansloot.

'Hebt u toch weer zin om met ons mee op jacht te gaan, miss Ivy?' vroeg hij onverwacht vriendelijk. 'Vandaag zult u het meer naar uw zin hebben. Ik kreeg gisteren namelijk de indruk dat u niet zoveel met de godin van de jacht ophebt.'

Meneer Adrian keek haar veelbetekenend en met een nauwverholen grijns aan. 'In Afrikaanse religies is de god van de jacht meestal mannelijk. Hij heet Oshosi en onderscheidt zich naast zijn kwaliteiten als scherpschutter door zijn bescheidenheid en oprechtheid.'

Ivy glimlachte onwillekeurig. Dat had hij in ieder geval niet gemeen met Diane Maitland. Bovendien had ze zich de vorige dag niet vergist. Diane had meneer Adrians dag eveneens geruïneerd met haar geklets.

Vandaag was de route door de bush interessanter, waarschijnlijk omdat meneer Adrian de mannelijke jagers serieuzer nam. Hij wees op wildpaden en liet Ivy's vader en meneer Main Carruthers de uitwerpselen van verschillende dieren zien, wat een hulpmiddel voor de jagers was om hun sporen te volgen. Als Ivy vragen stelde, beantwoordde hij ze nuchter en uitgebreid. Hij leek iedere boom en iedere struik, iedere kever en iedere vogel te kunnen benoemen. Ivy's respect voor hem groeide met iedere kilometer die ze aflegden en uiteindelijk vond de Kikuyu-spoorzoeker tekenen dat ze het territorium van een leeuw betraden. Ze zagen resten van verscheurd wild, uitwerpselen en sporen van zijn klauwen. Het was absoluut een leeuw die solitair leefde, dus hoogstwaarschijnlijk een mannetje en met het oog op de hoeveelheid uitwerpselen was het een groot dier, legde meneer Adrian uit. Het feit dat ze geen ander wild in de omgeving zagen, ondersteunde dat.

De leeuw zou vanochtend echter niet neergeschoten worden. De jagers volgden hem alleen en probeerden zijn favoriete voederplaatsen en de waterpoel waar hij dronk te vinden. Hier had hij duidelijke pootafdrukken achtergelaten. Ivy's vader en zijn jachtvriend waren opgetogen. Het leek echt om een enorm exemplaar te gaan.

Ook de andere jachtgroepen hadden niet veel geluk gehad. Meneer en mevrouw Maitland – die deze keer op pad waren met O'Toole – hadden een neushoorn gezien, maar de stier had de dreiging gevoeld en was weggerend. De spoorzoeker wilde het 's avonds nog een keer proberen.

Simon en Diane hadden onder begeleiding van Bingham onverwacht een prettige ochtend doorgebracht en hadden beiden een baviaan geschoten. Een aap was nauwelijks de moeite waard als trofee maar soms schoten de jagers er een bij wijze van afschrikkend middel om de vraatzuchtige hordes uit het kamp te weren. Simon en Diane hadden het graag voor Bingham gedaan, ook al was het niet nodig geweest. De apen waren helemaal niet in de buurt van het kamp geweest. Meneer Adrian was dan ook niet enthousiast. Hij maakte Bingham en de jonge jagers onomwonden duidelijk dat het onnodig was om dieren die je niet kon opzetten of eten dood te schieten.

Ivy vond dat in zijn voordeel spreken, hoewel ze ook een beetje begrip voor Bingham had. Diane en Simon hadden zich tijdens de wandeling waarbij niet werd geschoten waarschijnlijk verveeld en hadden beslist hun beklag gedaan.

's Avonds twijfelde Ivy tussen nog een leeuwenjacht met haar vader en de hoop op een nieuw uitstapje met Sanele naar de waterpoel. Ze koos voor het laatste toen haar vader en meneer Main Carruthers zich samen met meneer en mevrouw Maitland bij de tweede jachttocht van die dag aansloten. De neushoorn was dichter bij het kamp gezien terwijl het leeuwenterritorium twee uur lopen was. Haar vader en zijn vriend wilden daar niet twee keer op één dag naartoe. Adrian Edgecumbe accepteerde dat zonder commentaar te geven en ging alleen met zijn spoorzoeker op pad. Ivy vroeg zich af wat het nut daarvan was. Meneer Adrian zou de leeuw uiteindelijk niet zelf doden, maar haar vader helpen bij het neerschieten.

Ivy zou vandaag de enige van de jachtgroep zijn die leeuwen zag, en ze kon er niet eens over praten.

Sanele en Kymani kwamen een halfuur na het vertrek van de jagers met een samenzweerderige glimlach naar haar tent toe. Kymani leek haar te mogen, maar ze was ook de enige witte persoon die met de Afrikanen praatte. De vorige dag had ze Sanele gevraagd wat het Kikuyu-woord voor 'dank je wel' was en ze had de spoorzoeker ook wat geld gegeven, waar hij duidelijk blij mee was geweest. Nu vertaalde Sanele dat hij iets heel bijzonders had gevonden. Kymani danste bijna door de bush tot hij aan de andere kant van de waterpoel alert werd en gebaarde dat ze zich zo stil mogelijk moesten verplaatsen. Hun beloning was het zicht op een troep leeuwinnen en hun welpen tijdens hun avondmaaltijd. Ze hadden een gazelle verscheurd en nu deden de moeders en kinderen zich tegoed aan het vlees. Daarna speelden de schattige kleintjes met elkaar. Het waren net onhandige, stuntelige kittens. Als een van hen te wild deed, miauwde de ander verschrikt en rende naar zijn moeder, die hem geruststellend begon te likken.

Ivy kon zich nauwelijks losrukken van het tafereel, maar toen de schemering inviel maakte Kymani haar duidelijk dat het veiliger was om zich terug te trekken. Ze bewogen even stil als op de heenweg door de bush en bleven nog een halfuur op hun schuilplaats van de vorige dag, waar ze uitzicht op de waterpoel hadden. Hier was veel bedrijvigheid. Deze keer zagen ze antilopen, zebra's en wrattenzwijnen.

Ivy bedankte haar begeleiders en begon vervolgens met Sanele te praten. Ze was nog steeds nieuwsgierig.

'Hebt u uiteindelijk leren lezen?' vroeg ze. Ze herinnerde zich dat haar oom van mening was geweest dat een Afrikaanse jongen dat onmogelijk zou kunnen leren.

'Natuurlijk,' antwoordde Sanele bereidwillig. 'De *missus* heeft na de eerste twee lessen niet veel moeite meer gedaan, omdat het alleen een bevlieging van haar was om me dat te leren. Maar het lesboek was er en het principe dat letters klanken vertegenwoordigen begreep ik al vanaf het begin, dus heb ik het mezelf geleerd. En uw oom had een uitgebreide bibliotheek die niet op slot was. De kokkin, die voornamelijk voor me zorgde, Nyambura Mama Ayana, was weliswaar geschokt omdat ik daar boek na boek haalde, maar daardoor liet ik me niet afschrikken.' Hij glimlachte. 'Ik was gewoon nieuwsgierig.'

'Leergierig,' corrigeerde Ivy hem. 'Bent u nooit betrapt?'

'Ze verboden het me niet,' antwoordde Sanele. 'Als meneer of de *missus* me in de bibliotheek zagen, deed ik alsof ik alleen naar de plaatjes keek. Trouwens, het kon niemand iets schelen wat ik deed als de *missus* me niet nodig had.'

'Waar had tante Grace u eigenlijk voor nodig?' vroeg Ivy. 'U was nog maar een kleine jongen. Moest u werken?'

'Ik maakte mezelf nuttig,' zei Sanele. 'De *missus* prees me als ik haar bediende, haar met een waaier koele lucht toe wapperde of toen ik wat ouder was thee aan haar en haar vriendinnen serveerde. Ik was net een goedgetrainde puppy.'

Ivy vertrok haar gezicht. 'Dat moet verschrikkelijk geweest zijn.'

Hij haalde zijn schouders op. 'Ik vond het niet erg. Ik wist tenslotte niet beter. En ik ben nooit geslagen en uitgescholden zoals de jongens op straat of de arbeiders op de velden, miss Ivory. De Kikuyu-jongens en -meisjes die op de koffieplantages opgroeiden hadden het veel slechter. Zij moesten op negen- of tienjarige leeftijd al bonen plukken en dat was heel zwaar werk.'

'Bent u mijn tante dankbaar omdat ze u... gekocht heeft?' vroeg Ivy verbaasd.

'Ik kan me mijn dorp niet meer herinneren,' antwoordde Sanele. 'Hoewel ik de Zoeloe-taal nog steeds versta. Ik herinner me alleen Mama Ayana en de *missus*. Ik weet niet hoe ik in hun bezit gekomen ben. Het is heel goed mogelijk dat mijn familie me niet voor geld weggegeven heeft, maar om andere redenen. Laten we dus zeggen dat ik uw tante niet dankbaar ben, maar dat ik ook niet boos op haar ben.'

'En op een bepaald moment bent u vertrokken,' constateerde Ivy.

Sanele knikte. 'Mevrouw had geen belangstelling meer voor me toen ik niet langer schattig was, maar ik was een uitstekend opgeleide huisbediende. Uiteindelijk ging uw oom met pensioen. Hij verkocht de plantage en had veel minder personeel nodig. Eigenlijk hoopte ik ergens werk te vinden als huisbediende of zelfs butler, maar een te slimme Afrikaan is niet gewenst, dat is me vaak genoeg duidelijk gemaakt. Uiteindelijk beval uw oom, een enthousiaste safarigast, me aan bij reisbureau Newland, Tarlton & Co. Ik heb hier niets te klagen. Ik word gewaardeerd, heb een leidinggevende functie...'

'Maar u draagt ook dertig kilo gewicht als we onderweg zijn,' ging Ivy tegen hem in.

'Dat vind ik niet erg,' antwoordde hij. 'Ik zou alleen graag een naam willen hebben. Als de blanken moeite met de naam Sanele hebben, dan kunnen ze me toch Sam noemen? Dat doen sommigen trouwens al. Ik wil alleen niet dat ze boy tegen me zeggen.'

Ivy begreep het. Ze wilde Saneles hand graag vastpakken, maar hield zich in. Ze waren geen kinderen meer en een aanraking kon verkeerd worden opgevat.

Ivy's vader schoot de volgende dag een leeuw, waardoor hij als eerste van de groep een van de Grote Vijf had gedood. Naast de leeuw waren dat de olifant, de buffel, de neushoorn en het luipaard, de grote wilde dieren die het moeilijkst en gevaarlijkst waren om op te jagen.

De neushoornstier was Alicia en George nog steeds te slim af, maar ze vonden de leeuw na de vermoeiende tocht in zijn territorium. Ivy was 's ochtends met meneer Adrian en haar vader meegegaan in de stille hoop dat de leeuw deze keer niet zou verschijnen. Het dier bevond zich echter op een van de plekken waar ze de dag ervoor resten van zijn prooi hadden gevonden en kauwde tevreden op het dijbeen van een dode zebra.

Ivy's vader kon kalm op hem mikken en meneer Adrian richtte zijn geweer eveneens op de prooi. Hij had uitgelegd dat een jager op het laatste moment in paniek kon raken waardoor hij het dier alleen verwondde. Iemand moest dus klaarstaan met zijn geweer voor als het opgeschrikte wild de jager aanviel.

Ivy's vader was niet gespannen geweest. Hij had de prachtige, niet al te jonge leeuw met zijn weelderige manen met één schot gedood.

De rest van de dag kon hij zijn trots nauwelijks bedwingen en nadat het dier naar het kamp was gebracht, liet hij zich telkens weer fotograferen met zijn voet op het lichaam van het roofdier en zijn geweer triomfantelijk geheven.

Ivy probeerde er niet naar te kijken.

De volgende dag nam Adrian Edgecumbe de Maitlands onder zijn hoede en na twee dagen jagen schoot Diane een luipaard. Naast de leeuw die Ivy's vader had gedood, was dit tot nu toe het hoogtepunt van de jacht. Het was eigenlijk min of meer toevallig gebeurd omdat de neushoornstier nog steeds het doel van de jagers was. Ivy was er opnieuw getuige van geweest. Meneer Adrian had haar gevraagd om mee te gaan en ze had daar vrijwel meteen spijt van gehad omdat Diane nog steeds probeerde de *bwana* te verleiden.

Meneer Adrian besloot om nog korte tijd in de directe omgeving van het kamp te jagen en daarna verder te trekken. Voordat ze vertrokken gaf hij de jagers toestemming om de dieren bij de waterpoel op te wachten als ze kwamen drinken. Ivy keek verdrietig toe hoe de dieren die Sanele en zij de afgelopen dagen hadden geobserveerd, ten prooi vielen aan de jagers. George Maitland schoot de neushoornstier en Francis Main Carruthers was trots omdat hij een olifant doodde.

'Jij moet ook een keer schieten.' Diane liet Ivy niet met rust en de andere jagers vroegen ook telkens weer of ze het niet een keer wilde proberen. 'Vooruit, je hebt nog geen enkele trofee terwijl we allemaal weten dat je het kunt. Kom op, Ivy, schiet in elk geval een kleine antilope.'

'Misschien gaat u plezier in de jacht krijgen als u het probeert,' probeerde Adrian Edgecumbe haar eveneens over te halen. 'Als dit later in Engeland gebeurt, hebt u er uw hele leven spijt van dat u deze kans niet benut hebt.'

Ivy keek met een verontwaardigde blik naar hem, maar ineens dacht ze aan zijn woorden tijdens hun laatste gesprek:

Ik kan een dier doden of het laten gaan. Het was haar keuze. Bovendien kreeg ze een interessant idee. 's Avonds zou er voor het laatst gejaagd worden bij de waterpoel en als zij als eerste schoot, kon ze in de lucht schieten waardoor alle dieren bij de waterpoel en in de omgeving op de vlucht zouden slaan.

'Vooruit, Ivy, probeer het gewoon,' moedigde haar vader haar aan.

Ivy knikte.

De schutters namen hun posities in op dezelfde plek waar Sanele en Ivy de dieren bijna iedere avond hadden geobserveerd. Het was er veilig en het gaf meerdere jagers tegelijkertijd de mogelijkheid om te schieten. Adrian Edgecumbe wees zijn gasten en de professionele jagers een plek aan en waarschuwde hen om niet van hun plaats te komen. Hij ging naast Ivy staan en ze hief haar geweer aarzelend. Als ze nu toegaf, zouden de anderen haar de rest van de reis niet met rust laten. Aan de andere kant zouden de anderen misschien helemaal niet meer willen dat ze aanwezig was als ze de jacht bedierf door de dieren te verjagen.

Het eerste echte doelwit dat zich vertoonde was een impala, een ondersoort van de antilope. Het waren prachtige dieren met een lichtbruine kleur en de sierlijkheid van reeën. Ze hadden edele koppen en de hoorns van de mannetjes hadden de vorm van een lier. Ivy's hart bloedde toen ze op het mannetje mikte. Ze was absoluut niet van plan hem te doden, maar het voelde zelfs als heiligschennis om alleen in zijn richting te schieten.

'Toe maar,' moedigde meneer Adrian haar aan. 'Op drie!' Hij begon langzaam te tellen.

Ivy richtte gehoorzaam en trok het geweer een stukje omhoog voordat ze schoot. De knal was hard, harder dan ze had verwacht, en ze kromp ineen, maar ze had het dier niet geraakt. Toen ze het geweer liet zakken, verwachtte ze dat het weg zou rennen.

Ze was verbijsterd toen ze het mannetje zag wankelen. Hij hief zijn kop nog even en zakte in elkaar.

'Gefeliciteerd, miss Ivy!' riep Adrian Edgecumbe opgetogen. 'Een bladschot! Perfect.'

'Hoe weet u dat?' vroeg Ivy perplex. Meneer Adrian kon vanaf de positie waar ze stonden onmogelijk zien waar ze het dier precies had geraakt.

'Tja...'

Voor het eerst sinds Ivy hem kende, wist Adrian Edgecumbe niet wat hij moest zeggen. Ivy begreep het en haar afschuw maakte plaats voor een woede die zo groot was als ze nog maar zelden had gevoeld.

'U hebt dit gedaan!' Ze draaide zich abrupt om. 'Doet u dit altijd? Houdt u de gasten altijd voor de gek?'

Meneer Adrian keek naar haar alsof hij haar niet begreep, maar ineens besefte hij wat ze bedoelde. 'Hebt u... niet gericht geschoten?' vroeg hij zachtjes.

Ivy's ogen schoten vuur. 'Als ik gericht schiet, meneer Adrian, dan raak ik ook. Probeer me dus niets wijs te maken. Ik was het niet en het dier is duidelijk geen natuurlijke dood gestorven.'

Adrian Edgecumbe werd bleek onder zijn gebruinde huid. 'Vertel het alstublieft niet aan de anderen,' smeekte hij nadrukkelijk. 'Ik heb natuurlijk respect voor de Europese jagers, maar bij de eerste schoten zijn ze meestal heel opgewonden en ik wil niet dat ze –'

'...de trofeeën ruïneren?' onderbrak Ivy hem boos. 'Dat ze misschien de halve kop van zo'n prachtig mannetje wegschieten zodat ze hem niet meer aan de muur kunnen hangen?'

'Ik wil niet dat de dieren lijden,' antwoordde meneer Adrian kordaat. 'Het is geen pretje om een gewond dier door de bush te moeten volgen. Bovendien is het gevaarlijk. Leeuwen ruiken het bloedspoor... en de hyena's ook... Als ik daarentegen een handje help, is het dier meteen dood.'

'U doet het in elk geval heel handig,' merkte Ivy enigszins

kalmer op. 'Ik had niets in de gaten toen Diane...'

'Miss Diane is een uitstekende schutter,' zei Adrian Edgecumbe stijfjes.

Ivy glimlachte verdrietig. 'Een reputatie die ze absoluut heel belangrijk vindt. En zoals ik al zei: op hetzelfde moment als de jager schieten en dan zo perfect raken... Mijn complimenten, meneer Adrian. Alleen ontneemt u de schutter de keuze waarvan u beweert dat die zo belangrijk voor u is. De beslissing tussen leven en dood. Niet ik, maar u hebt die genomen. Doe dat niet nog een keer, anders ontmasker ik u. U accepteert vanaf nu dat ik geen dieren wil doden, meneer Adrian. Ik eis respect, niet alleen voor de dieren, maar ook voor mezelf!'

Ze draaide zich om en liep weg met tranen in haar ogen om het dier dat vanwege haar gedood was. Bovendien was ze verschrikkelijk teleurgesteld. Ze had een steeds intensere band met Adrian Edgecumbe gevoeld en nu had hij haar verraden.

9

De drie dagen erna trok de jachtgroep verder. Adrian Edgecumbe hield afstand van Ivy en zij had ook geen behoefte aan zijn gezelschap. Omdat ze zich ook van de andere jachtdeelnemers terugtrok, voelde ze zich nogal eenzaam. Ze trokken opnieuw door bosgebieden, langs een kristalhelder meer, bergopwaarts naar een rotsachtiger gebied en over een hoogvlakte. Voor de nachten werden opnieuw een provisorisch kamp en de tent voor de preparateurs opgebouwd. Zij zouden nog een flinke tijd bezig zijn met de buit van de afgelopen dagen. Tijdens het paardrijden vielen ze bijna in slaap. Het viel Ivy op dat Adrian Edgecumbe zich de twee avonden van de tocht vroeg terugtrok. Bingham kreeg de rol om de jachtgasten te vermaken met anekdotes uit het leven van een jager op groot wild terwijl O'Toole zwijgzaam bleef.

Nadat het jachtkamp was afgebroken, had Ivy geen woord meer gewisseld met Sanele. Hij had het druk met toezicht houden op het werk. Ze had hem graag over de omstandigheden rond het neerschieten van de antilope willen vertellen. De Afrikaan observeerde haar van een afstand, maar kwam niet in haar buurt. Hij had blijkbaar gemerkt dat ze het vlees dat voor het diner werd gegrild nauwelijks door haar keel kon krijgen omdat ze veel te bezorgd was of het afkomstig was van de bok die meneer Adrian in haar plaats had doodgeschoten en Ivy was verrast toen een van de mannen haar op de tweede avond een kom met een heerlijk geurende bonenschotel gaf.

'Zoeloe zegt dat u dit beter kunt eten. Hier zit geen vlees in,' fluisterde de bediende tegen haar.

Ivy bedankte hem verrast in het Kikuyu en daardoor verscheen er een glimlach op zijn gezicht. De stoofschotel, die waarschijnlijk afkomstig was van de potten die boven het vuur pruttelden, was heerlijk, hoewel hij behoorlijk pittig gekruid was. Ze had honger na de lange rit en at de kom snel leeg.

Na de tocht, die drie dagen duurde, werd het tweede basiskamp van de safari opgebouwd en de gasten genoten opnieuw van de luxe van een eersteklas hotel. Deze keer kampeerden ze niet op een vlakte, maar in een bosgebied in de buurt van een rivier die net als de stad Nairobi heette.

'Zouden er krokodillen in de rivier zitten?' vroeg Ivy's vader opgewonden. 'Als dat zo is, dan wil ik er een doodschieten. Dat zou nog eens een trofee zijn!'

Adrian Edgecumbe beschouwde de rivieroever als gevaarlijk en waarschuwde zijn gasten nadrukkelijk om er niet naartoe te gaan zonder begeleiding van een gewapende inheemse man. Ook binnen het kamp hechtte hij op deze plek meer waarde aan voorzichtigheid. De tenten stonden niet te dicht bij elkaar op een open plek. Meneer Adrian benadrukte dat het op deze plaats nog belangrijker was dat de gasten na zonsondergang niet alleen door het kamp liepen en ook overdag nooit ongewapend waren.

De rivier werd door de wilde dieren als drinkplaats gebruikt en vanuit het kamp konden ze van een afstand worden bekeken. Ivy was benieuwd of Sanele haar opnieuw zou vragen om met hem mee te gaan om de dieren te observeren. Ze bleef meteen de eerste ochtend in het kamp in plaats van samen met haar vader op jacht te gaan in het nieuwe gebied. De Maitlands en hij waren van plan een olifant te doden. Adrian Edgecumbe ging met hen mee en leek teleurgesteld dat Ivy in het kamp bleef.

'Je hebt de olifanten nog nooit van dichtbij gezien,' zei hij tegen haar. 'Hier leven grote kuddes...'

Ivy beweerde dat ze uitgeput was van het dagenlang paardrijden en behoefte had aan rust, hoewel ze niet verwachtte dat hij haar geloofde.

Toen de jagers vertrokken waren, liep ze rond in het kamp

en merkte al snel dat er veel bedrijvigheid heerste. De mannen kapten bomen en bouwden vlotten.

'Kun je hier echt op krokodillen jagen?' vroeg ze aan Sanele toen ze hem eindelijk tegenkwam. Hij hielp mee om de omgehakte bomen naar de rivieroever te sjouwen.

'En nijlpaarden,' voegde hij eraan toe. 'Daarom wordt het kamp zo streng bewaakt. 's Nachts komen ze uit het water en zoeken ze hun weidegronden op. U kunt maar beter voorzichtig zijn. Overdag in de rivier zijn ze meestal slaperig en vallen ze zelden aan. Maar als ze dat wel doen, dan zijn ze bijzonder gevaarlijk. U moet hoe dan ook voorzichtig zijn, miss Ivory.'

'Laat u me geen nijlpaarden zien?' vroeg ze teleurgesteld.

Sanele glimlachte. 'Zeker wel, ik wilde u eigenlijk voorstellen om nu samen met mij op een vlot te stappen. Kofi...' Hij wees naar een kleine man die de boomstammen met behulp van een soort touw aan elkaar bond. '...is heel ervaren in het besturen van een vlot. Hij kent de rivier.'

De man zei iets en Sanele wuifde het weg.

'Wat zei hij?' vroeg Ivy. 'Wil hij weten of ik kan zwemmen?'

Sanele glimlachte, net als Kofi deed toen Sanele Ivy's vraag vertaalde.

'Nee, we hoeven absoluut niet te zwemmen,' zei Sanele. 'Kofi wilde alleen zeker weten dat u niet van plan bent om op dieren te schieten, want dan krijgen we problemen met de *bwana*.'

Ivy bloosde. 'U weet toch dat ik niet schiet. Tenminste niet op dieren. Ik...' Ze vertelde hem snel over Adrian Edgecumbe's bedrog.

Saneles ongelovige blik vertelde dat hij dit tot nu toe niet had geweten.

'Het verbaasde me al,' zei hij. 'Bij andere *bwana's* zijn meestal meerdere dragers op zoek naar gewonde dieren. De Kikuyu zijn jagers, zoals u weet, en ze zijn behoorlijk bedreven in spoorzoeken. Maar bij *bwana* Adrian wordt het wild door alle safarigasten dodelijk getroffen.'

Ivy beet op haar lip. 'Vindt u ook dat dit in het belang van de dieren is?' vroeg ze. 'Meneer Adrian wil niet dat ze lijden...'

Sanele haalde zijn schouders op. 'Het is in elk geval een genadigere dood dan urenlang door de bush te strompelen en langzaam te sterven. Aan de andere kant is het natuurlijk ook in het belang van de *bwana* om niet dagenlang naar een gewonde leeuw te moeten zoeken. En de gasten voelen zich goede jagers en zijn tevreden.'

Ivy begon Adrian Edgecumbe te vergeven. Ze had zijn bedoelingen verkeerd ingeschat. In feite was zijn gedrag niet verwerpelijk.

Toen Sanele haar aan boord van het wiebelende vlot hielp en Kofi het gevaarte met behulp van een stok in beweging bracht, bonkte haar hart in haar keel. Ze voeren stroomopwaarts langs de met riet begroeide oever en Ivy had het gevoel dat ze een flinke afstand aflegden. Vlak voordat het bos plaatsmaakte voor grasland wees Sanele glimlachend naar de oever. Ivy hield haar adem in toen ze de krokodil zag die roerloos op de oever lag en waarschijnlijk zijn laatste maaltijd aan het verteren was.

'Hij kan heel snel uitermate actief worden,' vertelde Sanele. 'We kunnen hem beter niet storen.'

Ivy vroeg zich af of het echt strookte met de eer van haar vader als jager om op een dier te schieten dat roerloos op de oever lag en zich niet liet storen door voorbijvarende vlotten en de nijlpaarden die nu in het zicht kwamen. Kofi bleef op voldoende afstand van de reusachtige dieren met hun enorme kaken om ze niet te laten schrikken, maar ook zij leken niet geneigd tot paniekreacties. Ze lagen voornamelijk roerloos in het water en openden af en toe hun bek om hun gevaarlijk ogende tanden te laten zien.

'Eten ze geen vlees?' vroeg Ivy.

Sanele glimlachte. 'Nee, daarin lijken ze op u, miss Ivory. Ze kunnen zich verweren, maar doen dat alleen uit zelfverdediging. Zelfs de krokodillen durven niet in de buurt van de nijlpaarden te komen.'

Ivy lachte. 'Dat is een bijzonder vleiende vergelijking,' zei ze plagerig, waarna ze zijn excuses glimlachend wegwuifde. Sanele bleef voorzichtig, ook na hun gezamenlijke uitstapjes.

De jagers kwamen 's avonds pas terug. De maître had een picknick voor hen klaargemaakt omdat Adrian Edgecumbe had gewaarschuwd dat ze de hele dag onderweg zouden zijn. Ze vertelden trots over de twee prooien. Diane had een olifant doodgeschoten en Ivy's vader was de eerste die een buffel had gedood.

'Hij was zó groot!' verklaarde hij terwijl hij zijn armen spreidde om de kop en het gewei van het dier aan te geven.

Ivy kon zich heel goed voorstellen wat haar moeder ervan zou zeggen als deze trofee binnenkort in de hal van hun huis zou hangen. Een Afrikaanse buffel was absoluut een indrukwekkend dier, maar was nauwelijks mooi te noemen.

10

De kop van de impala die Adrian Edgecumbe voor Ivy had geschoten, was daarentegen prachtig. De *bwana* nam haar de volgende ochtend voor het ontbijt apart en overhandigde haar de geprepareerde trofee.

'Zo snel al?' zei Ivy verbaasd.

De jager op groot wild knikte, maar eerder terughoudend dan triomfantelijk. 'Ik heb hem de afgelopen nachten zelf voor u geprepareerd, miss Ivy,' zei hij. 'Het is als het ware mijn zoenoffer. Mijn poging om de ziel van het dier tevreden te stellen. En die van u, miss Ivy.' Hij keek haar ernstig aan.

Ivy knikte eveneens ernstig. Ze had hem al vergeven en werd weer betoverd door zijn ogen.

'Ik zal niets zeggen,' verzekerde ze hem. 'Ik heb erover nagedacht en... ik begrijp u. Wat ik echter nooit zal begrijpen is waarom mensen er alles voor overhebben om zulke trofeeën in hun bezit te krijgen.'

'U hebt het talent ervoor, maar u bent geen jager,' zei meneer Adrian.

'Moet ik dat zijn?' vroeg Ivy. Ze werd ineens overvallen door een verontrustende gedachte. Moest ze jagen om bij zijn wereld te horen? En waarom vroeg ze zich dat eigenlijk af?

Hij gaf geen antwoord, maar keek haar een hele tijd aan. Spijtig? Vragend? Ze kon zijn blik niet interpreteren, maar onverschillig was die in elk geval niet. Adrian Edgecumbe maakte Ivy in de war en het leek erop dat zij hetzelfde effect op hem had.

Ivy vergezelde de jagers tijdens een tocht over de rivier. Voor het doden van een nijlpaard moest een toeslag worden betaald omdat het bergen van het kadaver en het vervoer naar het kamp niet ongevaarlijk was. Adrian Edgecumbe wilde eerst weten wie van zijn gasten bereid waren om meer voor deze bijzondere trofee te betalen.

Zoals verwacht wilde bijna geen van de jagers zich dat ontzeggen, maar zowel de Maitlands als de Main Carruthers waren het erover eens dat één nijlpaard per gezin voldoende was. Meneer Maitland vond dat hij zijn vrouw en dochter moest vertegenwoordigen terwijl meneer Main Carruthers de voorkeur aan zijn zoon gaf.

Ivy genoot van de tocht, vooral omdat meneer Adrian veel over de nijlpaarden kon vertellen. Uiteindelijk zagen ze twee krokodillen. De ene lag onbeweeglijk op de oever en de andere in het water, zodat alleen zijn ogen boven het oppervlak uitstaken. Ivy kon niet zien of een van de twee dezelfde was als het dier dat ze de vorige dag met Sanele had gezien.

Mevrouw Maitland wilde beslist een krokodillenhuid en Ivy's vader wilde een opgezette krokodil. Adrian Edgecumbe vertelde dat het in het Amazonegebied, waar veel krokodillen leefden, als een sport werd beschouwd om met de dieren te worstelen. Onbewust gaf hij de safarigasten daardoor de boodschap mee dat het simpelweg doodschieten van een vredig ogend dier niet bepaald sportief was.

Terwijl de anderen nogmaals op buffeljacht gingen, bracht Ivy de rest van de dag in het kamp door. Sanele was in geen velden of wegen te bekennen. Waarschijnlijk was hij met andere dragers op pad om de slagtanden van de olifant die de vorige dag was doodgeschoten en de karkassen van de andere dieren op te halen. Adrian Edgecumbe had daar veertig mannen voor ingezet. Ivy wilde liever niet nadenken over de details van hun bloederige werk. De plek waar de dieren waren neergeschoten was ver verwijderd van het kamp en het zou een uitputtingsslag zijn om het ivoor en de dode buffel naar het kamp te vervoeren.

Ivy vermaakte zich met het observeren van een troep kleine grijsbruine apen. Meneer Adrian had verteld dat het groene meerkatten waren en had ze een plaag genoemd. Ze waren inderdaad brutaler dan de bavianen, maar minder bedreigend. Ze glipten de keukentent in en pikten een pot suiker van de chef-kok, die ze vervolgens op allerlei manieren probeerden te openen. Ivy vermaakte zich kostelijk, vooral toen de chef-kok een theatrale woedeaanval kreeg nadat een andere aap er met een paar zoete aardappels, die als bijgerecht geserveerd zouden worden en waarvoor hij al een verfijnde saus had bereid, vandoor was gegaan. Uiteindelijk loste een van de keukenhulpen een paar schoten om de onruststokers te verjagen. Ivy vond het jammer, hoewel het in het belang van de dieren was. Diane en Simon zouden er zeker niets op tegen hebben om een of twee apen als afschrikwekkend voorbeeld dood te schieten.

Het leek niet al te moeilijk om op buffels te jagen. De gasten, die voornamelijk belangstelling voor de huiden hadden, schoten er meerdere dood. Ivy vroeg zich af hoe Adrian Edgecumbe de schutters uitlegde dat er twee kogelgaten in het dier zaten als hij weer eens moest ingrijpen als iemand niet goed schoot.

Vandaag was de *bwana* in een goed humeur. Hij zat tijdens het diner naast Ivy en probeerde haar te vermaken met jachtverhalen waar zij zelfs om kon lachen. Hij vertelde vrolijk over zijn ervaringen met jagers die zich nogal onnozel gedroegen waardoor de dieren konden ontsnappen. Zijn gasten voegden daar op hun beurt anekdotes uit Engeland aan toe.

'Mag ik u uitnodigen voor een wandeling, miss Ivy?' vroeg de jager op groot wild haar na het eten beleefd. 'Het maanlicht is vanavond betoverend en we zullen beslist nachtdieren zien.' Het was inderdaad vollemaan en het kamp was in een onwerkelijk licht gedoopt. Ook de sterrenhemel was weer prachtig.

Ivy volgde de *bwana* gespannen en opgewonden de bush in. Ze geloofde niet dat Adrian Edgecumbe haar lastig zou vallen, maar het samenzijn met hem had een aantrekkingskracht die verderging dan alleen het observeren van dieren.

Toch raakte ze uiteindelijk in de ban van de dieren. Struikhazen sprongen voor hen op en Ivy kon een kreet van enthousiasme niet onderdrukken toen er vlak voor hen een stekelvarken uit het bos kwam. Meneer Adrian gebaarde dat ze stil moest zijn en scheen vervolgens in het bladerdak van een boom, waar twee gele ogen oplichtten.

'Een galago. Deze aap wordt ook wel een bushbaby genoemd,' fluisterde hij. Het wezentje met zijn kleine rechtopstaande oren en lange borstelige staart was ongelofelijk schattig. 'Als u vanavond dus een baby hoort huilen, dan is dat het typische geluid van deze kleine rakkers.'

Ivy bedankte hem verlegen voor de prachtige wandeling toen hij haar uiteindelijk naar haar tent had teruggebracht. Ze wist niet wat hij van haar verwachtte en wenste hem vriendelijk welterusten, waar hij tevreden mee leek. Ineens bedacht ze echter iets waarmee ze hem misschien blij zou maken. 'Ik vind uw wereld buitengewoon mooi, meneer Adrian.'

Hij knikte glimlachend. 'Dat doet me plezier, miss Ivy,' zei hij. 'Dat doet me bijzonder veel plezier.'

Diane was woedend toen Ivy met een gelukzalige uitdrukking op haar gezicht in hun gedeelde tent terugkwam.

'Je weet heel goed dat ik een oogje op Adrian heb,' verweet ze Ivy. 'Moest je de *bwana* ook nog inpalmen?'

'Wat bedoel je met "ook nog"?' vroeg Ivy. 'Wie heb ik volgens jou nog meer ingepalmd?'

'Gerrit Harper natuurlijk,' zei Diane op hatelijke toon. 'Herinner je je hem nog? Na drie dagen aan boord hing hij al aan je lippen.'

Ivy wist niet wat ze moest zeggen. Natuurlijk herinnerde ze zich de sympathieke bioloog, maar er was niets tussen hen gebeurd.

'Voor iemand die niet jaagt ben je behoorlijk succesvol in

de jacht op mannen,' voegde Diane er giftig aan toe.

Ivy begon te lachen. 'Misschien moet je gewoon proberen ze te voeren in plaats van op ze te schieten,' stelde ze voor terwijl Diane, die al in bed lag, zich beledigd naar de tentwand draaide.

'U zou Diane ook een keer mee moeten nemen,' zei Ivy toen Adrian Edgecumbe haar de volgende avond weer meenam voor een wandeling door de maanverlichte nacht. Deze keer kruiste een honingdas hun pad. Het beest bleef staan en keek net zo gefascineerd naar de mensen als zij hem bestudeerden. Het dier had een opvallende zwart-witte kleur. Ivy vond het beest lijken op een ijverige rechter die voor de rechtszaak een witte pruik had opgezet. 'Ze voelde zich gisteravond nogal buitengesloten. Ze wil ook graag een bushbaby zien.' Diane was niet jaloers op de bushbaby geweest, maar dat hoefde ze meneer Adrian niet te vertellen.

De jager schudde zijn hoofd. 'Miss Diane zou beslist graag op een bushbaby willen schieten. Of op een honingdas. Die zijn zeldzaam, dus we hebben vanavond geluk gehad. En als u niet bij me was, zou ik zelfs in de verleiding zijn geweest om op hem te schieten. Elk natuurhistorisch museum betaalt veel geld voor een opgezette honingdas. Maar ik wil mijn kansen bij u niet verpesten, miss Ivy.'

Ivy fronste haar voorhoofd. 'Waarom niet?' vroeg ze. 'U hebt me al eens uitgelegd dat de jacht uw broodwinning is, dus mag ik geen wrok tegen u koesteren als u zoiets doet. Hoewel u er duidelijk plezier in hebt.'

Adrian Edgecumbe glimlachte. 'Misschien bezorgen de wandelingen met u me nog meer plezier, miss Ivy,' zei hij. 'U bent een ongewone jonge vrouw. Ik zou uw gezelschap niet graag willen missen.'

Adrian Edgecumbe en Ivy maakten er een gewoonte van om een wandeling in het maanlicht te maken, wat de andere jagers en safarigasten natuurlijk niet ontging. Al snel werden er plagerige opmerkingen gemaakt als ze na het diner van de tafel opstonden.

Diane deed een keer, in een laatste vlaag van ergernis, een poging om met hen mee te gaan. 'Ivy vertelt zoveel over de fascinerende dieren die jullie observeren. Ik vind het niet bepaald beleefd dat u de anderen daarvan buitensluit.'

Adrian Edgecumbe onderdrukte een zucht, wat Ivy niet ontging, en kondigde vervolgens een gezamenlijke nachtwandeling voor de volgende avond aan. Een nachtsafari, noemde hij het. 'Maar dan zult u muisstil moeten zijn, miss Diane,' zei hij tegen haar. 'Nachtdieren zijn bijzonder schuw en geluiden dragen ver in het donker.'

'Wandelen jullie echt zwijgend door de bush?' vroeg Ivy's vader wantrouwend aan zijn dochter toen Diane na de lunch met haar ouders praatte en er niemand naar hen luisterde. 'Over het algemeen hebben jonge stellen genoeg om over te praten. Als ze zonder te praten met elkaar omgaan word ik achterdochtig.'

Ivy lachte. 'Nee, natuurlijk niet. We praten veel met elkaar. Meneer Adrian is een ongewone man. Ik ben graag in zijn gezelschap.'

'En meer is het niet?' vroeg haar vader streng.

Ivy beet op haar lip. 'Ik weet het niet. Hij gedraagt zich onberispelijk en is een echte heer.'

'Heb je het gevoel dat je het leuk zou vinden als hij zich minder als een heer zou gedragen?' ondervroeg haar vader haar.

Ivy begon te blozen. 'Ik... ik kan toch niet... hij kan toch niet... ik bedoel... hoe zou dat tussen hem en mij moeten werken?'

'Je staat hem dus geen... eh... vrijheden toe voordat dat duidelijk is?' vroeg haar vader verder.

Ivy schudde resoluut haar hoofd. 'Ik zal je niet teleurstellen, papa,' beloofde ze hem.

Haar vader haalde opgelucht adem en beschouwde zijn taak als opvoeder daarmee als volbracht.

Een paar dagen later wisselde het jachtgezelschap opnieuw van basiskamp. Deze keer werd het kamp opgebouwd bij een kratermeer dat op twee dagen rijden van de Nairobi-rivier lag. Het Sonachi-meer viel op door zijn groene kleur die werd veroorzaakt door sterke algengroei. Het was een gebied met veel vulkanen en de hellingen en kraters schenen rijk aan wild te zijn. Er leefden talloze vogels rond het meer, waaronder een kolonie flamingo's.

'Zo te zien is er hier meer te zien dan te schieten,' zei Diane met een zijdelingse blik naar Ivy en meneer Adrian.

Hoewel de jagers de vogelwereld interessant vonden, wilde niemand een flamingo neerschieten.

'U zult niets tekortkomen, miss Diane,' verzekerde Adrian Edgecumbe haar. 'Dit is een weinig bezocht jachtgebied, hoewel er zelfs cheeta's voorkomen, wat zeldzaam is voor Kenia. Luipaarden worden hier echter vaak gezien. Toch kan ik u natuurlijk geen prooi garanderen. Miss Ivy, ik weet zeker dat u zult genieten van de franjeapen, die ook niet vaak voorkomen. Als u er een neerschiet, miss Diane, kunt u hem aan het natuurhistorisch museum in Londen verkopen.'

Hij knipoogde naar Ivy, die begrijpend glimlachte. Ze had er geen behoefte aan om met de jagers mee te gaan, vooral niet omdat meneer Adrian de Maitlands opnieuw begeleidde. Hij zou er beslist voor zorgen dat Diane niet op een aap zou schieten. Mevrouw Maitland wilde een cheeta als trofee en had er alles voor over om het schuwe, zeldzame roofdier te doden.

Sanele wist natuurlijk over de ontluikende relatie tussen Ivy en Adrian Edgecumbe. Ze vertelde hem weliswaar alleen over de dieren die ze zagen, maar haar stralende ogen en de belangstelling van de jager op groot wild waren hem natuurlijk niet ontgaan.

Tijdens een van de volgende dagen sprak hij haar voorzichtig aan. 'Miss Ivory, u vertelt meneer Adrian toch niets over onze uitstapjes? Ook als hij en u vertrouwder met elkaar zouden worden? Anders krijg ik ongetwijfeld problemen. Ik mag me buiten mijn werk niet met de gasten bemoeien, en Kymani en Kofi mogen natuurlijk geen privé-excursies aanbieden.'

Ivy verzekerde hem ervan dat ze niets zou zeggen en werd beloond met unieke uitstapjes. Omdat de jagers nu meestal de hele dag op pad waren, namen de Afrikanen haar mee voor langere tochten naar meren zoals het Naivasha-meer, een zoetwatermeer waar nijlpaarden, maar vooral pelikanen voorkwamen. Ivy was gefascineerd door de vogels en kreeg er geen genoeg van om naar ze te kijken.

Adrian Edgecumbe verraste Ivy en de andere reizigers sinds een paar dagen met opvallende veranderingen aan zijn uiterlijk. Eerst schoor hij zijn ruige baard af, die Ivy als een kenmerk van de jager op groot wild had beschouwd. Hij liet alleen een kleine snor staan die zijn markante gezicht benadrukte. Het zag er een beetje vreemd uit omdat de huid onder zijn baard niet bruin was, maar daar zou de Afrikaanse zon beslist snel verandering in brengen.

'U ziet eruit als een Londense heer,' plaagde meneer Main Carruthers hem. 'Probeert u indruk op iemand te maken? Een bepaalde jongedame misschien?'

Af en toe droeg meneer Adrian inmiddels ook lichtere safarikleding in plaats van het traditionele kaki tijdens het diner. Het viel niet te ontkennen dat hij er fantastisch uitzag. Ivy voelde zich gevleid en aanbeden, maar had geen idee hoe een relatie tussen Adrian Edgecumbe en haar eruit zou zien. Zelfs als hij wilde trouwen, kon ze zijn nomadenleven onmogelijk met hem delen. Ze hadden elkaar al veel over zichzelf verteld en ze dacht dat ze hem kende. Hij was een avonturier, maar was niet oppervlakkig. De jager op groot wild moest een reden hebben om haar zo duidelijk het hof te maken, maar welke? Misschien werd hij net als zij heen en weer geslingerd tussen intense aantrekkingskracht en de vraag hoe ze een gezamenlijk leven zouden kunnen realiseren.

Uiteindelijk bracht een ongewone en niet ongevaarlijke ontmoeting de relatie tussen Ivy en Adrian Edgecumbe in een stroomversnelling. Ze maakten opnieuw een wandeling rond het kamp. 's Nachts waagden ze zich nooit ver bij de tenten vandaan. Ook vannacht gloeiden er gele ogen in de struiken, maar deze keer niet van een onschuldig aapje. Ivy, die ze als eerste zag, bleef staan.

'Sst,' zei ze tegen Adrian terwijl ze naar het dier knikte, dat ze nu beter kon zien. De kop leek op die van een kat en hij had een gevlekte vacht.

De jager pakte haar bovenarm stevig vast. 'Niet wegrennen,' siste hij.

Dat zou nooit bij Ivy opgekomen zijn. 'Een luipaard,' fluisterde ze. 'Een cheeta zelfs. En zo dichtbij...'

Ze waren inderdaad nauwelijks tien meter verwijderd van het roofdier, dat niet bewoog en naar hen staarde, net als de honingdas de vorige keer. Alleen zijn staart trilde bijna onmerkbaar van de spanning.

Meneer Adrian pakte zijn geweer, dat hij zoals altijd klaar voor gebruik bij zich had, langzaam vast.

'Niet schieten,' smeekte Ivy. 'Hij kijkt alleen.'

Toch richtte meneer Adrian zijn geweer. Ivy was bang dat hij het risico van een aanval op een van zijn gasten niet wilde nemen. Het kwam weleens voor dat een wild dier 's nachts in het safarikamp terechtkwam en aanviel als iemand in paniek wegrende. Dit was een echte cheeta en het was een prachtexemplaar. Ivy herkende de karakteristieke zwarte strepen die van de ogen naar de snuit liepen. Meneer Adrian had haar verteld dat hij nog nooit een cheeta had doodgeschoten. Het dier zou dus een aanwinst voor zijn trofeeëncollectie zijn, maar toch aarzelde hij.

Ivy keek naar zijn geweer en wist dat ze moest ingrijpen. Tot nu toe had ze de blik van de grote kat net zo zwijgend, gefascineerd en gespannen beantwoord, weliswaar met een bonkend hart, maar vol bewondering en met het gevoel van onvoorwaardelijke liefde dat altijd door haar heen stroomde als ze wilde dieren van dichtbij mocht zien. In Afrika voelde ze dat iedere dag en het maakte haar gelukkig. 'Weg, poes!' riep ze en ze klapte in haar handen.

Met een soepele beweging pakte ze een steen en gooide die naar het dier, dat gromde en naar achteren deinsde. Adrian schoot, meer reflexmatig dan gericht. Tijdens het overhalen van de trekker wist hij al dat hij het dier niet zou raken.

Dat was te veel voor de cheeta. Hij draaide zich grommend om en verdween in het donker.

'Miss Ivy!' Adrian Edgecumbe keek haar woedend aan. Hij was gespannen en deed tegelijkertijd een poging om zijn arm beschermend om haar heen te slaan. 'Bent u levensmoe? Het dier had ons kunnen doden!'

'Dat denk ik niet,' zei Ivy. 'Die dieren zijn veel banger voor ons dan wij voor hen. Als we gewoon een beetje lawaai maken rennen ze weg. Daarom veranderen we voortdurend van jachtgebied, geef het maar toe. We maken de dieren bang. In elk geval de katten. En zelfs de olifanten en neushoorns vallen ons niet aan als we op afstand blijven.'

'Toch was de situatie op zijn minst gevaarlijk.' Adrian Edgecumbe pakte haar arm opnieuw vast en nam haar mee naar de verlichte tenten. 'Als u weggelopen was...'

'Maar dat ben ik niet,' antwoordde Ivy. 'Ik loop zelden weg. Ik jaag niet en laat niet op me jagen.'

Meneer Adrian lachte en plotseling leek er iets te veranderen. Hij aarzelde niet meer, trok niets meer in twijfel. Hij draaide haar naar zich om en keek in haar ogen. 'Dan zal ik dat ook niet doen,' zei hij. 'Maar wat kan ik wel doen, Ivory Parkland Rowe, zodat je nooit meer bij me weggaat?'

Ivy was verrast toen hij haar kuste, maar was nog steeds opgewonden en vol van de ontmoeting met de cheeta. De spanning en het geluksgevoel bleven hangen en het was heerlijk om zijn warme lippen op de hare te voelen en zich in zijn omhelzing te verliezen.

'Maak me nooit bang!' zei ze toen ze zich van elkaar losmaakten. 'Maak me nooit bang!'

11

'Je wilt dus met me trouwen?' vroeg Adrian terwijl ze naast elkaar naar de tenten liepen. Ivy wilde zijn hand graag vasthouden, maar hij hield zijn geweer in de aanslag voor als de cheeta terug zou komen. 'Het spijt me, ik zou nu natuurlijk voor je op de grond moeten knielen en officieel om je hand moeten vragen, maar dat lijkt me niet verstandig als de cheeta misschien nog in het struikgewas zit.'

Ivy glimlachte om het idee en zuchtte. 'Ik wil heel graag met je trouwen en je mag morgen voor me op je knieën gaan, maar hoe stel je je ons leven samen voor? Waar gaan we wonen? Of waar woon ik terwijl jij op safari bent? Ik ga in elk geval niet met je mee!'

Ze was bereid te accepteren dat de man met wie ze misschien ging trouwen betalende gasten hielp om trofeeën van wilde dieren te bemachtigen, maar ze wilde niet langdurig in een tent wonen terwijl ze van plek naar plek trokken en ze stelde geen prijs op het gezelschap van jagende gasten.

Adrian glimlachte. 'Lieve Ivy, dat zou ik je nooit aandoen en ik ben ook niet van plan om je alleen achter te laten terwijl ik maandenlang op safari ben. Als je me je jawoord geeft, dan neem ik meteen ontslag bij Newland, Tarlton & Co. Ik ben absoluut niet arm. Ik heb de afgelopen jaren veel geld verdiend en heb dat geïnvesteerd in grond. Ik bezit een boerderij en veel land in een van de mooiste streken van Kenia.'

Ivy keek hem verbijsterd aan. 'En dat vertel je nu pas?' mopperde ze. 'Je laat me wekenlang nadenken of het serieus tussen ons kan worden, of we samen kunnen leven, en dan vertel je me nu dat je een boerderij hebt waar we kunnen wonen en gelukkig kunnen zijn?'

'Ik wilde het eerst zeker weten, Ivy. Ik heb zo lang alleen

geleefd, heb zoveel rondgezworven. Als ik dat opgeef voor een vrouw moet ik er volkomen zeker van zijn dat ze de ware voor me is. Ik ben op het moment dat ik je zag verliefd op je geworden. Op je eigenzinnigheid, vastberadenheid, gevatheid, humor… en op je intelligentie. Ik heb het gevoel dat je me begrijpt.' Hij boog zijn hoofd. 'Niet iedere vrouw zou het met me uithouden.'

'Vertel over de boerderij,' zei Ivy. 'Is het landbouwgrond?' Ze kon zich Adrian niet als boer voorstellen. 'Of een koffieplantage, zoals mijn oom had?'

Adrian keek even voor zich uit. 'Tot nu toe is het land ongerept. Het bestaat uit bos en savanne,' antwoordde hij. 'Het ligt in Kedong Valley en is een paradijs voor dieren. Het lijkt veel op deze streek, maar daar is het land van mij.'

Ivy keek hem met een gelukkige, maar ongelovige blik in de ogen aan. 'Hoeven we niemand toestemming te geven om daar te jagen?'

Adrian knikte. 'Niemand mag zonder toestemming op ons land jagen.'

Ivy glimlachte, ging op haar tenen staan en gaf een kus op zijn wang. 'Dat is fantastisch, Adrian! Ik ben zo blij. Onze olifanten… onze zebra's… Maar hoe zit het met het huis? Woont er iemand? Een beheerder of huismeester?'

Adrian schudde zijn hoofd. 'Ik wil geen beheerder,' zei hij vastbesloten. 'Twee blanke mensen op een boerderij in Afrika zou alleen problemen geven. Als iemand voor me werkt, dan wil ik hem in de gaten houden en ben ik de baas. Toch wordt het huis momenteel bewoond. Ik heb het uitgeleend aan de Missiezusters van het Kostbaar Bloed.'

'De Missiezusters van het Kostbaar Bloed?' herhaalde Ivy verbaasd. Ze had in Nairobi gehoord over de orde, die vooral in Duitsland en Nederland missionarissen opleidde en naar Afrika stuurde.

'Ja, waarom niet?' antwoordde Adrian. 'Ze zijn gemakkelijker in de omgang dan de meeste missionarissen, vriendelijk in plaats van strijdlustig en bijzonder praktisch ingesteld. Ze openen scholen en doen er alles aan om de zwarte bevolking beschaving bij te brengen.'

'En nu wil je ze wegsturen?' vroeg Ivy afkeurend. 'Dat is niet erg aardig. Misschien maken we daarmee vijanden onder de mensen die ze al bekeerd hebben.'

'Natuurlijk wijzen we ze niet de deur,' antwoordde Adrian. 'Naast de renovatie, die hard nodig is, bouwen we een missiepost voor de orde. Daar kunnen ze doorgaan met hun missiewerk, wat ons ook helpt. Als ze de Masai Engels leren en hen zover krijgen dat ze stoppen met rondzwerven, dan kunnen ze voor ons werken.'

Ivy glimlachte. 'Je hebt er goed over nagedacht,' merkte ze op.

Hij knikte. 'Het enige wat eraan ontbrak was jij,' zei hij liefdevol. 'Ik kan degene die jou op mijn pad gestuurd heeft – of dat nu God of de geest van een van mijn voorouders is – niet genoeg bedanken.'

'Of de godin van de jacht,' mompelde Ivy.

Edward Parkland Rowe was de volgende ochtend zichtbaar overvallen toen Adrian Edgecumbe formeel om de hand van zijn dochter Ivory vroeg. Eigenlijk was hij ervan uitgegaan dat zijn praktische vrouw Hortense de huwelijkskandidaat min of meer welwillend zou beoordelen en vervolgens een beslissing over de verloving zou nemen. Hij beschouwde zichzelf eerder als de joviale vader van de bruid, die een borrel met de aanstaande schoonzoon dronk en hem op het hart drukte dat hij zijn meisje altijd goed moest behandelen. En nu moest hij ineens alleen een beslissing nemen, of in elk geval doen alsof. Het aanstaande bruidspaar leek niet te verwachten dat hij het aanzoek zou afwijzen. De jager op groot wild stond zelfverzekerd tegenover hem en Ivy straalde van geluk. Zij vertelde over een boerderij in Kedong Valley en hij had het over een bankrekening in Nairobi en verwees naar zijn afkomst van een van de beste families van Schotland.

'Ik bezit ook nog een stuk land in Schotland dat mijn broer voor me beheert,' ging hij verder. 'De inkomsten daarvan zijn niet hoog, maar ik wil het niet onvermeld laten.'

Edward knikte. 'Ivory krijgt natuurlijk een passende bruidsschat mee,' merkte hij op.

'Geef je toestemming, papa?' drong Ivy aan.

Hij beet op zijn lip. 'We moeten het natuurlijk met je moeder overleggen,' mompelde hij. 'Maar wat mij betreft... als het jou gelukkig maakt...'

'Ik kan een van mijn mannen naar Nairobi laten gaan om een telegram naar uw vrouw te laten sturen en daar op het antwoord te wachten,' stelde Adrian voor. 'En intussen...'

'We kunnen ons alvast verloven,' stelde Ivy voor. 'Voorlopig in elk geval. Maar mama zal er niets op tegen hebben als mijn aanstaande een goede naam en veel land heeft. De boerderij is toch groot, Adrian?'

'Vijftienduizend hectare,' antwoordde Adrian Edgecumbe.

Edwards mond viel open. 'Hoe ga je dat bewerken?' vroeg hij. 'Dat is geen boerderij, maar een koninkrijk!'

De jager op groot wild glimlachte. 'En ik bied Ivy de kroon aan. Dus u zegt ja?'

Sanele, de enige bediende en drager die kon lezen en schrijven, werd onmiddellijk op pad gestuurd om in Nairobi een telegram naar Hortense Parkland Rowe te laten sturen. Ivy gaf het hem persoonlijk en bekende aan haar toekomstige echtgenoot dat ze soms had gepraat met de man die de wijn bij het eten serveerde.

'Het kwam nooit van zijn kant,' verzekerde ze Adrian. 'Ik was degene die tegen hem praatte. Soms voelde ik me een beetje eenzaam als ik niet mee op safari ging en hij is heel beleefd.'

Adrian gaf de jongeman geen standje, hoewel hij de regels had overtreden, maar Ivy was degene die hem had benaderd en Adrian besloot Sanele er niet op aan te spreken.

's Avonds organiseerden de andere jagers en de maître een

klein verlovingsfeest. Er was champagne en de chef-kok overtrof zichzelf met het diner.

Ivy had het gevoel dat ze droomde. Een verloving onder de sterrenhemel in Afrika! Zoiets had ze zich in haar stoutste dromen niet kunnen voorstellen. De maan weerspiegelde in het meer, de silhouetten van de bergen begroetten hen, de schaduwen van de flamingo's leken op dansende feeën. Haar vader hield een spontane speech, zijn vrienden George en Francis spraken eveneens een paar woorden en brachten een toost uit op het jonge paar.

'We hebben ons natuurlijk afgevraagd waarom de beste jager van Afrika belangstelling heeft voor een vrouw die weigert om te jagen,' zei Francis Main Carruthers. 'Maar we hebben Ivy Parkland Rowe tijdens de bootreis op kleiduiven zien schieten en we zijn ook op de hoogte van de trefzekerheid van de andere dames in ons midden, Alicia en Diane. Misschien is het dus heel verstandig van meneer Adrian om niet met een vrouwelijke jager te trouwen. Die kan misschien beter schieten dan hij en dat is niet goed voor een huwelijk!'

Iedereen lachte, met inbegrip van Adrian, maar bij hem leek het enigszins als een boer met kiespijn.

Ivy legde haar hand even op de zijne. Ze wisten allebei waar de trefzekerheid van de meeste safarideelnemers vandaan kwam.

Mevrouw Maitland zag het gebaar en haar gezicht vertrok misnoegd. 'Hoe gaat het nu verder, Ted?' vroeg ze koeltjes nadat de speech afgelopen was. 'Ik hoop dat het je duidelijk is dat Ivory en haar verloofde geen tent met elkaar kunnen delen.'

Ivy's vader fronste zijn voorhoofd. Het duurde even voordat hij de opmerking van mevrouw Maitland snapte. Daarna keek hij nadrukkelijk naar zijn toekomstige schoonzoon. 'Het spreekt voor zich dat mijn dochter haar tent met haar vriendin blijft delen en dat meneer Edgecumbe in zijn eigen tent slaapt. Adrian, je bent toch niet van plan om een tent met mijn dochter te delen?'

Adrian schudde zijn hoofd lachend. 'Hoe komt u erbij. Ik zou nooit op het idee komen om mijn toekomstige vrouw in opspraak te brengen.'

Mevrouw Maitland bleef onvermurwbaar. 'Toch is het niet gepast als de verloofde zo dichtbij is,' hield ze vol. 'In een tentenkamp zijn er altijd mogelijkheden voor een jong stel om zich stiekem terug te trekken...'

'Er zijn hier slangen,' zei Adrian. 'En giftige mieren. Je kunt verrast worden door luipaarden en leeuwen. Denkt u nu echt dat Ivy en ik op een deken tussen de struiken gaan liggen om ons over te geven aan ongepast gedrag?'

'Ik wil niets insinueren, meneer Adrian,' antwoordde mevrouw Maitland. 'Maar Ivory zou in haar kringen toch in opspraak kunnen komen. Trouwen in de kolonies is toch al onconventioneel. Dan mag er geen enkele twijfel over bestaan dat het jonge paar... Ik weet zeker dat je vrouw het met me eens zal zijn, Ted.'

Ivy's vader haalde opgelucht adem. 'Ja, laten we Hortensia's antwoord afwachten. En nu toosten we nog een keer!'

'We mogen het vanavond niet laat maken,' waarschuwde Adrian. 'Morgenochtend gaan we de bergen in. U wilt tenslotte uw cheeta, mevrouw Maitland.'

Ivy was haar verloofde dankbaar dat hij met geen woord repte over de cheeta die ze de vorige dag hadden gezien. Ze dacht met veel plezier terug aan de ontmoeting met het dier die Adrian uiteindelijk had aangespoord om te zeggen wat hij op zijn hart had. Terwijl een gewapende bewaker haar en Diane, die bijzonder teleurgesteld was, naar hun tent begeleidde, nam ze zich voor om Adrian de volgende ochtend te vragen of er cheeta's op hun landgoed voorkwamen.

12

Sanele was na een week terug met het antwoord van Hortense Parkland Rowe. Ivy's moeder had een heel lang telegram geschreven, wat een fortuin gekost moest hebben. Zodra ze het telegram van haar man had ontvangen, had ze uitgebreid informatie over de familie Edgecumbe ingewonnen en ze was vol lof. Adrian werd weliswaar als het zwarte schaap van de familie beschouwd omdat hij het avontuurlijke leven boven het beheer van zijn Schotse landgoed verkoos, maar nu hij van plan was om zich in Afrika te vestigen en met een geschikte vrouw te trouwen, zouden de hoogste kringen hem alles vergeven. Vanzelfsprekend moest het huwelijk plaatsvinden op een manier die bij hun stand paste en nadat Ivy's moeder advies had gevraagd aan een kennis die vertrouwd was met Afrika, stelde ze Nairobi als locatie voor het huwelijk voor. Uiteraard zou ze met Rosamond naar Afrika komen om alles te organiseren. Ze zou de trouwjurk en een deel van Ivy's uitzet meenemen, en de rest kon in Nairobi of Mombasa aangeschaft worden. Na hun aankomst zou Ivy zich bij haar moeder en zus voegen en zou ze samen met hen gaan winkelen. Het klonk allemaal veelbelovend, maar aan het eind uitte haar moeder morele bezwaren tegenover het verblijf van Ivy en Adrian in het jachtkamp.

Mevrouw Maitland zou het fantastisch vinden om dit te horen.

Ivy's vader was wanhopig. Hij klaagde dat Hortense nu beslist zou verwachten dat ze de safari zouden beëindigen en de tijd tot hun aankomst in Nairobi of Mombasa zouden doorbrengen. De jachtreis was echter nog niet eens halverwege en tot nu toe had hij van iedere dag genoten.

'Wat moeten we doen totdat je moeder arriveert?' vroeg

hij nadat hij Adrian de brief ook had laten lezen. 'We kunnen dit niet zomaar negeren. Alicia Maitland vertelt anders beslist aan iedereen in onze kringen dat jullie al vóór het huwelijk samenwoonden en die gemene Diane...'

'...deinst er niet voor terug om leugens te verzinnen om dat te bevestigen,' zei Ivy. 'Sinds de verloving heeft ze geen woord meer tegen me gezegd. Geen vriendelijk woord in elk geval.'

Adrian dacht even na. 'Misschien kun je die paar weken op onze boerderij doorbrengen,' stelde hij voor. 'Je hoeft het huis alleen met de twee nonnen te delen en zij worden waarschijnlijk door iedereen als chaperonnes geaccepteerd. Luister, we doen het als volgt: het volgende kamp is bij Mount Longonot en dat ligt vlak bij een treinstation. We gaan samen met de trein naar Kijabe, waar jij uitstapt en ik verder naar Nairobi reis. Van daaruit stuur ik je een aantal arbeiders die alvast met de renovatie kunnen beginnen. Ik blijf een dag in Nairobi, neem de trein terug en sluit me weer aan bij het jachtgezelschap dat tegen die tijd onderweg is naar het volgende kamp.'

'Je wilt arbeiders uit Nairobi naar de boerderij sturen?' vroeg Ivy verbaasd. 'Ik dacht dat je mensen wilde huren die in de buurt van de boerderij wonen. Die stam heet toch Masai? Kunnen ze goed overweg met de Kikuyu?'

'Ze kunnen beslist goed met elkaar opschieten,' verzekerde Adrian haar. 'De meeste Kikuyu zijn gedoopt, dus zouden ze christelijke naastenliefde moeten praktiseren. En er wordt eerst een missiepost gebouwd. Ik zou alleen Masai in dienst nemen als ze iets geciviliseerder zouden zijn. De stammen daar leven nog in de middeleeuwen. De Zusters van het Kostbaar Bloed willen dat weliswaar veranderen, maar laten we elkaar niets wijsmaken. Wie nog nooit een echt huis gezien heeft, is niet in staat er een te bouwen.'

'Waar leven ze nu dan van?' vroeg Ivy. 'Van de jacht? Denk je dat ze boos worden als ze dat niet meer op ons land mogen doen?'

Adrian schudde zijn hoofd. 'Nee, de Masai jagen nauwelijks.

Ze houden vee. Het zijn halfnomaden; ze trekken met hun dieren van weidegrond naar weidegrond. Ook over ons land, dat heb ik toegestaan. Als ze de poorten achter zich sluiten, mogen de koeien daar grazen terwijl de mensen de missiepost bezoeken. Hun dorp ligt echter buiten het landgoed. De Kikuyu kunnen zich dan op het landgoed vestigen, zodat er geen conflicten ontstaan.'

'Wat bedoel je met vestigen?' vroeg Ivy bezorgd. 'Hebben ze geen gezinnen? Wat gebeurt er met hun vrouwen en kinderen als ze naar Kedong Valley komen?'

'Die kunnen ze meenemen,' zei Adrian tot Ivy's verrassing. 'Dat is trouwens mijn beste argument om arbeiders bij Newland, Tarlton & Co. weg te halen. Als ze op jacht zijn zien ze hun vrouwen vaak wekenlang niet terwijl ze bij ons een dorp kunnen stichten.'

Ivy vond het ondanks Adrians uitleg vreemd. 'Dat is heel... grootmoedig,' mompelde ze onzeker.

'Ach, Ivy, daar is niets ongewoons aan,' voegde haar vader eraan toe. 'Op de grote landgoederen in Engeland zijn al eeuwenlang dorpen gevestigd. Vroeger waren de bewoners horigen, nu werken ze voor de grootgrondbezitter en hebben ze hun eigen winkels of ambachtelijke bedrijven. Jullie zullen ook bedienden nodig hebben, dus het is maar goed als de arbeiders en hun vrouwen zich op jullie grond vestigen. En wat de Masai betreft... Jullie hoeven niet met die wilden aan te pappen. Begin er niet eens aan. Ze hebben maar te accepteren wat jullie op jullie land doen. Als ze ruzie met de Kikuyu krijgen, laten jullie hun runderen gewoon niet meer op jullie grond grazen.'

Adrian leek het met hem eens te zijn. 'Ik heb je bijzondere vriend trouwens weggelokt bij Newland, Tarlton & Co.,' zei hij terloops tegen Ivy. 'De jongen die Engels spreekt en naar verluidt zelfs kan lezen. Als hij zo'n talenwonder is, kan hij misschien bemiddelen, maar hij kan in elk geval tussen ons en de Kikuyu vertalen. Ik ken een paar woorden van hun taal, maar meer niet.'

Ivy straalde van blijdschap toen ze hoorde dat Sanele met

haar mee zou gaan. Ze was niet bang voor haar nieuwe leven met Adrian, maar om in eerste instantie alleen op de boerderij te verblijven? Misschien waren de nonnen helemaal niet enthousiast over haar gezelschap, laat staan de Masai. Ze vertrouwde er echter op dat Sanele alle problemen zou oplossen.

Ze zag Sanele de volgende dag nadat Adrian en de andere jagers op jacht waren gegaan naar cheeta's, die zich nog steeds niet lieten zien.

Sanele liet zijn werk in het kamp opnieuw liggen en nam haar mee naar een open plek aan de overkant van het meer, waar antilopen graasden. Ze vluchtten toen zij daar arriveerden.

'Ik ben vereerd dat ik u naar Kedong Valley mag begeleiden, miss Ivory,' zei hij formeel nadat ze hem enthousiast had verteld hoe blij ze was dat hij met haar mee zou gaan. 'Ik wil u ook graag van harte feliciteren met uw verloving. Meneer Adrian is een succesvol man. Ik weet zeker dat zijn boerderij u bijzonder zal bevallen.'

Ivy keek hem teleurgesteld aan. 'Heeft hij u een standje gegeven omdat u met me gepraat hebt?'

Sanele schudde zijn hoofd. 'Hij is absoluut niet jaloers,' merkte hij droogjes op.

Ivy lachte om zijn grapje. 'Hij hoeft ook helemaal niet jaloers te zijn. Maar vertel, wat weet u over Kedong Valley? En over de Masai?'

Sanele wist niet veel. Hij had bij het gezin van haar oom in Mombasa gewoond en was alleen verder dan Nairobi gekomen tijdens de safari's van Newland, Tarlton & Co., die hun routes meestal zo planden dat de safarigasten geen inheemse stammen tegenkwamen.

'Ik heb gehoord dat de Masai heel lange, slanke mensen zijn en dat de vrouwen buitengewoon mooi zijn, in elk geval vanuit ons perspectief. De blanken waarderen zwarte schoonheid vaak niet. De mannen staan erom bekend dat ze goede krijgers zijn.'

Ivy herinnerde zich ineens dat ze in Mombasa mannen in

stamkleding en gewapend met speren had gezien. 'Bedoelt u dat ze gevaarlijk zijn?' vroeg ze.

'Iedere man met een speer in zijn hand is gevaarlijk,' antwoordde Sanele. 'Maar ze schijnen de missiezusters tot nu toe met rust te laten. Maar hoe het met de Kikuyu moet gaan...'

'Zijn de stammen elkaar vijandig gezind?' vroeg Ivy bezorgd.

Sanele moest opnieuw toegeven dat hij dat niet wist. 'Ik geloof dat sommige stammen dat wel zijn en andere niet. Er zijn verschillende Kikuyu-stammen en beslist ook verschillende Masai-stammen. Als één stam een koe van een andere stam steelt, dan breekt er een oorlog uit, maar over het algemeen zijn het vredelievende mensen. De Masai zijn een herdersvolk. Geen veroveraars zoals mijn voorouders, de Zoeloe.'

'Ik ben heel benieuwd,' zei Ivy. 'Het gaat binnenkort beginnen. Als mevrouw Maitland overmorgen nog geen cheeta geschoten heeft, geeft Adrian het op. O'Toole en Bingham begeleiden de jagers naar een nieuw basiskamp en Adrian brengt mij naar Kijabe, waarna hij naar Nairobi gaat.'

Sanele knikte. 'Ik ga rechtstreeks naar de boerderij met de mannen die hij heeft aangenomen. De *bwana* brengt vervangers uit Nairobi mee. Tot die tijd moeten de gasten het met minder personeel en comfort doen. Daar zullen ze niet blij mee zijn.'

'Hoeveel mannen heeft hij aangenomen?' vroeg Ivy. Ze rekende op vijf of tien mannen.

'Met mij erbij drieëndertig,' antwoordde Sanele.

Ivy staarde hem aan. 'Drieëndertig? Waar gaat hij die allemaal huisvesten?'

Sanele haalde zijn schouders op. 'In eerste instantie op de bouwplaats,' antwoordde hij. 'De missiepost...'

Ivy fronste haar voorhoofd. 'Laat hij meteen een kathedraal bouwen? Ik dacht aan een paar hutten die snel opgetrokken kunnen worden. Adrian heeft het natuurlijk ook over renovaties aan het huis gehad...'

'We zullen het vanzelf zien, miss Ivory,' probeerde Sanele haar gerust te stellen. 'Voor mij is het ook een avontuur.'

Een paar dagen later vertrokken Adrian en Ivy vergezeld door vier bewakers. Mevrouw Maitland maakte opnieuw bezwaar vanwege de fatsoensnormen, maar toen Adrian haar aanbood om mee te rijden als chaperonne, onthield ze zich van verder commentaar. De ritten tussen de verschillende kampen waren heel vermoeiend, en Diane en haar moeder hadden al meerdere keren geklaagd over de ongemakken van de regelmatige verplaatsingen.

Adrian leek enthousiast om een paar dagen aan het gezelschap van de jagers te kunnen ontsnappen. De rit naar Longonot duurde te paard ongeveer twee dagen. Het was geen grote afstand, maar het bergachtige terrein maakte het zwaar. Ivy genoot van de eerste dag. Als de paden breed genoeg waren, liet ze Tango naast Adrians paard lopen en hield ze zijn hand vast tijdens het rijden. Tijdens de pauzes kusten ze elkaar. Ze lachten en plaagden elkaar, en Ivy had zich nog nooit zo vertrouwd met iemand gevoeld.

's Avonds zetten de bewakers primitieve tenten op. Ivy voelde zich ondeugend toen ze onder de sterrenhemel Adrians tent in kroop en tegen hem aan ging liggen.

'Ik zou mijn geweer eigenlijk tussen ons in moeten leggen,' zei hij plagerig terwijl hij zijn armen om haar heen sloeg. 'Vroeger werd daar een zwaard voor gebruikt.'

'De bewakers hebben niets gemerkt,' zei Ivy.

Adrian begon te lachen. 'Ivy, schat, natuurlijk hebben ze gezien dat je naar mijn tent gekomen bent. Het kan ze alleen niet schelen. Ze hebben geen oordeel over wat de *bwana* doet. Veel van hen hebben trouwens meerdere vrouwen, sommige worden als kind al uitgehuwelijkt. Wat er vandaag tussen jou en mij gebeurt, blijft tussen ons.'

Ivy liet zich kussen en strelen, beantwoordde zijn liefkozingen en genoot van het betoverende moment. Ze weerde hem echter af toen hij verder wilde gaan.

'Bewaar nog iets voor de huwelijksnacht, liefste,' fluisterde ze. 'Ik wil dolgraag helemaal van jou zijn, maar ik heb mijn vader beloofd om geen domme dingen te doen.'

'Zou het dom zijn als je zwanger voor het altaar zou staan?' vroeg Adrian. 'Ik zou het niet erg vinden.'

'Mijn moeder zou me vermoorden,' zei Ivy lachend. Ze fatsoeneerde haar kleding.

'Ivy...' Adrian wilde haar weer op zijn bed trekken, maar ze liet zich niet overhalen. 'Je kunt niet zomaar weggaan,' kreunde hij chagrijnig.

Ivy keek hem verontwaardigd aan. 'Wat is er met je aan de hand? Je kunt toch niet boos zijn omdat ik...'

'Ik hou er niet van als mensen met me spelen, Ivy.' Hij draaide zijn rug naar haar toe.

Ivy dacht plotseling aan Diane en haar buien. Geïrriteerd ging ze terug naar haar eigen tent. Ze zou het initiatief tijdens deze reis niet nog een keer nemen.

De volgende dag reed ze zwijgend naast Adrian en tegen de middag verontschuldigde hij zich.

'Ik was gisteren onaardig tegen je.'

Ze wierp hem een boze blik toe. 'Je gedroeg je kinderachtig. Hoe kon je verwachten dat ik me voor onze bruiloft aan je zou geven? Een paar kussen is één ding, maar vooruitlopen op de huwelijksnacht...'

'Ik heb je verkeerd begrepen,' beweerde hij. 'Ik beschouwde het als een aanbod.'

'Het was een klein cadeau voordat ik je tijdens de huwelijksnacht het grootste geschenk geef,' zei Ivy zachtjes.

'Ivy, ik ben een jager.' Adrian probeerde een grapje te maken, maar Ivy vond zijn toon verrassend serieus klinken. 'Als ik een prooi op het oog heb, dan –'

'En ik ben jouw prooi?' Ivy voelde het bloed naar haar wangen stijgen. 'En je verwacht dat ik me gewillig laat neerschieten?'

'Toe nou, Ivy.' Adrian stak zijn hand naar haar uit. 'Vergeef het me. Ik heb je tenslotte niet gedwongen.'

Ze keek hem met grote ogen aan. 'Maak me nooit bang, Adrian!' waarschuwde ze hem opnieuw.

In Longonot stond Ivy erop om een kamer in een pension te nemen en niet in afwachting van de trein, die de volgende ochtend zou vertrekken, nog een nacht in de tent te slapen. Adrian vond dat niet leuk, maar hij bleef beleefd en nam met een kus voor haar kamerdeur afscheid van haar. Eigenlijk zou alles nu weer goed moeten zijn.

Toch huilde Ivy zich in slaap.

13

Ze voelde zich pas beter toen ze in de trein naar Kijabe zaten en een jonge Afrikaanse conducteur hun thee bracht. De angst en de zorgen verdwenen terwijl ze naar het landschap keek dat achter het raam voorbijgleed. Bergen, heuvels, savannes... Ivy keek er niet meer met de verwonderde blik van een reiziger naar, maar beschouwde het als een deel van haar nieuwe thuisland. Ze vond het uitermate gemakkelijk om van Afrika te houden en Adrian was degene die haar deze nieuwe wereld cadeau deed. Moest ze zich dan echt druk maken om een paar meningsverschillen? Natuurlijk was Adrians verontschuldiging een beetje vreemd overgekomen, maar aan de andere kant was hij duidelijk niet erg bedreven in het aanbieden van zijn excuses.

Ivy besloot het onaangename incident te vergeten. Ze kuste hem innig voordat ze in Kijabe uitstapte en zei dat ze hem zou missen. Zijn glimlach verwarmde haar terwijl ze het perron op liep.

Kijabe, een voormalige missiepost, was een slaperig stadje. Ivy keek om zich heen naar de mensen die haar zouden ophalen. Adrian had vrienden getelegrafeerd en hun gevraagd om voor zijn verloofde te zorgen. Nu stelde ze verheugd vast dat ze door een Engels echtpaar werd opgewacht. Peter en Susan Derringer zwaaiden vrolijk naar haar toen ze uitstapte. Peter was een gezette man met een rood gezicht, die beslist moeite had met de Afrikaanse zon. Susan had haar bruine haar opgestoken en droeg een hoed met een brede rand. Haar huid was gebruind, haar lach aanstekelijk.

'Ivory Parkland Rowe?' vroeg Peter met bulderende stem terwijl hij zijn kolossale hand naar haar uitstak. 'Potverdorie, onze Adrian heeft een echte Engelse roos geplukt! Is ze niet knap, Susan? Wacht, Ivory, laat je bagage staan. Boy!' riep hij naar een kruier, waarna hij zijn aandacht weer op Ivy richtte. 'Noem mij gewoon Peter en mijn vrouw Susan.'

'Dan moeten jullie mij Ivy noemen,' zei ze.

Susan verwelkomde Ivy net zo hartelijk. 'We hebben hier niet veel blanke vrouwen terwijl het zo fijn zou zijn als er hier meer gezinnen zouden komen wonen. Dan zouden er ook meer gasten komen. Het dal, de bergen, de meren en de vulkaanlandschappen zijn allemaal prachtig, maar tot nu toe organiseert niemand hier safari's voor betalende gasten.'

Ivy had van Adrian gehoord dat de Derringers daar veel belangstelling voor zouden hebben. Ze hadden een winkel in jacht- en visbenodigdheden in Kijabe.

'Ga mee, Ivy. Wil je eerst nog iets eten of drinken? Er is hier een countryclub die die naam nauwelijks verdient, maar ze serveren in elk geval kleine maaltijden. Of wil je liever meteen vertrekken?'

Peter Derringer had inmiddels twee jongens gevonden om Ivy's bagage in te laden.

'Ik heb een paar sandwiches meegenomen,' zei Susan. 'Ik wist gewoon dat je honger zou krijgen.' Ze klopte glimlachend op Peters uitpuilende buik. 'We kunnen onderweg picknicken of op Adrians boerderij eten.'

Daar was Ivy het helemaal mee eens. Hoewel ze tijdens de treinreis nauwelijks iets had gegeten, was haar nieuwsgierigheid naar de boerderij veel groter dan haar honger. Ze volgde het stel vanaf het perron naar een eenvoudig station, waar het wemelde van de mensen die kaartjes en versnaperingen kochten en verkochten, bagage heen en weer sleepten en luidkeels met elkaar praatten of ruziemaakten. De meesten waren Afrikanen en in tegenstelling tot in Mombasa en Nairobi vielen Europeanen hier op. De paar Engelsen droegen uniformen als ze bij de veiligheidstroepen hoorden of kaki zoals de Derringers. Het was hier blijkbaar gebruikelijk om in het dagelijkse leven safarikleding te dragen. Ivy voelde zich te formeel gekleed in haar donkerblauwe reiskostuum.

Voor het station stonden ezel- en ossenkarren, ingespannen en gezadelde paarden en een glanzende olijfgroene auto waar Peter Derringer de dragers naartoe dirigeerde.

'Peters nieuwste speeltje,' vertelde Susan aan Ivy, die verrast en opgetogen was. 'Een Auburn Model G. Hij is geschikt om er offroad mee te rijden en dat wil Peter vandaag uittesten. Hopelijk blijven we niet midden op de savanne steken. Dat is nog een reden om altijd proviand mee te nemen.' Ze wees naar de volle picknickmand en de flessen water die ze voor alle zekerheid had ingepakt.

Ivy stapte enigszins aarzelend in. Ze had nog niet vaak in een auto gereden en wist niet of ze zich moest verheugen op een zorgeloze rit of dat het met een wandeling over de savanne zou eindigen. De Derringers leken in elk geval overal op voorbereid. Ze droegen allebei stevige schoenen en achter in de auto lagen twee jachtgeweren.

'Maak dat meisje niet bang,' zei Peter. 'De auto rijdt geweldig en de wegen naar Attenrow Farm zijn helemaal niet slecht.'

'Attenrow Farm?' herhaalde Ivy.

'Edgecumbe Farm,' corrigeerde Susan haar man. 'Attenrow was de vorige eigenaar. Adrian heeft de boerderij van hem gekocht.'

'Waarom heeft Attenrow de boerderij eigenlijk verkocht? En wat wordt er verbouwd? Adrian heeft me nog niet veel verteld...'

Peter fronste zijn voorhoofd. 'Tja, Adrian wil zich daar weliswaar vestigen, maar hij is geen boer. Waarschijnlijk denkt hij aan een soortgelijke onderneming als Newland, Tarlton & Co.'

Ivy schudde haar hoofd resoluut. 'Hij heeft me beloofd om niet meer op safari te gaan.'

'Niet?' Peter was duidelijk verbaasd. 'Maar iets in die richting gaat hij toch doen. Ik kan me niet voorstellen dat hij vee gaat fokken of koffie gaat verbouwen, vooral omdat Attenrow al gefaald heeft met het vee.'

Daarna vertelde Peter vrolijk dat Roger Attenrow de boerderij vijftien jaar eerder was begonnen en het woonhuis had gebouwd. Zijn idee om daar runderen te fokken was echter mislukt door misverstanden met de Masai, die herhaaldelijk van mening waren geweest dat Rogers vee van hen was. 'Ze hebben een vreemde houding ten opzichte van hun dieren. Een van hun goden heeft hun verteld dat alle runderen ter wereld van hen zijn. Als ze dus een dier zien dat niet van een stamlid is, dan hebben ze de neiging het gewoon als hun bezit te beschouwen. Roger moest verschrikkelijk opletten en bovendien had zijn vrouw moeite met het klimaat. Sommige mensen kunnen zich nu eenmaal niet aanpassen aan de Afrikaanse omstandigheden.'

Ivy was er trots op dat dit niet op haar van toepassing was, hoewel ze haar lichte huid voortdurend moest beschermen met een zonnehoed. Onwillekeurig vroeg ze zich af hoe Adrian in de toekomst zijn geld wilde verdienen. Ze had als vanzelfsprekend aangenomen dat bij een boerderij landbouw en veeteelt hoorden, maar misschien had haar vader gelijk en ging het hier net zoals op de grote landgoederen in Engeland. De landgoedeigenaar zorgde voor de pachters – in Adrians geval de Masai en de Kikuyu – door te helpen bij het bouwen van de dorpen en het verkopen van de producten, en kreeg in ruil daarvoor pacht van hen. De landgoedeigenaar hield zich daarnaast misschien bezig met het fokken van paarden of het kweken van rozen, en organiseerde feesten en jachtpartijen.

Ze zou Adrian er waarschijnlijk niet van kunnen weerhouden om op jacht te gaan en moest rekening houden met een paar uitnodigingen per jaar. Zij zou zich bezighouden met het ontvangen van de gasten en het opleiden en begeleiden van het personeel. Ivy had er duidelijke ideeën over hoe een adellijk huishouden gevoerd moest worden. De Derringers leken dat niet te weten, maar zij waren natuurlijk handelaars en behoorden niet tot de hogere klasse. Attenrow was waarschijnlijk een boer geweest, hoewel hij veel minder land had gehad dan Adrian, die iedere gespaarde cent in de aankoop van meer land had geïnvesteerd.

'Van wie had Attenrow het land eigenlijk gekocht?' vroeg ze.

'Van de overheid. Die had het geconfisqueerd om het voor bewoning door immigranten te ontwikkelen. Daarvoor was het van niemand, of misschien van de Masai, afhankelijk van hoe je het bekijkt. Gelukkig maakt het hun niet veel uit. Ze trekken toch veel rond met hun dieren. Als je ze daar niet van weerhoudt, zijn ze vreedzaam. En dat wil Adrian respecteren.'

Ivy knikte. Waarschijnlijk moest je je de Masai met hun vee voorstellen als de herders die hun kuddes op het land van haar vader lieten grazen. Runderen waren weliswaar minder snel tevreden, maar misschien fokten ze hier andere rassen dan in Engeland.

'Zijn er echt olifanten, zebra's, giraffen en leeuwen op ons land?' veranderde ze van onderwerp.

Peter Derringer knikte. 'In overvloed, jongedame! Je kunt ze waarschijnlijk vanaf het huis zien grazen en ronddwalen.'

Toen ze het stadje achter zich hadden gelaten en over de brede zandweg over de savanne reden, zag Ivy al kuddes antilopen en buffels. De wegen waren inderdaad goed begaanbaar en de dieren leken zich niets van de auto aan te trekken. Eén keer lag er een struisvogel midden op de weg en Susan moest hem wegjagen voordat ze verder konden.

'Als het een olifant was geweest, had ik het niet gedurfd,' zei ze lachend.

Hoe verder ze van Kijabe kwamen, des te spectaculairder werd het landschap. Adrians boerderij lag op ongeveer een uur rijden van Kijabe in Kedong Valley, de vallei die, zoals Peter uitlegde, zich uitstrekte tussen de twee armen van de Oost-Afrikaanse slenk, breuken in de aardkorst die miljoenen jaren geleden door vulkanische activiteit waren ontstaan.

'Er zijn hier nog steeds actieve vulkanen,' vertelde Adrians vriend. Hij wees naar een indrukwekkende berg aan de linkerkant. 'De Longonot ligt niet ver bij jullie boerderij vandaan en je kunt hem beklimmen. En langs de slenk zijn meren en rivieren, zodat jullie niet veel last hebben van de droge periode.'

Ivy bewonderde vooral de rotsformaties die in de verte zichtbaar werden. Sommige rotsen waren groen doordat ze begroeid waren, andere waren kaal in verschillende tinten bruin. Niet alleen de adembenemende uitzichten zorgden ervoor dat de tijd snel verstreek. Dat kwam ook door de Derringers, die enorm veel vertelden. Ze woonden al heel lang in Kenia en hadden hun kinderen hier opgevoed. Hun zoon werkte in hun winkel en was, zoals Susan trots uitlegde, een ervaren jager. Peter ging ook graag op safari, al was het alleen maar om de wapens die hij verkocht uit te testen. Ivy praatte liever niet over haar bedenkingen tegen de jacht. In plaats daarvan sneed ze een ander onderwerp aan dat belangrijk voor haar was.

'Hoe zijn de missiezusters?' vroeg ze nadat ze ongeveer de helft van de afstand hadden afgelegd.

Tot nu toe had ze nog maar zelden katholieke nonnen gezien en als kind was ze door hun zwarte gewaden en strenge uiterlijk altijd een beetje bang voor ze geweest. Ze had moeite met het idee om het huis misschien wekenlang met hen te moeten delen.

'De nonnen?' Peters gezicht klaarde op. 'Die zijn fantastisch. Ik weet niet waarom ze zich in de wildernis verstoppen in plaats van een man te zoeken en kinderen te krijgen, maar ieder zijn ding.'

'Ze willen de Masai toch bekeren?' zei Ivy.

Peter lachte. 'Dat is ongetwijfeld de bedoeling, maar of zo'n doorgewinterde Masai-krijger zich zijn goden door een non laat ontnemen? Vooral als hij een god heeft die hem alle runderen van de wereld heeft geschonken en hij die moet inruilen voor een god die zijn volgelingen waarschuwt dat ze het vee van hun naaste niet mogen begeren.'

Ivy lachte, maar Susan onderbrak haar man verontwaardigd. 'Peter! Gedraag je! Ivory vindt ons beslist een stel ongelovige barbaren! Luister niet naar mijn man, Ivy. Wij zijn uiteraard fatsoenlijke christenen die de missie steunen.'

'Ik dacht dat de missie in Afrika redelijk succesvol was,' zei Ivy. Ze zweeg verrukt toen Peter remde om een kudde giraffen over te laten steken. Twee jonge dieren keken nieuwsgierig naar de auto. 'Ik heb gehoord dat de meeste Kikuyu in de omgeving van Nairobi gedoopt zijn,' ging ze uiteindelijk verder.

Peter Derringer toeterde ongeduldig en gaf zijn mening over de missie in Afrika vervolgens onverstoorbaar. 'Lieve Ivy, de mensen hier zijn niet dom. Ze weten wat ze willen en dat is in principe wat de Europeanen hebben: kleding, kookgerei, af en toe een glas goede whisky en fatsoenlijke jachtgeweren. De kleding, die via donaties uit Europa verkregen wordt, krijgen ze van de missiezusters als ze hun kinderen naar school sturen. Om aan geweren te komen hebben ze geld nodig, met andere woorden een baan bij de blanken, en daarvoor moeten ze Engels kunnen spreken. Basiskennis van lezen, schrijven en rekenen is ook nuttig. De kinderen leren dat op de missiescholen en daarnaast krijgt iedereen die zich laat dopen een extra beloning. Toch blijven ze in hun eigen goden en geesten geloven. Ze bidden daarnaast gewoon tot de Heilige Drie-eenheid en vertrouwen erop dat de goden de situatie met het vee onderling regelen.'

Susan ademde hoorbaar uit. 'Peter!' wees ze hem opnieuw terecht. 'Wat de missies de afgelopen jaren bereikt hebben is –'

'Dat ontken ik ook helemaal niet,' onderbrak Peter haar vergoelijkend. 'De omgang met de inboorlingen wordt aanzienlijk eenvoudiger als ze Engels spreken en kunnen schrijven en rekenen. Ik zeg alleen dat ik mijn twijfels heb voor wat betreft de massale bekeringen, vooral als het om onze nonnen in Kedong Valley gaat. Ze spreken niet eens Masai. In Nairobi hebben ze hun een paar woorden Swahili geleerd, maar dat heeft niets met de taal van de Masai te maken.'

Ivy werd steeds nieuwsgieriger naar de missiezusters en de Masai. Zou Sanele met hen kunnen communiceren?

'Zijn er blanken die Masai spreken?' vroeg ze. 'Misschien moeten Adrian en ik het leren.'

'Onze zoon Reggie vertaalde altijd voor Adrian,' antwoordde Susan. 'De Masai trekken rond met hun kuddes en één of twee keer per jaar laten ze de kuddes in de omgeving van ons huis grazen. De kinderen speelden dan samen en later ging Reggie met zijn Masai-vrienden op jacht.'

'Zijn hier ook andere stammen?' vroeg Ivy. 'Adrian heeft arbeiders van Newland, Tarlton & Co. gerekruteerd. Dat zijn Kikuyu...'

Peter zuchtte. 'De Kikuyu zijn hier tot 1895 geweest, tot ze aangevallen zijn door een paar honderd Masai-krijgers. Ze vermoordden de Kikuyu, waarna een Engelsman in zijn eentje wraak nam op de Masai. Dat werd bekend als het Kedong-bloedbad. Maar dat is lang geleden en sindsdien is het hier vredig. Als Adrian hier weer Kikuyu wil vestigen, zal er beslist niets gebeuren, hoewel de stammen elkaar niet per se goedgezind zijn.'

Terwijl Peter praatte sloeg hij af naar een onverharde zijweg en vlak daarna stopten ze voor een hoge omheining van draadgaas. Een scheve boog boven de omheining verwelkomde hen op Attenrow Farm. Het hek was echter nieuw en stevig. Susan stapte uit om het te openen en achter de auto weer te sluiten.

'Is de hele boerderij omheind?' vroeg Ivy verbaasd. 'Dat moet een enorme klus geweest zijn.'

Peter haalde zijn schouders op. 'Nog niet het hele landgoed en ook niet zo uitgebreid. Adrian doet het stukje bij beetje en meestal gewoon met prikkeldraad. Ik denk dat hij duidelijk wil maken wat van hem is. Als de Masai met hun kuddes op zijn land willen, moeten ze gebruikmaken van de poorten.'

Ivy vond het vreemd. Geen enkele grootgrondbezitter in Engeland zou op het idee komen om zijn hele landgoed te omheinen. Ze keek gespannen naar de weg die tussen het struikgewas en de savanne kronkelde. Ze schatte dat ze minstens anderhalve kilometer hadden afgelegd voordat ze de boerderij bereikten. Ivy's hart sloeg meteen op hol. Het woonhuis, een natuurstenen gebouw met een grote veranda, lag op een heuvel. De stallen en de andere bijgebouwen stonden iets lager. Ze waren door middel van grindpaden met het woonhuis verbonden en aan weerszijden ervan was ooit een tuin aangelegd. Nu was die overwoekerd en onverzorgd, maar er bloeiden bloemen die ooit door iemand waren geplant en baobabbomen zorgden voor schaduw. De oprijlaan naar het woonhuis zou er na een opknapbeurt prachtig uitzien.

Peter reed naar een schuur waarvoor een tafel en een houten bank van ruw hout stonden.

'Hier wonen de missiezusters, Ivy,' legde Susan uit. En inderdaad zagen ze twee vrouwen die naast de schuur in de moestuin aan het werk waren. De ene vrouw spitte een stuk land om, de andere gaf een gedeelte dat al beplant was water. Tot Ivy's verbazing leken ze helemaal niet op de nonnen die ze af en toe in Engeland had gezien. Ze droegen geen zwart habijt, maar een rode rok en witte blouse, en aan een rood koord rond hun nek hing een eenvoudig kruis. Op hun hoofd hadden ze een wit kapje dat op dat van verpleegsters leek. Een van de nonnen droeg er een brede strooien hoed overheen. De andere had haar rok omhooggebonden zodat hij niet vies zou worden, maar ze liet hem naar beneden vallen zodra ze de auto zag naderen. Beiden glimlachten en stopten met hun werk toen ze de Derringers herkenden.

'Meneer Peter en mevrouw Susan! God zij gegroet! En u bent mevrouw Edgecumbe?'

De nonnen keken verheugd naar hun bezoekers en verwelkomden hen hartelijk. Een van hen sprak Engels met een Schots accent. Ivy zag dat ze uitzonderlijk mooi was. Ze was heel sierlijk, had een symmetrisch gezicht met een zeer lichte teint en veel sproeten die haar aantrekkelijkheid op de een of andere manier niet verminderden. Haar dikke haar was rood en was op een natuurlijke manier opgestoken onder het kapje, haar wenkbrauwen en bijzonder lange wimpers waren roestbruin en ze had een zachte blik in haar grote glanzende amberkleurige ogen.

'Zuster Maria Margaret,' stelde Susan haar voor. 'En zuster Maria Engelberta.'

Maria Engelberta was ouder dan Maria Margaret, die nog heel jong leek, maar was waarschijnlijk nog in de twintig. Ze was steviger gebouwd en haar haar was asblond, net als dat van Rosamond. Vriendelijke blauwe ogen domineerden het ronde gezicht en ze had lachrimpeltjes rond haar mond. Ze had een zwaar accent dat Ivy niet meteen kon thuisbrengen.

'Miss,' verbeterde Ivy de non die haar had begroet enigszins verlegen. 'Miss Ivory Parkland Rowe. Meneer Edgecumbe en ik zijn verloofd. We gaan begin volgend jaar trouwen.'

'Ja, natuurlijk,' zei Maria Engelberta met een glimlach. 'Pater Flint heeft zoiets verteld. Hij heeft ons in opdracht van meneer Adrian op de hoogte gebracht van uw aankomst. We zijn in elk geval blij dat u hier bent. Ga zitten. We delen onze karige lunch maar al te graag met jullie.'

Ze wees naar de houten bank, liep het huis in en kwam even later terug met twee krukjes bij wijze van extra zitplaatsen. Maria Margaret zette een kan water op de tafel.

'Mag ik jullie uitnodigen om met ons mee te eten, lieve zusters,' zei Susan, die zag dat haar man met weinig enthousiasme naar het water keek, waarna ze de picknickmand uit de auto haalde. 'Ik heb sandwiches, wijn...'

'Wijn?' herhaalde Maria Margaret stralend.

Maria Engelberta aarzelde even, maar besloot blijkbaar om het enthousiasme van haar medezuster te delen.

'Mogen jullie wijn drinken?' vroeg Ivy voorzichtig.

De nonnen knikten. 'Het hoort niet bij onze dagelijkse voeding,' antwoordde Maria Engelberta met een glimlach, 'maar het is niet verboden. Onze Heer verwierp het tenslotte ook niet. Denk maar aan het bruiloftsfeest in Kana.'

Ivy was niet erg Bijbelvast, maar was blij dat haar toekomstige medebewoonsters niet al te ascetisch leken te zijn. Daarentegen waren ze duidelijk arm. De twee nonnen keken met grote ogen naar de lekkernijen die Susan op tafel zette.

'Zijn jullie hier echt maar met zijn tweeën?' vroeg Ivy nadat de oudste non een tafelgebed had uitgesproken en Maria Margaret en zij net zo enthousiast op het eten aanvielen als Peter, die blijkbaar honger van het autorijden had gekregen.

De zuster met het Schotse accent knikte. 'Ja, dat doet onze orde altijd zo. Twee of drie pioniers worden vooruitgestuurd om als het ware een weg voor de missie te banen. We richten het huis in en knopen de eerste contacten met de plaatselijke bevolking aan. Als er niet meteen een heel leger missionarissen verschijnt, zijn ze minder achterdochtig.'

'Dat is absoluut waar,' voegde Maria Engelberta eraan toe. 'Ze zijn nieuwsgierig. En niet alleen de krijgers komen, maar de vrouwen en kinderen ook. Ze zien ons niet als een bedreiging. Onze kleding draagt daaraan bij; de meeste Afrikanen houden van felle kleuren. Ze stellen zich makkelijker voor ons open als we ons kleurrijk kleden dan als we zo zwart als kraaien bij hen langsgaan.'

'Ik vind dat ook prettiger,' verkondigde Maria Margaret en ze rechtvaardigde zich meteen toen ze een bestraffende blik van haar medezuster kreeg. 'Nee, nee, ik ben niet ijdel, maar we willen de mensen laten zien dat Christus vreugde en liefde is, dat Hij ons helpt de dood te overwinnen. Waarom zouden we dan rouw dragen?'

Ivy vond het heel redelijk klinken, maar kon haar ongeduld nauwelijks bedwingen. Ze wilde haar toekomstige huis dolgraag vanbinnen bekijken. Met de nonnen kon ze de komende weken nog genoeg praten.

Susan Derringer merkte het en vertelde de nonnen dat ze Ivy ging rondleiden. Ze kwam al op de boerderij toen die nog van de Attenrows was geweest en had een sleutel die ze aan Ivy overhandigde.

'Veel plezier! Het huis is echt heel mooi. Eleanor Attenrow had een uitstekende smaak. Helaas hebben zij en haar man bijna al het meubilair meegenomen of verkocht. Jullie zullen het helemaal opnieuw moeten inrichten, Ivy.'

Ivy zei dat ze dat helemaal niet erg vond en vertelde over de geplande winkeltochtjes met haar moeder en zus. Daarna volgde ze Susan naar haar nieuwe huis en zag dat al haar verwachtingen werden overtroffen. Het huis had een grote ontvangsthal, was open en luchtig, en het licht stroomde van alle kanten de kamers in. Dubbele glazen deuren leidden van de salon naar een groot terras met een adembenemend uitzicht op de savanne. Ivy zag zebra's en gnoes naar een waterpoel lopen.

'Het terras krijgt de ochtendzon,' vertelde Susan. 'Je kunt hier heerlijk ontbijten. Als Adrian tenminste niet al voor zonsopgang vertrekt om op leeuwen te jagen.' Ze lachte.

Ivy schudde haar hoofd. 'Geen safari's meer. Dat heeft hij me beloofd.'

Er was een grote keuken, die duidelijk voor een kok en meerdere keukenhulpen was ontworpen.

'Zijn er geen dienstbodekamers?' vroeg Ivy.

Susan schudde haar hoofd. 'Die zijn er niet op deze boerderijen,' legde ze uit. 'Hoewel er boven genoeg kamers zijn, ook comfortabele ruimtes voor eventuele gasten. We... Het is niet zo dat we de inboorlingen niet vertrouwen, maar we willen ze 's nachts toch liever niet in huis hebben. Ze wonen in de bijgebouwen of bouwen hun eigen hutten in de stijl van hun stammen. Ik vermoed dat dat hier ook het geval zal zijn, aangezien Adrian blijkbaar een klein leger Kikuyu aangenomen heeft.'

Ivy knikte. 'Ik heb geen idee waarom hij zoveel mensen nodig heeft,' zei ze.

Susan keek haar onderzoekend aan. 'Tja, in eerste instantie voor de renovaties natuurlijk,' zei ze. 'En later... Goed, dat moet je hem zelf maar vragen.'

Adrian had haar dezelfde verklaring gegeven, maar ze vroeg zich inmiddels af waarom er eigenlijk gerenoveerd moest worden. Het huis was perfect. Misschien moest het hier en daar een beetje opgeknapt worden en de tuin moest verzorgd worden, maar dat zouden twee of drie arbeiders met gemak kunnen doen. En de nonnen leken niet veeleisend voor wat betreft hun missie. Een of twee eenvoudige gebouwen zouden voorlopig voldoende zijn. Bovendien was Adrian hun niets verschuldigd. Hij hoefde de missiegebouwen niet onmiddellijk in de kortst mogelijke tijd te laten bouwen. Waarom waren er dan ruim dertig arbeiders nodig?

Ondanks haar enthousiasme voor de boerderij lukte het Ivy niet om het onbehaaglijke gevoel van zich af te schudden.

14

Voordat de Derringers naar huis reden, haalden ze nog meer schatten uit hun auto. Susan gaf Ivy een grote doos met ingemaakte lekkernijen in weckpotten en benadrukte dat ze alleen voor haar waren.

'Moet ik die allemaal in mijn eentje opeten?' vroeg ze verbaasd.

Susan schudde haar hoofd. 'Nee, je mag de nonnen natuurlijk ook iets geven, maar zorg ervoor dat ze niet alles aan de Masai weggeven.'

Ivy fronste haar voorhoofd. 'Lijden die dan honger?' vroeg ze.

Susan ontkende dat. 'Nee, zoals ik al vertelde hebben ze hun koeien. Ze doden ze niet, maar tappen bloed af, verdunnen dat met melk en drinken het. Wij vinden dat walgelijk, maar het is beslist voedzaam. Ze houden ook schapen en geiten die ze slachten. Niemand hoeft honger te lijden. Maar de Masai zijn natuurlijk blij met wat afwisseling, zoals mijn tafelzuur of mijn antilopenpastei en als je niet oppast geven de zusters alles weg.'

De inhoud van de tweede doos die Peter Derringer uitlaadde, maakte de nonnen dolblij. Die bevatte afgedankte kleding, vooral kinderkleding, dekens, kookgerei en speelgoed, hoewel sommige spullen al flink versleten waren. Susan had bij haar kennissen voor de missie gecollecteerd.

'Dit is fantastisch! De kinderen zullen zo blij zijn!' Maria Engelberta stond op het punt om Susan te omhelzen. 'We gaan morgen meteen naar het dorp om ze te verwennen!'

Toen Ivy de eenvoudige accommodatie van de nonnen binnenliep, vroeg ze zich af of het niet verstandig was om een deel van de donaties te houden en te gebruiken om de kamers een beetje huiselijker te maken. De inrichting was spartaans en de paar meubels waren onbeholpen in elkaar gezet.

'We hebben alles zelf gemaakt,' vertelde Maria Margaret trots. 'We hebben het hout gevonden. Dat mochten we toch gebruiken? Het leek erop dat het niet meer nodig was.'

Ivy verzekerde haar dat Adrian het afvalhout hooguit als brandhout voor de open haard zou gebruiken.

De nonnen waren begonnen met het timmeren van bedden, maar dat was niet gelukt. Ze sliepen op strozakken op de vloer en begonnen meteen enthousiast zo'n zak voor Ivy te vullen.

'U wilt toch niet helemaal alleen in het huis wonen, miss Ivory?' vroeg Maria Engelberta. 'Vooral nu er inheemse stammen naar de boerderij komen. U bent beslist niet veilig in het huis.'

'Er kunnen ook dieren binnenkomen,' voegde Maria Margaret eraan toe.

Ivy keek kritisch naar de strozakken en maakte zich zorgen dat er misschien beestjes in zaten. Ze was veel banger voor vlooien, luizen en andere kruipende insecten dan voor leeuwen. Zelfs een slang kon zich gemakkelijk verbergen in het oude stro dat in de schuur was opgeslagen, maar daar leken de nonnen niet over na te denken. Ze maakten Ivy's slaapplaats opgewekt klaar en nodigden haar daarna uit om met hen te bidden en de sobere avondmaaltijd met hen te delen. Na de uitgebreide lunch wilden ze niet meteen een van Susans verleidelijke weckpotten openen.

Ivy deed mee aan hun gebed en at daarna samen met hen maïspap met bonen, het hoofdvoedsel van de nonnen. Ze besloot onmiddellijk om een van de arbeiders die binnenkort zouden arriveren als kok in dienst te nemen. Zelfs de eenvoudigste maaltijden die tijdens de safari bij de kampvuren waren bereid, waren veel smakelijker dan wat de nonnen op tafel zetten.

Na het eten bekeken de nonnen de donaties uit Kijabe en voerden ze kleine reparaties aan de kleding uit. Ivy had handwerkles gehad, maar kon ook eenvoudige naden maken, dus brachten de vrouwen een gezellige naai- en kletsavond met elkaar door. De nonnen waren bijzonder spraakzaam. Ivy ontdekte dat ze hun eerste naam 'Maria' gewoonlijk weglieten en dat Margaret en Engelberta niet de oorspronkelijke voornamen van de vrouwen waren, maar hun religieuze namen die ze bij het afleggen van de eerste geloften hadden gekregen. Margaret vertelde dat haar doopnaam Fiona was, terwijl Engelberta haar doopnaam, Leonore, met tegenzin noemde. Bij hun intrede in de orde moest hun verleden volledig vergeten zijn.

Toch ontdekte Ivy dat Engelberta afkomstig was uit een welvarend gezin terwijl Margaret onder zeer armoedige omstandigheden was opgegroeid. Ze had alleen naar school kunnen gaan omdat de nonnen zich over de kinderen van de armen ontfermden. Engelberta praatte enthousiast over het overweldigende gevoel om door God geroepen te zijn. Margaret was net zo overtuigd van haar roeping, maar uitte zich minder gepassioneerd. Ivy kreeg het idee dat ze misschien heel nuchter had afgewogen of een leven als non te verkiezen was boven het leven dat de andere vrouwen van haar familie leidden. Ze was vroeg aan haar noviciaat in een klooster van de franciscanessen begonnen. Daar kreeg ze een opleiding, waarna ze naar het zendelingengenootschap overstapte toen die mogelijkheid zich voordeed. Hier leek ze volkomen gelukkig te zijn. Maria Kedong, zoals de nonnen hun nieuwe missiepost wilden noemen, was Margarets eerste missiepost. Engelberta had al geholpen bij het stichten van twee andere missieposten, maar die lagen in gebieden van andere stammen. Het grootste probleem was de slechte communicatie met de Masai.

'Als er meer zusters en broeders komen, wordt dat beter,' zei Engelberta vol vertrouwen. 'Pater Damian en pater Flint spreken een beetje Masai en misschien stuurt de orde zusters die al met Masai-stammen gewerkt hebben.'

Ivy hoorde dat pater Damian of pater Flint één keer per maand uit Nairobi kwamen om voorraden te brengen en samen met de nonnen een mis te houden. Pater Flint was degene die met Adrian had afgesproken om de missiepost op zijn land te vestigen. Engelberta en Margaret kenden Ivy's verloofde niet en wilden alles over hem weten. Zodra ze vertrouwd met elkaar raakten, merkte Ivy dat de nonnen helemaal niet zoveel verschilden van andere jonge vrouwen 'in de wereld', zoals Engelberta het uitdrukte.

Toen Ivy uiteindelijk op haar strozak ging liggen, was ze ervan overtuigd dat ze twee vriendinnen in haar nieuwe omgeving had gevonden.

Ivy sliep de eerste nacht op de boerderij vrij goed en was blij omdat ze net als in het safarikamp door de vogels werd gewekt.

Ze besloot om geen kakikleding te dragen. Ze hoefde niet naar dieren toe te sluipen en had dus geen camouflage nodig. In plaats daarvan koos ze voor een eenvoudige blauwe rok en een witte blouse. Ze zette haar tropenhelm echter wel op toen ze na een karig ontbijt, dat uit maïspap en waterige thee bestond, met de nonnen naar het Masai-dorp ging. Nadat ze even had nagedacht besloot ze om haar geweer mee te nemen en ze trok wandelschoenen aan. Engelberta en Margaret droegen sandalen.

'Hebben jullie geen wandelschoenen?' vroeg ze bezorgd.

'Jawel, maar sandalen zijn veel comfortabeler,' antwoordde Margaret.

Geen van beiden leek zich bewust van de gevaren die in de bush op de loer konden liggen. Met de donaties en een schoolbord begonnen ze opgewekt aan de wandeling terwijl ze praatten en af en toe een lied zongen waarin ze God en zijn schepping prezen.

Ivy geloofde niet dat ze zich daarmee tegen de slangen konden beschermen, maar het hield de wilde dieren beslist op een afstand. Ze zag giraffen, antilopen en zebra's alleen in de verte, hoewel ze twee uur lang zonder rustpauze over de savanne en door de bush liepen. Tot haar verrassing waren de paden weliswaar niet verhard, maar goed zichtbaar.

Op een vlakte, die gedeeltelijk werd beschaduwd door reusachtige acaciabomen, bleven de nonnen staan.

'Hier komt onze missiepost,' verkondigde Engelberta enthousiast. 'Een mooie plek, nietwaar? Ik zie onze huizen al voor me. Een kerkje, een school en wie weet uiteindelijk een schoon dorp voor onze nieuwe christenen.'

Terwijl ze verder liepen vertelde Engelberta over Mariannhill in Zuid-Afrika, de missiepost waar ze was opgeleid en waar dat allemaal al was gerealiseerd.

Het Masai-dorp kwam op geen enkele manier overeen met de visie van de non. Voordat ze het bereikten, passeerden ze opnieuw een omheining van draadgaas die was afgezet met prikkeldraad. Ze liepen door een van de poorten waardoor de Masai het gebied met hun koeien konden betreden. Een gebaand pad leidde naar de *enkang* van de stam die hier leefde. Ivy hoorde dat *enkang* het terrein van een stam was dat werd begrensd door een doornenhaag. De hutten stonden in een cirkel en Ivy vermoedde dat ze van gedroogde koemest waren gebouwd.

In het midden van het dorpsplein was het een drukte van belang. Vrouwen kookten, kinderen speelden, mannen verzorgden de dieren die deels binnen de omheining stonden of erbuiten graasden. Het dorp werd niet bewaakt, maar de komst van de nonnen ontging de bewoners natuurlijk niet. Honden blaften, kinderen renden enthousiast naar de bezoekers toe en noemden de nonnen 'mama Maga' en 'mama Enbeta'. De kleintjes klampten zich aan hun rokken vast en ratelden in hun onbegrijpelijke taal tegen Margaret en Engelberta. Een van de meisjes keek naar Margaret, wees naar een van de bastaardhonden en zei '*dog*'. De jonge non streek waarderend over het korte krulhaar van het kind.

Het verschil tussen jongens en meisjes was nauwelijks te zien bij de kinderen. Zowel de mannen als de vrouwen droegen kleurrijke doeken die ze op verschillende manieren om hun lichaam wikkelden, zware oorbellen en brede halssieraden. Ze waren allemaal slank, gespierd en lang. Hun gelaatstrekken waren symmetrisch en geprononceerd. Ivy dacht dat ze nog nooit zoveel uitzonderlijk mooie mensen had gezien.

Inmiddels hadden verschillende vrouwen hun werk neergelegd, waarna ze naar de nonnen toe liepen om hen te begroeten. Ivy vermoedde dat ze graag geziene gasten waren. De mannen gedroegen zich gereserveerder.

Uiteindelijk maakte een van hen, een forse, wat oudere Afrikaanse man die een rode doek droeg, zich los uit de groep mannen. Hij had een speer in zijn hand en zag er krijgshaftig uit. Ivy was ineens blij dat ze haar geweer had meegenomen. Ze had absoluut niet de intentie om het te gebruiken, maar het was goed als hij zag dat ze niet weerloos was.

'Nieuwe... mama?' vroeg hij in het Engels.

Ivy keek hem verward aan.

Engelberta ging voor haar staan. 'Nee, geen mama, geen non. Dit is miss Ivory, ze gaat met meneer Edgecumbe trouwen,' legde ze uit.

De man dacht na. 'Adrian?' vroeg hij vervolgens. '*Bwana*?'

Ivy wees naar zichzelf. 'Vrouw van *bwana*,' zei ze.

De man bekeek haar nieuwsgierig, glimlachte vervolgens en zei iets tegen zijn stamgenoten. Plotseling hadden ze allemaal belangstelling voor Ivy, maar ze probeerden geen contact met haar te maken. Een van hen maakte een grap waarom de anderen lachten. Ivy nam aan dat het een schunnige opmerking was. Ze draaide zich om naar Margaret, die bezig was met het openen van de tassen en het uitdelen van de geschenken.

De vrouwen en kinderen waren enthousiast, maar de mannen keken vreemd chagrijnig naar het duidelijke plezier van hun gezinnen.

De man met de speer – Ivy nam aan dat hij het opperhoofd of een hooggeplaatste vertegenwoordiger van zijn volk was – liep naar Margaret toe.

'Jij willen ruilen?' vroeg hij.

Margaret schudde haar hoofd. 'Nee, geven. De cadeaus zijn gestuurd door vriendelijke christenen uit Kijabe die willen dat jullie kinderen onze God leren kennen. Mogen we meteen een beetje lesgeven, Patita?'

'Kinderen Engels?' vroeg de man.

Margaret knikte en Engelberta zette het schoolbord neer en begon met een verbazingwekkend talent te tekenen: een man, een vrouw, kinderen, een hond, en na Ivy's suggestie voegde ze er ook nog een koe aan toe. De kinderen reageerden daar dolenthousiast op. Nog voordat de andere woorden aan bod kwamen, wilden ze het woord voor koe weten, waarna ze probeerden zoveel mogelijk koeien in het zand te tekenen. Engelberta leerde hun de woorden voor 'koe', 'kalf' en 'stier' en probeerde vervolgens hun belangstelling voor het gezin te wekken.

'Moeder, vader, meisje, jongen,' legde ze uit, waarna ze een huis rond de vier mensen tekende.

Dat stuitte op onbegrip bij de kinderen. Het bijdehante meisje dat het Engelse woord voor 'hond' kende, schudde haar hoofd. 'Huis... vrouw...' probeerde ze te communiceren. Ze tekende een hut, een vrouw en een paar kinderen in het zand. Vervolgens tekende ze nog twee hutten met twee vrouwen en meer kinderen. Als laatste tekende ze de man erbuiten.

Engelberta werd vuurrood. 'Nee, nee, dat klopt niet, Naeku. Je moet leren dat een man niet meer dan één vrouw mag hebben en bij haar in het huis woont.' Ze begeleidde haar woorden met gebaren.

Ivy wist niet in hoeverre het meisje haar begreep, maar ze besefte wat het meisje bedoelde. Bij de Masai mocht een man met meer vrouwen trouwen, zolang hij voor iedere vrouw een hut bouwde. Daarin woonden ze met hun kinderen en de man kwam alleen op bezoek.

Ivy dacht aan Peter Derringer en zijn opmerking dat het christendom heel onaantrekkelijk was voor een Masai-man.

Het was eveneens een verklaring voor de gereserveerdheid van de mannen. Waarschijnlijk hadden ze al gehoord over de nieuwe religie die Margaret en Engelberta bij de stamleden wilden introduceren. De opmerking van de Engelsman schoot haar te binnen: *De mensen hier zijn niet dom.*

Ivy ging bij Naeku zitten, die geschrokken naar achteren was gedeinsd omdat ze niet begreep waarom mama Enbeta ineens boos was.

'Naeku?' vroeg ze en ze wees naar het meisje.

Toen het meisje knikte, wees ze naar zichzelf.

'Ivy,' stelde ze zichzelf voor.

Het kind herhaalde de naam en Ivy wees naar een schaap.

'*Enger*,' zei Naeku in haar taal. Ivy herhaalde het woord langzaam. Daarna probeerde ze 'vrouw', een woord dat Naeku al in het Engels kende. Het meisje straalde toen het besefte dat Ivy het woord in het Masai wilde horen. '*Enkitok*,' zei ze enthousiast.

Toen de nonnen klaar waren met hun les voor de kinderen en bij wijze van beloning plaatjes van heiligen uitdeelden, kende Ivy de Masai-woorden voor 'man', 'vrouw', 'rund', 'schaap', 'geit' en 'leeuw'.

Voordat ze vertrokken, liep ze naar de man met de speer toe. 'Ik, Ivory, *enkitok bwana*,' zei ze terwijl ze hem recht aankeek.

Ze wilde niet dat er in het dorp om haar werd gelachen. De mannen moesten haar als Adrians vrouw respecteren. Als ze later voor Adrian zouden werken, moesten ze opdrachten van haar aannemen. De man boog kort en zei iets wat als een groet klonk. Ivy prentte de woorden in haar geheugen.

De volgende dag kwamen de Derringers op bezoek om te kijken of het goed met haar ging. Ze vertelde Peter wat de Masai tegen haar had gezegd.

Hij keek met een waarderende blik naar haar. 'Verdorie, je hebt blijkbaar indruk op hem gemaakt,' zei hij.

‘Omdat hij beleefd tegen me was?’ vroeg Ivy. ‘Het is toch een soort begroeting? Wat betekent het precies?’

‘Het is inderdaad een begroeting,’ bevestigde Peter. ‘Maar meestal zeggen mannen dat alleen tegen elkaar. Het betekent: “Ik hoop dat het goed gaat met je koeien.”’

Ivy overwoog of het bevorderlijk voor haar autoriteit zou zijn om een koe te kopen.

15

Sanele en de andere mannen arriveerden een week na Ivy op Edgecumbe Farm. Ze waren allemaal opgewekt en vol energie. Adrian had Sanele precies verteld waar de mannen hun dorp moesten opbouwen en ze begonnen meteen met het treffen van voorlopige voorzieningen op de plek.

Ivy stelde haar Afrikaanse vriend voor aan de missiezusters, die enthousiast reageerden.

'Misschien kan hij met de Masai praten,' zei Margaret hoopvol.

Sanele negeerde met jarenlang geoefend geduld dat ze niet rechtstreeks tegen hem praatte. 'Nee, het spijt me, zuster. Ik spreek Kikuyu en een beetje Swahili,' antwoordde hij. 'Ik ken de taal van de Masai niet, maar ik kan het de andere mannen vragen. De Kikuyu en de Masai waren oorspronkelijk verwante stammen. Misschien is een van hen afkomstig uit een familie die nog contact met de Masai heeft.'

Sanele had inmiddels onderzoek gedaan naar de houding van de Kikuyu ten opzichte van hun toekomstige buren en had tegenstrijdige verhalen gehoord. De stammen hadden overeenkomsten, maar er waren ook conflicten geweest. Hij kon nog steeds niet voorspellen hoe het zich op de boerderij zou ontwikkelen. Ivy was na haar eerste ervaring met de Masai geneigd om hem gerust te stellen.

'Als de Kikuyu voor Adrian werken en de Masai hun koeien kunnen blijven hoeden, verwacht ik geen grote problemen. Ik zou trouwens eindelijk weleens willen weten waarom Adrian zoveel arbeiders nodig heeft. Heeft hij daar al iets over gezegd?' vroeg ze.

Sanele schudde zijn hoofd. 'Hij heeft me alleen gedetailleerde instructies gegeven over de bouw van de missiepost en de plek waar de Kikuyu hun dorp moeten bouwen. Meer weet ik niet.'

De volgende dag begonnen Sanele en zijn mensen met het ontbossen van het land waar de missiepost zou worden gebouwd. Ivy nam de bouwmaterialen die in Kijabe waren besteld in ontvangst en verwelkomde de eerste vrouwen en kinderen van de arbeiders. Ze had – net als Adrian waarschijnlijk – verwacht dat de gezinnen van de mannen pas zouden komen als de hutten klaar waren, maar dat bewees maar weer eens hoe weinig ze over de Afrikaanse gebruiken wisten. Bij veel stammen was het de taak van de vrouwen om de huizen te bouwen en de Kikuyu-gezinnen arriveerden nu om daar in hun nieuwe omgeving aan te beginnen. Sommigen waren met de trein gekomen, maar de meesten hadden een lift op een willekeurig voertuig gekregen. Een paar jonge vrouwen waren, net als hun mannen eerder, lopend gearriveerd. Ze leken allemaal opgewekt, verheugden zich over de plek in de buurt van een bosgebied waar een beek doorheen stroomde en gingen enthousiast aan het werk.

Ivy was verbaasd over de handigheid waarmee de vrouwen de takken aan elkaar bonden zodat een soort basisframe ontstond, waarna ze dat opvulden en bedekten met leem. Ze nam aan dat het in deze hutten beter rook dan in die van de Masai, die mest als bouwmateriaal gebruikten. De vrouwen leken zich in elk geval niet te storen aan de primitieve huisvesting, hoewel ze in Nairobi beslist niet in lemen hutten hadden gewoond. Waarschijnlijk gaven ze de voorkeur aan hun traditionele levensstijl boven Engelberta's droom van een Europees georiënteerd dorp rond een kerk. Ivy besloot om bij de nonnen in de schuur te blijven overnachten omdat het huis nog niet was ingericht en Sanele verraste haar, Margaret en Engelberta vlak na de komst van de Kikuyu-vrouwen met slaapmatten die van rietachtige bladeren waren gevlochten. Ze bleken aanzienlijk comfortabeler dan de strozakken en waren waarschijnlijk een minder goede schuilplaats voor vlooien.

De missiezusters kregen nieuwe, welkome werkterreinen. De Kikuyu waren nog niet allemaal gedoopt en tot nu toe was slechts een minderheid bekend met het christelijke geloof. Twee van de vrouwen hadden weleens schoongemaakt in anglicaanse kerken. Ze waren veel ontvankelijker voor de lessen van Engelberta en Margaret dan de Masai en spraken bijna allemaal een paar woorden Engels. Ivy nam een van hen aan als kokkin.

Wawira kookte eenvoudige, maar smakelijke gerechten die voornamelijk een basis van peulvruchten hadden. Engelberta en Margaret stonden hun overvloedige voorraad bonen af omdat voor hen eveneens werd gekookt. Daardoor hadden ze tijd om de Kikuyu-kinderen iedere dag les te geven en hun moeders ook iets te leren terwijl de mannen zich afzijdig hielden. De paar christenen bezaten gezangboeken in hun taal waardoor niet alleen de diensten van de nonnen al snel gevarieerder werden, maar ook de eerste mis met pater Damian die Ivy meemaakte.

Ondertussen had Sanele bij de mannen geïnformeerd of er Kikuyu waren die banden met de Masai hadden. Hij vond een Kikuyu wiens grootmoeder Masai-voorouders had. Ze had in de taal van hun ouders liedjes voor de kinderen gezongen en hun verhalen verteld en de man, die Idir heette, dacht dat hij op zijn minst een paar woorden met de Masai kon wisselen. Dat was ook nodig, want de mannen van het dorp leken niet zeker te weten of de missiepost een project van de *bwana* was waarvoor ze respect moesten hebben of dat het om een onbekende stam ging die hun weidegronden was binnengedrongen.

Idir vroeg beleefd naar de gezondheidstoestand van hun koeien en maakte hun daarna met veel woorden en gebaren duidelijk dat ze voor de *bwana* werkten. 'En daarvoor geld,' ging hij verder. 'Daarmee kopen.'

De mannen overlegden even en knikten daarna. Ze wisten ongetwijfeld wat geld in de wereld van de witte mensen betekende.

'Idir zegt dat ze willen weten of ze ook voor ons kunnen werken,' vertelde Sanele na het bezoek aan de Masai 's avonds aan Ivy. 'Ze willen ook geld verdienen. Wat moet ik antwoorden?'

Ivy dacht even na. 'Op zich is dat wat Adrian wilde, hoewel ik niet weet waarom we nog meer arbeiders nodig hebben. Goed dan, we willen de Masai graag tevreden houden, dus neem gerust een paar mensen aan als je ze kunt gebruiken.'

De volgende middag kwamen Margaret en Engelberta stralend terug van een bezoek aan de bouwplaats van de missiepost. 'Ivy, je gelooft nooit wat er gebeurd is!' riep Margaret.

Ivy had een tijdje geleden voorgesteld om elkaar te tutoyeren. Ze had een bijzondere band met de nonnen, die, net als zijzelf, in Europa waren opgegroeid en waarschijnlijk de enige Engelssprekende vrouwen waren met wie ze de komende tijd contact zou hebben.

'Op de bouwplaats waren drie Masai-vrouwen die wilden helpen! Ze begrepen dat we de missiepost voor hen en hun kinderen bouwden en willen meedoen. Is dat niet geweldig? Het is een teken dat God ons leidt.'

'Vrouwen?' herhaalde Ivy. 'Ik denk dat ik maar eens poolshoogte moet gaan nemen.'

's Middags pakte ze haar geweer en vertrok naar het terrein van de toekomstige missiepost. Ze kon meerijden op een ezelkar waarmee hout werd vervoerd. Op de bouwplaats waren Sanele en zijn tolk in een verhitte discussie met enkele Masai-mannen verwikkeld. Naast de mannen stonden een paar geïntimideerde meisjes.

'Ze hebben de meisjes gestuurd om voor geld op de bouwplaats te werken,' legde Sanele hulpeloos uit. 'Ze vinden het beneden hun waardigheid om het zelf te doen. Het bouwen van huizen is vrouwenwerk.'

Ivy keek naar de meisjes, die hooguit vijftien of zestien waren. Waarschijnlijk waren het eerder de dochters dan de echtgenotes van de mannen.

'Kun je ze niet uitleggen dat het werk te zwaar voor ze is?' vroeg ze. 'Het is iets heel anders om een eenvoudige hut te bouwen dan zware stenen en dakbalken voor een veel groter gebouw te sjouwen.'

'Daar hebben ze een andere mening over,' zei Sanele.

Ivy voelde zich geïrriteerd worden. Ze had vanaf het begin het gevoel gehad dat de vrouwen in het Masai-dorp te veel onder de duim van hun mannen werden gehouden en ergerde zich aan de neerbuigende manier waarop de mannen de missiezusters behandelden. Nu zou ze erachter komen hoe het gesteld was met het respect van de mannen voor de toekomstige vrouw van de *bwana*.

Ivy keek naar Idir. 'Zeg tegen hen dat de *bwana* werk voor de mannen heeft. Wie geld wil verdienen, moet daar zelf de handen voor uit de mouwen steken. En dit wordt geen huis voor een gezin, maar voor herders. De missionarissen komen als herders naar hun dorp.'

Ze wachtte af terwijl Idir bereidwillig probeerde de woorden, die hij waarschijnlijk ook in het Engels niet helemaal had begrepen, in het Masai te vertalen. De mannen leken wat hij had gezegd in elk geval te bespreken.

Ze hoorde het woord 'koeien'. 'Het is eigenlijk heel eenvoudig,' ging ze verder terwijl ze naar de Masai wees die het beste Engels sprak. 'Jij werken. Jij geld. Meisjes werken. Jij geen geld. Begrepen?'

De mannen zeiden iets tegen de meisjes, die hun hoofd onderdanig bogen en hen volgden terwijl ze op weg naar hun dorp gingen.

'Ik hoop dat het goed gaat met jullie koeien!' riep Ivy hun na, waarna ze naar Sanele keek, die zijn best moest doen om niet in lachen uit te barsten. 'Ach, we moeten tenslotte beleefd tegen elkaar blijven.'

Het duurde drie dagen voordat de hebzucht van de Masaimannen het won van hun trots. Toen Ivy de keer erna op de bouwplaats kwam, waren ze met troffels, hamers en zagen aan het werk.

'Zie je wel, ze kunnen het wel,' zei ze tevreden tegen Sanele nadat ze naar de gezondheidstoestand van hun koeien had geïnformeerd.

Sanele was minder enthousiast. Volgens hem waren zowel de Masai als de Kikuyu niet bijzonder handig in het bouwen van muren. Bij Newland, Tarlton & Co. hadden de Kikuyu als dragers, spoorzoekers, preparateurs, keukenhulpen en in de bediening gewerkt. Het bouwen van huizen vonden ze net zo ver beneden hun waardigheid als de Masai, maar ze maakten geen bezwaar omdat Sanele hun duidelijk had gemaakt dat er geen verschil was tussen het bouwen van een missiepost en het opzetten van de tenten voor de deelnemers aan de safari. Toch moest hij hen voortdurend aansporen.

De Masai waren nog minder enthousiast, maar zij waren op een andere manier nuttig. Sanele luisterde aandachtig naar alles wat ze tegen elkaar zeiden en vroeg hun vaak om een uitdrukking of een woord te herhalen. Op die manier hoopte hij in elk geval een basiswoordenschat van hun taal te verwerven.

Hij wisselde de informatie uit met Ivy, die nog steeds met Margaret en Engelberta meeging naar het dorp en met behulp van haar kleine vriendin Naeku probeerde de taal een beetje machtig te worden. Ze werkten aan het samenstellen van een soort woordenboek.

Zodra Sanele tijd had, rekruteerde hij getalenteerde spoorzoekers om samen met Ivy uitstapjes in het bos te maken. Eerst leerde ze het gebied rond de boerderij kennen en vervolgens de meer afgelegen gebieden. Adrians land leek immens groot, maar in tegenstelling tot haar observaties tijdens de safari, toen het kamp om de paar dagen werd verplaatst, kreeg ze hier een bepaalde vertrouwdheid met de dieren. Ze wist al snel wat de favoriete plekken van de verschillende olifantenkuddes waren en ontdekte waar een leeuwin haar jongen grootbracht. Ze leerde de solitair levende neushoorns onderscheiden en wist op welke plaatsen je beter niet kon pauzeren als je niet lastiggevallen wilde worden door brutale bavianen.

Ivy genoot ervan om zich niet langer een bezoeker te voelen, maar een deel van het veelsoortige leven om haar heen. Ze was gelukkig omdat ze het mocht behouden en beschermen.

Zo verliep de Afrikaanse lente, die in de smoorhete zomer overging. Peter Derringer kwam om de paar dagen langs om te zien hoe het met haar ging. Hij nam brieven mee van Adrian en Ivy's moeder, die meldde dat ze in de week van kerst zouden arriveren. Ivy zou hen in Mombasa ontmoeten. Adrian schreef dat de safari ten einde liep. Iedereen was tevreden, de trofeeën van alleen al haar vader waren in twintig kisten verpakt. Adrian verzekerde Ivy van zijn liefde voor haar en zijn verlangen naar hun gezamenlijke leven in Kedong Valley. De voorbereidingen voor de bruiloft zouden beginnen zodra hij weer in Nairobi was.

'Wil je een brief meenemen als ik heel snel schrijf?' vroeg Ivy aan Peter, die deze keer niet met zijn vrouw, maar met zijn zoon was gekomen.

Reggie Derringer leek meer op zijn moeder dan op zijn vader, maar had Peters ondeugende glimlach en levendige karakter. Ivy vond hem sympathiek en omdat hij een vriend van Adrian was, verheugde ze zich erop hem in de toekomst waarschijnlijk vaker op de boerderij te kunnen ontvangen. Ze had duizend vragen aan hem omdat hij de enige leek te zijn die de taal van de Masai vloeiend sprak.

'Neem alle tijd die je nodig hebt, Ivy,' zei Peter bedaard. 'We zijn hier niet op bezoek, maar voor zaken.' Hij wees naar de achterbank van zijn auto, waarop meerdere kisten met nieuwe jachtgeweren stonden. 'We gaan zo meteen naar de Masai toe.'

Ivy sperde haar ogen open. 'Wil je ze wapens verkopen?' vroeg ze geschokt.

'De Masai hebben het initiatief genomen,' vertelde de wapenhandelaar. 'Nu ze geld verdienen, willen ze het ook uitgeven en dat levert mij een flinke winst op. Adrians Kikuyu zijn trouwens ook geïnteresseerd. De mannen van beide stammen zullen de verkoopbijeenkomst in perfecte harmonie bijwonen, wat hen er natuurlijk niet van zal weerhouden om met de geweren op elkaar te schieten als het er niet meer zo harmonisch aan toegaat. En vertel me niets over de liefde en de vrede van Christus onze Heer. De stammen gedragen zich niet anders dan de landen in Europa. Die bestrijden elkaar eveneens uit naam van dezelfde God.'

'Hier hebben we tenminste verschillende goden,' merkte Sanele die avond op. Hij had de onderhandelingen bijgewoond en had voor de Kikuyu vertaald. De Derringers hadden die middag uitstekende zaken gedaan. 'Trek niet zo'n gezicht, miss Ivy! Het gaat goed met de koeien van de Masai.'

16

Vlak voordat Ivy voor Kerstmis de trein naar Nairobi nam, waren de missiegebouwen klaar. De missiezusters waren dolblij omdat ze Kerstmis nu, samen met hun medezusters en de paters, in hun eigen huis konden vieren. Drie zusters, van wie er twee in elk geval een rudimentaire kennis van de Masai-taal hadden, hadden de opdracht gekregen om samen met Margaret en Engelberta naar de missiepost te verhuizen. De vier paters, die waren gearriveerd om eveneens missiewerk te verrichten, betrokken een eenvoudig bijbouw waar alleen zij mochten komen.

In eerste instantie was er echter iets wat belangrijker was. De zendelingen arriveerden met een grote ossenkar vol donaties uit Europa. Ze waren van plan een soort warenhuis te openen dat ze *Store* noemden en waar de inboorlingen welkom waren. De nonnen ruilden alledaagse voorwerpen die de stamleden wilden hebben tegen een paar eieren of een kip. Het eigenlijke doel van de winkel was echter om dichter bij de mensen te komen die ze voor hun geloof wilden interesseren. Terwijl de vrouwen in de winkel rondsnuffelden, kregen de kinderen les op school. De inheemse stammen zagen het leven van de missionarissen, hoorden ze bidden en zingen, en merkten hoeveel geluk en voldoening hun werk blijkbaar opleverde. De nonnen organiseerden een kerstfeest met een kerstspel en zang, waaraan de Kikuyu die al waren bekeerd meededen. Na afloop werden de christenen overladen met cadeaus terwijl de heidenen iets kleins kregen.

'Lokkertjes,' zei Peter Derringer, die nog steeds sceptisch tegenover het werk van de missie stond.

Ivy kon niet aanwezig zijn bij het feest. Ze reisde van Kijabe naar Nairobi, waar ze langsging bij Newland, Tarlton & Co.

De safarideelnemers waren nog niet terug, maar werden binnenkort verwacht.

'Ik denk dat ze Kerstmis in de bush vieren,' zei Newland. 'Dat is altijd een bijzondere belevenis voor de gasten. Daarna komen ze terug.'

Ivy begon aan de lange treinreis van Nairobi naar Mombasa en genoot net als de eerste keer van het uitzicht op de Kilimanjaro en de dieren die langs het spoor graasden. Deze keer was ze nog gelukkiger, omdat ze zich geen bezoeker meer voelde, maar alles als een onderdeel van haar geliefde nieuwe land beschouwde.

Op Eerste Kerstdag arriveerden haar moeder Hortense en haar zus Rosamond in de haven van Mombasa. Ivy was blij dat Afrika zich die dag van zijn beste kant liet zien. De hemel was helder, de bergen achter de stad waren zichtbaar en het was weliswaar heet, maar het voelde niet ondraaglijk.

Ivy's moeder verliet als een van de eersten het schip en omhelsde haar dochter. 'Ik heb er zo naar verlangd om je terug te zien,' zei ze. Er rolden zelfs een paar tranen over haar wangen. 'En dan ben je ook nog verloofd... Dat was zo'n verrassing. Je moet ons er alles over vertellen.' Ze zocht naar een zakdoek.

Rosamond begroette Ivy terughoudend en Ivy merkte meteen dat ze niet bepaald enthousiast was geweest om mee naar Afrika te gaan. Ze had daardoor diverse hoogtepunten van haar eerste seizoen gemist. Juist rond Kerstmis en oud en nieuw gaven de meest vooraanstaande families een bal en werden er theatervoorstellingen en opera's bezocht. Aan de andere kant was Rosamond ontzettend nieuwsgierig naar wat er in Afrika was gebeurd. Uitgerekend Ivy, die zich nooit druk had gemaakt om het vinden van een goede partij, had een man gevonden die niet alleen uit een van de meest vooraanstaande families kwam, maar ook nog eens knap en interessant was. Haar zus had niets bijzonders te melden. De audiëntie bij de koning was opwindend geweest, maar ze gaf toe dat de debutantes tijdens de dansavonden in principe steeds met dezelfde mannen op dezelfde muziek dansten, en ze had nog geen geschikte aanbidder gevonden. Rosamond waaierde zichzelf koelte toe met een zakdoek en klaagde over de hitte.

Ze toonde nauwelijks belangstelling voor Ivy's verhalen, wat Ivy teleurstelde. Rosamond hoopte er uiteraard op om Diane in Nairobi tegen te komen zodat ze elkaar bij konden praten. Diane zou ongetwijfeld op een veel scherpere manier vertellen wat er tussen Ivy en Adrian Edgecumbe had plaatsgevonden.

Ivy's moeder dirigeerde de dragers van alle koffers en kisten die Rosamond en zij hadden meegenomen naar de wachtende ezelkarren en onderhandelde over de prijs, waarna ze met een hele karavaan vertrokken naar het herenhuis dat ze voor een paar weken via Newland, Tarlton & Co. had gehuurd. Met al hun bagage hadden ze nooit in een hotel terechtgekund.

'Wacht maar tot je je trouwjurk ziet, Ivy. Hij is prachtig. Harrods heeft zichzelf overtroffen. We hadden een eigen kleermaakster...'

Haar moeder praatte opgewonden tijdens de rit en dat ging de dagen erna door. Ivy kon er nauwelijks een woord tussen krijgen, maar was vastbesloten om van deze periode te genieten. Tenslotte mocht ze de inrichting van haar huis en allerlei accessoires om het gezellig te maken uitkiezen. Alleen al het openen van alle kisten die haar moeder had meegenomen, zorgde voor een kerstfeest dat overvloediger was dan ze ooit had meegemaakt. Ze haalde zijden ondergoed en bedlinnen tevoorschijn, elegante jurken die ze in de bush waarschijnlijk nauwelijks zou dragen, porselein en kristallen glazen en schalen die allemaal volgens de laatste trends door beroemde designers waren ontworpen.

Ivy was blij dat haar moeder geen meubels naar Afrika had laten verschepen. In haar open, luchtige huis pasten eerder lichte meubels dan de zware dressoirs en kasten, enorme sofa's en massieve eettafels en fauteuils die haar moeder zowel in haar herenhuis in Londen als in Parkland Gardens op het platteland had staan.

Tijdens de kerstdagen werden ze in de watten gelegd door

het personeel van de gehuurde villa. Haar moeder en Rosamond gedroegen zich verlegen en wantrouwend tegenover de Afrikanen, maar de kok, kamermeisjes en dienstbodes die tot het personeel van de verhuurder behoorden waren goed opgeleid. De butler was zelfs afkomstig uit Europa.

Voor de dagen erna kregen ze uitnodigingen van families die bevriend waren met Adrian en op oudejaarsavond werd er in een countryclub een bal gegeven. Ivy droeg een van de nieuwe jurken die haar moeder had meegenomen, een verfijnde lichtblauwe creatie met veel kant. Rosamond droeg een zachtroze jurk en viel een beetje in het niet naast Ivy. Diane Maitland was echter de onbetwiste koningin van het bal. Ivy was verbijsterd toen ze zag dat Reggie Derringer haar de zaal in leidde. Ze wist alle blikken naar zich toe te trekken met haar rode jurk en het donkere, ingenieus opgestoken haar. Ivy keek als gehypnotiseerd naar de man die achter haar liep: Adrian Edgecumbe. Hij zag er fantastisch uit in zijn smoking en keek stralend van geluk naar haar omdat zijn verrassing was geslaagd.

Ivy wilde het liefst in zijn armen vliegen, maar kon zich in het gezelschap van de meest vooraanstaande families van Kenia niet laten gaan, dus liep ze kalm naar hem toe terwijl ze vanbinnen dolgelukkig was omdat ze hem weer zag. Adrian kuste haar hand, maar ze las de wens naar veel meer nabijheid in zijn ogen. Ze stelde hem snel aan haar moeder en zus voor, waarna ze genoot van het weerzien met haar vader en de andere safarideelnemers.

Haar vader was geen spat veranderd. De inspanningen van de maandenlange safari waren niet aan hem af te zien. De enige veranderingen waren zijn gebruinde huid en zijn stralende ogen. Het verblijf in Afrika was het hoogtepunt van zijn leven geweest, vertelde hij zijn gezin.

'Ik bedoel natuurlijk van mijn leven als jager,' voegde hij eraan toe omdat Ivy's moeder geïrriteerd naar hem keek. 'Adrian had gelijk, zolang je dit niet meegemaakt hebt, kun je jezelf geen echte jager noemen. Wacht maar tot je de trofeeën ziet,

Hortense! Tegenover een leeuw staan is… dat is gewoon…' Hij onderbrak zichzelf en stond even later enthousiast te praten met zijn vrienden die ook nog steeds in de roes van hun grote avontuur waren.

Toen Alicia Maitland Ivy's moeder begroette, maakte Adrian gebruik van de gelegenheid om Ivy naar de tropische tuin van de club te ontvoeren. 'Ik heb je zo ongelofelijk gemist,' fluisterde hij en hij omhelsde haar.

Ivy beantwoordde zijn kussen en daarna beleefden ze een heerlijke balavond. Behalve een verplichte dans met Ivy's moeder en Rosamond danste Adrian alleen met haar. Hij maakte haar complimenten, ze dronken champagne en glipten telkens weer naar de tuin om elkaar te kussen.

'Hebben we eigenlijk al een trouwdatum?' vroeg ze dolgelukkig terwijl ze een langzame wals dansten.

Adrian knikte. 'Op 20 februari is er in Nairobi een geschikte locatie beschikbaar. Daar wordt een nieuwe countryclub gebouwd, die misschien een beetje eenvoudig lijkt, maar ze hebben me verzekerd dat er fantastische feesten georganiseerd worden. Ik had graag eerder willen trouwen, maar mevrouw Maitland, die blijkbaar alles over de etiquetteregels weet, had daar natuurlijk commentaar op.' Hij wees naar Diane's moeder, die nog steeds met Ivy's moeder praatte.

Ivy trok een gezicht. 'Ik zou haar het liefst wurgen vanwege dat gedoe over mijn bedreigde onschuld tijdens de safari,' zei ze. 'Aan de andere kant vind ik Kedong Valley fantastisch en de boerderij is een paradijs.'

Adrian glimlachte. 'Daar hoopte ik al op,' zei hij. 'Maar om terug te komen op mevrouw Maitland… Ze vertelde me dat een korte verlovingstijd in de vooraanstaande kringen waartoe haar en jullie familie behoren, als bijzonder ongepast beschouwd wordt.'

Ivy zuchtte. 'Dat betekent dat ik nog bijna twee maanden moet winkelen,' rekende ze uit. 'Dat is natuurlijk leuk, maar het zou veel sneller gaan als mijn moeder en Rosamond niet over elk detail zouden discussiëren.'

Adrian lachte. 'Arme schat. Ik ben trouwens bang dat je vriendin Diane er nu ook bij komt. De Maitlands willen per se tot de bruiloft blijven. Ze hebben al een huis in Nairobi gehuurd en zullen ongetwijfeld meegaan naar elk feest dat ter ere van ons aanstaande huwelijk voor ons gegeven wordt. En natuurlijk willen ze je graag adviseren bij het kiezen van het interieur en je uitzet.'

Ivy duwde haar gezicht tegen zijn borstkas. 'Zeg dat het niet waar is,' mompelde ze. 'Of laat het me in elk geval een paar uur vergeten. Haal je nog een glas champagne voor me?'

Ivy's moeder was bijzonder ingenomen met haar toekomstige schoonzoon en Rosamond was duidelijk jaloers. Tijdens het oudejaarsbal hadden Diane en zij beiden geprobeerd om Reggie Derringer, die ze blijkbaar net zo aantrekkelijk als Adrian vonden, in hun netten te verstrikken. De jongeman, die afkomstig was uit de koopmanskringen, miste echter de sociale flair waarmee Adrian iedereen moeiteloos voor zich won. Hij was aardig, maar miste charme, en zijn complimenten waren lief maar saai. Ze vroegen zich ongetwijfeld af hoe het Ivy was gelukt om Adrian voor zich te winnen.

Ivy deed intussen haar best om geduldig te blijven terwijl ze samen met haar moeder het interieur voor haar huis uitzocht, maar dat was niet gemakkelijk. Soms gaf ze gewoon toe omdat ze geen energie had voor weer een discussie. Haar moeder was hopeloos traditioneel. Eén keer probeerde Ivy haar enthousiast te maken voor een bank die ze perfect voor haar salon vond, maar haar moeder vond het bloemenpatroon te vulgair.

'Misschien vinden we iets beters in Nairobi,' zei ze uiteindelijk.

Ivy zuchtte. Ze zouden waarschijnlijk alle winkels en meubelmakers in de stad moeten bezoeken voordat haar moeder tevreden was.

En dat was ook zo. Ze verhuisden van de villa in Mombasa naar een huis in Nairobi en na een paar dagen kenden ze alle winkels en meubelmakerijen in de omgeving. Naarmate de trouwdatum naderde, begon Ivy steeds jaloerser te worden op Engelberta en Margaret, die vriendinnen van haar waren geworden. Zij hadden geen uitzet nodig en hadden hun goddelijke echtgenoot alleen armoede, kuisheid en gehoorzaamheid moeten beloven. Ze had schoon genoeg van het voortdurende winkelen, het eindeloze theedrinken met de Maitlands en de vrouwen van de Europese kolonisten die opgetogen waren over het bezoek uit Engeland en met elkaar wedijverden om de dames Maitland en Parkland Rowe te ontvangen. Nairobi beviel haar ook lang niet zo goed als Mombasa. De stad groeide snel sinds ze tot de hoofdstad van Kenia was uitgeroepen en de huizen bestonden vaak alleen uit golfplaten. Zelfs de overheidskantoren waren in primitieve hutten gehuisvest tot het in aanbouw zijnde regeringsbouw klaar was.

Ivy zag Adrian maar zelden. Hij werkte nog steeds voor Newland, Tarlton & Co., hoewel Ivy niet begreep wat hij daar precies deed. Nu ze allebei in Nairobi woonden, werden ze echter vaker samen uitgenodigd. Ze bezochten formele diners, zelfs bij de gouverneur thuis, polowedstrijden en bals, dierententoonstellingen en tuinshows. Ivy kreeg volop de gelegenheid om haar nieuwe jurken te dragen en Adrian kreeg er geen genoeg van om haar te bewonderen. Het samenzijn met hem was één grote droom die niet meer werd ontsierd door haar kritiek op de jacht en Diane's steken onder water tijdens de safari. De onzekerheid die haar na hun ruzie tijdens de rit naar Longonot even had dwarsgezeten, was verdwenen.

Ivy kon nauwelijks wachten om met Adrian in één huis te wonen en eindelijk verlost te zijn van Rosamond en Diane. Ze kon gewoon geen vriendschap sluiten met Diane – haar verliefdheid op Reggie Derringer was voorbij zodra hij twee dagen na het bal was vertrokken – en Rosamond gedroeg zich irritant. Telkens wanneer ze Adrian ergens tegenkwam, zocht ze zijn gezelschap op en mengde ze zich onopvallend in de gesprekken die hij met anderen voerde. Het leek er echter niet op dat ze van plan was hem van Ivy af te pakken, want ze gedroeg zich zelfs afwijzend als Adrian haar een compliment maakte.

Op een middag, na een bezoek aan een vernissage, begon Rosamond tegen Ivy over haar geliefde.

'Geloof je echt dat hij de juiste man voor je is?' vroeg ze. Ze hadden samen de werken bekeken van een kunstenaar die safariscènes schilderde. Adrian was enthousiast geweest en wilde dolgraag een jachttafereel voor zijn huis kopen. Tot ontzetting van Ivy's moeder was haar vader hetzelfde van plan. 'Hij is zo anders dan jij.'

Ivy fronste haar voorhoofd verontwaardigd. 'Hoe weet jij dat?' vroeg ze. 'Je hebt hem maar een paar keer gesproken.'

Rosamond schonk thee voor hen in die de bedienden hadden geserveerd toen ze in de gehuurde woning in Nairobi terug waren. 'Ik zie gewoon dat jullie helemaal geen overeenkomsten hebben. Hij –'

Ivy onderbrak haar. 'Hij houdt van Afrika, hij is heel gepassioneerd over de dieren- en plantenwereld van dit continent, hij is slim en belezen, en we kunnen fantastisch met elkaar praten. Ik vind juist dat we heel veel gemeen hebben. Wil je suiker?'

Ivy wilde het gesprek duidelijk beëindigen, maar Rosamond gaf niet op.

'Hij is een jager,' zei ze. 'Hij verdient zijn geld zelfs met jagen.'

'En hij staat op het punt om daar voor mij mee te stoppen,' verkondigde Ivy zelfverzekerd.

Rosamond begon te lachen. 'Dat geloof je zelf toch niet, Ivy. Adrian leeft voor de jacht. Het is niet zomaar een hobby zoals voor papa. Adrian is een jager in hart en nieren. Hij kan met elk wapen schieten, hij kan vallen zetten, hij beheerst alle trucs... Dat merk jij toch ook, Ivy? Aan zijn bewegingen, aan zijn gedrag. Hij loert niet alleen op de dieren, maar ook op de mensen met wie hij omgaat. Daarom windt hij iedereen zo gemakkelijk om zijn vinger.'

'Dat is bij mij niet gelukt,' verkondigde Ivy vol overtuiging. 'Ik ben altijd tegen hem in gegaan en ik –'

'Misschien vond hij dat juist zo interessant aan je,' onderbrak Rosamond haar. 'Bij Diane hoefde hij maar met zijn vingers te knippen. Waarschijnlijk zou haar moeder zelfs voor zijn charmes bezweken zijn als hij dat gewild had. Hij heeft mama ook meteen ingepalmd.'

Ivy keek met fonkelende ogen van woede naar haar zus. 'Rosamond, ik tolereer dit soort opmerkingen en beschuldigingen niet. Hij heeft mama niet ingepalmd, maar heeft haar met zijn charme en goede manieren voor zich gewonnen. Tegen mij is hij eveneens open en voorkomend. Het is in principe heel simpel: ik hou van hem en hij houdt van mij. Daarom zijn we allebei bereid elkaars wensen te respecteren. Hij stopt voor mij met jagen en ik zeg niets als hij dat verschrikkelijke schilderij van die dode leeuw in zijn herenkamer wil hangen. Jij kunt dat blijkbaar niet begrijpen omdat je nog nooit van iemand gehouden hebt. En laat me nu met rust, Rosamond, ik heb je advies niet nodig!'

Rosamond wreef over haar voorhoofd. 'Ivy, we hebben nooit bijzonder goed met elkaar kunnen opschieten en ik ben vaak jaloers op je geweest, maar ik ben je zus. Ik wil alleen het beste voor je en ik ben niet zo dom en oppervlakkig als jij blijkbaar denkt. Ik herken een jager als ik er een zie. En ik herken de prooi.'

Ivy beheerste zich met moeite. Ze mocht niet laten merken hoeveel pijn Rosamunds woorden haar deden, want ze leken op wat Adrian tijdens de rit naar Longonot tegen haar had gezegd. *Ivy, ik ben een jager. Als ik een prooi op het oog heb, dan...*

'Ik wil er niet meer over praten,' verkondigde ze, waarna ze opstond om de kamer te verlaten. 'Adrian maakt me gelukkig en dat is het enige wat belangrijk is.'

17

Het huwelijk van Ivy en Adrian was een uitbundig feest en het hoogtepunt van het balseizoen 1910/1911 van de hogere kringen in Nairobi. De tuin en het restaurant van de toekomstige countryclub waren versierd met tropische bloemen en een anglicaanse geestelijke trouwde Adrian en Ivy in een tuinpaviljoen. In de balzaal en op het tuinterras speelden twee kwartetten. Wie dat wilde, kon met zijn partner walsen en zich aan andere dansen wagen, zelfs aan de foxtrot. Ivy zweefde in Adrians armen door de avond. Haar trouwjurk was een wolk van kant en tule, haar blonde krullende haar was losjes opgestoken en de bruidskroon was een krans van bloemen waaraan de sluier was bevestigd. Adrian droeg een rokkostuum, waarin hij er prachtig uitzag. Hij leek serieuzer en ouder dan in een smoking.

Iedereen uit de hogere kringen van Nairobi was aanwezig, Ivy's moeder was verrukt dat ze de volledige koloniale regering kon begroeten. De Derringers waren vanuit Kijabe gekomen en Reggie was Adrians getuige terwijl Rosamond Ivy's getuige was. Adrian had de uitnodigingen geregeld. Ivy had gewild dat de zusters Engelberta en Margaret erbij waren. Ze was vastbesloten geweest om hun reis te betalen, maar de missie weigerde hun vrij te geven. De enige andere persoon die Ivy graag had willen uitnodigen, was Sanele Zoeloe, maar ze besefte dat dat volkomen onmogelijk was. Afrikanen waren in de club alleen welkom als bedienden. Het zou een onaanvaardbare faux pas zijn geweest om Sanele uit te nodigen voor de bruiloft en ze kon zich hem ook niet voorstellen tussen de mannen in rokkostuum en smoking. Ze kende Sanele alleen in de dienstkleding van de dragers van Newland, Tarlton & Co. en in de wijde linnen broeken die hij droeg sinds Adrian hem daar had weggehaald.

Het paar bracht de huwelijksnacht door in het Norfolk Hotel, het beste hotel van Nairobi, hoewel het qua comfort niet kon tippen aan de safaritenten van Newland, Tarlton & Co., zoals Ivy lachend opmerkte. Toch was het bed bedekt met rozenblaadjes, er stond een fles champagne klaar en de kamer rook naar sinaasappels en kaneel. Ivy kuste haar man dolgelukkig en Adrian gedroeg zich als een perfecte heer. Hij wachtte tot een kamermeisje Ivy uit haar trouwjurk had geholpen en kwam pas binnen nadat het meisje was vertrokken. Ivy stond in een kanten nachtjapon met loshangend haar op hem te wachten.

Adrian glimlachte. 'Sta je me toe om je nachtjapon uit te trekken?' vroeg hij formeel, waarna hij de linten snel losmaakte. Deze keer duwde Ivy hem niet weg. Ze gaf zich volledig over aan zijn liefkozingen, fluisterde liefdesverklaringen en vergat de felle pijn toen hij bij haar binnendrong al snel. Toen ze uiteindelijk in zijn armen in slaap viel, was ze ervan overtuigd dat ze de gelukkigste vrouw ter wereld was.

De volgende ochtend had Adrian een verrassing voor haar. Ze kreeg het paard Tango als huwelijksgeschenk van hem. 'Je zult beslist af en toe naar de missiepost of naar andere boerderijen willen rijden, dus heb je een betrouwbaar paard nodig. Maar wijk alsjeblieft nooit van de paden op de boerderij af. Ik wil niet dat je iets overkomt,' zei hij tevreden omdat ze opgetogen was over zijn cadeau.

Ivy wist weliswaar niet waarom het buiten de paden gevaarlijk zou moeten zijn, maar ze zou hem vanochtend alles beloofd hebben. Zij had Adrian een messing beeld van een leeuw gegeven dat volgens haar goed in de salon zou staan. Adrian was het met haar eens; hij vond het prachtig.

Ze vergezelden Ivy's familie naar Mombasa nadat Tango, Shadow en een span trekossen die Adrian voor de bruiloft in Nairobi had gekocht in een treinwagon voor vee waren geladen. Sanele zou de dieren in Kijabe ophalen. De Parkland Rowes en de andere deelnemers aan de safari die voor de bruiloft waren gebleven, namen de nachttrein en zouden de volgende ochtend aan de lange terugreis naar Engeland beginnen.

Ivy's moeder kreunde toen het inladen van alle jachttrofeeën in het ruim van het schip begon en de dragers tientallen kisten, olifantenslagtanden en een opgezette neushoornkop aan boord sleepten.

'Kunnen jullie een paar van die opgezette dieren hier houden?' vroeg ze aan Ivy en Adrian. 'Ze staan veel beter in jullie woning.'

Ivy schudde haar hoofd vol afkeer, maar Adrian lachte. 'Lady Hortense, ik wil mijn huis graag met mijn eigen jachttrofeeën decoreren. Die zijn opgeslagen in Nairobi en ik laat ze naar de boerderij brengen. En zonder mezelf op de borst te willen slaan... Daarbij vergeleken steekt de verzameling van uw man nogal schamel af.'

Ivy zuchtte, maar kon ermee leven. Er zouden tenslotte geen nieuwe trofeeën bij komen.

Ivy nam weemoedig afscheid van haar familie. Ze zou haar ouders en zus de komende jaren niet zien. Ze besloot om Rosamonds kritiek op Adrian te vergeten en omhelsde haar eveneens, maar Rosamond bleef afstandelijk. Ze leek niet van mening veranderd te zijn en nam het Ivy blijkbaar kwalijk dat ze niet naar haar had willen luisteren. Ivy's moeder was in tranen en zelfs haar vader moest zijn neus snuiten.

'Kop op, Edward, dit hoeft niet je laatste safari te zijn,' troostte Adrian hem. 'Kom gewoon bij ons in Kedong Valley op bezoek.'

Hij sloeg zijn armen om Ivy heen toen het schip uiteindelijk vertrok.

'Ben je klaar voor onze huwelijksreis?' vroeg hij teder. 'Palmbomen en strand?'

Vrienden van hem hadden een huis aan zee dat ze aan het jonge paar ter beschikking hadden gesteld. De week die ze daar doorbrachten was één grote droom voor Ivy. Ze hadden het lange strand helemaal voor zichzelf, bedreven de liefde in het maanlicht op het zand en speelden in het warme water van de Indische Oceaan. Het personeel van hun gastheren serveerde verse vis en ze dineerden onder de palmbomen op het strand. Ivy had hier eeuwig kunnen blijven, maar ze voelde dat Adrian ernaar verlangde om naar huis te gaan en zijn landgoed te beheren. Hun meubels en zijn trofeeën waren inmiddels gearriveerd en ze hadden nauwkeurige instructies achtergelaten waar alles neergezet moest worden. Ivy was van plan geweest om Sanele alles te laten regelen, maar Adrian had Reggie Derringer die taak gegeven. Ze vroeg zich af waarom Adrian dat had gedaan. Reggie werkte tenslotte samen met zijn vader in het familiebedrijf en had waarschijnlijk andere dingen aan zijn hoofd dan zich bezighouden met de inrichting van het huis van zijn vriend.

Eind februari stapten Ivy en Adrian in de trein naar Kijabe. Adrian beweerde dat treinreizen hem moe maakten en sliep bijna de hele reis. Ivy daarentegen was blij dat ze overdag reisden en kon geen genoeg krijgen van het landschap dat achter het raam voorbijvloog. Toen ze bijna op hun bestemming arriveerden, ging ze dicht tegen Adrian aan zitten en bedankte hem voor de heerlijke tijd.

'En de komende weken gaan we ons eigen paradijs verkennen,' zei ze gelukkig. 'De territoria van de dieren... de waterpoelen... Ik heb geprobeerd een kaart te tekenen, maar dat is niet zo goed gelukt.'

Adrian fronste zijn voorhoofd. 'Ben je de bush ingegaan om de dieren te observeren? Ben je gek geworden, Ivy? Zonder enige bescherming...'

Ivy wuifde zijn bezorgdheid weg en vertelde over de hulp van de Kikuyu-spoorzoekers.

Adrian was nog steeds niet enthousiast. 'Zo werkt het niet, Ivy. Je kunt niet in je eentje door de bush dwalen. De dieren op het landgoed zijn niet minder gevaarlijk dan die in het wild, integendeel. Er is de afgelopen jaren niet op ze gejaagd en dat maakt ze misschien nog wel gevaarlijker. Alsjeblieft, doe dat voortaan niet meer. Aan de andere kant krijg je het daar waarschijnlijk te druk voor. We hebben de eerste aanmeldingen al binnen.'

Aanmeldingen, dacht Ivy verward, maar ze zei niets.

Adrian stond op toen de trein het station van Kijabe binnenreed en haalde de handbagage uit het rek boven hun hoofd. Haar vragen zouden voorlopig onbeantwoord blijven. Peter Derringer wachtte hen bij het station in zijn auto op. De mannen omhelsden elkaar en domineerden het gesprek tijdens de rit. Natuurlijk vroeg Peter hoe het met Ivy was en informeerde hij naar de huwelijksreis, maar hij wilde liever met Adrian over een nieuw geweer praten.

'Het is misschien ook iets voor jou,' zei hij, waarna hij uitweidde over de voordelen ten opzichte van de conventionele jachtwapens.

Ivy ergerde zich en voelde zich niet op haar gemak door het gespreksonderwerp. Adrian had haar tenslotte beloofd dat de jacht geen rol in hun gezamenlijke leven zou spelen. Of toch wel? Ze probeerde zich zijn exacte woorden te herinneren. Het was zoiets als: *Niemand mag zonder toestemming op ons land jagen.* Plotseling voelde ze een ijzige kou door haar lichaam stromen. Was Adrian van plan om daar toch toestemming voor te geven?

Hij leek in elk geval zelf te willen blijven jagen. Ivy probeerde zichzelf ervan te overtuigen dat dit volkomen normaal was. Haar vader jaagde ook op zijn landgoed en één keer per jaar nodigde hij de buren uit voor een drijfjacht. Het was onmogelijk om de mannen dat volledig te verbieden.

Toen Peter de oprit naar hun boerderij op draaide, kon ze de waarheid echter niet langer ontkennen. In plaats van het oude bord met de tekst ATTENROW FARM hing er een nieuw bord boven de poort. EDGECUMBE PRIVÉJACHTRESORT, las ze.

Ivy voelde zich duizelig worden. 'Wat betekent dit, Adrian?'

vroeg ze toonloos terwijl ze haar best deed om kalm te blijven.

Adrian glimlachte. 'Een verrassing, schat! Ons bedrijf. We gaan jachtgasten uit de hele wereld ontvangen.'

Ivy worstelde met haar emoties. 'Maar... je hebt beloofd dat je niet meer op safari zou gaan.'

Haar man knikte. 'En daar houd ik me ook aan. Het is de basis van dit nieuwe zakelijke idee. De gasten hoeven niet meer maanden vrij te nemen om onder ongemakkelijke omstandigheden door de wildernis te trekken. Ze kunnen hier een paar weken of misschien zelfs maar een paar dagen het gevoel van een safari ervaren. Het schieten gaat hier snel en gemakkelijk.'

'Op opgesloten dieren?' vroeg Ivy verontwaardigd.

'Op een oppervlakte van vijftienduizend hectare. Dat maakt een volledig authentieke jacht mogelijk. Alles is hier echter beter onder controle. We hebben nog steeds spoorzoekers en begeleidende jagers nodig. Reggie heeft trouwens besloten om me te helpen. En we hebben een gastvrouw nodig die de service en alles daaromheen in de gaten houdt. Je gaat leiding geven aan een heel groot huishouden, Ivy, en je zult met bijzonder interessante mensen werken.'

De auto was bijna bij het huis en Ivy kreeg het gevoel dat ze naar een landhuis in Engeland reed, waar het personeel in uniform naar buiten kwam om de heer en de vrouw des huizes te begroeten. Sanele was er ook bij. Hij droeg het uniform van een huisknecht of butler en vermeed Ivy's ijzige blik.

Voorlopig was er echter geen kans op een persoonlijk gesprek tussen hen. Adrian begroette de bedienden en Ivy herkende de Kikuyu-vrouwen die ze tijdens de weken voor Kerstmis had opgeleid. Tijdens haar afwezigheid leek het erop dat iemand hen onder zijn hoede had genomen. Ze leken zelfverzekerder en bekwamer dan voordat ze was vertrokken. Ivy probeerde te glimlachen en hen vriendelijk te begroeten, maar ze had nog steeds het gevoel dat ze opgesloten was in een nare droom. Het huis was echter prachtig ingericht en gedecoreerd. De door haar gekozen meubels pasten perfect in de kamers en Adrians trofeeën hingen vooral in de herenkamer en de hal, waar de kop van de antilopenbok hing die Adrian in plaats van Ivy had neergeschoten.

'Hier ontvangen we de gasten,' legde hij uit. 'Dan kunnen ze meteen zien wat hun te wachten staat.'

Op de vloer lagen zebra- en giraffenhuiden. Ivy vocht tegen de opkomende misselijkheid.

'En kijk eens wat ik voor de gasten bedacht heb,' ging Adrian enthousiast verder terwijl hij haar meenam naar het terras. Daarvandaan waren zes safaritenten zichtbaar, die ruimer waren dan de tenten waarin ze zelf tijdens de safari had geslapen. Ze waren permanent geïnstalleerd, gaven de gasten het gevoel dat ze in het wild kampeerden en stonden ver genoeg uit elkaar om privacy te bieden, wat tijdens de safari niet altijd zo was geweest. Vaak hoorde je wat er in de andere tenten werd gezegd. Vanaf de open ruimte voor de tenten was de dichtstbijzijnde waterpoel voor de wilde dieren goed te zien.

'We hebben hier ook een keuken,' legde Adrian uit. 'We eten buiten, zoals we in de bush deden. Ik heb alleen nog geen Franse kok gevonden. Misschien kun jij daar eens naar informeren.'

'Moet ik...' begon Ivy. Ze vermande zich. 'Adrian, ik wil dit allemaal niet. Ik heb je gezegd dat ik niet in een safarikamp wil wonen. Ik verafschuw de jacht...'

'Je zult niets met de jacht te maken hebben,' probeerde Adrian haar gerust te stellen. 'Je bent gewoon de gastvrouw van bijzonder vooraanstaande gasten. Want hoewel de kosten hier lager zijn dan bij Newland, Tarlton & Co., zal het beslist niet goedkoop worden. Dit concept heeft tenslotte aanzienlijke voordelen boven een traditionele safari.'

Adrian begon ze opnieuw op te sommen, maar Ivy kon op dit moment niet denken aan meer comfort, minder reizen, meer gemak en al die dingen. Ze dacht alleen maar aan het feit dat mensen ervoor zouden betalen om dieren te doden die niet voor ze konden vluchten. Nu wist ze waarom het hek rond zijn land zo belangrijk was voor Adrian.

'Ik kan het niet,' fluisterde ze.

De glimlach verdween van Adrians gezicht. 'Ivy, stop met die onzin,' zei hij geïrriteerd. 'Je bent mijn vrouw en moet me steunen. Je kende mijn beroep en ik heb je nooit beloofd ermee te stoppen.'

'Je zei dat je ontslag zou nemen bij Newland, Tarlton & Co.,' wierp ze tegen.

Adrian snoof. 'En heb ik dat niet gedaan? Ik heb alles gedaan wat je wilde. Je hebt een woonhuis, een boerderij, en nu neem je jouw deel van de taken op je, die overigens weinig verschillen van het leiden van een groot, gastvrij landhuis in Engeland.'

'Maar dit is... Dit is alsof je de dieren naar de slachtbank leidt,' zei Ivy wanhopig.

'Waar je nooit iets op tegen gehad hebt, als ik je aan een van onze eerste gesprekken mag herinneren. Stop met dat gezeur, Ivy. Wil je een glas champagne? Peter, wil jij een cognac?'

Peter Derringer had zich tijdens hun ruzie op de achtergrond gehouden en schraapte nu zijn keel. 'Ivy, ik heb al laten doorschemeren...'

Ivy keek met van woede fonkelende ogen naar hem. 'Niemand heeft iets laten doorschemeren. Niemand heeft me iets verteld. Jij niet, Susan niet en zelfs Sanele niet. Je hebt me bedrogen, Adrian! Jullie hebben me allemaal bedrogen!'

Daarna rende ze naar buiten. Adrian kwam niet achter haar aan.

Ze vluchtte naar de paardenstal om in Tango's box te huilen. Als klein meisje had ze zich al bij de paarden verstopt als ze zich onbegrepen voelde. Niet veel later hoorde ze iemand kuchen en ze zag Sanele bij de ingang van de box staan. Ze wierp hem een woedende blik toe.

De jonge man bleef eerbiedig voor de box staan. Hij was niet gewend aan paarden.

'Je wist het,' snauwde ze tegen hem.

Sanele schudde zijn hoofd en zette een glas voor de box neer. 'Ik dacht dat u misschien behoefte zou hebben aan een glas cognac,' zei hij. 'En ik zweer u dat ik het niet wist. Ik hoorde pas over het opzetten van de tenten toen meneer Reggie na jullie vertrek naar Mombasa hiernaartoe kwam om de leiding op zich te nemen. Ik heb ernaar moeten raden waarvoor het allemaal bedoeld was. Meneer Reggie is iemand die dat niet uitlegt aan iemand zoals ik.'

Ivy keek met tranen in haar ogen naar hem. 'Wat moeten we nu doen?' vroeg ze hulpeloos. Ze stak haar arm tussen Tango's benen door om het glas te pakken. De schimmel bleef onverstoorbaar van het hooi eten.

'Ik ga de gasten bedienen,' antwoordde Sanele. 'Meneer Reggie zegt dat ik verantwoordelijk ben voor de keuken tot er een kok gevonden is en ik ben ook verantwoordelijk voor de bediening en het schoonmaken. Ik ben natuurlijk ondergeschikt aan u, miss Ivory. U bent de vrouw des huizes die ons instructies geeft.'

'Maar ik kan dit niet zomaar accepteren,' wond Ivy zich op. 'En er dan ook nog aan meewerken!'

'Wat wilt u dan doen?' vroeg Sanele. 'U bent zijn vrouw. Betekent dat niet dat u van hem bent?'

Ivy begroef haar gezicht in haar handen. Daar had ze niets tegen in te brengen. Een scheiding van tafel en bed of zelfs een echtscheiding was moeilijk, vooral in de koloniën en zo vlak na het huwelijk. Bovendien kon ze Adrian eigenlijk niets verwijten, behalve dat hij haar als een wild dier in de val had gelokt, maar hij was dan ook een jager. Ze snikte. 'Hij wil niet dat ik de bush in ga om de dieren te observeren,' fluisterde ze. 'Maar wilt u toch met me mee blijven gaan? Ik kan niet alleen maar toekijken als ze de dode dieren hiernaartoe brengen. Ik heb... Afrika nodig.'

Sanele knikte. 'Afrika zal bij u blijven,' beloofde hij.

Ivy dronk langzaam van de cognac. Eigenlijk hield ze niet van sterkedrank, maar nu voelde ze hoe de warmte zich in haar maag verspreidde en haar hart langzaam tot rust kwam.

'De zusters zijn trouwens nog hier,' zei Sanele, die geduldig had gewacht tot ze was gestopt met huilen en er klaar voor was om een zakdoek te zoeken en haar tranen te drogen.

'Margaret en Engelberta?' vroeg Ivy verbaasd. 'Maar ze zouden naar de missiepost verhuizen. Ik hoop dat Adrian daar geen probleem mee heeft.'

'Meneer Reggie vindt het goed,' zei Sanele. 'De twee zusters hebben meer belangstelling voor het bekeren van de Kikuyu dan de Masai en het is vermoeiend om iedere dag naar de missiepost heen en weer te lopen. Ik kan me voorstellen dat meneer Adrian er niet blij mee is als zijn gasten vaker nonnen dan olifanten op de paden in het resort tegenkomen. Bovendien is het gevaarlijk. Ze hebben tenslotte geen geweren bij zich.'

'Tot nu toe zijn er nooit incidenten geweest,' verdedigde Ivy de vredelievende nonnen.

'Tot nu toe liepen er ook geen geschrokken of zelfs gewonde leeuwen of neushoorns rond,' zei Sanele. 'Ze hebben gevraagd of ze in de schuur mogen blijven slapen en ze maken zich bovendien nuttig. Binnenkort kunnen de eerste groenten uit hun tuin geoogst worden en die kunnen in de restaurantkeuken gebruikt worden. En zuster Engelberta heeft aangeboden om de dienstmeisjes op te leiden. Ze komt blijkbaar uit een vooraanstaande familie en heeft meer geduld dan ik.' Hij glimlachte. 'Zuster Margaret kan een beetje koken en meneer Reggie hoopte eerst dat zij de rol van maître misschien op zich zou kunnen nemen, maar dat is niet zo. Ze kan alleen heel eenvoudige Schotse gerechten maken en die smaken... nogal ongewoon.'

Ivy glimlachte om zijn voorzichtige woordkeuze. 'Ze kan Adrians geheime wapen zijn als hij ooit een clanhoofd uit de Highlands te gast heeft,' zei ze.

Sanele beantwoordde haar glimlach plichtsgetrouw, hoewel

hij de grap niet leek te begrijpen. In de bibliotheek van haar oom hadden waarschijnlijk geen boeken over de Schotse geschiedenis gestaan.

Uiteindelijk vermande Ivy zich en ze liep naar de schuur van de nonnen. Net als bij haar eerste bezoek vond ze hen in de tuin. Ze zongen Marialiederen terwijl ze onkruid wiedden en de planten water gaven, maar stopten daar onmiddellijk mee toen ze Ivy zagen.

'Ivy! Je bent terug! Van harte gefeliciteerd met je huwelijk. We hadden er zo graag bij willen zijn.'

'Meneer Reggie vertelde dat het een prachtig feest was.'

De zusters legden hun tuingereedschap neer en liepen naar Ivy toe om haar te feliciteren en te omhelzen. Toen ze haar verdrietige gezicht en betraande ogen zagen, schrokken ze.

'Wat is er gebeurd, Ivy? Heb je gehuild? Ben je niet gelukkig?' vroeg Margaret. Ze sloeg haar arm om Ivy's schouders waardoor Ivy weer in tranen uitbarstte. De herinnering aan de bruiloft, de prachtige dagen met Adrian terwijl hij tegelijkertijd aan haar 'verrassing' op de boerderij werkte... Ze begon te snikken.

Margaret wierp Engelberta een korte blik toe en nam Ivy mee naar binnen. 'We zetten een kop thee voor je en dan vertel je ons alles,' zei de Schotse non.

Engelberta pakte de theepot. Sinds Kerstmis hadden de zusters een echte tafel, stevige stoelen, bedden en zelfs een fornuis in hun schuur. De inrichting was aanzienlijk comfortabeler dan voorheen.

'We hebben alles van de missie gekregen,' legde Engelberta uit toen ze Ivy om zich heen zag kijken. In een kleine kast stond aardewerken serviesgoed. Ze haalde kopjes, schoteltjes en een suikerpot tevoorschijn. 'Zoals je ziet zijn we inmiddels heel goede gastvrouwen,' grapte ze.

Ivy knikte dankbaar en nam een slok van de hete thee die Margaret voor haar had ingeschonken, waarna ze er twee lepels suiker bij had gedaan.

'En vertel ons nu precies wat er gebeurd is. Vind je de inrichting van het huis niet mooi? Of... vind je het niet prettig dat het hier een soort... tja... jachtkamp wordt?' vroeg Margaret. Ze wist dat Ivy een afkeer van jagen als puur vermaak had.

Ivy droogde haar tranen opnieuw en vertelde alles. 'Hij noemde het een verrassing! Terwijl hij heel goed wist dat ik er niet blij mee zou zijn dat hij van de boerderij een... een slachthuis wil maken. Hij heeft het allemaal achter mijn rug om gedaan en nu zet hij me voor het blok. Hij heeft me nodig en weet heel goed dat ik niet met hem getrouwd was als ik dit geweten had.'

'Echt niet?' vroeg Margaret. 'Ik bedoel... Je was zo verliefd op hem.'

Engelberta had een nuchterder kijk op de kwestie. 'Op een bepaalde manier is het natuurlijk oneerlijk, maar hij heeft niet gelogen,' zei ze. 'Hij heeft je nooit beloofd dat er niet gejaagd zou worden op jullie grond. En de vergelijking met het slachthuis lijkt me ook een beetje vergezocht. Dit is tenslotte een enorm terrein. De dieren worden niet op een presenteerblaadje aan de jagers aangeboden. Ze moeten ze opsporen.'

Margaret vertelde nu ook wat ze ervan vond. 'Het doet me denken aan een heel oud lied dat bij ons thuis gezongen wordt,' zei ze zachtjes. 'Het is heidens, sorry, Engelberta, maar het is gebaseerd op een oud sprookje over de Selkies, wezens die op het land mensen zijn en in de zee zeehonden. Een jonge vrouw wordt verliefd op een Selkie en krijgt zijn kind. Na verloop van tijd verschijnt de vader van het kind bij haar, eist het kind op en laat een portemonnee vol goud voor haar achter. Hij voorspelt bovendien haar toekomst: je zult met een jager trouwen, een zeer goede jager, en met het eerste schot dat hij lost zal hij mij en ons kind doden.'

Ivy fronste haar voorhoofd geïrriteerd. 'En?' zei ze. 'Wat wil je daarmee zeggen?'

'Ik weet het niet,' mompelde Margaret. 'Misschien dat mannen de dromen van hun vrouwen soms vernietigen. Of dat de jonge vrouw eigenlijk alleen maar van het land en de zee en het bijzondere van deze eilanden houdt. De zeehondenman symboliseert dat allemaal, maar dan haalt de realiteit haar in.'

'Bedoel je dat ik vooral verliefd ben geworden op Afrika?' vroeg Ivy nadenkend. 'En dat ik alles wat Adrian heeft gezegd zo interpreteerde dat het bij mijn droom paste?'

Margaret keek met een ernstige, bedroefde blik in haar barnsteenkleurige ogen naar haar en Ivy vroeg zich opnieuw af of de roeping van de jonge non niet eerder te maken had met het vervullen van een droom dan met de missie.

18

Het plan van Adrian Edgecumbe werkte. Ze kregen veel boekingen van jagers die een week of zelfs alleen een weekend wilden jagen en gegarandeerd succes wilden hebben. Er waren vaste prijzen per dier en de gasten werden zelden teleurgesteld. Ivy vermoedde dat Adrian en Reggie vaak moesten helpen om het wild met één schot te doden. Maar weinig gasten waren zulke gepassioneerde jagers als Ivy's vader en zijn vrienden. Het kostte hun te veel tijd om weken of maanden op safari te gaan. Vaak waren het zakenmensen uit Nairobi of Mombasa, of werknemers of gasten van het Britse bestuur die hun woning wilden versieren met een jachttrofee zonder er te veel moeite voor te doen. De gouverneur nodigde voorname bezoekers graag uit voor een jachttrip en zakenmensen deden hetzelfde met hun klanten. Ook in een wereldreis – deze dagen bijna een verplichting voor avontuurlijke rijke Europeanen die het zich konden veroorloven om een jaar of langer onderweg te zijn – werd tegenwoordig een safari opgenomen. Adrian stuurde de trofeeën van de avonturiers naar hun huisadres, aangezien ze geen olifantenslagtand konden meenemen als ze naar Nieuw-Zeeland of Australië reisden.

Ivy schikte zich in haar lot. Adrian hield woord. Ze was alleen als gastvrouw betrokken bij de jachttrips en hoefde er niet aan mee te doen. Hij verplichtte haar zelfs niet om aanwezig te zijn tijdens het feestelijke diner dat na de jacht plaatsvond onder de sterrenhemel. Hij stelde het echter op prijs als ze zich bij zonsondergang in een elegante jurk onder de gasten mengde en vriendelijk met hen praatte. Het behoorde ook tot haar taken om de gasten te verwelkomen in de ontvangstruimte van Edgecumbe Farm, waar ze Adrians trofeeën konden bewonderen. Als er gasten bij waren die niet jaagden, meestal de vrouwen of dochters van de jagers, nodigde ze hen uit voor de thee of een wandeling in de omgeving van het huis of naar het kleine Kikuyu-dorp, dat inmiddels bijna een natuurlijk gegroeid dorp leek. Toen Ivy merkte dat de bezoekers onder de indruk waren van de kleurrijke stoffen, de sieraden en het houtsnijwerk van de inheemse stam, stelde ze voor om de artikelen te koop aan te bieden. De Kikuyu-vrouwen maakten armbanden, kettingen en sjaals, de Kikuyu-mannen kleine ebbenhouten sculpturen. Afbeeldingen van dieren verkochten het best; ze waren voor de meestal goed opgeleide, kosmopolitische dames van de hogere klasse net zo'n welkome herinnering aan het verblijf in Afrika als de trofeeën dat voor de mannen waren.

Ivy stelde vast dat ze genoot van het gezelschap van de gasten, vooral omdat ze op deze manier mensen van over de hele wereld leerde kennen. Ze praatte met Amerikaanse, Australische, Duitse en Franse vrouwen. Al snel richtte ze een kleine bibliotheek in haar huis in waar gasten actuele romans en fotoboeken konden lenen om er vervolgens over te discussiëren. Voor veel witte mensen uit Nairobi, Mombasa en andere delen van Kenia of Tanzania werd Edgecumbe Farm een ideale bestemming om de jachtpassie van het gezinshoofd te combineren met de wens van hun vrouwen en kinderen om in een aantrekkelijke omgeving te ontspannen.

Adrian was bijzonder tevreden over het werk van zijn vrouw. Dat vertelde hij haar vaak en hij liet zich niet afschrikken door Ivy's koele houding tegenover hem, maar benaderde haar 's nachts vaak. Ze gaf zich aan hem over en genoot van hun samenzijn, hoewel ze het zichzelf achteraf kwalijk nam. Ze wilde boos zijn op haar man, maar bezweek telkens weer voor zijn charme en smolt als hij haar aanraakte. Hun huwelijksleven was dus redelijk harmonieus, vooral omdat Ivy merkte dat Adrian zijn resort duurzaam beheerde. Hij liet niet meer dieren afschieten dan er opgroeiden of binnenkwamen. Het hekwerk had slimme poorten waardoor het wild het resort binnen kon komen, maar er vervolgens niet uit kon vertrekken. Soms zette Adrian zelfs lokaas uit.

In principe leek het beheer van zijn resort op het werk van de jachtopziener van Ivy's vader, die het dierenbestand beschermde en voor het wild zorgde, maar ook over leven en dood besliste. Ivy zei telkens weer tegen zichzelf dat ze het moest accepteren. Toch zat het haar nog steeds dwars dat ze zich had laten misleiden en voor Adrians plannen had laten gebruiken. Daarom kon ze het niet laten om betrokken te blijven bij het leven van de dieren op haar landgoed. Ze begon met wandelingen in de omgeving van de boerderij en breidde die langzaam uit. Sanele wilde graag met haar meegaan, maar had het te druk met het beheer van het jachtresort. Afgezien van de keuken had hij de leiding over de hele organisatie. Alleen de inmiddels aangenomen kok, die afkomstig was uit Europa, liet zich niets vertellen door een Afrikaan. Als er iets met hem besproken moest worden, deed Ivy dat, maar hij overlegde het liefst met Adrian.

Ivy had inmiddels echter genoeg vertrouwen in zichzelf en Afrika gekregen om alleen de bush in te trekken. Ze nam voor alle zekerheid altijd haar geweer mee, hoewel het nog nooit nodig was geweest om het te gebruiken. De weken waarin ze met Sanele en de Kikuyu-spoorzoekers op pad was geweest, hadden haar geleerd onopgemerkt in de buurt van de dieren te komen en zich te verstoppen. Een schuilplaats in het riet bij de waterpoel werd haar favoriete plek.

Om ook de afgelegen delen van het resort te kunnen bezoeken zonder te lang weg te blijven, nam Ivy uiteindelijk haar paard mee en ze ontdekte dat de dieren veel tammer waren als ze ze op Tango naderde dan wanneer ze alleen was. Ze leken ook al snel te voelen dat ze geen gevaar vormde. Vaak bleven ze gewoon staan en keken geïnteresseerd naar haar als ze langsreed.

Op een bepaald moment kwamen de dieren in Ivy's leven zoals zij eerder in hun leven was gekomen. Het begon ermee dat de trekossen, die voor het vervoer van de zware prooien waren gekocht, het kadaver van een olifantenkoe naar de werkplaats van de preparateurs sleepten. Twee witte medewerkers en hun Kikuyu-assistenten hadden in een van de voormalige stallen een werkplaats ingericht. Achter het dode dier liep haar jong, een olifantenkalf dat nog maar een paar dagen of weken oud was. Het trompetterde verdrietig en trok daarmee natuurlijk de aandacht van de bewoners van de boerderij. Ivy kwam samen met een paar dienstmeisjes en keukenhulpen van de Kikuyu uit het hoofdgebouw, en Adrian en enkele werknemers van de preparatiewerkplaats kwamen eveneens kijken wat er aan de hand was.

Reggie had de jacht waarbij de olifantenkoe was doodgeschoten geleid. Hij boog zijn hoofd al toen Adrian in zijn richting liep.

'Welke idioot heeft dit verpest?! bulderde de *bwana* tegen hem. 'Hoe kun je een olifantenkoe die een kalf heeft dood laten schieten?'

Reggie beet op zijn lip. 'De graaf van Warenport,' antwoordde hij. 'Hij was verschrikkelijk opgewonden, luisterde niet naar onze instructies en heeft de koe in plaats van de stier die we hem hadden toegewezen doodgeschoten. Gelukkig is hij in elk geval een goede schutter. Stel je voor dat ik hem had moeten helpen en de stier ook nog eens doodgeschoten was.'

De graaf van Warenport behoorde tot de hoge adel en was een goede vriend van de Britse kroonprins. Daarom werd hij extra in de watten gelegd in het resort. Als hij het jachtresort zou aanprijzen, kregen ze misschien zelfs koninklijk bezoek. Er waren een aantal hartstochtelijke jagers binnen de koninklijke familie.

Adrian vertrok zijn gezicht. 'En waarom heb je het kalf niet meteen doodgeschoten?' ondervroeg hij zijn werknemer verder. 'Wil je toekijken hoe het langzaam verhongert?'

Reggie wreef over zijn voorhoofd. 'Ik ben bang dat lady Warenport me dan vermoord had,' antwoordde hij zuchtend. 'Ze is woedend op haar man omdat hij de moeder van het kleintje doodgeschoten heeft.' Lady Warenport was zelf weliswaar een doorgewinterde jager, maar het was haar duidelijk dat er op den duur niet meer gejaagd kon worden als de moeders en hun nakomelingen niet werden gespaard. 'Ik was van plan om later naar de waterpoel terug te gaan om het kalf uit zijn lijden te verlossen. Ik wist niet dat het ons zou volgen.'

De babyolifant duwde tegen zijn moeder aan en probeerde haar te laten opstaan. Het was hartverscheurend. Adrian pakte zijn geweer.

'Nee, niet doen!' Ivy had het tafereel verbijsterd gadegeslagen en greep in. 'Laat hem leven, ik zal proberen hem groot te brengen.'

Adrian keek haar wrevelig aan. 'Hoe ga je dat doen?' vroeg hij. 'Ga je hem een fles geven?'

'Waarom niet?' antwoordde Ivy. 'Onze stalmeester in Engeland heeft ooit een moederloos veulen grootgebracht. Dat heeft het ook overleefd.'

'Met koemelk?' vroeg Reggie. 'Daar hebt u veel van nodig, miss Ivy. En wie weet of hij dat verdraagt.'

'Zij,' zei Ivy. 'Het is een meisje. Ik wil het in elk geval proberen. Jullie kunnen haar altijd nog doodschieten.'

Adrian liet het geweer zakken. 'Goed dan,' gaf hij toe. 'Maar we laten haar niet eindeloos lijden. Als je niet snel iets vindt om haar mee te voeden, dan moeten we haar uit haar lijden verlossen. Het is hartverscheurend om haar zo verdrietig te zien.'

Op momenten zoals deze stroomde de liefde die Ivy in het begin voor Adrian had gevoeld weer door haar heen, maar ze begreep nog steeds niet hoe hij ondanks zijn medeleven met de dieren op ze kon schieten.

'Kunnen we haar in de paddock bij de paardenstallen zetten?' vroeg ze. 'Ik kan Tango bij haar zetten. Dan voelt ze zich misschien minder alleen.'

De mannen grinnikten om haar idee om een paard als nanny bij de babyolifant neer te zetten, maar Ivy liet zich niet van de wijs brengen. Adrian riep uiteindelijk een paar stalhulpen, die het dier met zachte dwang naar de paddock duwden. Het kalf maakte jammerende geluiden toen ze Tango zag. De ruin schonk nauwelijks aandacht aan het olifantje, maar Ivy was ervan overtuigd dat het een kalmerend effect op het kalf had als Tango rustig hooi at.

'We hebben melk nodig,' zei Ivy tegen de Kikuyu-vrouwen, die vervolgens bereidwillig naar de keuken liepen. Ivy en Wawira, haar kokkin, die als kindermeisje in Nairobi had gewerkt en het principe van een babyflesje kende, construeerden samen een enorme zuigfles van een stuk zeildoek en een blik. Iedereen juichte toen de babyolifant de speen inderdaad in haar mond nam. Eerst liet ze de melk aan de zijkanten weglopen, maar even later slaagde ze erin om de verwarmde koemelk te drinken.

'Dit doen we vanaf nu om de twee uur,' zei Ivy tevreden.

Haar middagjurk was vies en zat vol melkvlekken, maar dat kon haar niet schelen.

Helaas duurde de euforie niet lang. Ivy en haar assistenten plunderden de melkvoorraad van de verontwaardigde kok, maar het babyolifantje dronk nog één keer en weigerde de melk bij de derde poging. De volgende ochtend had ze ernstige diarree.

'Dit wordt niets,' oordeelde Adrian. 'We hadden haar meteen uit haar lijden moeten verlossen.'

'Geef me nog een kans,' smeekte Ivy wanhopig. 'Er moet een andere oplossing zijn.'

'Waarom vraag je het niet aan de Masai?' stelde Sanele voor. Ze tutoyeerden elkaar inmiddels als ze alleen waren. Hij had de aankomst van de kleine olifant de vorige dag niet meegemaakt. Nu keek hij verdrietig naar het lijdende dier en naar Ivy, die haar hart duidelijk aan het olifantenkalf had verloren. 'Ze zijn eerder herders dan jagers en weten waarschijnlijk meer over het grootbrengen van een ouderloos dier dan de Kikuyu.'

Ivy vond het een poging waard. Ze kon in de missie eveneens om advies vragen. Sommige zusters hadden ervaring met het verzorgen van zuigelingen en misschien wisten zij iets te bedenken.

Het kleine olifantje trompetterde ongelukkig achter haar terwijl ze op Tango ging zitten. Het leek erop dat ze zich inderdaad aan het paard had gehecht.

'Zorg goed voor het kleintje,' fluisterde ze tegen Sanele. 'Laat niet toe dat ze wordt doodgeschoten terwijl ik weg ben.'

Haar Afrikaanse vriend keek hulpeloos naar haar op. Wat kon hij doen als Adrian besloot de babyolifant uit haar lijden te verlossen? Toch vertrouwde Ivy hem. Het zou Sanele op de een of andere manier lukken.

Ivy liet Tango bijna de hele weg naar de missie galopperen en schoot daar Elisabeth aan, een missiezuster die in de ziekenboeg werkte. De Masai vertrouwden haar hun zieken en gewonden echter niet vaak toe. Ze wendden zich liever tot hun genezers en sjamanen.

Elisabeth had dus tijd om Ivy te adviseren, maar deed het met tegenzin.

'Wat bedoel je?' zei ze verontwaardigd. 'Wil je een olifant melk geven terwijl de kinderen hongerlijden?'

'Zuster, ik ken hier geen hongerlijdende kinderen,' antwoordde Ivy vastberaden. 'Daar zijn er vast genoeg van in Nairobi of Mombasa, maar tegen de tijd dat we de melk daarheen hebben gebracht, zou hij zuur zijn. Kunt u me in elk geval advies geven?'

'Ik kan je alleen advies over baby's geven,' zei de non resoluut. 'Menselijke baby's. Koeienmelk is te vet voor ze. Als je die geeft, moet je hem verdunnen. Geitenmelk verdragen ze beter, maar we denken dat die op de lange termijn tot tekorten zoals rachitis leidt.'

Ivy vond dat ze op dit moment geen langetermijnplanning

nodig had. Ze moest eerst iets vinden wat haar zorgenkind verdroeg. Geitenmelk moest te verkrijgen zijn. Ze bedankte Elisabeth en reed naar het dorp van de Masai. Haar kleine vriendin Naeku rende haar tegemoet.

'Ivy! Ik... lied... zing... Engels!' Naeku was de modelleerling van de missieschool.

Ivy glimlachte naar haar. 'Je mag het zo meteen voor me zingen, maar eerst moet ik met Idir praten. Ik wil iets kopen of ruilen.'

Het meisje spitste haar oren. Inmiddels kende iedereen in het dorp die woorden waarschijnlijk.

'Dan je gaat naar winkel,' zei Naeku. 'Mama's hebben mooie spullen.'

'Alleen geen geitenmelk. Begrijp je? *Enkine*.' Ivy had het Masai-woord voor 'geit' de eerste dag al van Naeku geleerd.

Het meisje lachte nu. 'Jij koopt geit?'

'Nee, melk... *kule*...' Ivy deed alsof ze aan het melken was.

Naeku begreep haar al snel en bracht Ivy niet naar een van de chagrijnige dorpshoofden, maar naar een paar vrouwen die bij elkaar zaten en graan tot meel vermaalden.

Ze probeerde haar verzoek met gebaren duidelijk te maken, waarop een van de vrouwen naar haar hut rende en met een kan geitenmelk van een liter of twee terugkwam. Ze maakte Ivy duidelijk dat de melk een geschenk was.

Ivy bedankte haar en probeerde de vrouwen met woorden en gebaren te vertellen dat ze veel meer melk nodig had omdat ze een olifantenkalf moest voeden. Ze leken haar niet helemaal te geloven, maar vulden toch twee zakken met melk en beloofden de volgende ochtend meer naar de boerderij te brengen.

Ivy reed zo snel mogelijk naar de boerderij terug en hield Tango in bij de paddock. Haar zorgenkind was nergens te bekennen. De teleurstelling raakte haar als een stomp in haar maag. Adrian had haar wens opnieuw niet serieus genomen. Het was allemaal voor niets geweest.

Op dat moment kwam een van de Kikuyu-vrouwen uit

het huis. '*Njogu*, olifant... tenten...' legde ze uit. 'Gasten...'

Ivy voelde een sprankje hoop opkomen... en dankbaarheid. Sanele had het dus voor elkaar gekregen. Ze wist niet hoe hij het kleine olifantje naar de tenten van de gasten had gekregen, maar Adrian zou het dier in het bijzijn van lady Warenport niet doodschieten. Ze vroeg Wawira om de geitenmelk op te warmen en in de geïmproviseerde babyfles te doen.

'Het enige wat we nu nog nodig hebben is geluk,' zei ze en ze liep naar de tenten van de gasten.

Het was tijd voor het aperitief, maar minstens twee vrouwen onder de jachtgasten hadden geen oog voor de bar. Ze stonden bij het verdrietige olifantenkalf en probeerden haar te voeden met alles wat in de fruitmanden in hun tenten lag.

Opgewonden draaide lady Warenport zich naar Ivy om. 'Mevrouw Edgecumbe, het kalf eet niet. Wat moeten we toch doen? Ze is zo schattig...'

Ivy deed haar best om een optimistische glimlach op te zetten. 'Het meisje wacht op haar *sundowner*,' zei ze opgewekt terwijl ze om een wonder bad.

Het olifantenkalf herinnerde zich het flesje blijkbaar en had honger. Ivy stopte de geïmproviseerde speen in haar mond en ze begon te drinken.

De vrouwen applaudisseerden enthousiast en zelfs de mannen leken ontroerd. Ivy had het huwelijk van de graaf waarschijnlijk gered door het olifantje te adopteren.

Sanele, die met drankjes verscheen, leek sceptisch. 'Weer melk? Stel dat ze die ook niet verdraagt?'

'Het is geitenmelk,' antwoordde Ivy. 'We verdunnen hem met water. Ik weet niet zeker of het gaat lukken, maar het is een poging waard.'

Twee uur later trompetterde het olifantje hongerig naar Ivy. Ze gaf het kalf de overgebleven melk, hoewel de gasten het olifantje het liefst zelf wilden voeren.

'Hoe zullen we haar noemen?' vroeg lady Warenport.

Ivy glimlachte. 'Wat is geit in het Kikuyu?' vroeg ze aan Sanele.

Hij onderdrukte een lach. Als bediende werd van hem verwacht dat hij serieus was en eigenlijk ook dat hij zweeg. '*Bori, memsahib*,' antwoordde hij uiteindelijk.

Lady Warenport goot het restantje champagne in haar glas over de kop van het olifantenkalf, dat schrok. 'Dan dopen we je hierbij Bori,' verklaarde ze.

'En nu moet ze slapen,' besliste Ivy. Ze had zich het liefst al veel eerder teruggetrokken. Tot haar opluchting volgde Bori haar en de melkfles op de voet. 's Nachts werd het olifantenkalf niet ziek van de geitenmelk en ze stond verwachtingsvol naast Tango in de paddock toen vijf Masai-vrouwen de volgende ochtend vroeg met kalebassen vol geitenmelk verschenen. Ook zij juichten toen ze het olifantenkalf zagen drinken.

'We hebben nu iedere dag melk nodig,' zei Ivy tegen de vrouwen, waarna ze de voorraadkast in haar keuken plunderde om de Masai-vrouwen te belonen met bonen, maïsmeel en ingemaakt fruit. Ze ontdekte ook het een en ander in de kleine winkel die Margaret en Engelberta voor de Kikuyu runden. De vorstelijk beloonde vrouwen keerden gelukkig naar hun nederzetting terug.

'Geef je ze geen geld?' vroeg Adrian. Hij kwam net met zijn jachtgasten terug van de vroege safari en de vrouwen wilden Bori nog voor het uitgebreide ontbijt zien.

'Zodat hun mannen jachtgeweren kunnen kopen?' vroeg Ivy terug. 'Nee, voor zover ik begrepen heb zorgen de vrouwen voor de geiten terwijl de mannen voor het vee zorgen, dus beloon ik de vrouwen met dingen die ze voor zichzelf en hun kinderen nodig hebben. O ja, ik moet ook nog bedenken waar zuster Elisabeth van de missie blij mee zou zijn. Ze heeft me tenslotte de beslissende tip gegeven. De Kikuyu snijden inmiddels ook Mariabeelden. Misschien maken die haar gelukkig.'

19

Bori zou niet het enige dier blijven waarvoor Ivy zorgde. Haar volgende beschermeling werd een jonge baviaan, die niet het slachtoffer van de jacht, maar van roekeloos schieten was. Zoals zo vaak maakte een groep bavianen de omgeving onveilig. Ze renden over de daken van de gebouwen, maakten lawaai in de schaduw verspreidende bomen en stalen uit de keuken en de provisiekamers. Die avond lieten de apen zich zien tijdens het diner en de dronken mannen vonden het leuk om met hun jachtgeweren op de beesten te schieten. Ivy keek vanaf het terras geschokt toe. Aan het gekrijs te horen raakten meerdere apen gewond en één dier lag dood op de grond.

Sanele serveerde net het digestief en Adrian, die woedend was, gaf hem opdracht om het kadaver weg te halen. Hij deed zijn best om beleefd te blijven, maar maakte de gasten duidelijk dat er in de buurt van de tenten en de gebouwen niet geschoten mocht worden en dat het doden van bavianen niet bij het jachtaanbod van het resort hoorde.

'We verwachten ook niet dat jullie de kakkerlakken en het andere ongedierte die het verblijf hier onaangenaam maken verdelgen,' zei hij afgemeten. 'Dat is de taak van het personeel, net als het wegjagen van deze vervelende apen!'

Ivy zag dat Sanele voorzichtig naar de volwassen baviaan toe liep. Deze apensoort kon erg agressief zijn en bijten. Helaas was de dodelijk getroffen baviaan een moeder. Haar ogenschijnlijk maar een paar weken oude baby klampte zich huilend aan haar vacht vast. Toen Sanele de baviaan optilde, duwde het kleintje zijn kopje tegen zijn sneeuwwitte overhemd. Het bedienend personeel droeg een uniform dat op een rokkostuum leek.

Ivy wist dat de jagers het aapje zonder te aarzelen zouden doden omdat bavianen als een plaag werden beschouwd. Hoe meer er werden gedood, des te beter. Toch had Sanele medelijden met het diertje en even later klopte hij op de deur van het woonhuis. Ivy deed open en Sanele keek een seconde te lang naar haar voordat hij zijn blik neersloeg en het aapje naar haar uitstak. 'De moeder is dood,' zei hij. 'Je hebt de schoten beslist gehoord.'

'Adrian?' vroeg ze.

Ze wist dat hij van plan was om de apen te verjagen en achtte hem in staat om zijn eigen harde regel dat er geen moederdieren mochten worden gedood te overtreden.

Sanele schudde zijn hoofd. 'Een van die...' Hij stopte voordat hem een kritisch woord over de gasten ontglipte.

Het aapje nestelde zich in Ivy's armen. Het huilde nog steeds.

'Dan ga ik maar wat melk opwarmen,' zei ze zuchtend.

'Je kunt hem ook beter in bad doen,' adviseerde Sanele. 'Hij zit vast onder de vlooien.'

Adrian was er in eerste instantie niet blij mee dat er vanaf nu een jonge baviaan op de rug van zijn vrouw hing wanneer ze de gasten begroette, maar dat veranderde toen hij ontdekte dat vooral de vrouwelijke gasten verrukt waren van het beestje. Daarom stemde hij ermee in dat ze meer beschermelingen kreeg, zoals een zebraveulen waarvan de moeder was gestorven en drie jonge leeuwen waarvan hij de moeder had moeten doodschieten toen ze een van zijn onvoorzichtige jachtgasten aanviel. De man was te dicht bij het nest gekomen en een leeuwin verdedigt haar welpen nu eenmaal. De kleintjes speelden een paar weken als kittens rond Ivy's voeten. De gasten waren dol op de schattige dieren, die Ivy natuurlijk weer vrijliet als ze groot genoeg waren om voor zichzelf te zorgen.

'Soms denk ik dat de gasten zich meer met de getemde wilde dieren dan met de jacht vermaken,' vertrouwde Ivy Sanele toe.

De vrouwen en meisjes stonden inderdaad in de rij om de zebra zijn flesje te geven en ze haalden de linten uit hun haar om met de leeuwenwelpen te spelen, en de mannen vonden het leuk om de dieren trucjes te leren. Bori leerde al snel om de hoeden van de dames met haar slurf van hun hoofd te pakken. Toen ze dat tijdens een bezoek van Elizabeth deed, ontstond er een ernstig probleem. De non had bijna geen haar meer en pater Damian kwam persoonlijk over de schending van haar religieuze kleding klagen.

Kurti – de baviaan had zijn naam te danken aan Engelberta, die vond dat hij sprekend op haar opa Kurt leek – leerde om als een doorgewinterde speler kaarten vast te houden en uit te delen. Helaas snoepte hij ook graag van de bierglazen die tijdens de vrolijke poker- of blackjackavonden op tafel stonden.

Soms klopte Sanele laat in de avond op de deur van het huis. 'De *bwana* zegt dat je je dronken aap moet ophalen,' gaf hij Adrians geïrriteerde opmerking door terwijl hij zijn lachen probeerde in te houden.

De volgende ochtend had Kurti net zoveel last van een kater als de gasten. Maar ze sturen hem tenminste niet met een jachtgeweer de bush in, dacht Ivy.

Tijdens de safari met haar vader hadden de jagers zo weinig alcohol gedronken dat ze 's ochtends fris waren, maar dat gold niet voor veel van Adrians gasten. Als ze hun prooi toch raakten, was dat vaak aan de hulp van Adrian of Reggie te danken. Ivy had daar een aantal vragen over.

'Hoe komt het eigenlijk dat ze het wild zo snel vinden?' vroeg Ivy op een avond aan Sanele. Hij was samen met spoorzoeker Kymani langsgekomen om naar de jachtplannen van de volgende dag te informeren. Bij de boeking stond genoteerd welke dieren de gasten tijdens hun verblijf wilden schieten. *Twee gegarandeerde leeuwen in drie dagen*, las ze verbaasd. 'Toen mijn vader een leeuw wilde schieten, heeft hij dagenlang meerdere sporen met Adrian gevolgd. Hier is het natuurlijk gemakkelijker, dat weet ik. Adrian kent het territorium van de leeuwen, maar toch... Ik ken de territoria ook, maar ik zie slechts om de twee of drie weken een leeuw of een luipaard.'

De roofdieren waren extreem schuw.

Kymani, die inmiddels lang genoeg met witte mensen had gewerkt om een beetje Engels te verstaan, ook al sprak hij het nauwelijks, zei iets tegen Sanele, wiens gezicht verstrakte terwijl hij naar hem luisterde. 'De *bwana* voedert ze,' vertaalde hij de woorden van de spoorzoeker. 'De dragers brengen de resten van de trofeeën die niet worden opgezet tegen de ochtend naar het territorium van de leeuwen en leggen ze op plekken die goed zichtbaar zijn. Daarna hoeft de *bwana* zijn gasten daar alleen naartoe te brengen. Ze schieten op de leeuw terwijl hij eet of meteen daarna, als hij slaapt.'

Ivy keek eerst ongelovig en vervolgens verontwaardigd naar hem. 'Dat noemt hij een echte jacht? En valt het de jagers niet op dat de zogenaamd door de leeuw verscheurde antilope geen kop meer heeft?'

Sanele vroeg het en Kymani schudde zijn hoofd. 'Daar letten ze niet op,' vertaalde Sanele Kymani's antwoord. 'Ze zien alleen de leeuw waarop ze willen schieten.'

Dat soort incidenten weerhield Ivy ervan om Adrian helemaal te vergeven. Hun huwelijk leek harmonieus, ze maakte hem geen verwijten meer en vervulde haar taken als gastvrouw zo goed mogelijk, maar toch vertrouwde ze hem niet en soms kon ze alleen minachting voor zijn gedrag voelen. Toen de eerste van haar leeuwenwelpen het slachtoffer van een jachtgast werd, riep ze Adrian boos ter verantwoording. 'Hoe kon je Bobby laten doodschieten? Hij was tam en liet zich door iedereen aaien, maar jij doet alsof hij een wild dier is en –'

'Ik zat achter een andere leeuw aan, een oudere,' verdedigde Adrian zich. 'Die liet zich alleen niet zien en de gast had maar een weekend de tijd.'

Ivy beet op haar lip en reageerde niet, anders zou ze hem ook nog verwijten dat hij de roofdieren lokte om de jagers een plezier te doen. Het was beter als hij niet wist in hoeverre ze op de hoogte was van zijn werkwijze. Haar tochten door de bush moest ze tenslotte ook geheimhouden. Ze deed alsof ze niet geïnteresseerd was in alles wat met de jacht te maken had.

'Hoe weet je eigenlijk altijd waar je kunt rijden zonder de *bwana* en zijn jagers tegen te komen?' vroeg Sanele haar op een avond bezorgd toen ze weg wilde rijden terwijl Adrian en Reggie met de gasten in het bos waren. 'Ik ben altijd bang dat je per ongeluk neergeschoten wordt.'

Ivy glimlachte. 'Dat is nergens voor nodig,' antwoordde ze onbezorgd. 'Ik vraag gewoon aan de Masai waar ze hun vee hoeden. Dat spreken ze namelijk met Adrian af, waarna hij daar uit de buurt blijft. Gelukkig is het gebied groot genoeg.'

Adrian bleef het geld dat hij verdiende gebruiken voor het kopen van meer land. Het terrein van Edgecumbe Farm breidde zich steeds verder uit en hij sloot delen van het resort voor de jacht zodat het wildbestand daar kon herstellen. Engelberta zei telkens weer tegen Ivy dat Adrian voorbeeldig voor zijn bedrijf zorgde en het wild beschermde. Ze vond Ivy's kritiek op zijn werk overdreven. Ivy reageerde meestal niet op haar opmerkingen omdat ze geen ruzie met haar wilde krijgen. De nonnen bleven haar vertrouwelingen en de missiepost floreerde, zowel bij de Kikuyu als de Masai.

De missiepost wilde graag een grotere, vrijstaande kerk en een dorp in westerse stijl voor de gelukkig gedoopte christenen bouwen, maar dat stond Adrian niet toe. 'Scholen zijn goed, werkplaatsen zijn goed. Leer de inboorlingen gerust iets, maar laat ze hun tradities behouden,' zei hij tegen pater Flint.

De missionaris was verontwaardigd, zoals altijd na dat soort discussies, maar vond geen alternatieve locatie voor de kerk en het christendorp.

Adrian wilde het traditionele karakter van de inheemse dorpen vooral vanwege zakelijke belangen in stand houden. Hij botste daarover met Ivy omdat sommige Kikuyu-vrouwen hadden toegegeven dat ze graag meer comfort wilden dan hun eenvoudige hutten boden. Ze wilden het aanbod van de missiepost graag aannemen, maar Adrian was daar categorisch op tegen.

'Als we toestaan dat de Kikuyu hun huttendorp opgeven, kunnen we ook geen *ngoma* meer organiseren,' legde hij uit.

Het resort organiseerde bezoeken aan het Kikuyu-dorp voor de jagers en hun partners, wat de inheemse mensen *ngoma* noemden. Normaal gesproken kwamen er gasten uit alle delen van het land op deze grote traditionele dansfeesten af. Het resort organiseerde ze exclusief voor witte mensen, maar streefde naar authenticiteit. Het dansgedeelte werd afgebakend met vuren, de jonge Kikuyu kleurden hun haar, huid en kleding met rode klei, waardoor ze zolang ze niet bewogen op beelden leken. De traditionele gezangen en dansen, die werden begeleid door trommels en fluiten, wisselden tussen wild en erotisch. Als de gasten echter heel preuts leken, vroeg Ivy de jongens en meisjes soms om de meest uitdagende bewegingen achterwege te laten. De gasten kregen traditioneel Afrikaans eten geserveerd dat natuurlijk was aangepast aan de westerse smaak. Niemand werd gedwongen om het bloed van Masairunderen te drinken en er werden geen insecten of hagedissen geroosterd.

'De Kikuyu kunnen voor de dansfeesten toch naar hun dorp terugkeren,' stelde Ivy voor. Ze was blij dat de vrouwen haar in vertrouwen hadden genomen en haar daarmee autoriteit toekenden. 'Vooral omdat er maar weinig gezinnen zijn die naar het missiegebied willen verhuizen.'

De Afrikanen vermaakten de vreemdelingen met zichtbaar plezier. Ze waren enthousiaste gastheren en nodigden de bezoekers keer op keer uit om *tembu* te drinken, een likeur van suikerriet die de stemming snel verhoogde maar de volgende dag voor zware hoofdpijn zorgde. Ivy en Sanele moesten de gastheren en de gasten altijd in toom houden.

Toch schudde Adrian zijn hoofd. 'Dat zou niet hetzelfde zijn. En ik wil absoluut geen afstand doen van die dansfeesten. Je weet dat er overal nieuwe particuliere jachtresorts geopend worden. We moeten ons onderscheiden en dat soort evenementen zijn goud waard. Ik ken geen tweede jachtresort met een eigen Kikuyu-stam. De vrouwen moeten in hun oude hutten blijven bidden. Zeg maar tegen ze dat het van hoogmoed en trots getuigt om zich, alleen omdat ze gedoopt zijn, boven de andere stamleden verheven te voelen.'

Inmiddels waren Adrian en Ivy al twee jaar getrouwd, het jachtresort floreerde en er waren inmiddels mensen die in hun voetsporen traden. Met de toenemende concurrentie groeiden de verwachtingen die Adrian van Ivy had. Hij vond dat het haar taak was om voor het cultuur- en amusementsaanbod te zorgen, dus organiseerde ze vaak optredens van muzikanten uit Nairobi voor de gasten of tentoonstellingen van plaatselijke kunstenaars, zoals de schilder van jachttaferelen wiens schilderij, hoewel Ivy het verafschuwde, nog steeds in hun slaapkamer hing. In de bijzondere sfeer van het jachtresort stonden de gasten hiervoor open. Ivy vond het een prettige taak, vooral als ze de witte mensen daardoor bekend kon maken met de originele Afrikaanse cultuur. Het irriteerde haar echter dat Adrian haar werk als vanzelfsprekend beschouwde en ze was oprecht van streek toen juist een *ngoma* voor onenigheid zorgde. Het begon ermee dat Adrian een traditionele dans van jonge Masai-mannen bijwoonde. Reggie was nog steeds een bijzondere vriend van de stam en werd voor besnijdenisrituelen en huwelijksceremoniën uitgenodigd.

Een jongeman van de stam vertelde Adrian dat de dansen van de *morani*, zoals de jonge krijgers werden genoemd, veel opwindender waren dan de dansen van de Kikuyu. Uiteindelijk ging Adrian met hem mee, bekeek de dansen en was het met de jongen eens.

Adrian besloot om de *morani* uit te nodigen als de Kikuyu

de gasten vermaakten. Die beklaagden zich daar onmiddellijk over bij Ivy. Ze wilden geen dansfeesten samen met hun rivalen organiseren.

'En ze willen het geld niet met de Masai delen,' vertelde ze Adrian. De Kikuyu werden natuurlijk betaald voor hun inspanningen. 'Als de Masai de blanken in hun dorp willen hebben, moeten ze die zelf maar uitnodigen.'

Adrian wuifde dat verontwaardigd weg. 'Nee. Hun dorp staat op mijn land en ik bepaal wie hier danst. Het zou veel te duur worden om de gasten naar de *enkang* van de Masai te brengen, en wat de Masai koken kun je de gasten niet voorschotelen. Zeg tegen ze dat ze als goede christenen verdraagzaam moeten zijn en moeten delen. Waarom proberen we ze eigenlijk te bekeren als ze zich blijven gedragen alsof ze in het stenen tijdperk leven?'

Ivy kon hier niets tegen inbrengen. Ze had inmiddels geleerd dat ze haar zin niet kon doordrijven bij Adrian. Zijn wil was wet op de boerderij. Het was de taak van Ivy en Sanele om zijn beslissingen aan het personeel over te brengen en met de gevolgen ervan om te gaan. Ze moesten de periode erna vaak bemiddelen wanneer Kikuyu- en Masai-dansers – meestal licht ontvlambare jonge mannen – elkaar in de haren vlogen. Sanele vreesde dat het op een gegeven moment niet bij dreigende gebaren met hun speren zou blijven, maar dat het tot bloedvergieten zou komen.

Op een ochtend zag Ivy een Masai-danser uit de tent van een van de gasten komen. Hij droeg zijn traditionele kleding nog en leek zelfverzekerd en tevreden. Ivy hield hem tegen. 'Wat heb je hier gedaan?' vroeg ze hem in het Masai.

De jongeman grijnsde. 'Dansen,' beweerde hij.

Ivy fronste haar voorhoofd. 'De dansvoorstelling was acht uur geleden al afgelopen,' zei ze.

De Masai glimlachte superieur. 'Ik dans voor blanke vrouw,' zei hij vervolgens in het Engels. 'Alleen voor haar. Begrijpen?

Boem, boem.' Hij maakte een overduidelijke beweging met zijn hand.

Ivy was geschokt. In de tent logeerde een Amerikaans echtpaar. De man was die nacht met Adrian op pad geweest. Bij het aanbod van het resort hoorde sinds een jaar een jachttrip naar de bergen om op buffels te schieten. Die enorme dieren kwamen in zijn resort niet voor, maar in de bergen waren grote kuddes en vooral de enorme horens van de stieren waren geliefd als trofee.

Adrian nam alleen mannen mee op deze tochten die weinig comfort boden. De deelnemers sliepen in kleine tenten, kookten boven een open vuur en genoten van het avontuur. Hun vrouwen bleken zich intussen op een andere manier te vermaken.

'De dames vinden het opwindend om een inboorling in hun bed te hebben,' legde Sanele haar uit toen Ivy geagiteerd over haar ontmoeting vertelde. Ze was volkomen verbijsterd toen ze hoorde dat Sanele het wist.

'Waarom ben je daar zo geschokt over?'

Ivy kon daar niet echt antwoord op geven. Het ging niet alleen om het overspel, maar ook om het betalen voor exotische liefdesdiensten en misschien ook om de vermenging van zwart en wit.

'Ik weet het niet,' antwoordde ze uiteindelijk. 'Ik... het verraste me alleen. En... het is toch... een bepaald risico. Stel dat mevrouw Salinger een kind krijgt dat niet blank is...'

Sanele stelde haar gerust. 'Mevrouw Salinger is de vijftig beslist gepasseerd. Dan kan er niet veel meer gebeuren. Ik denk dat de *bwana* het alleen toestaat als het niet gevaarlijk is. De geboorte van een kind met een donkere huid na een verblijf van een echtpaar in Edgecumbe Resort zou ongetwijfeld schadelijk voor de zaken zijn.'

'Tolereert Adrian dit?' vroeg Ivy ongelovig.

Sanele vertrok zijn gezicht. 'Denk je dat hier iets gebeurt zonder Adrians toestemming?' vroeg hij. 'Miss Ivory, de gasten kunnen bij ons niet alleen safarireizen boeken. Als iemand daar behoefte aan heeft, regelt het resort ook gezelschap, en het komt minder vaak voor dat de dames naar een knappe Masai-jongeman verlangen die er ook nog plezier in heeft dan dat de heren om een meisje uit het Kikuyu-dorp vragen. Vraag het maar aan de nonnen, zij weten ervan. Ik… breng de meisjes naar hen toe als ze heel erg van streek zijn.'

Ivy was zo geschokt dat ze Engelberta en Margaret tijdens hun ochtendgebed stoorde. 'Hoe kunnen jullie je ogen daarvoor sluiten?' riep ze boos. 'Deze meisjes zijn jullie beschermelingen, jullie leerlingen! Jullie willen dat ze christenen worden en dan maken jullie prostituees van ze?'

Margaret sloeg een kruis. 'We hebben aan onze missieoverste gemeld wat we vermoeden,' zei ze. 'De meisjes vertellen nooit iets, maar door de aard van hun verwondingen vermoeden we dat…'

'Raken ze gewond?' vroeg Ivy geschokt.

Engelberta knikte. 'Het zijn vaak nog heel jonge meisjes,' zei ze zachtjes. 'Pater Damian heeft beloofd dat hij het met meneer Adrian zou bespreken.'

'En?' vroeg Ivy.

'Meneer Adrian zei dat hij niet van plan is zich ermee te bemoeien,' antwoordde Engelberta streng. 'De zwarte meisjes trouwen jong en hun mannen lenen hen uit aan de gasten. De kerk kan proberen hen daarvan te weerhouden, maar het is niet zijn verantwoordelijkheid.'

'We hebben geprobeerd om er met de vrouwen van het dorp over te praten,' voegde Margaret eraan toe. 'Ze vinden het niet leuk, maar… uiteindelijk is hun allemaal hetzelfde overkomen. Als ze weigeren om te trouwen met de man die hun vader voor hen uitgekozen heeft, worden ze vervloekt en buitengesloten, dus schikken ze zich in hun lot.'

'Maar het is toch iets anders als je familie een echtgenoot voor je kiest dan dat je jezelf aan oude blanke mannen verkoopt,' wierp Ivy tegen.

Engelberta speelde met haar kap. 'Als een meisje van twaalf de vierde vrouw van een dertig jaar oudere man moet worden, is dat ook niet gemakkelijk,' zei ze. 'Afrika en de tradities van de stammen... Dat is een andere wereld.'

Adrians wereld, dacht Ivy berustend. Een wereld waarin ze nu gevangenzat.

20

Drie jaar na hun huwelijk moest Ivy toegeven dat haar relatie met Adrian steeds slechter werd. Toch viel haar niets te verwijten. Ze zorgde vriendelijk en professioneel voor de gasten die niet jaagden en bemiddelde tussen de witte mensen en de inheemse mensen. Inmiddels sprak zowel zij als Sanele behoorlijk goed Masai en Ivy's kennis van het Kikuyu werd steeds beter. Engelberta en Margaret beheersten de Kikuyutaal uitstekend en gaven haar met veel succes les.

Met de hulp van Sanele en de Kikuyu die op de boerderij werkten, breidde Ivy haar dierenpark enthousiast uit. De Kikuyu gaven haar de eretitel Mama wa Wanyama, wat 'Moeder van de dieren' betekende. Daar was Ivy ongelofelijk trots op. Ze werkte hard om een mooie, gastvrije plek van de boerderij te maken. De tuin was opnieuw beplant met bougainvillea, paradijsvogelplanten en protea's. Sommige baobabbomen waren blijven staan. Kleurrijke hagedissen lagen vaak op de paden te zonnen en de gasten waren dolenthousiast zodra ze een blik op Edgecumbe Farm wierpen.

Het ontbrak Adrian echter steeds meer aan zijn gedrevenheid van de eerste jaren. Hij werd humeurig en bekritiseerde Ivy en het personeel vanwege kleinigheden in het huishouden of de omgang met de gasten. Zijn aanvankelijke enthousiasme om de gasten te vermaken was verdwenen. Hij vertelde geen vrolijke verhalen meer tijdens het diner en zijn jachtuitstapjes met de gasten werden korter. Hij stelde hen steeds vaker in staat om zo snel mogelijk te schieten zodat ze op tijd voor het diner op de boerderij terug waren. Dat was niet goed voor het bedrijf en Ivy en Sanele waren bang dat ze daardoor op de lange termijn gasten zouden kwijtraken. Ivy was echter nog het meest gekwetst door zijn gedrag tegenover haar. Ze had het gevoel dat hij voortdurend ruzie zocht en hij verweet haar steeds vaker dat hun huwelijk nog niet gezegend was met kinderen.

'Je kunt je beter bezighouden met kinderen krijgen,' zei hij bijvoorbeeld als hij zag dat ze voor haar beschermelingen op vier poten zorgde. 'Waarom ben je nog steeds niet zwanger?'

Dat vroeg Ivy zichzelf ook al een tijdje af. Ze zou hun huwelijk niet gelukkig willen noemen, maar ze hadden regelmatig seks. Adrian stond op dat recht en zij weigerde hem niet. Integendeel, in principe was lichamelijke liefde het enige wat hen nog verbond. Waarom was ze dan nog niet zwanger?

'Ik wil ook graag kinderen,' zei ze terneergeslagen. 'Ik kan daar alleen geen invloed op uitoefenen.'

'Dat geloof ik niet,' snauwde Adrian. 'Neem rust. Concentreer je. En stop vooral met alles verkeerd opvatten en chagrijnig zijn. Je hebt een hekel aan mijn bedrijf, dat heb ik allang begrepen, maar daar hoef je niet voortdurend de nadruk op te leggen.'

Ivy zweeg over deze onterechte beschuldiging. Ze had Adrian al lange tijd geen verwijten meer gemaakt en was zelden chagrijnig. Misschien begon hij zelf langzamerhand te twijfelen aan waar hij mee bezig was, anders kon ze zijn geprikkeldheid niet verklaren.

Ze vroeg zich af met wie ze over haar onvervulde kinderwens kon praten. Elisabeth had dat aangeboden, maar Ivy was een beetje bang voor de resolute vrouw. Uiteindelijk besprak ze het tijdens een bezoek aan Kijabe met Susan Derringer, die tenslotte zelf moeder was. Misschien kon zij haar advies geven.

Susan had echter geen flauw idee. Ze wist niet waarom ze maar één zoon en één dochter had in plaats van vijf tot tien kinderen zoals de inheemse vrouwen. Ze lachte daarentegen begripvol toen Ivy haar ongelukkig over Adrians chagrijnige humeur en beschuldigingen vertelde.

'Meisje, dat heeft niets met je kinderloosheid te maken,' zei ze vriendelijk. 'Hij verveelt zich gewoon. Adrian heeft de boerderij en het resort met veel enthousiasme opgebouwd. Hij heeft zich ingespannen, heeft zich er met hart en ziel in gestort. Hij was een pionier op het gebied van jachtresorts. Nu loopt het min of meer vanzelf en alles herhaalt zich: het ontvangen van de gasten, ze meenemen naar de jachtgebieden, op prooien schieten, feestvieren. Voor Adrian is het geen uitdaging meer. Hij wil iets nieuws, een nieuw land misschien. Hij is zijn hele leven op zoek geweest naar avontuur. Zulke mensen zijn niet in staat zich ergens te vestigen, waarna ze het wild naar de jachtgasten toe drijven. Mijn Reggie heeft ook al geklaagd. Op een bepaald moment neemt hij beslist ontslag.'

Ivy zou het zelf niet bedacht hebben, maar nu Susan haar erop wees, besefte ze dat het klopte. Adrian was ontevreden en koelde zijn woede op haar omdat hij geen ander slachtoffer had. Op een bepaalde manier stelde het haar gerust, maar ze had geen idee hoe het verder moest gaan.

In eerste instantie probeerde ze Adrian te ontlopen en de gasten aandacht te geven als ze het gevoel had dat hij hen verwaarloosde. Ze hield zich meer bezig met het begeleiden van de excursies en de activiteiten die niets met de jacht te maken hadden, zoals de bezoeken aan de dorpen van de inboorlingen. Daarnaast beëindigde ze het prostitueren van de jonge Kikuyu-vrouwen net zo energiek als destijds het inzetten van de Masai-vrouwen als arbeidskrachten in de bouw.

Tijdens de begroeting, waarbij Adrian steeds minder aanwezig was, waarschuwde ze de gasten meteen. 'Heren, het is mogelijk dat de zwarte mannen onzedelijke voorstellen met betrekking tot hun vrouwen en meisjes doen,' legde ze uit. 'Een heer weet hoe hij zich moet gedragen, dus neem ik aan dat u zo'n voorstel vanzelfsprekend afwijst, vooral omdat het ook bepaalde gezondheidsrisico's met zich meebrengt waarover ik niet wil uitweiden.'

Na deze waarschuwing hielden de mannen zich vrijwillig in of werden ze door hun vrouwen in de gaten gehouden. De nonnen rapporteerden in elk geval niet meer over getraumatiseerde meisjes die hun toevlucht bij hen zochten na ongewenste intimiteiten van de mannelijke gasten.

In de Keniaanse herfst van 1914, vlak na het lange regenseizoen dat normaal gesproken van maart tot mei duurde maar deze keer eerder eindigde, kreeg het Edgecumbe Resort een aanvraag van een bijzonder hoogstaand jachtgezelschap. De gouverneur deelde Adrian mee dat de maharadja van Rajasthan en zijn vrouw Afrika bezochten en hem hadden gevraagd om een leeuwenjacht te organiseren. Ze wilden echter niet meerdere maanden op safari gaan, dus een verblijf in het jachtresort met gegarandeerd succes was perfect voor hen.

Het bezoek van de maharadja haalde Adrian uit zijn lethargie. De heerser werd als een enthousiaste jager beschouwd en Adrian was van plan zich volledig in te zetten om hem een authentieke jacht aan te bieden. De tocht zou naar het gedeelte van het resort gaan dat al een tijdlang was gesloten voor gasten, waardoor er veel aanbod van vers wild was. Een prachtige volwassen leeuw had zijn territorium daar en had voor nakomelingen gezorgd. Nu zou hij de trofee van de maharadja worden.

De Edgecumbes verwelkomden de maharadja, zijn vrouw en de gouverneur de avond voor de jacht met een feestelijk diner met verfijnde gerechten en eersteklas wijnen. Zoals verwacht, was de maharadja gearriveerd met een heel gevolg van niet alleen bedienden en lijfwachten, maar ook ambtenaren, Indiase zakenmensen uit Nairobi en natuurlijk de gouverneur. Ivy was er trots op dat het resort en de tuinen hun volledige schoonheid toonden. Na de regen groeide en bloeide alles, wat een fantastische achtergrond voor het bezoek van de belangrijke gasten vormde.

Ivy droeg een elegante nachtblauwe zijden jurk voor het diner en was verrast dat de maharadja zijn kakikleding voor de jacht al droeg. Daarbij had hij een tulband op zijn hoofd. Zijne Hoogheid was een middellange, nogal zwaarlijvige man met een rond gezicht en een vriendelijke glimlach. Hij sprak vloeiend Engels en had uitstekende manieren. Hij werd gevolgd door vier dienaren of lijfwachten, die traditionele Indiase kleding droegen en gewapend waren met een sabel. De mannen stonden achter de maharadja en aten niet mee. Ivy besloot om later wat eten naar hun tenten te laten brengen. Ze wist niet precies waar ze zouden overnachten, maar misschien had Adrian Sanele opdracht gegeven om onderdak voor hen te regelen.

Ivy vond de vrouw van de maharadja, die hem volgde, veel interessanter dan de lijfwachten met hun vurige ogen. De maharani droeg eveneens kaki, maar dat deed niets af aan haar schoonheid en kon haar jeugd evenmin verbergen. Ivy schatte de maharadja op een jaar of vijftig, terwijl zijn vrouw hoogstens zestien was. De jonge vrouw, eigenlijk was ze nog een meisje, had een goudbruine zachte huid, enorme met kohl omrande ogen, ongelooflijk lange wimpers en een donkerrode mond. Haar gelaatstrekken deden aan een elf denken en waren tegelijkertijd majestueus. Ivy moest zichzelf dwingen om niet naar de maharani te staren. Haar diepzwarte haar was in het midden gescheiden en zat in een zware knot in haar nek. Ivy vermoedde dat het minstens tot haar heupen kwam als ze het los zou dragen.

Ivy en Adrian begroetten het koninklijk paar met een buiging die beleefd werd beantwoord. De maharadja glimlachte stralend naar hen en leek de formaliteiten niet te willen overdrijven. Uiteindelijk bevond hij zich hier te midden van jagers en was dit geen staatsontvangst. De maharani keek niet op terwijl ze boog. Ze leek erg verlegen. Of werd haar houding voorgeschreven door het protocol? Toen de mannen een aperitief namen, pakte de jonge vrouw geen champagne van het dienblad van Sanele. Ze hield zich op de achtergrond terwijl ze was omringd door haar eigen gevolg, dat bestond uit twee bijzonder mooie dienaressen in sari's.

'Houdt u niet van champagne, Hoogheid?' vroeg Ivy aan

haar. 'Misschien kan ik iets anders voor u laten brengen? Een sorbet bijvoorbeeld?'

De maharani keek vragend naar haar echtgenoot en nadat hij bemoedigend had geknikt, richtte ze zich weer tot Ivy. 'Ik wil graag een glas champagne,' zei ze langzaam in uitstekend Engels. Na een handgebaar van haar pakte een van de dienaressen een glas van Saneles dienblad en gaf het aan haar.

Ivy glimlachte naar haar. 'Bent u voor het eerst in Afrika?' vroeg ze. 'Bevalt het u?'

De jonge vrouw nam een slokje van haar sprankelende drankje. 'Het is heel anders dan India,' zei ze vervolgens. 'Het is natuurlijk een prachtig land.'

Iemand had haar beslist verteld dat ze het land van haar gastheren moest prijzen.

'Dat is het inderdaad,' beaamde Ivy. 'Begeleidt u Zijne Hoogheid de maharadja tijdens de jacht?'

De jonge maharani keek bijna geschrokken. 'O nee, nee. Ik blijf hier, met mijn begeleidsters.' Ze wees naar de dienaressen.

Ivy knikte. 'Het zal me een genoegen zijn om u hier gezelschap te houden,' zei ze. 'Zullen we aan tafel gaan?'

Het diner dat de Edgecumbes serveerden was uitstekend, maar Ivy zag dat de jonge maharani haar vlees en de bijgerechten over haar bord heen en weer schoof terwijl de maharadja met veel smaak at. Hij leek gewend aan westerse gerechten terwijl het duidelijk was dat het zijn vrouw niet smaakte. Uiteindelijk gaf Ivy Sanele een opdracht, waarna hij naar de keuken ging en even later terugkeerde met een schaal met een geurig linzengerecht.

Ivy glimlachte en richtte zich tot haar hooggeplaatste gasten. 'Ik heb onze inheemse kok, een vrouw van de Kikuyu-stam, gevraagd om een typisch Afrikaans gerecht voor ons te maken. Het is zeer eenvoudig, Hoogheid, maar het zal u niet alleen de geur en schoonheid van Afrika laten ervaren, maar ook de smaak. Wilt u het proeven?'

De gouverneur en Adrian keken haar geïrriteerd aan. Ivy's aanbod was een overtreding van het protocol, vooral omdat het pittige Afrikaanse gerecht qua smaak absoluut niet paste bij de verfijnde gerechten die de kok had bereid. De maharadja was echter nieuwsgierig en wilde het graag proberen terwijl er een glimlach op het mooie gezicht van de maharani verscheen toen ze het proefde.

'Dit is heerlijk,' zei ze. Het was de eerste keer dat ze zich ongevraagd in het tafelgesprek mengde. 'Een beetje zoals het eten in India. Heel kruidig.'

Ivy glimlachte en keek goedkeurend toe hoe het jonge meisje de linzen aarzelend met haar mes en vork begon te eten. Sanele had *flatbread* neergezet en Ivy negeerde de regels opnieuw door de jonge maharani te laten zien hoe ze het eten met het brood kon oppakken en naar haar mond kon brengen. De maharani deed het haar probleemloos na. Waarschijnlijk at men in India op een vergelijkbare manier.

Ivy gaf Sanele heimelijk de opdracht om de bedienden van het koninklijk paar de heerlijke maaltijd van Wawira eveneens te geven.

De maharani vond het nagerecht heerlijk en uiteindelijk bracht Ivy de hoogheden naar hun accommodatie. De maharadja wilde de volgende ochtend al vroeg op jacht gaan. Tijdens het verblijf van de vorstelijke personen werden er geen andere gasten toegelaten en de faciliteiten en het personeel stonden volledig tot hun beschikking. Zoals verzocht hadden de maharadja en de maharani aparte tenten met hun respectievelijke bedienden. Extra bewakers zorgden ervoor dat er geen dieren rond de tenten zouden dwalen. Hoewel dat zelden voorkwam, wilde Adrian geen enkel risico nemen.

Ivy controleerde of alles naar tevredenheid van het koninklijk paar was en nam vervolgens opgelucht afscheid. Adrian liep met haar mee naar hun gezamenlijke slaapkamer.

'Het was heel slim van je om ze een Afrikaans gerecht te

serveren,' prees hij haar, wat zelden gebeurde. 'Het meisje zou anders bijna niets gegeten hebben. Ze is voor het eerst met haar man op reis. Hij is pas een jaar geleden met haar getrouwd.'

Ivy nam aan dat hij dat van de gouverneur of diens medewerkers had gehoord en voelde zich een beetje geïrriteerd. Het zou gemakkelijker zijn geweest als hij haar dat voor de ontvangst van de gasten had verteld, maar ze wilde absoluut geen ruzie met hem krijgen.

'Ze is prachtig,' zei ze. 'En nog zo jong. Is ze misschien zijn bijvrouw?' Ivy kon zich voorstellen dat welgestelde Indiërs toestemming hadden om met meer dan één vrouw te trouwen. In veel culturen was dat immers gebruikelijk.

Adrian lachte om haar veronderstelling. 'Nee, ze is zijn tweede vrouw,' legde hij uit. 'Zijn eerste vrouw is lang geleden overleden en daarna werd hij verliefd op dit meisje. De gouverneur zegt dat hij al haar wensen vervult. Hij overlaadt haar met sieraden en prachtige kleding.'

'Ze lijkt me veel te jong voor zo'n positie naast een maharadja,' zei Ivy. 'Ze is zo lief en verlegen... Het gaat me aan het hart dat ze in een gouden kooi moet leven.'

Adrian wuifde haar opmerking weg. 'Ach, ze went waarschijnlijk snel aan de luxe. Ik heb meer medelijden met haar vanwege het bijna onvermijdelijke einde van het verhaal.'

Ivy fronste haar voorhoofd. 'Bedoel je dat hij haar op een bepaald moment zal verstoten?' vroeg ze.

Adrian schudde zijn hoofd. 'Nee, maar ze is veel jonger dan hij. Het is bijzonder onwaarschijnlijk dat hij haar zal overleven en als hij eerder sterft... Heb je nog nooit van *sati* gehoord, de Indiase gewoonte van weduweverbranding? Als een Indiase man sterft, wordt zijn weduwe naast zijn lichaam op de brandstapel gezet en komt ze om in de vlammen.'

Ivy keek hem geschokt aan. 'Ik heb er weleens van gehoord, maar ik dacht... Dat hebben de Engelsen toch verboden?'

Adrian haalde zijn schouders op. 'Tradities houden zich niet aan verboden. Ik heb gehoord dat het nog steeds algemeen gebruikelijk is. En bij een maharadja... Geloof me, het meisje weet wat haar te wachten staat. Een gruwelijke dood of levenslange verbanning als ze durft te vluchten.'

Ontzetting en verontwaardiging streden binnen in Ivy met elkaar. 'En dan durft die man te beweren dat hij van haar houdt?' barstte ze uit. 'Wat heeft het voor zin om haar nu te verwennen als hij haar uiteindelijk ter dood veroordeelt?'

Adrian bleef rustig. 'Ze komt uit een zeer vooraanstaande familie. Ze krijgt in elk huwelijk waarin ze haar man overleeft met *sati* te maken.'

Ivy trok een gezicht. 'Ze hadden haar met een jongere man kunnen laten trouwen.'

Adrian zuchtte. 'Doe niet zo naïef, Ivy. Haar ouders waren ongetwijfeld opgetogen toen de maharadja om haar hand vroeg. Welke ouders willen niet graag dat hun dochter met de koning of de kroonprins trouwt? Zouden jouw ouders geaarzeld hebben?'

Ivy wilde beweren dat haar ouders haar geluk belangrijker dan een koninklijk huwelijk zouden vinden, maar ze twijfelde. Voor haar zou het immers geen doodvonnis zijn geweest. Ze wilde niet geloven dat de ouders van de maharani daar onverschillig tegenover stonden.

Die nacht sliep ze slecht. De gedachte aan het lot van de jonge vrouw liet haar niet los. Ze droomde over een brandstapel en zag zichzelf en de maharani in de oplaaiende vlammen staan.

21

De volgende ochtend – Adrian was al voor het ochtendgloren met zijn beroemde gast en zijn gevolg vertrokken voor de jacht – ging Ivy naar de tent van de jonge vrouw en vroeg toestemming om binnen te mogen komen. Ze hoorde muziek en toen ze naar binnen liep zag ze een van de dienaressen op een exotisch snaarinstrument spelen terwijl de andere het dikke, glanzende zwarte haar van de maharani invlocht.

'Ik hoop dat ik niet stoor, Hoogheid,' zei ze, waarna ze de vrouwen een goede morgen wenste. 'Ik wilde alleen vragen of alles naar wens is en of u het misschien leuk zou vinden om iets van mijn Afrika te leren kennen. U hoeft niet de hele dag in de tent door te brengen omdat u niet jaagt. Er zijn hier veel manieren om u te vermaken. Ik wil mijn beschermelingen op vier poten bijvoorbeeld graag aan u voorstellen.'

De maharani fronste haar voorhoofd. 'Bedoelt u... Hebt u een dierentuin?'

Ivy glimlachte. 'Niet echt, hoogheid. De meeste dieren laat ik uiteindelijk vrij. Ik neem ze op als ze gewond zijn of hun ouders omgekomen zijn en verzorg ze. Sommige blijven hier, andere laat ik vrij. De meeste gasten vinden het leuk om ze te ontmoeten. Als je niet jaagt, is het tenslotte de enige manier om dieren zoals zebra's of olifanten van dichtbij te zien en levende dieren zijn veel indrukwekkender dan dode.'

De maharani keek nog steeds verbaasd. 'In India rijden we op olifanten,' zei ze.

Ivy knikte. 'Dat weet ik, Hoogheid. En jullie hebben ook apen. Maar ik denk niet dat u ooit een kaartspelletje met een baviaan gedaan hebt.'

Ivy floot naar Kurti. Hij had zijn tijd blijkbaar besteed aan een inspectie van de keukentent omdat er slagroom op zijn snuit zat. Ivy veegde hem schoon met haar zakdoek.

'Maak een buiging voor Hare Hoogheid!' zei ze tegen de kleine baviaan, wat Kurti gehoorzaam deed.

De maharani lachte verrukt. 'We hebben tempelapen in India,' zei ze. 'Maar die zijn niet zo lief.'

Ivy haalde een kaartspel uit de zak van haar rok, waarna Kurti ijverig op de tafel tegenover de maharani plaatsnam, de kaarten uitwaaierde en ze vervolgens aan hen beiden uitdeelde.

Tot haar verbazing keek de jonge Indiase vrouw ernstig. 'Ik heb gehoord dat je met kaarten de toekomst kunt voorspellen,' zei ze. 'Ze noemen het tarot.'

Ivy schudde haar hoofd. 'Het spijt me, Hoogheid. Dit zijn geen tarotkaarten, maar gewone speelkaarten om poker of blackjack mee te spelen. En Kurti heeft ook geen speciale band met de goden, zoals uw tempelapen misschien hebben. Hij is gewoon een grappig ventje dat allerlei trucjes geleerd heeft.' Ivy beloonde het aapje met een koekje. 'U mag hem aaien als u dat wilt.'

De maharani streelde de kop van het kleine dier zachtjes, waarna Kurti opstond, haar hand vastpakte en haar mee naar buiten wilde nemen.

'Hij wil u voorstellen aan zijn vrienden,' moedigde Ivy haar aan. 'Ga gerust met hem mee.'

De maharani liep op de voet gevolgd door de twee dienaressen de zon in. Ze keek naar de waterpoel, waar twee antilopen hun slanke nekken bogen om hun dorst te lessen.

'Dat zijn impala's,' vertelde Ivy. 'Later kunt u daar meer dieren zien. Ze komen vroeg in de ochtend en 's avonds om te drinken.'

Kurti sprong ongeduldig op en neer. Hij wilde verder. Ivy gaf hem nog een koekje en nam de maharani daarna mee naar de paardenstallen, waar ze met trompetgeschal door Bori werden begroet.

De jonge olifantenkoe liep naar haar pleegmoeder toe, liet toe dat Kurti op haar rug sprong en wilde de sluier van de maharani, die vanochtend een traditionele sari en Indiase hoofdtooi droeg, van haar hoofd halen. Ivy gaf Bori een standje en keek vervolgens gefascineerd toe hoe de vrouw van de maharadja van Rajasthan transformeerde in wat ze eigenlijk nog steeds was: een vrolijk zestienjarig meisje. De maharani lachte toen het olifantenkalf de zijde met haar slurf pakte en er triomfantelijk mee zwaaide alsof het een vlag was. De geschrokken dienaressen probeerden de sluier van haar af te pakken, maar Bori rende ermee weg.

Een verweesd zebraveulen waarvoor Ivy op dat moment zorgde zag zijn kans schoon om naar zijn pleegmoeder toe te lopen. Hij maakte vreemde piepende geluiden en krabde als een paard smekend voor Ivy in het zand. Ivy haalde iets lekkers voor hem uit haar zak en zag de verlangende blik van de maharani. 'Mag ik het hem geven?' vroeg ze. 'Of... bijt hij?'

Ivy verzekerde haar dat Chess, zoals ze de zebra had genoemd, heel tam was en de maharani streek al snel meelevend over zijn gestreepte vacht.

'Kijk, Hoogheid, onze jonge giraf krijgt de fles,' zei Ivy toen ze zag dat een van de Kikuyu-vrouwen die haar met de verzorging van de dieren hielpen, met een zuigfles naar de stallen liep.

Ivy's grootste beschermeling, een giraffenjong wiens moeder het slachtoffer van een leeuw in plaats van de jagers was geworden, wachtte al op haar. Hij duwde ongeduldig tegen de Kikuyu-vrouw aan tot ze een trap had neergezet en erop was geklommen om hem de fles te kunnen geven. Zo kon het jong in een natuurlijke houding drinken, alsof het aan de tepel van de moeder zoog.

De maharani vond dat bijzonder vermakelijk. Ze luisterde geïnteresseerd naar Ivy's verhalen over de geschiedenis van al haar dieren en bedankte Kurti vrolijk nadat hij de sluier van Bori had afgepakt en hem naar Ivy en haar gasten terugbracht.

Ivy pakte het tere weefsel van hem aan en beloonde hem. 'Ik ben bang dat u hem niet meer kunt gebruiken,' zei ze terwijl ze naar de kapotte tule keek. Ze hoopte dat het bedekken van het haar geen religieuze betekenis voor de Indiase had, zoals voor moslims gold.

De maharani wuifde het weg. Ze leek de sluier niet belangrijk te vinden. Ze speelde met Kurti en het zebrajong en kon zich nauwelijks losrukken toen Ivy haar meenam naar de stal om bij het hoogtepunt van de rondleiding te komen. In het stro sliepen drie luipaardwelpen van zo'n tien weken oud. Hun redding had tot een heftige confrontatie tussen Ivy en Adrian geleid. Hij had niet gemerkt dat een luipaard haar welpen in het struikgewas bij een waterpoel grootbracht. Het was een van de tekenen dat hij steeds minder belangstelling voor het jachtresort had. Hij had zijn jachtgasten rechtstreeks naar het hol geleid, waarna de luipaardmoeder onverwacht aanviel.

Adrian had met een snel schot kunnen voorkomen dat een van de gasten gewond raakte, maar had het dier niet dodelijk getroffen. Toen de zoektocht na twee dagen nog steeds niets had opgeleverd, was Ivy met Sanele naar de waterpoel gegaan om de welpen op te halen. Adrian had hevige kritiek op de niet ongevaarlijke tocht gehad en had haar tegenwerping dat de drie geredde welpen van onschatbare waarde waren genegeerd. Ze was erin geslaagd ze allemaal in leven te houden en ze te temmen alsof het kittens waren.

De maharani was verrukt. Ze kreeg er geen genoeg van om de kleintjes te aaien en met ze te spelen en uiteindelijk vroeg Ivy aan een van de Kikuyu-vrouwen om een oogje in het zeil te houden zodat ze verder kon met haar werk. Tegen de tijd dat de jagers werden terugverwacht, keek Ivy opnieuw in de stal. De maharani zat nog steeds in het stro en streelde de luipaardwelpen. Ze liet ze lachend met haar lange vlecht en gouden kettingen spelen en straalde van geluk. Ivy wees haar erop dat het al laat was en dat ze zich misschien moest opfrissen voor het diner.

'Mag ik morgen terugkomen als mijn man de leeuw nog niet geschoten heeft?' vroeg ze.

Ivy knikte. Ze wist vrij zeker dat Adrian niet van plan was geweest om de maharadja al op de leeuw te laten schieten. Het einde van de jacht was pas voor de volgende dag gepland en als er niets onverwachts was gebeurd, zou de maharani van Rajasthan nog een halve dag de tijd hebben om gewoon een speels kind te zijn.

Adrian en zijn gasten vertelden inderdaad dat het een fantastische jachtdag was geweest en dat de trofeeëncollectie van de Maharadja was aangevuld met prachtige exemplaren, maar dat ze de leeuw nog niet hadden geschoten. De mannen waren desondanks in een uitstekend humeur. Ze genoten van het aperitief en de wijn tijdens de feestelijke maaltijd onder de sterrenhemel en de maharadja keek herhaaldelijk verliefd naar zijn jonge vrouw, wier ogen schitterden als donkere diamanten. Hij praatte tijdens het diner – dat Wawira had aangevuld met verschillende Afrikaanse specialiteiten – herhaaldelijk met haar in hun eigen taal en glimlachte als ze antwoord gaf. Op verzoek van de maharadja trok het koninklijke paar zich vroeg terug.

'Ik wil tenslotte uitgeslapen zijn voor de jacht morgen,' verklaarde de maharadja vrolijk. 'Ga je mee, liefste?'

De maharani volgde hem gewillig met gebogen hoofd.

De volgende ochtend ging Sanele naar Ivy toe nadat hij fruit en thee bij wijze van ontbijt naar de maharani en haar dienaressen had gebracht.

'U moet zich om de Indiase koningin bekommeren,' fluisterde hij tegen haar. 'Ze schijnt zich niet goed te voelen. Ze wilde geen ontbijt en ligt nog in bed. Onze bewakers vertelden dat de maharadja afgelopen nacht bij haar is geweest.'

Ivy zuchtte. Ze kon zich voorstellen dat het voor de sierlijke maharani niet bepaald prettig was om het bed met de zware, veel oudere man te delen, zelfs als hij voorzichtig met zijn grote liefde omging. Ze rende naar de missiezusters om een potje van de zalf te halen waarmee ze de Kikuyu-meisjes hadden behandeld. Vervolgens vroeg ze toestemming om de tent van de maharani binnen te gaan. Ze had ook een kruidenaftreksel meegenomen en informeerde naar de gezondheid van de maharani. De jonge vrouw was inmiddels opgestaan en de dienaressen waren bezig met haar schoonheidsverzorging terwijl ze tegelijkertijd voor muzikaal entertainment zorgden.

Ivy zag dat de maharani donkere wallen onder haar ogen had. 'Hoogheid, de bedienden vertelden me dat u zich niet goed voelt. Probeer deze thee, die heeft een verkwikkende werking. En hier heb ik een balsem die onze genezers voor allerlei klachten gebruiken.'

De maharani bedankte haar beleefd en dronk de thee, maar verzekerde Ivy dat ze zich al beter voelde. 'Ik wil de dieren graag nog een keer zien,' zei ze.

Ivy bezorgde de jonge maharani een paar onbezorgde uren met haar pluizige speelkameraadjes.

's Middags keerde het jachtgezelschap terug, zoals verwacht met een prachtige leeuw die door de maharadja was gedood. Een laatste feestelijk diner besloot het jachtverblijf van het koningspaar en de gouverneur, die bijzonder tevreden was.

Tijdens het dessert richtte de maharadja zich tot Adrian. 'Ik ben u bijzonder dankbaar voor het fantastische verblijf in uw resort en de verfrissende, succesvolle jacht. Mijn vrouw was ook meer dan tevreden over de zorg van uw personeel en mevrouw Edgecumbe.' Hij knikte waarderend naar Ivy. 'De maharani heeft genoten van het gezelschap van de luipaardwelpen die uw vrouw verzorgt.'

Hij pauzeerde veelbetekenend en Adrian vulde de stilte met de reactie die de maharadja verwachtte. 'Dat verheugt me, Hoogheid,' merkte hij op. 'Mijn vrouw en ik vinden het een eer om de maharani een van de welpen waaraan ze zoveel plezier heeft beleefd cadeau te doen.'

'Wat?' riep Ivy uit. Ze realiseerde zich op hetzelfde moment dat ze een enorme faux pas beging en haalde diep adem voordat ze verder praatte. 'De luipaarden zijn nog erg jong, Hoogheid. Ze zijn net begonnen met vast voedsel. Het zou beter voor ze zijn om ervaren zorg te krijgen.'

Adrian had een gezicht als een donderwolk.

De maharadja maakte een afwerend gebaar en keek vervolgens met een vriendelijke, neerbuigende glimlach naar Ivy. 'Het siert u dat u zo goed voor uw dieren bent, maar ik kan u verzekeren dat we uitstekend voor de welp zullen zorgen. Als u een bediende hebt die tot nu toe voor de welpen gezorgd heeft, dan verwelkomen we hem of haar graag aan ons hof en zullen we hem ruimschoots belonen voor het werk.'

'Mijn vrouw regelt dat graag voor u,' zei Adrian, waarna hij Ivy een blik toewierp die zelfs een brullende leeuw tot zwijgen zou brengen.

Terwijl hij cognac liet serveren en de stralende maharani door haar dienaressen naar haar tent was gebracht, trok Ivy zich terug. Normaal gesproken betoverden de schoonheid van de Afrikaanse nacht, de sterren en de trillende lucht haar tijdens de korte wandeling van de tenten naar het woonhuis, maar op dit moment had de natuur geen kalmerende invloed op Ivy. Ze moest haar frustratie op de een of andere manier kwijt en was blij toen ze licht in het woongedeelte van de nonnen zag branden. Margaret las inderdaad nog in haar getijdenboek en Engelberta herstelde kinderkleding.

'De maharadja neemt wat hij wil,' klaagde ze nadat ze de nonnen over de jonge maharani had verteld. 'Een vrouw of een dier, alles is voor hem een speeltje. En hij wil er zelfs graag een bediende voor de verzorging van de welp bij hebben. Adrian betreurt het ongetwijfeld dat hij onze Kikuyu niet kan weggeven.'

De nonnen keken elkaar zwijgend aan. 'Weet je een Kikuyuvrouw die met hem naar India zou willen gaan om voor het dier te zorgen?' vroeg Margaret.

Ivy schudde haar hoofd. 'Ze zijn allemaal getrouwd en hebben kinderen. Bovendien spreken ze nauwelijks Engels, zodat ze volledig geïsoleerd zouden zijn.'

Engelberta wreef over haar voorhoofd. 'We wilden toch al iets met je bespreken. Het gaat over Naeku, je kleine Masai-vriendin.'

Ivy stond op. 'Wat is er met haar?' vroeg ze bezorgd.

'Naeku is wanhopig,' zei Margaret. 'Ze wordt uitgehuwelijkt, maar is pas dertien. Dat wil ze natuurlijk niet en ze heeft ons gevraagd of we jou willen vragen of je een baan voor haar hebt. Daarna heeft ze ons aangeboden om zich te laten dopen en meteen het klooster in te gaan, maar daar is ze nog te jong voor.'

'Bovendien voelt ze geen roeping om het klooster in te gaan,' voegde Engelberta er somber aan toe.

Ivy zuchtte. 'Ik kan natuurlijk een baan voor haar regelen, maar neemt haar vader daar genoegen mee?'

'Haar vader wil veertig runderen als bruidsschat,' zei Margaret. 'Als deze maharadja hem die kan geven, misschien zelfs één of twee meer, kan het hem waarschijnlijk niet schelen of Naeku trouwt of verkocht wordt. Hij is er beslist trots op dat hij haar aan een buitenlandse hoogwaardigheidsbekleder kan overdragen. Ik ben er zeker van dat Naeku graag naar India gaat. Ze is zo leergierig en extravert. Los van het feit dat zo'n vroeg huwelijk een hel voor haar moet lijken.'

'En dat wordt het waarschijnlijk ook,' voegde Engelberta eraan toe.

'Maar ik kan toch niet toelaten dat de maharadja haar koopt!' riep Ivy. 'Hij gedraagt zich toch al alsof de hele wereld van hem is en dan moet ik toekijken als hij een slaaf voor zijn vrouw koopt?'

'Maar je laat wel toe dat Patita een slaaf koopt?' zei Margaret.

'Patita?' Ivy sloeg haar handen ontzet voor haar gezicht. 'De oude Patita?'

Patita was de man uit de Ouderenraad die trots was op zijn kennis van het Engels. Ivy kende hem van haar eerste bezoek aan het dorp, toen ze zich aan hem had voorgesteld.

'Hij heeft zijn keus op haar laten vallen. Misschien wil hij haar als tolk omdat zijn Engels niet zo goed is en hij toch overal als bemiddelaar wil optreden. Hoe dan ook, hij kan de prijs gemakkelijk betalen.' Engelberta vertrok haar gezicht afkeurend. 'Ze zou zijn vierde vrouw zijn.'

Sanele ging dezelfde nacht nog naar het dorp van de Masai en Ivy en de Kikuyu-vrouwen leerden Naeku hoe ze de luipaardwelpen moest verzorgen. De volgende ochtend stelden ze het meisje als de dierenverzorgster voor aan de maharadja en vertelden hem dat haar familie haar alleen tegen een vergoeding wilde laten gaan, vooral omdat er een verloving moest worden verbroken.

De Indiase heerser riep haar bij zich en stelde een aantal indringende vragen. Het verbreken van een verloving was duidelijk een serieuze kwestie voor hem. Naeku slaagde er echter in hem ervan te overtuigen dat er tot nu toe alleen onderhandelingen hadden plaatsgevonden. Ze was absoluut niet verloofd, zei ze, omdat er nog geen koeien van eigenaar waren gewisseld. Door haar beleefde, voorkomende gedrag maakte ze een uitstekende indruk op de hoogwaardigheidsbekleder. De maharani was blij dat Naeku nog zo jong was. Haar andere bedienden waren veel ouder dan zij.

Pater Flint en Adrian bemiddelden bij de Masai en Naeku's vader kreeg dezelfde middag nog vijftig runderen.

Het meisje huilde van opluchting en wilde Ivy's handen uit dankbaarheid kussen. Ze was gefascineerd door de maharani en haar gevolg en wilde graag voor zo'n mooie vrouw werken.

Ivy wist niet wat ze ervan moest denken. Had ze nu verschillende mensen gelukkig gemaakt of zou Naeku binnenkort net zo'n heimwee naar haar dorp hebben als het luipaardje, dat ongelukkig piepte toen ze van haar broertje en zusje werd gescheiden? De welp vertrok 's avonds in een mand op de schoot van de stralende Maharani in een auto naar Nairobi. De enigszins angstige Naeku zat naast haar, wat een ereplaats voor een dienstmeisje was.

'Van de kraal naar de moderne wereld,' merkte de gouverneur op, die in een andere auto stapte. Er waren zes grote auto's gearriveerd om het koningspaar en hun gevolg op te halen. De trofeeën van de maharadja zouden binnenkort naar India worden gestuurd en ongeveer tegelijkertijd met de hoogwaardigheidsbekleders in Rajasthan aankomen. Ze wilden nog wat door Afrika reizen. 'Hopelijk kan het meisje dat aan.'

22

'Wat vind jij ervan?' vroeg Ivy aan Sanele, die de woorden van de gouverneur had gehoord.

Bij het afscheid van gasten die zo hooggeplaatst waren als het Indiase koningspaar, kwamen alle personeelsleden naar buiten om een buiging of een reverence te maken. Velen van hen kregen fooien van een dienaar van de maharadja, die hij uitdeelde voordat de laatste auto vertrok. Wawira keek verbijsterd naar het kleine fortuin in de envelop die ze had gekregen en ook de dierenverzorgsters waren uitstekend beloond. De maharadja was vastbesloten om gul te zijn tegenover iedereen die het verblijf van zijn jonge vrouw zo aangenaam had gemaakt.

'Waarvan?' wilde Sanele weten. 'Wat je voor het Masaimeisje geregeld hebt?'

Ivy knikte. 'Ik vraag me af of ik er goed aan heb gedaan,' antwoordde ze.

Adrian was meteen na het afscheid van de gasten vertrokken om toezicht te houden op het prepareren van de geschoten dieren. De trofeeën van de maharadja moesten onberispelijk worden. Sanele was op Ivy's verzoek met haar meegelopen naar het terras, waarvandaan ze de waterpoel konden zien. Toen de eerste dieren arriveerden om te drinken, voelde ze zich meteen beter.

'Ik ben blij voor haar dat ze niet met die Patita hoeft te trouwen,' zei Sanele. 'En ze heeft meebeslist over de reis naar India. In tegenstelling tot wat mij is overkomen, hebben jullie haar mening gevraagd voordat ze uit haar voorbestemde leven is weggehaald. Maar verder staat haar ongetwijfeld een leven vol teleurstellingen te wachten.'

Ivy keek hem geschrokken aan. 'Ben je hier niet gelukkig?' vroeg ze. 'Ik dacht dat je hier tevreden was. En wat heeft het lot van Naeku trouwens met jou te maken?'

Sanele ontweek haar blik. Hij deed alsof hij gefascineerd was door twee olifanten die naar het water liepen.

'Ik ben hier heel tevreden, Ivory. Soms voel ik me zelfs gelukkig, maar...' Hij zweeg even. 'Ik had zoveel meer kunnen bereiken. Mijn opleiding kwalificeert me om butler te worden in een groot huis, mijn hersenen voor een studie geneeskunde of rechten. Maar mijn hersenen zitten gevangen in een zwarte huid. Hetzelfde zal met Naeku gebeuren. Ze is slim, ze zal haar Engels verbeteren, ze zal snel Indiaas leren, waarschijnlijk zijn er in het huishouden van de maharani boeken die ze kan lezen. Als ze blank zou zijn, dan zou de wereld voor haar openstaan als ze volwassen is, maar nu... Ze zal altijd een dienstmeisje blijven en geloof me, Ivory, dat is bitter.'

'Dat is onrechtvaardig!' riep Ivy.

'Verander het dan,' merkte Sanele met een zwakke glimlach op.

Ivy sloeg haar ogen neer. Ze zei het niet hardop, maar zij was ook teleurgesteld in het leven. Ze kon Adrians wereld net zomin verlaten als de jonge maharani haar gouden kooi en Sanele zijn lichaam.

Twee weken na het vertrek van de maharadja bracht Reggie Derringer een brief en een pakket uit Kijabe naar de boerderij van de Edgecumbes. De brief was geadresseerd aan Adrian en het pakket was voor Ivy. Op beide stond het zegel van de maharadja van Rajasthan.

'Open de envelop eindelijk!' spoorde de nieuwsgierige Reggie Adrian aan. Hij had weer eens een ruzie tussen hem en Ivy onderbroken. 'Mijn ouders en ik konden ons nauwelijks beheersen om te kijken wat erin zit. Het pakket voor Ivy is vast een cadeau, maar wat wil de maharadja van jou, Adrian?'

Adrian scheurde de envelop open zonder zich om het kostbare handgeschepte papier te bekommeren. Ivy legde haar pakket op tafel en opende het voorzichtig. Ze legde het dikke inpakpapier zorgvuldig weg en haalde het deksel van een kartonnen doos. Er kwam een prachtige doos van ebbenhout en ivoor tevoorschijn. Ivy moest meteen denken aan de doos die in het huis van haar ouders had gestaan. Het inlegwerk bestond niet alleen uit ranken, maar ook uit dierenmotieven. Toen ze de doos opende, zag ze een brief die op fijn, naar rozen geurend zijdepapier was geschreven. In de envelop zaten ook twee foto's.

Mijn lieve vriendin mevrouw Edgecumbe,

Tijdens ons bezoek aan uw huis ben ik niet meer in de gelegenheid geweest om u te bedanken voor uw vriendelijkheid. Ik wil u vooral hartelijk bedanken omdat u mij uw welp hebt toevertrouwd. Ik heb haar Desna genoemd, wat geschenk betekent en me altijd aan uw edelmoedigheid zal herinneren. Ik wil u ook bedanken omdat u het mogelijk hebt gemaakt dat Naeku met ons is meegegaan. We zorgen samen voor Desna en ze wordt steeds meer een vriendin en vertrouwelinge van me.

Bijgaand een klein geschenk waarmee ik mijn dankbaarheid probeer uit te drukken, hoewel het nooit kan opwegen tegen datgene wat u mij hebt gegeven. Ik heb het zelf voor u ontworpen en hoop dat het een glimlach op het gezicht van de Moeder van de dieren zal toveren. Ik voeg ook twee foto's bij waarop Desna met haar nieuwe halsband te bewonderen is. En omdat ik niet wil dat haar broertje en zusje jaloers worden, heb ik voor hen allebei ook zo'n halsband laten maken. Ik zal die twee welpen ook altijd in mijn hart meedragen.

Uw bijzonder toegewijde
Ranjana, maharani van Rajasthan

Ivy keek naar de foto's waarop haar kleine luipaard naast de maharani op de schoot van Naeku zat. Naeku droeg een sari en zag er tevreden uit. Ivy hoopte opnieuw dat ze de juiste keuze had gemaakt. Desna droeg op beide foto's een halsband, maar op de zwart-witfoto's was niet te zien van wat voor materiaal hij was gemaakt.

Ivy hapte naar adem toen ze twee in zijdepapier gewikkelde halsbanden van zuiver goud in het doosje zag liggen. De maharani had een vorstelijk cadeau aan haar speelkameraadjes gegeven. Met een bonkend hart opende ze vervolgens een sieradendoosje waarin haar cadeau van de maharani waarschijnlijk zat. Ze keek gefascineerd naar de gouden ketting die bestond uit aaneengeschakelde silhouetten van verschillende dieren die in Afrika voorkwamen. Als de maharani deze echt zelf had ontworpen, had ze heel veel artistiek talent.

Voorzichtig haalde Ivy het prachtige sieraad uit het doosje. Ze verwachtte eigenlijk dat Adrian haar zou helpen het om te doen, maar Reggie en hij waren gebiologeerd door de brief van de maharadja, die ze tot zich door lieten dringen.

'Ga je ernaartoe?' vroeg Reggie aan zijn vriend en chef.

Adrian keek op van de brief. 'Natuurlijk ga ik. Zo'n kans laat ik niet voorbijgaan, vooral niet als de uitnodiging afkomstig is van de maharadja van Rajasthan.'

'Waar ga je naartoe?' vroeg Ivy.

Ze was nog steeds helemaal in de ban van de schoonheid van de gouden ketting die de maharani aan haar, Mama wa Wanyama, had gegeven.

'Naar India,' antwoordde Reggie in Adrians plaats. 'De maharadja heeft Adrian uitgenodigd om voor de tijgerjacht naar India te komen.'

Ivy fronste haar voorhoofd. 'En dat ga je accepteren? Hoe moet het dan met de boerderij?'

Adrian leek net zo in de ban van zijn uitnodiging als Ivy van haar ketting.

'Die laat ik een paar weken aan jullie over. Ik benoem jou tot beheerder, Reggie, dan kunnen we meteen zien of je zelfstandig kunt werken. En jij doet gewoon wat je altijd doet, Ivy. Ik zie het probleem niet.'

Ivy zag het probleem wel. Reggie was een vrij goede jager, maar had geen leiderschapskwaliteiten en gedroeg zich arrogant tegenover het personeel. Het zou beslist snel botsen tussen hem en de kok, en hij kon ook niet goed met Sanele overweg. Hoewel hij de Masai accepteerde omdat hij vanaf zijn vroegste jeugd met hen te maken had gehad, keek hij neer op alle andere stammen. De Kikuyu-spoorzoekers mochten hem allemaal niet.

'De maharadja nodigt me uit om samen met zijn koninklijke gevolg naar India te reizen. Hij verwelkomt me in zijn paleis en kijkt uit naar mijn hulp bij de jacht op een tijger die rond een boerendorp gesignaleerd is. Het dier doodt vee en zal op den duur ook gevaarlijk voor mensen worden. Zijne Hoogheid bereidt een traditionele jacht voor. We rijden op olifanten en...' Adrian kon zijn enthousiasme nauwelijks bedwingen. 'Een tijger! Als het me lukt om die te doden, dan kan ik mijn verzameling uitbreiden met een unieke trofee.'

'In India wonen veel Engelsen, dus een tijgervel is niet echt een zeldzame trofee,' merkte Reggie op, die duidelijk jaloers was.

'Hoe lang blijf je weg?' vroeg Ivy. 'En wanneer vertrek je?'

'Ik moet zo snel mogelijk naar Mombasa gaan om me bij het reisgezelschap van de maharadja te voegen,' vertelde Adrian. 'Maar het is moeilijk in te schatten hoe lang de jacht gaat duren, Ivy. Ik zal je schrijven.'

Adrians lethargie was volkomen verdwenen door de uitnodiging van de maharadja. Vol enthousiasme sorteerde hij zijn jachtwapens en koos hij geschikte kleding. Hij droeg de jachtactiviteiten van het resort met onmiddellijke ingang over aan Reggie en gaf hem instructies voor het beheren van de boerderij.

'Ik kan leiding geven aan de keuken en de verzorging van de gasten op me nemen,' stelde Ivy voor. Adrian hield zich buiten de jacht al lange tijd niet meer met de gasten bezig.

Wat Sanele niet regelde, deed Ivy. 'Dat doe ik graag.'

'Maar iemand moet verantwoordelijk zijn,' zei Adrian. 'Een man die het benodigde gezag heeft. En Sanele komt niet in aanmerking, als je hem wilt voorstellen. Ik wil een blanke man. Jullie redden het wel met Reggie. Hij is vanaf het begin betrokken geweest bij het bedrijf.'

Reggie Derringer werd heen en weer geslingerd tussen jaloezie op Adrians avontuur en trots omdat hij Edgecumbe Jachtresort zelfstandig mocht leiden. Hij voelde zich heel belangrijk terwijl hij Adrian naar het treinstation in Kijabe bracht. Ivy ging niet mee en nam in de hal van hun woning afscheid van haar man. Ze keurde zowel zijn reis als zijn beslissing om zich door Reggie te laten vervangen af.

Ze hadden er tot het laatste moment ruzie over gemaakt en waren beiden opgelucht dat het nu achter de rug was.

Hoewel ze haar man een afscheidskus gaf, had Ivy het gevoel dat er vanaf deze dag iets kapot was tussen hen. Ze zwaaide niet naar de verdwijnende auto.

23

De volgende dag stortte Sanele zijn hart uit bij Ivy. De nieuwe beheerder had hem opgedragen om de gasten voortaan in hun tent wakker te maken met koffie of thee.

'Om vier uur 's ochtends?' vroeg Ivy verbaasd.

Tot nu toe hadden de spoorzoekers de jagers bij het aanbreken van de dag gewekt. Ze verzamelden zich vervolgens bij een groot kampvuur, waar Sanele of een andere bediende koffie en thee en desgewenst iets kleins te eten serveerden. Vaak hadden de jagers een scheut cognac of whisky in hun thee of koffie gevraagd op een moment dat de *bwana* het niet in de gaten had om vanbinnen warm te worden en zich voor te bereiden op de jacht. De gasten waren altijd tevreden geweest over deze regeling.

'Om vier uur 's ochtends,' bevestigde Sanele. 'Als alle tenten bezet zijn, moet ik daar zes bedienden voor inzetten en jij weet ook dat we niet zoveel mensen hebben die zijn opgeleid om aan tafel te serveren.'

Thee serveren op de elegante manier van een Engelse butler was een vaardigheid die geleerd moest worden. Naast Sanele waren er maar twee andere bedienden die dat konden.

Eén moment wilde Ivy voorstellen om het door de meisjes te laten doen, maar ze bedacht zich. Haar Kikuyu-dienstmeisjes waren in staat om de thee op de juiste manier te serveren, maar ze besefte dat Sanele hen niet alleen naar de tenten van de soms nogal handtastelijke mannen wilde sturen.

'En wat als niet iedereen wil jagen?' zei ze. 'De vrouwelijke gasten willen beslist niet zo vroeg gestoord worden.'

Sanele knikte. 'Dat heb ik ook tegen meneer Reggie gezegd. Vooral omdat de service van het wekken met thee met iets lekkers op bed voornamelijk door de dames wordt gebruikt.'

Ivy knikte. De ervaren huisbediende had daar meer kijk op dan Reggie, de zoon van een koopman wiens moeder waarschijnlijk altijd zelf thee had gezet.

'Hij heeft me een flinke uitbrander gegeven en heeft gedreigd me te ontslaan,' vervolgde Sanele. 'Misschien kun jij met hem gaan praten, Ivory.'

Ivy probeerde het inderdaad met de nieuwe beheerder te bespreken en werd ervan beschuldigd samen te spannen met de luie inheemse mensen. Ze had het gevoel dat het Reggie niet om de aangepaste wekservice te doen was, maar dat hij zich bij het personeel wilde laten gelden en hun wilde laten voelen wie hier vanaf nu de baas was. Het probleem loste zich binnen twee weken vanzelf op omdat de jagers de aangepaste service niet accepteerden. Ze verzamelden zich liever bij het vuur om zich daar samen met hun jachtkameraden op de safari voor te bereiden.

Andere zinloze instructies van Reggie waren minder gemakkelijk te omzeilen. Er ontstonden telkens weer conflicten tussen hem en het huishoudelijk personeel en al snel ook met de toch al lastige kok. Ivy vond dat vervelend, maar aan de andere kant genoot ze van haar nieuwe vrijheid. Ze liet zich door Reggie niet verbieden om de bush in te gaan of paard te rijden en ze breidde het aanbod voor de niet-jagende gasten uit. De vrouwen en kinderen waren bijzonder geïnteresseerd in de Afrikaanse dierenwereld en vonden het een geweldig avontuur als Ivy hen 's avonds meenam naar de waterpoel om naar de in de modder spelende olifanten te kijken. Ze werden begeleid door gewapende bewakers, maar in principe was er geen gevaar. De dieren voelden zich veilig bij de waterpoel en Ivy wist uit ervaring precies waar ze zich kon verstoppen zonder opgemerkt te worden door de dieren. Het enige risico was dat de gasten af en toe angstige kreten slaakten waardoor de dieren vluchtten.

Het smeulende conflict tussen Reggie en Sanele escaleerde op een avond toen de Kikuyu-mannen en -vrouwen voor de jachtgasten dansten. Zolang Adrian de boerderij had geleid en het culturele programma aan Ivy had overgelaten, vonden de dansuitvoeringen plaats in het dorp van de Kikuyu en een heel enkele keer in de verder gelegen nederzetting van de Masai. Reggie had de avonden echter naar de tuin van de boerderij verplaatst met het argument dat sommige gasten zich ongemakkelijk voelden tussen alle Afrikanen.

'De vrouwen die ik meeneem naar het dorp om houtsnijwerk of sieraden te kopen voelen zich daar altijd volkomen op hun gemak,' had Ivy verbaasd tegen hem gezegd toen hij haar op de hoogte bracht van de verandering. 'En de jagers zijn in de bush omringd door Kikuyu-speurders en -dragers. Als ze daar niet bang voor hen zijn, waarom zouden ze dat hier dan wel zijn?'

Reggie beweerde dat het te maken had met het binnendringen van het leefgebied van de inheemse mensen, die zich daar misschien veiliger voelden dan in de bush en daardoor eerder geneigd waren om in opstand te komen. 'Het is gewoon een gevoel, miss Ivy, maar geloof me, de gasten zullen ons dankbaar zijn.'

Ivy had daar een andere mening over en de Kikuyu waren beledigd over de nieuwe regeling. Ze hadden de witte mensen altijd graag in hun dorp verwelkomd en vermaakt. Nu viel dat plezier weg, evenals de extra inkomsten omdat Reggie alleen de dansers hoefde te betalen. Hij nodigde de Masai helemaal niet meer uit om te dansen omdat hij beweerde dat dit beneden de waardigheid van het trotse krijgersvolk was, wat voor conflicten tussen de twee stammen zorgde. De Masai namen het de Kikuyu kwalijk dat ze niets meer verdienden.

Reggie hield echter vast aan zijn instructies, waardoor de dansavonden hun folkloristische karakter kwijtraakten en eerder een soort tuinfeest met een programma werden. De gasten werden niet langer bediend door de Kikuyu-vrouwen, maar door Sanele en de andere bedienden, en in plaats van het door de Afrikanen gebrouwen bier, suikerrietjenever, vruchtensappen en thee werden er champagne en cocktails geserveerd.

Op een van deze avonden dronk Reggie een glas cognac met een gast die een nogal grof gevoel voor humor had. Hij probeerde voortdurend de inheemse bedienden en jachthulpen bij het gesprek te betrekken. Deze keer had hij Sanele daarvoor uitgekozen.

'En, meneer Zoeloe?' zei hij terwijl hij naar de plek wees waar de jonge Kikuyu-krijgers met hun speren hadden gestampt en hun krijgsliederen hadden gezongen. 'Hoe zit het met u? Danst u ook? U bent van een andere stam, nietwaar? Laat ons eens zien hoe er bij uw stam gedanst wordt.'

Sanele wimpelde hem lachend af. 'Absoluut niet, meneer Bannister. Het zou een vreemd gezicht zijn als ik hier in mijn zwart-witte uniform op het geluid van de trommels zou dansen. Ik zou meer op een dansende pinguïn dan op een krijger lijken.'

Meneer Bannister zou beslist ingebonden hebben, maar Reggie keek met een spottende glimlach naar Sanele. 'Dat interesseert mij ook bijzonder, meneer Zoeloe.'

Ivy stond erop dat Sanele op de formele manier werd aangesproken, zoals gebruikelijk was voor het hogere huishoudelijke personeel in Engeland en tot nu toe hadden alle gasten zich daar zonder tegenwerpingen te maken aan gehouden, alleen Reggie sprak 'meneer Zoeloe' altijd met een sarcastische ondertoon uit en Adrian noemde Sanele nog steeds 'boy'.

'Laat ons eens een paar passen van uw traditionele dansen zien. Er is vast wel ergens een rieten rokje voor u te vinden,' zei Reggie met een grijns.

Sanele was in verlegenheid gebracht. Hij kende geen Afrikaanse dansen. In zijn jeugd had hij alleen de dansavonden van de witte kolonisten gezien.

Inmiddels had de scène de aandacht van de andere gasten getrokken en zij begonnen Sanele ook onder druk te zetten.

Ze dachten waarschijnlijk dat iedere Afrikaanse bediende iets kon bijdragen aan het programma, of misschien beschouwden ze het als een grap. Sommigen vonden het beslist leuk om Sanele te sarren.

Sanele keek hulpeloos naar Ivy. Hij kon niet weigeren, vooral omdat Reggie inmiddels een bevelende toon aansloeg. Aan de andere kant kon hij zich er niet toe zetten om als een gedresseerd dier kunstjes te vertonen. Wat hij ook zou laten zien, het zou niets te maken hebben met de eeuwenoude traditionele dansen van de Kikuyu of de Masai. Meer dan een beetje onwaardig rondspringen kon hij niet bieden en het was hem aan te zien dat alles in hem zich daartegen verzette.

Ivy praatte aan de rand van de dansvloer met een paar vrouwen, maar ze had het conflict vanuit de verte geobserveerd en had alles gehoord. De Kikuyu hadden hun eerste dans net beëindigd en de begeleidende trommels waren tot de volgende dans verstomd. Ze verontschuldigde zich bij de dames en liep naar de gasten die Sanele lastigvielen. Haar Afrikaanse vriend was zijn waardige houding als butler kwijt en leek in paniek.

'Ik ben niet bij mijn stam opgegroeid, dus ken ik de dansen niet,' probeerde hij eronderuit te komen.

'Vooruit, meneer Zoeloe, alle Afrikanen hebben ritme in hun bloed. Doe het gewoon!' riep een van de jagers lachend.

'U hoort het, meneer Zoeloe,' zei Reggie met een dreigende ondertoon. 'Ik raad u aan om niet te weigeren.'

Ivy dacht koortsachtig na. Als ze Sanele in bescherming nam, kwam ze openlijk in conflict met Reggie. Ze zouden in het bijzijn van de gasten ruzie krijgen, zij zou ermee dreigen hem te ontslaan, hij zou aan Adrians instructies vasthouden. Er moest een andere oplossing zijn. Uiteindelijk ging ze tussen de jagers en hun slachtoffer in staan. 'Dames en heren, er schijnt sprake te zijn van een misverstand.' Ze wist dat haar volgende woorden Sanele zouden kwetsen, maar hoopte dat hij haar vertrouwde. 'Natuurlijk wil meneer Zoeloe u graag een bewijs van zijn danstalent geven, maar de enige dansen die hij kent vereisen de medewerking van een dame.' Ze draaide zich om naar Sanele. 'Mag ik deze dans van u, meneer Zoeloe?' Ze maakte een reverence zoals een debutante op een bal zou doen. 'En is er misschien een muzikant die een Europees muziekstuk kan spelen?'

Wawira, die als voorzangeres in de kerk van de missiepost werd gewaardeerd, knikte vrolijk. Begeleid door geïmproviseerd getrommel begon ze de Kikuyu-versie van een kerklied te zingen.

Ivy keek met een uitnodigende blik naar Sanele, die onzeker een arm om haar heen sloeg. Hun handen verstrengelden zich en vormden een symfonie van ebbenhout en ivoor, net als vroeger, en ze begonnen op de maat van het lied te wiegen. Wawira zong met passie en Sanele en Ivy vonden al snel een ritme dat op een wals leek. Tijdens het dansen keken ze elkaar in de ogen en ondanks de absurde situatie voelde Ivy een bepaalde betovering. Ze voelde zich goed in Saneles armen en vergat bijna de gasten om haar heen. Sanele begon moediger te worden en leidde haar in een draai, waarna ze naar elkaar keken en begonnen te lachen. Het was een ontspannen, gelukkige lach, alsof ze kinderen waren die iemand voor de gek hielden.

Toen Wawira stopte met zingen, bleven ze even tegenover elkaar staan, waarna hij een buiging voor haar maakte en zij naar hem knikte. 'Dank u wel voor deze dans, meneer Zoeloe,' zei Ivy formeel.

'Ik moet u bedanken, mevrouw Edgecumbe,' antwoordde Sanele. Hij liet voor het eerst in het gezelschap van de gasten het woord '*memsahib*' achterwege. 'Het was een genoegen om met u te mogen dansen.'

De gasten en de Kikuyu begonnen enthousiast te klappen. De dans had hen geamuseerd en sommigen waren beslist onder de indruk van Ivy's initiatief, terwijl de Afrikanen hadden genoten van de nieuwe interpretatie van het kerklied.

Een aantal vrouwelijke gasten was echter verontwaardigd en aangezien de meesten van hen in Mombasa of Nairobi woonden, zou het gerucht over Ivy's 'ongepaste gedrag' zich beslist verspreiden.

Dat kon Ivy echter niets schelen. Het belangrijkste was dat Reggie er niet in geslaagd was om Sanele te vernederen.

Ivy nam zich voor om hem in de toekomst nog beter in de gaten te houden.

24

Adrian was in juni vertrokken en Ivy hoorde pas half juli iets van hem. Ze hadden in die tijd nauwelijks gasten uit het buitenland gehad, alleen overheidsfunctionarissen en zakenmensen uit Mombasa, Nairobi en andere delen van Afrika.

'Dat is heel vreemd,' zei ze terwijl ze naar het gastenplan keek dat ze zoals iedere week met Reggie besprak. Ze deed dat met tegenzin, maar de nieuwe beheerder moest weten welke gast welke dieren had 'geboekt'.

Reggie glimlachte neerbuigend, een gewoonte die hij de laatste tijd had aangenomen, niet alleen tegenover het personeel maar ook tegenover de vrouw van zijn werkgever. 'Leest u geen kranten, miss Ivy?' vroeg hij uitdagend. 'U schijnt niet te weten wat er in Europa gebeurt.'

Ivy las inderdaad geen kranten. Wie zou die bij de afgelegen boerderij moeten bezorgen? Ze hoorde wat er in de wereld gebeurde via haar gasten en uit de brieven van haar familie, die alleen melding maakten van gebeurtenissen in de wereld als die met het bedrijf van haar vader of het beheer van Parkland Gardens te maken hadden. 'Er is een aanslag gepleegd,' zei ze nu om niet helemaal onwetend over te komen. 'In... Servië. De Oostenrijkse troonopvolger en zijn vrouw zijn vermoord.'

Dat had de vrouw van een van de jagers haar 's middags bij de thee verteld en ze had er meteen aan toegevoegd dat de koninklijke hoogheden in hun eigen land niet bepaald populair waren geweest. Ivy had niet veel belang aan de kwestie gehecht. Het was natuurlijk betreurenswaardig, maar het was niet iets wat haar persoonlijk raakte.

'En precies daarom breekt er waarschijnlijk een oorlog uit,' vertelde Reggie verwaand. 'De Oostenrijkers laten dit niet over hun kant gaan.'

Ivy keek hem ongelovig aan. 'Tussen Oostenrijk en Servië? Hebben die geen andere problemen? Als ik het goed begrepen heb is de moordenaar gepakt. Waarom wordt hij niet veroordeeld en is het conflict daarmee beëindigd?'

'Er zijn verschillende beschermende machten en allianties,' antwoordde Reggie. 'Rusland en Duitsland zijn er onder meer bij betrokken. Het gist in Europa. Er is op dit moment geen Europeaan die op safari gaat.'

Ivy nam het voor kennisgeving aan en dacht er verder niet over na. Ze kon niet geloven dat er een oorlog in Europa zou uitbreken. Het zou allemaal goed komen. Voor het jachtresort was het gebrek aan Europese gasten geen probleem. Als de tenten vol zaten, was Reggie sowieso overbelast omdat hij de begeleiding van de jagers gewoonlijk met Adrian deelde.

Vlak daarna kreeg Ivy een brief van Rosamond waarin ze over haar angst voor het uitbreken van een oorlog schreef. Rosamond was een jaar na Ivy getrouwd met een energieke jonge officier die ze tijdens een jachtpartij in Parkland Gardens had ontmoet. Majoor Jeffrey Olden-Carmichael kwam uit een oud adellijk geslacht en was nauwelijks minder knap en avontuurlijk dan Adrian. Hij bleef Engeland echter trouw en hoopte zich tijdens de oorlog te bewijzen. Het vooruitzicht van een oorlog wond hem op, terwijl Rosamond zich zorgen om hem maakte. Ze had al een kind en was opnieuw zwanger.

Je klaagt dat je man zijn passie voor jagen niet kan opgeven... schreef Rosamond. De relatie tussen de zussen was verbeterd nadat Ivy zich oprecht had verontschuldigd over haar reactie op Rosamonds analyse met betrekking tot de vooruitzichten van haar huwelijk met Adrian. Ze schreven elkaar nu regelmatig over de gelukkige en de ellendige kanten van hun huwelijk. *...maar jij hoeft tenminste niet voor zijn leven te vrezen, want wilde dieren schieten over het algemeen niet terug. Mijn man is echter een soldaat in hart en nieren, en niets spreekt hem meer aan dan moedig tegenover een vijand staan. Ik heb verschrikkelijke angsten uitgestaan* *omdat hij vorig jaar naar Ierland werd gestuurd toen daar onrust heerste. En nu dreigt er een echte oorlog, waaraan Engeland misschien meedoet. Het is allemaal heel ingewikkeld en ik begrijp het niet echt. De kranten schrijven over dreigementen van de ene natie tegen de andere, en Jeffrey twijfelt er niet aan dat hij zich eindelijk in een echte oorlog kan bewijzen. Hij denkt niet aan mij of de kinderen; hij heeft het hoogstens over de plicht van een soldatenvrouw om haar man lachend het veld in te sturen. Jij mag blij zijn dat je in Afrika zo ver verwijderd bent van het centrum van de gebeurtenissen. Jullie worden beslist niet bij de oorlog betrokken.*

Dat hoopte Ivy van harte en ze liet zich niet meeslepen door de angst voor een oorlog tot er begin augustus een bezoeker op de boerderij arriveerde die ze absoluut niet had verwacht.

Ivy keek uit het raam van de hal en zag een aftandse auto vol deuken en krassen het erf op rijden. Gerrit Harper zat achter het stuur. De bioloog was nauwelijks veranderd; hij leek alleen niet meer zo uitgeput als vlak na de dood van zijn vrouw. Zijn glimlach was ook niet langer zwaarmoedig toen hij Sanele herkende en begroette.

'Jij bent toch de boy bij Newland die Engels sprak?' vroeg hij min of meer hartelijk. 'Laat me raden... Je heet Sam, nietwaar?'

Sanele beantwoordde de glimlach oprecht. Het had hem nooit veel uitgemaakt hoe hij werd genoemd, als hij al een naam kreeg. 'Eigenlijk is het Sanele... maar noem me zoals u wilt, meneer Harper. Wat leuk om u weer te zien! Werkt u niet meer voor Newland, Tarlton & Co.?'

Gerrit Harper schrok een beetje. Het verbaasde hem duidelijk dat een boy zo brutaal was om hem niet alleen welkom te heten, maar hem zelfs vragen te stellen. Hij wees Sanele echter niet terecht, maar gaf hem zelfs antwoord. 'Newland, Tarlton & Co. is gesloten zolang de oorlog duurt.' Gerrit Harper stapte uit de auto. Hij droeg kakikleding, alsof hij van plan was om op safari te gaan. Blijkbaar was hij rechtstreeks van het hoofdkantoor van het reisagentschap naar Nairobi gekomen.

'Is er echt oorlog?' vroeg Sanele verder. 'De *memsahib* heeft zoiets laten doorschemeren.'

Ivy lachte om zijn vasthoudendheid.

Gerrit Harper vermande zich. Hij had blijkbaar begrepen dat Saneles openhartigheid op Edgecumbe Farm werd getolereerd en dat het daarom niet gepast was om hem te negeren alsof hij een werknemer van Newland, Tarlton & Co. was. 'Oostenrijk heeft Servië op 28 juni de oorlog verklaard,' vertelde hij. 'Ik heb gisteren in Nairobi gehoord dat Duitsland en Frankrijk er nu ook bij betrokken zijn. We moeten erop rekenen dat meer landen zich bij de oorlog zullen aansluiten. De wereld zal branden, San... Sam. De wereld zal branden.'

Sanele gaf geen commentaar. 'Ik zal u bij de *memsahib* aanmelden,' zei hij. 'Meneer Edgecumbe is momenteel helaas niet aanwezig.'

Op Gerrit Harpers bezorgde gezicht verscheen een glimlach. 'Ik heb het gehoord. Die dekselse kerel is op tijgerjacht in India. In Nairobi geloofde helemaal niemand dat hij zich hier permanent zou vestigen. Maar goed, meld me maar aan bij de *memsahib*. Ik verheug me erop om miss Ivory terug te zien.'

Ivy liet zich spontaan omhelzen door haar voormalige reisgenoot, iets wat hij vroeger nooit zou hebben gedaan. Hij leek de afgelopen jaren weer zin in het leven te hebben gekregen. 'Wie had ooit gedacht dat u in Afrika zou blijven, miss Ivory! En dan ook nog als echtgenote van Adrian Edgecumbe. Terwijl u zo sceptisch tegenover de jacht stond. Schiet u nog steeds niet?'

Ivy bevestigde dat met een glimlach en nodigde Gerrit Harper uit voor de thee. 'We hebben natuurlijk ook iets sterkers,' bood ze hem met een gebaar naar de drankkast aan.

De bioloog schudde zijn hoofd. Hij keek met een gefronst voorhoofd naar Adrians jachttrofeeën, die aan de muren van de hal hingen. 'Het lijkt hier wel een dierenkerkhof,' merkte hij op. 'Stoort u zich daar niet aan?'

Ivy haalde haar schouders op. 'We ontvangen onze gasten hier, Gerrit,' legde ze uit.

Ze hoopte dat de vertrouwelijke aanspreekvorm hem niet tegenstond. 'In onze privévertrekken zijn geen opgezette dieren.' Ze vond de schilderijen met jachttaferelen die Adrian daar had opgehangen ook niet mooi, maar daarop stonden in elk geval geen dieren die met een beschuldigende blik in hun glazen ogen naar haar keken.

'Ik heb gehoord dat Adrian hier een jachtresort begonnen is. Een briljant idee. Overigens is het een van de redenen waarom ik hiernaartoe ben gekomen.'

Sanele serveerde intussen thee en Gerrit Harper deed suiker in zijn kopje. Een dienstmeisje bracht een schaal met scones.

'Ben je van plan te gaan jagen, Gerrit?' vroeg Ivy teleurgesteld.

Ze had goed overweg gekund met de bioloog die haar had verteld dat hij alleen op dieren schoot als ze als expositiestukken in een natuurhistorisch museum eindigden.

Gerrit Harper lachte. 'Nee, absoluut niet. Het moest er nog bij komen dat ik Adrian zou betalen om zijn opgesloten leeuwen dood te schieten. Nee, het gaat me om iets heel anders, een heel andere manier om het leven van de wilde dieren te documenteren. Fotografie!'

Ivy fronste haar voorhoofd. Hoewel Adrian het niet prettig vond om zijn jachtgasten met hun prooi te fotograferen, bezaten ze toch een zware, ingewikkelde camera die een van de dierenpreparateurs alleen gebruikte als de jagers per se een foto wilden. Dat was bijna altijd zo en het zou slecht voor de zaken zijn om die dienst niet aan te bieden.

Gerrit Harper leek haar twijfel te zien. 'De cameratechnologie heeft de laatste jaren enorm veel vooruitgang geboekt,' legde hij opgetogen uit. 'Ook de camera's van Newland, Tarlton & Co. waren verouderd. Tegenwoordig bestaan er handcamera's die je overal mee naartoe kunt nemen en die veel gemakkelijker te hanteren zijn. Bovendien is de belichtingstijd tot een minimum beperkt zodat het onderwerp niet urenlang stil hoeft te staan. En de fotografische plaat is vervangen door een rolfilm op een papieren basis. Morgen laat ik je mijn camera zien en maak ik een paar foto's van je. Ik kan ze zelf in mijn draagbare laboratorium ontwikkelen. Je zult zien dat het verbazingwekkend is.'

'En daarmee wil je de wilde dieren fotograferen?' vroeg Ivy. 'Levend?'

Gerrit Harper lachte weer. 'Natuurlijk levend. Ik kan documenteren hoe ze zich gedragen, hoe ze bewegen, jagen en spelen. Ik kan olifanten bijvoorbeeld niet alleen als producenten van slagtanden laten zien, maar ook als ze een bad in een waterpoel nemen, eten en hun jongen zogen. Het is ook interessant om de verschillende streeppatronen van zebra's en giraffen te documenteren om op die manier individuen te herkennen en langdurig te observeren. Er zijn zoveel mogelijkheden en ik wil daar hier graag mee beginnen, Ivory, omdat het hier veel gemakkelijker is om de dieren op te sporen. Jullie jagers weten waar ze de dieren kunnen vinden en ik hoef mijn uitrusting geen dagen, maar alleen uren door de bush te dragen.'

Ivy dacht na. Het klonk allemaal veelbelovend. Ze was heel benieuwd naar Gerrit Harpers nieuwe passie. 'Ik kan je naar de dieren toe brengen,' beloofde ze hem enthousiast. 'Veel dieren kun je bij de waterpoel fotograferen en ik weet ook waar de leeuwen en de luipaarden het liefst rondzwerven. En de neushoorns natuurlijk, die niet bepaald gemakkelijk te benaderen zijn, maar aan mij zijn ze gewend.' Ze glimlachte naar hem. 'Zullen we morgen op safari gaan?'

Gerrit Harper knikte. 'Ik kan nauwelijks wachten,' zei hij, en Ivy voelde zich warm worden toen ze de blik in zijn vriendelijke groene ogen zag.

Terwijl ze naar de drankkast liep om een glas cognac voor hem en een glas port voor zichzelf in te schenken, klopte Sanele discreet op de deur.

Ivy wist meteen dat hij het was. Alleen een goed opgeleide

butler kon zo discreet de aandacht op zich vestigen. 'Wat is er, Sanele?' vroeg ze vriendelijk. 'Als u een tent voor meneer Harper in orde hebt laten maken, kunt u zich voor vandaag terugtrekken. Of een logeerkamer in de woning als meneer Harper dat liever heeft. Je blijft toch een paar dagen, Gerrit? De tenten voor de gasten zijn vanaf morgen pas weer bezet.'

'Er zijn nog twee bezoekers voor u, *memsahib*,' zei Sanele net zo formeel als altijd wanneer hij in het bijzijn van gasten tegen haar praatte. 'Zuster Engelberta en zuster Margaret willen u graag spreken. Ze zijn, als ik dat zo zeggen mag, behoorlijk van streek. Misschien moet u voor hen ook een cognac inschenken, of anders kan ik het doen als u dat wilt.'

'Laat ze maar binnenkomen,' antwoordde Ivy, waarna ze Gerrit Harper in het kort vertelde waarom de twee nonnen op de boerderij aanwezig waren. 'Ze komen anders eigenlijk nooit naar de woning toe,' voegde ze er verbaasd aan toe. 'Als er iets te bespreken is, ga ik meestal bij hen langs. Adrian laat ze op zijn landgoed wonen, maar hij wil niet dat ze de gasten vaker dan nodig is ontmoeten.'

Even later stormden Margaret en Engelberta de woning in zonder de smaakvolle inrichting en de minder smaakvolle jachttrofeeën aan de muren een blik waardig te keuren. 'Ivy, Ivy, heb je het al gehoord? Europa is in oorlog! Het is oorlog!'

Ivy keek hen verbaasd aan omdat het hun blijkbaar zo van streek maakte. Gerrit Harper was hiernaartoe gekomen om foto's te maken, dus beschouwde hij Afrika blijkbaar nog niet als bedreigd. Ze stelde hem aan de nonnen voor.

'Wat gaat er nu gebeuren, Ivy?' vroeg Engelberta wanhopig. 'Kunnen we blijven? Veel zusters en broeders zijn Oostenrijks en Duits. Denk je dat ze ons hier nog willen hebben?' Ze was zelf afkomstig uit Oostenrijk, het land dat de oorlog was begonnen, en ze frunnikte onzeker aan haar sluier.

'Rustig maar, zuster Engelberta,' antwoordde Sanele tot Ivy's verbazing. Hij was het gewend om met de nonnen op gelijke voet om te gaan en vergat hoe vreemd Gerrit Harper dat zou vinden. 'Jullie worden niet van de ene dag op de andere uitgewezen, jullie doen alleen goed. En de boerderij ligt zo afgelegen... Ik kan me niet voorstellen dat iemand zich druk maakt om een paar nonnen en paters die hier in de missiepost verblijven.'

Gerrit Harper had de nonnen, die hun religieuze kleding droegen, in eerste instantie sceptisch geobserveerd, waarna zijn blik op Margarets ongewoon mooie gelaatstrekken was blijven hangen. Nu richtte hij zich echter tot Sanele. 'Je vergeet je plaats, Sam. Wie heeft je naar je mening gevraagd?'

Ivy nam het woord voordat Sanele iets kon zeggen. 'Sanele wilde de nonnen alleen geruststellen, Gerrit. We houden ons hier niet zo bezig met formaliteiten. Wie iets wil zeggen, mag dat doen. Hoe weet je trouwens dat er oorlog is, Sanele?' vroeg ze vervolgens, hoewel ze zijn gesprek met Gerrit Harper door het raam van de hal had gehoord.

Sanele vermande zich. 'Mijn excuses voor de interruptie, *memsahib*. Dat was absoluut ongepast. Maar misschien is het goed om te verzamelen wie wat over de oorlog gehoord heeft. Meneer Harper heeft me daarnet op de hoogte gesteld en de eerbiedwaardige zusters hebben er blijkbaar in de missie over gehoord.' Hij vulde twee glazen met port en gaf ze aan Engelberta en Margaret, die dankbaar een slok van het voor hen ongewone drankje namen.

'Pater Damian heeft het nieuws vandaag uit Nairobi meegebracht en iedereen is natuurlijk bijzonder opgewonden. Sommige nonnen willen naar huis, ze zijn bang voor ongeregeldheden. De viering ter ere van het afleggen van de eeuwige gelofte is bovendien uitgesteld.'

Die viering was bijzonder belangrijk voor Engelberta. De congregatie van de Missiezusters van het Kostbaar Bloed werd nog niet zo lang officieel erkend en tot voor kort moesten de nonnen hun geloften om de drie jaar hernieuwen. Nu zouden ze zich eindelijk de rest van hun leven aan God mogen wijden. Engelberta verlangde daar hevig naar.

'Ze zal op een bepaald moment wel plaatsvinden,' stelde Margaret haar gerust. 'Voorlopig wordt overlegd of we in Afrika blijven of dat we het missiewerk opschorten tot de oorlog voorbij is. Volgens pater Damian zal het niet lang duren.'

Gerrit Harper schudde zijn hoofd. 'Ik ben bang dat de pater zich vergist,' zei hij. 'Als alle allianties, aanvalsverbonden en beschermende machtsovereenkomsten operationeel worden, dan staat de hele wereld in brand.' Hij zakte even weg in de door bezorgdheid gekenmerkte melancholie die hij buiten had getoond voordat zijn enthousiasme over het weerzien met Ivy en het praten over de fotografie hem hadden afgeleid. 'Het kan lang duren... heel lang. En dat is nog een reden waarom ik hiernaartoe ben gekomen.' Hij richtte zich tot Ivy. 'Ik ben het namelijk met hem eens,' zei hij terwijl hij met zijn kin naar Sanele wees. 'Dit gebied ligt extreem afgelegen. Er zijn geen bondgenootschappen van de Kikuyu of Masai met Europese mogendheden. Als er ergens een kans is om de oorlog veilig te overleven, dan is het hier. En daarnaast houd ik niet van schieten, vooral niet op mensen. Wij hebben allemaal niets met deze oorlog te maken, dus als je het goedvindt wil ik hier graag een tijdje blijven, Ivory.'

Ivy wierp een korte blik op Sanele en constateerde verbaasd dat hij niet enthousiast leek. Ze was zelf echter blij om Gerrit Harper te zien en was geïnteresseerd in zijn werk. Ineens bedacht ze nog een consequentie van het uitbreken van de oorlog. 'Adrian komt terug,' zei ze. 'Hij kan tijdens de oorlog niet in India blijven, maar dat heeft natuurlijk niets met jou te maken, Gerrit. Je bent welkom om zo lang als je dat wilt bij ons te blijven.'

Gerrit Harper glimlachte en Ivy herinnerde zich dat ze zijn glimlach en de kuiltjes die daardoor in zijn wangen verschenen altijd zo mooi had gevonden.

'Misschien kan ik me nuttig maken,' bood hij aan. 'Ik heb veel ervaring met de begeleiding van safarigasten. Dat zijn natuurlijk eerder natuurhistorische expedities dan jachttochten, maar volgens mij maakt dat niet zoveel verschil.'

'Blijven de gasten niet weg tijdens een grote oorlog?' opperde Sanele. 'Ik weet niet hoe dat met de blanke mensen gaat, maar als er stammen in Afrika oorlog voeren, blijft iedereen in zijn dorp of duikt onder.'

Gerrit Harper maakte een wegwerpgebaar en keek weer naar Sanele alsof hij een kind was dat zich met de zaken van de volwassenen bemoeide. 'Jij doet gewoon je werk, Sam,' zei hij streng. 'En je maakt de anderen niet bang, hoor je? Ik wil niet dat ze angstig worden en misschien naar hun vrouwen teruggaan.'

Ivy keek met van woede fonkelende ogen naar hem en gaf antwoord voor Sanele dat kon doen. 'Het dorp van de Kikuyu die voor ons werken ligt een halve mijl verderop, dus zijn hun vrouwen en kinderen dichtbij. Sanele heeft de leiding over hen, hij is hier de butler, en ik wil je verzoeken om hem met gepaste beleefdheid te behandelen, Gerrit. En laat het aan mij over in hoeverre we de andere werknemers en arbeiders over de situatie in de wereld informeren.' Ze zuchtte. 'Ik zal dit met Reggie moeten bespreken. Kunt u hem halen, Sanele? En laat een logeerkamer voor meneer Harper in orde maken. Ik zie je vanavond bij het diner, Gerrit. Dat is vandaag informeel, omdat er geen gasten zijn. Margaret en Engelberta, jullie mogen natuurlijk ook blijven eten, als jullie tenminste niet naar de missie terug moeten. Voor zover ik de paters ken, worden er beslist de halve nacht gebedsdiensten gehouden om de oorlog ver weg te bidden.'

Ivy zag dat Sanele met ijzeren zelfbeheersing een glimlach verbeet. Hij was tenslotte de butler. 'Meneer Reggie maakt van de dag zonder gasten gebruik om Kijabe te bezoeken en komt morgen pas terug,' deelde hij haar mee. 'Ik weet zeker dat hij ons meer over de gebeurtenissen in Europa kan vertellen.'

25

Gerrit Harper bleek inderdaad een aanwinst voor het jachtresort te zijn. De dag na zijn aankomst pakte hij zijn camera uit. Het toestel bleek werkelijk veel handiger en gemakkelijker te bedienen dan de verouderde modellen. Hij bracht de ochtend door met het fotograferen van de boerderij en vooral van Ivy, wat verbazingwekkend snel ging. Met de nieuwe filmroltechnologie kon je meerdere foto's achter elkaar belichten en de film snel en zelfs bij daglicht verwisselen.

Gerrit Harper nam foto's van de tuin en de Kikuyu-tuinman die erin aan het werk was. Hij fotografeerde Ivy terwijl ze de gastententen inspecteerde en het uitzicht vanaf de tenten op de waterpoel. Uiteindelijk nam Ivy hem mee naar haar dieren, waar hij dolenthousiast was over alle mogelijkheden die hem daar werden geboden. Hij fotografeerde Ivy die met de zebra speelde en de giraf de fles gaf, Kurti die op Bori reed en de jonge luipaarden bij wie ze inmiddels moesten oppassen dat ze degenen die met hen speelden niet krabden. Zijn favoriete onderwerp bleef Ivy terwijl ze contact met haar dieren had.

'Ik ga een artikel schrijven en stuur dat samen met de foto's naar verschillende kranten,' vertelde hij. 'Mama wa Wanyama, een Engelse vrouw in Afrika. Het zal een prachtige afwisseling zijn voor alle oorlogsverhalen die de kranten binnenkort zullen domineren.'

Tegen de middag arriveerden zowel Reggie als de nieuwe gasten en Ivy had de rest van de dag geen tijd meer om voor Gerrit te poseren of nieuws over de oorlog van Reggie te horen. Nadat ze met de gasten had overlegd mocht Harper foto's van de ontvangst maken, waarna hij de gasten in de tuin voor het woonhuis fotografeerde. Daarna trok hij zich terug om de foto's te ontwikkelen. De bijzonder belangstellende dierenpreparateurs hadden voor dit doel een kleine kamer in hun werkplaats aan hem ter beschikking gesteld.

Ivy gebruikte de korte tijd tussen het verzorgen van de gasten en het diner om Reggie naar nieuws te vragen. Zoals gewoonlijk was zijn antwoord eenlettergrepig en veel meer dan pater Damian leken ze in Kijabe niet te weten over de mobilisatie in de verschillende Europese landen. Hij had in elk geval een krant meegebracht waarin over het uitbreken van de oorlog werd bericht. Ivy wilde hem graag lezen, maar moest zich omkleden voor het feestelijke welkomstdiner. Misschien hadden de gasten meer te vertellen, hoewel de oorlog niet echt een geschikt onderwerp voor een diner was.

Het eerste gespreksonderwerp bestond uit de ontwikkelde foto's waarmee Gerrit Harper de gasten tijdens het diner verraste. Hij overschaduwde Reggie daarmee, die het diner normaal gesproken gebruikte om zichzelf voor te stellen als de *bwana* en de details van het verblijf te vermelden. Nu vergaten vooral de aanwezige vrouwen het voorgerecht en stortten zich op de foto's. Ze hadden natuurlijk de meeste belangstelling voor hun eigen aankomst, maar de foto's van hun gastvrouw met de dieren trokken ook de aandacht en werden enthousiast bestudeerd.

'Mogen we de dieren bekijken?' vroeg de dochter van een van de jagers. 'Zijn ze echt zo tam? Het moet fantastisch zijn om een olifant aan te raken.'

Ivy beloofde de niet-jagende gasten dat ze de volgende ochtend een bezoek aan haar dieren zouden brengen. 'En misschien wil meneer Harper ons vergezellen met zijn camera,' stelde ze voor terwijl ze uitnodigend naar de fotograaf keek.

De gasten bombardeerden hem meteen met vragen en hij maakte van de gelegenheid gebruik om het gesprek terloops op de oorlog te brengen door over alle nieuwe mogelijkheden van de oorlogsfotografie te beginnen. 'Naast de wapentechnologie zal de cameratechnologie zich ongetwijfeld razendsnel verder ontwikkelen,' legde hij uit.

Meneer Sinclair, een hoge Britse ambtenaar uit Mombasa, begon te lachen. 'Daar zal nauwelijks tijd voor zijn, meneer Harper. De oorlog zal niet lang duren. De Duitsers en Oostenrijkers maken geen schijn van kans tegen Engeland en Frankrijk, en Rusland mobiliseert eveneens. Wat denkt die keizer wel niet? Tegen Kerstmis is het allemaal voorbij. Daar ben ik redelijk optimistisch over.'

Gerrit zweeg.

Sommige mannelijke gasten waren het oneens met meneer Sinclair, andere gaven hem gelijk. De dames praatten liever over Ivy's dieren en fotografie. Reggie wist over beide onderwerpen niets te zeggen en luisterde chagrijnig naar de levendige gesprekken. Hij stond pas weer in het middelpunt van de belangstelling toen Ivy van de tafel opstond en de vrouwen zich in de tenten terugtrokken. Nu werden er jachtverhalen uitgewisseld en plannen voor de volgende dag gemaakt.

Gerrit Harper vertrok eveneens, maar dronk nog iets met Ivy op haar terras en verbaasde zich erover hoe goed de gastententen en op de achtergrond de waterpoel te zien waren. Hij had de krant voor het diner vluchtig gelezen en vertelde dat de situatie in Europa al na een paar dagen escaleerde. Het ene na het andere land raakte betrokken bij de oorlog en hij was er zeker van dat het in een wereldoorlog zou eindigen.

'Het resort zal moeten sluiten,' zei hij. 'Jullie Afrikaanse butler heeft gelijk: als het hele leven in een jacht verandert, verliezen mensen hun plezier in het schieten op prooien. Tijdens een oorlog gaat er niemand op safari.'

De gasten verlieten het resort niet alleen met foto's van de trotse jagers met hun prooien, maar ook met de foto's die Gerrit Harper van hun gelukkige vrouwen en kinderen die met Ivy's dieren speelden had gemaakt. Hij fotografeerde de gasten terwijl ze de Kikuyu- en Masai-dorpen bezochten en ze stonden in de rij voor een foto met de schattige kinderen in de kleurrijke kleding van de plaatselijke bevolking. Voor elke afdruk vroeg hij een kleine vergoeding.

Uit eigenbelang vergezelde hij Ivy tijdens haar observatietochten in de bush en hij fotografeerde de wilde dieren vanuit de schuilplaatsen. Tot zijn verbazing verkocht hij deze foto's ook goed aan de gasten. De vrouwen waren tenslotte samen met Ivy naar de waterpoel geweest en hadden de dieren van dichtbij gezien. De foto's waren voor hen het bewijs daarvan, hoewel ze ze zelf niet hadden gemaakt en er niet op voorkwamen.

In deze eerste periode waren politieke geschillen nog geen belangrijk onderwerp in Kenia. Engeland had Duitsland op 4 augustus de oorlog verklaard, maar tot nu toe was alleen de Royal Navy in staat van paraatheid gebracht. Natuurlijk waren er families met uiteenlopende Europese achtergronden in Afrika, maar die hadden vaak geen sterke banden meer met hun landen van herkomst. Alleen de missiepost volgde het verloop van de oorlog nauwgezet. Ivy hoorde van de nonnen dat Duits-Zuidwest-Afrika zich mobiliseerde en zijn grens met Zuid-Afrika had gesloten. De missieoversten hadden echter besloten om de missies op een afgeslankte manier voort te zetten. In de praktijk betekende dit dat de leden van de orde op eigen initiatief naar huis konden terugkeren of konden blijven. De meeste nonnen kozen voor het laatste.

'De missie betaalt de terugreis niet,' legde Margaret uit, die niet goed wist wat ze zou hebben gedaan als ze had kunnen kiezen. Haar grote familie woonde in Schotland, maar een terugkeer van de nonnen zou sowieso een verblijf in het Nederlandse moederhuis betekenen in plaats van een bezoek aan haar familie. Engelberta wilde niet terug naar Europa, hoewel haar familie de reis beslist zou betalen. Ze voelde zich meer thuis in Afrika dan in Oostenrijk. Bovendien werd in Kenia al snel bekend dat de Duitsers België waren binnengevallen en het moederhuis van de Missiezusters van het Kostbaar Bloed misschien ook gevaar zou lopen.

'Het zou niet verstandig zijn om terug te gaan,' zei Ivy tegen hen. Ze volgde verbijsterd hoe snel de conflicten zich uitbreidden.

Dezelfde maand bereikte de oorlog Afrika al. De Duitsers pleegden aanslagen op de Oegandese spoorlijn die van Mombasa naar Kijabe liep en bezetten een grensstad in Kenia.

In september sloot Ivy het jachtresort – er werden geen nieuwe gasten verwacht – en ontsloeg de twee dierenpreparateurs, eigenaardige mannen die ze altijd een beetje griezelig had gevonden. Reggie mopperde weliswaar omdat ze uitstekend werk hadden geleverd en hij van mening was dat de oorlog hooguit een paar maanden zou duren, maar Ivy stuurde hem ook gedecideerd naar zijn ouders in Kijabe terug.

'Ja, ik weet dat de *bwana* je de verantwoording voor het jachtresort gegeven heeft,' legde ze uit toen hij protesteerde. 'Maar de omstandigheden zijn veranderd. Als de oorlog langer duurt, kan ik je niet meer betalen en je hebt hier niets te doen. Als ik hulp nodig heb, is meneer Harper hier altijd nog. En afgezien daarvan verwacht ik dat Adrian elk moment terug kan zijn. Hij zal de oorlog niet in India willen doorbrengen!'

'Misschien meldt Reggie zich wel bij het leger, zodat hij een keer op doelen die terugvechten kan schieten,' zei Ivy tegen Sanele nadat de jager eindelijk was vertrokken.

Ze wist dat Sanele daar heel opgelucht over was. Hij wist dat Gerrit Harper hem ook niet respecteerde, maar de bioloog was in elk geval niet aangenomen door meneer Adrian, zijn werkgever. Waarschijnlijk wachtte hij niet bepaald ongeduldig op Adrians terugkomst omdat hij dan misschien ook ontslagen zou worden. Op dit moment had de boerderij geen butler nodig en ook veel minder personeel dan op de loonlijst stond. Ivy was echter bereid om de Kikuyu te blijven betalen zolang haar spaargeld dat toeliet. Ze spoorde het personeel aan om de tuin goed te onderhouden en er groenten op te verbouwen, voor als er tijdens de oorlog tekorten zouden ontstaan.

'Heb je nog steeds niets van meneer Adrian gehoord, Ivory?' vroeg Sanele aan haar.

'Nee, ik snap niet waarom hij niet schrijft,' antwoordde Ivy. Ze had tijdens zijn afwezigheid maar weinig brieven van Adrian gekregen. Hij had vlak na zijn aankomst in Rajasthan over de luxe in het paleis van de maharadja en de voorbereidingen voor de jacht geschreven. Zijn laatste brief had hij een dag voor het begin van de safari geschreven en daaruit bleek hoe opgewonden en enthousiast hij over de jacht was. Tijdens het verblijf in de jungle kon Adrian natuurlijk niet schrijven en dat had Ivy ook niet verwacht, maar ook de maharadja zou weten dat er een oorlog was uitgebroken en ze ging ervan uit dat de jacht was geannuleerd of op zijn minst ingekort zodat de maharadja leiding kon geven aan de regering en Adrian naar het jachtresort terug zou komen. De situatie in Kenia verslechterde tenslotte. De boerderij lag weliswaar afgelegen, maar de inname van het grensstadje Taveta en de aanvallen op Britse nederzettingen bij de Kilimanjaro maakten Ivy bezorgd. Ze zou zich veel veiliger voelen als Adrian er was om de boerderij en de missiepost als dat nodig was te verdedigen. Hoewel er in de buurt van Nairobi nog geen Duitsers waren gesignaleerd, nam ze haar jachtgeweer tegenwoordig altijd mee als ze een wandeling of een rit in de bush maakte.

Uiteindelijk kreeg ze toch een brief van Adrian, die pater Flint kwam brengen. De geestelijke maakte meteen van de gelegenheid gebruik om afscheid te nemen. Net als veel andere geestelijken had hij besloten om in Zuid-Afrika, waar zijn orde een missiecentrum had, te wachten tot de oorlog was afgelopen. Veel nonnen werden naar hun moederhuis gestuurd, maar dat gold niet voor Engelberta en Margaret, en evenmin voor twee andere nonnen van de missiepost bij het Masai-dorp.

'We moeten op onze post blijven,' vertelde Elisabeth bijna trots. Ze was de oudste van de nonnen en deed haar uiterste best om al het werk van de Kikuyu- en Masai-missie onder de vier achtergebleven nonnen – zij, Margaret, Engelberta en een non met de naam Ann – te verdelen.

Ivy wisselde een paar beleefdheden uit met pater Flint, die ervan overtuigd was dat de oorlog binnen enkele weken afgelopen zou zijn, vooral omdat zijn orde er dagelijks voor bad. Toen de geestelijke uiteindelijk afscheid had genomen, opende Ivy de brief van haar man. Haar hart sloeg sneller toen ze Adrians steile handschrift herkende en de vertrouwde aanhef las. De afgelopen weken had ze weinig nagedacht over de smeulende conflicten tussen hen uit de periode voor zijn vertrek. Vooral als ze 's nachts alleen in bed lag, had ze hem zelfs gemist, en nu het resort gesloten was vroeg ze zich af of hun huwelijk misschien toch een toekomst had. Als er geen gasten kwamen, kon Adrian niet van de jacht leven. Hij zou een andere bron van inkomsten moeten zoeken en misschien was dat er een die haar beter beviel. Tegen beter weten in was ze weer begonnen met dromen.

Lieve Ivy,

Eerst een paar regels over de tijgerjacht die ik hier in India tot mijn grote geluk heb mogen meemaken. De dagen waarop we deze enorme roofdieren achtervolgden, tot de maharadja me het voorrecht gaf om er een neer te schieten, waren misschien de opwindendste dagen van mijn leven. De jungle met zijn geuren en geluiden is een wereld op zich… en een ongeëvenaarde ervaring. Bovendien weet de maharadja hoe hij een jachtgezelschap moet verwennen. Hoewel we mijlenver van de beschaving verwijderd op jacht gingen, wachtten er 's avonds altijd comfortabele tenten en verfijnde gerechten onder de ster-

renhemel op ons. India is een waar wonder en als ik nog niet in Afrika was geworteld, zou ik me heel goed kunnen voorstellen om hier meer tijd door te brengen en misschien zelfs samen met jou te gaan wonen.

Nadat we in het paleis van de maharadja waren teruggekeerd, hoorden we het nieuws dat er oorlog in Europa was uitgebroken. Daar werd door de Britse koloniale ambtenaren al over gesproken, maar ik kon het niet geloven. Als er in de afgelopen decennia al sprake was van oorlogen, waren het hooguit opstanden die snel de kop werden ingedrukt door onze troepen. Nu is de hele wereld echter gemobiliseerd. Geen echte man kan zich hieraan onttrekken, elk geweer is nodig. De maharadja heeft onmiddellijk een groot deel van zijn bedienden als soldaten aan het Brits-Indische leger beschikbaar gesteld en ik heb me natuurlijk ook bij de troepen gemeld.

Ivy liet de brief zakken. Ze kon haar ogen niet geloven. Had Adrian zich bij het leger gemeld? Ging hij vechten in plaats van naar haar terug te keren? En dat meldde hij zo terloops, alsof het om nog een jachttrip ging?

Ik kreeg meteen het commando over een peloton inheemse soldaten en de rang van sergeant. Mijn reputatie als jager op groot wild was me vooruitgesneld en het verraste en verbaasde me om te horen dat verschillende Britse bevelhebbers Afrika al hadden bezocht en zelfs hadden deelgenomen aan de safari's die ik leidde. En alsof ik het al wist, zagen we bijna onmiddellijk nadat ik me bij het leger had gemeld dat Kenia door de Duitsers werd bedreigd. De Britse legerleiding heeft na de bezetting van Taveta besloten om in eerste instantie vierduizend man uit India naar Mombasa over te plaatsen en vervolgens nog eens achtduizend. Ik zal met het eerste contingent naar Afrika reizen en ben dus binnenkort weer bij je in de buurt. Ik ben blij dat ik tegen de vijanden van ons land mag vechten, en vooral dat het op vertrouwd terrein plaatsvindt.

De tijd voor 'Op safari!' is weer gekomen, lieve Ivy, maar deze keer wordt de reis die ons te wachten staat nog spannender. We vechten voor ons land en onze vrijheid. Ik hoop dat jij daar net zo trots op bent als ik.

Als altijd je toegewijde Adrian.

Ivy moest zich inhouden om de brief niet te verscheuren of door de salon te gooien. Als Adrian niet terugkwam waren de missiezusters, de niet bepaald krijgshaftige Gerrit Harper en zij de enige witte mensen hier. Adrian stelde haar zonder enige bescherming bloot aan mogelijke indringers, vooral omdat ze geen idee had hoe de Masai en de Kikuyu tegenover de oorlog stonden. De Europeanen in Kenia hadden altijd een rooskleurig beeld van hun relatie met de inheemse bevolking gehad, maar hadden de stammen hun de onteigening van hun jachtgronden echt niet kwalijk genomen? Was het voor de Masai voldoende om hun vee op Adrians land te laten grazen, of wilden ze Kedong Valley terug hebben? Volgens de berichten hadden de Duitsers inheemse strijders, de zogenaamde *Askari*, gerekruteerd. Hadden zij het misschien beter aangepakt en de Afrikanen aan hun kant gekregen? Zouden de Afrikanen in Kenia en andere Britse koloniën naar de Duitsers overlopen?

Plotseling trilde ze van angst en woede. Door zijn afwezigheid had Adrian de afspraak waarop hun huwelijk was gebaseerd verbroken. Hij had beloofd om haar nooit bang te maken en nu ging ze een bijzonder onzekere, misschien zelfs gevaarlijke toekomst tegemoet. Ivy voelde haar liefde voor Adrian voorgoed verdwijnen.

Ze merkte niet meteen dat Sanele was binnengekomen. Hij had ongetwijfeld aangeklopt, maar Ivy had niet gemerkt wat er om haar heen gebeurde terwijl ze de brief in haar hand hield en hem verfrommelde.

‘Heb je slecht nieuws gekregen, Ivory? Wil je erover praten?’ vroeg Sanele voorzichtig.

Hij vroeg niet of Adrian had geschreven. Waarschijnlijk had hij het handschrift van de *bwana* op de envelop herkend toen hij haar en de pater thee had geserveerd.

Ivy keek met lege blik in haar ogen naar hem. ‘Hij komt niet terug,’ zei ze. ‘Voor hem is het hele leven een safari en hij voelt zich onaantastbaar.’ Daarna vertelde ze hem wat Adrian had geschreven.

‘Het leven is voor ons allemaal een reis,’ zei Sanele ernstig. ‘En deze oorlog... De Kikuyu praten er ook over om zich bij het leger te melden zodra de inheemse bevolking gerekruteerd wordt. Misschien zou ik dat ook moeten doen. Een oorlog kan veel veranderen en misschien word ik eerder geaccepteerd als ik me onderscheid.’

‘Wat heb je aan een eervolle vermelding op een oorlogsmonument als je dood bent?’ vroeg Ivy. ‘Laat me niet in de steek, Sanele, ik red het niet alleen,’ smeekte ze fluisterend.

Sanele legde zijn hand op haar schouder, iets wat hij nog nooit had gedurfd, en Ivy pakte zijn hand en omklemde hem.

‘Ik zou niet weten wat ik zonder jou zou moeten doen,’ bekende ze.

Sanele trok zijn hand niet los. ‘Ebbenhout en ivoor,’ zei hij. ‘Net als vroeger...’

Ze zag een uitdrukking in zijn ogen die ze niet kon interpreteren.

Langzaam trok ze haar hand terug. ‘Afrika,’ fluisterde ze. ‘Wij zijn Afrika.’

26

'Ga je niet naar Mombasa om hem te bezoeken, Ivy?' vroeg Gerrit Harper terwijl hij een geroosterde boterham pakte.

Ze tutoyeerden elkaar inmiddels al een tijdje. Ivy had een bijzondere band met de fotograaf nu ze wist dat Adrian voorlopig niet terug zou komen. Gerrit was al heel vroeg met zijn oude auto naar Kijabe gereden om een krant te kopen en de post op te halen. Nu ontbeten ze samen op het terras met uitzicht op de waterpoel en de verlaten tenten. Bij het water was veel bedrijvigheid. Er kwamen veel meer dieren naartoe omdat er geen feesten bij de tenten meer werden gehouden.

Ivy bladerde door de krant. De Indiase troepen waren in Mombasa aangekomen en de eigenaar van het postagentschap had Gerrit een telegram van Adrian voor haar meegegeven met het verzoek om zijn paard Raven zo snel mogelijk naar Mombasa te sturen.

Ivy fronste haar voorhoofd. 'Je leest toch dat hij naar Raven en niet naar mij vraagt?' merkte ze terneergeslagen op. 'Als hij me wil zien, zou hij daar een manier voor vinden. Ik neem het risico niet om in een trein die misschien ontspoort te stappen. Het is erg genoeg dat die arme Raven met de trein moet en vervolgens de oorlog in gestuurd wordt.'

De Duitsers en hun bondgenoten pleegden nog steeds aanslagen op de spoorweg door Oeganda. Wie niet hoefde stapte niet in de trein.

'Je bent echt boos op Adrian,' constateerde Gerrit terwijl hij boter op zijn toast smeerde.

Ivy keek naar hem. 'Ik heb alle reden om dat te zijn. We hebben hem hier nodig, Gerrit, alleen al om manieren te bedenken hoe we geld kunnen verdienen zolang de oorlog duurt. We hebben de gasten alle luxe geboden en daarmee hebben we een klein fortuin verdiend, maar Adrian heeft alles in de aankoop van meer land geïnvesteerd en inmiddels bezitten we de helft van de vallei, maar die levert geen geld op. Moet ik er dus maar op hopen dat hij me iets van zijn soldij stuurt? Waarschijnlijk komt dat geen moment in zijn hoofd op.'

'Ik bewonder zijn moed,' zei Gerrit. Hij keek naar de tafel. 'En ik voel me schuldig omdat ik zelf niets doe om Kenia voor de kroon te verdedigen. Eigenlijk dacht ik dat we niets met de oorlog te maken zouden krijgen, maar nu lijkt het erop dat Duitsland de Britse koloniën wil annexeren.'

Ivy wuifde zijn opmerking weg. 'Adrian heeft zich niet bij de troepen aangesloten om Kenia te verdedigen,' zei ze gedesillusioneerd. 'Het is puur toeval dat hij hier gestationeerd is. Wat hem betreft had het net zo goed de Zuidpool kunnen zijn. De oorlog is voor hem gewoon een nieuw avontuur, het ultieme avontuur, want het gaat om leven en dood voor zichzelf. Daardoor is hij alles vergeten: mij, zijn bedrijf en de Kikuyu, die afhankelijk van hem zijn omdat hij ze hiernaartoe gehaald heeft. Ik ben er klaar mee en ga beslist niet naar hem toe.'

Gerrit reed Raven de volgende dag naar de trein. Ivy kon het niet over haar hart verkrijgen om het paard zelf een wagon in te leiden. Raven had de Boerenoorlog al meegemaakt. Hoe zou hij het vinden als er opnieuw kogels rond zijn hoofd zouden fluiten? Raven was bovendien niet meer de jongste en Adrian had in Mombasa net zo goed een ander paard kunnen kopen. Ivy ging er echter van uit dat daar geen volbloeden te koop waren en zijn trots zou het hem beslist verbieden om zijn eenheid op een Basuto-pony in de strijd aan te voeren.

Gedurende de daaropvolgende weken kwamen er steeds meer onheilsberichten van het front. De eerste Brits-Indische troepen die arriveerden probeerden de spoorlijn te beveiligen, maar de route was te lang en het landschap te onoverzichtelijk om succesvol te zijn. Adrian schreef dat ze tot nu toe slechts één keer contact met de vijand hadden gehad en dat hij naar spannender acties verlangde. Het tweede contingent Indiase troepen raakte daarentegen betrokken bij de gevechten zodra ze arriveerden. Tijdens de slag bij Tanga werden ze door de Duitsers naar hun schepen teruggedreven.

Ondertussen werden Adrians mannen en andere buitenlandse troepen geteisterd door tropische ziekten. Vooral nu ze midden in het regenseizoen zaten stierven er honderden mensen die niet gewend waren aan het Afrikaanse klimaat.

Adrian schreef dat de Duitsers er beter mee omgingen. Hun *Askari* hadden helemaal geen problemen.

Intussen probeerde Ivy het dagelijkse leven op Edgecumbe Farm te regelen en al haar beschermelingen te onderhouden. Ze vertelde de Kikuyu-arbeiders en -dienstmeisjes dat er geen werk meer voor hen was, maar dat ze natuurlijk in hun dorp mochten blijven wonen als ze bereid waren om naar hun traditionele levenswijze terug te keren. Met haar laatste spaargeld kocht Ivy vee van de Masai, alleen geiten en schapen om eventuele conflicten over het eigendom van de runderen te voorkomen. Ze kocht ook twee melkkoeien in Kijabe en instrueerde de Kikuyu om voorzichtig te zijn en er niet over op te scheppen. Ze was zelfs bereid hen te laten jagen in het reservaat, op voorwaarde dat het om voedselvoorziening en niet om trofeeën ging. Bovendien bood ze de stam een flink stuk grond aan om te ontginnen en er landbouwgrond van te maken, en daarnaast haar ossen om het land te bewerken.

Haar voorstellen kregen echter weinig bijval. De mannen weigerden de grond te bewerken – Sanele ontdekte dat dit werk traditioneel door de vrouwen werd gedaan – en dat gold ook voor het verzorgen van dieren. Net als de Masai hadden ze hoogstens hun runderen verzorgd. Jagen beviel hun beter; ze beschouwden zichzelf eerder als krijgers dan als boeren. Zodra de eerste wervingsbureaus voor iedereen werden geopend, verlieten ze de boerderij en meldden ze zich bij het leger. Hun geweren namen ze mee, in de hoop niet alleen als dragers, maar ook als strijders te worden gerekruteerd. De vrouwen en kinderen bleven zonder bescherming achter.

Sanele en Ivy maakten een inventarisatie van alle vuurwapens op de boerderij. Daarbij stelden ze vast dat Adrian voldoende jachtgeweren voor zijn gasten had achtergelaten. Deze zware wapens voor de jacht op neushoorns en olifanten waren echter niet handzaam; de terugslag alleen al zou tengere vrouwen zoals Ivy omverwerpen. Ivy verzamelde resoluut alles wat niet geschikt was om de boerderij en de missiepost te verdedigen en vroeg Sanele om ermee naar Kijabe te gaan en ze bij de Derringers in te ruilen.

'De *bwana* is het hier beslist niet mee eens, Ivory,' zei Sanele. 'Als de oorlog inderdaad snel voorbij is en hij terugkomt –'

'Het lijkt er eerder op dat de oorlog net begonnen is,' onderbrak Ivy hem. 'En na afloop zullen er modernere wapens zijn, als er dan tenminste nog iemand is die wil schieten.'

Tot nu toe hadden er geen zware gevechten in Afrika plaatsgevonden. De Duitsers gebruikten speldenprikacties om het leger van de Engelsen bezig te houden. Vanuit Europa kwamen echter berichten over duizenden doden. Misschien zou het enthousiasme om wapens te gebruiken daardoor verminderen, dacht Ivy.

Sanele verpakte de wapens in kisten en Ivy besloot Gerrit te vragen of ze zijn auto mocht lenen. Het alternatief zou een rit met de ossenkar zijn, maar het regenseizoen kon iedere dag beginnen. Als Sanele er niet in slaagde om op tijd terug te zijn, moest hij misschien in Kijabe blijven tot de onverharde wegen weer begaanbaar waren.

De fotograaf leende zijn auto met tegenzin uit. 'Stel dat die vent er met de auto vandoor gaat?' zei hij toen Ivy het hem vroeg.

Ze keek hem niet-begrijpend aan. Daar had ze helemaal niet over nagedacht. 'Wat een onzin, Gerrit. Waar zou hij naartoe moeten gaan?' antwoordde ze.

Gerrit Harper mompelde onwillig. Hij wist verschillende bestemmingen te bedenken. Pas toen de nonnen hem vroegen om Sanele te vertrouwen omdat ze hoopten dat hij donatiepakketten uit Europa voor hen mee kon nemen, stemde hij toe. De nonnen hechtten veel waarde aan hun winkel. Nu veel van de missieactiviteiten tot een minimum waren beperkt, kwamen er niet veel Kikuyu-vrouwen meer in hun winkel. Zij hadden het druk met het bewerken van de velden, het verzorgen van het vee en het voeden van hun kinderen. Het uitbreken van de oorlog ging grotendeels voorbij aan de Masai. Ze hadden hun traditionele levensstijl nooit echt opgegeven, dus bleven de mannen voor hun runderen zorgen in plaats van ten strijde te trekken. Er waren echter niet veel redenen meer voor de stam om de missie te bezoeken. Slechts enkele gezinnen stuurden hun kinderen nog naar school of maakten gebruik van de medische zorg die Elisabeth bood. Tot verwarring van de nonnen kwamen er voornamelijk nog meisjes naar school. Ze ontdekten echter al vrij snel dat de reden hiervoor het lot van de jonge Naeku was. De vaders vroegen de nonnen of ze hun dochters ook tegen zo'n vorstelijke bruidsschat konden uithuwelijken als ze Engels leerden. Engelberta en Margaret wisten niet of ze erom moesten lachen of huilen toen ze dit aan Ivy vertelden.

Uiteindelijk vertrok Sanele naar Kijabe nadat Gerrit hem nauwkeurig had uitgelegd hoe hij de auto moest besturen. Hoewel Sanele niet vaak lange afstanden had gereden, had hij van de gasten, die hun auto's meestal op de oprit hadden achtergelaten, geleerd om te rijden. Omdat de jonge Kikuyu-mannen graag omwegen over het terrein maakten om de auto's uit te proberen, was het parkeren van de auto's Saneles taak geweest.

Ivy verwachtte hem dezelfde dag of uiterlijk de volgende dag terug, maar dat gebeurde niet. Gerrit Harper voelde zich bevestigd in zijn achterdocht.

'Mijn auto kan ik waarschijnlijk vergeten,' zei hij woedend. 'Wat betekent dat we hier vastzitten tenzij we op een paard of met de ossenkar naar de stad gaan.'

Ivy maakte zich eerder zorgen om Sanele. Er moest iets gebeurd zijn waardoor hij niet terug kon. 'Als je zo weinig vertrouwen in Sanele hebt, had je beter zelf naar Kijabe kunnen rijden,' antwoordde ze.

Dat had Ivy al aan Gerrit voorgesteld, maar dat wilde hij niet. Het ging volgens hem te ver om Adrians wapens zonder zijn toestemming te verkopen. Hij wilde zijn vriendschap met hem niet in gevaar brengen, hoewel Ivy's argumenten hem eigenlijk hadden moeten overtuigen. Tenslotte waren die gebaseerd op zijn veronderstelling dat de oorlog langer dan een paar weken zou duren.

Twee dagen later was Sanele terug, net op tijd voor de eerste zware regenbuien. De auto was onbeschadigd. Ivy liep hem tegemoet en wilde hem het liefst omhelzen. 'Waar ben je zo lang geweest, Sanele?' vroeg ze buiten adem. 'We waren verschrikkelijk bezorgd.'

'Dit zal gevolgen hebben, boy!' bulderde Gerrit. Hij kwam net uit de voormalige werkplaats van de dierenpreparateurs, waar hij een donkere kamer had ingericht. 'Je kunt niet zomaar komen en gaan wanneer het je uitkomt.'

Sanele, wiens gezicht was opgelicht toen hij Ivy zag, keek hem ontnuchterd aan. 'Dat kan ik wel, meneer Harper,' antwoordde hij koel. 'Aangezien ik al twee maanden geen salaris gekregen heb, hebben de gasten van Edgecumbe Farm niet langer het recht om me opdrachten te geven. Ik neem alleen opdrachten van miss Ivory aan en zij heeft me de volledige vrijheid gegeven voor wat betreft de verkoop van de wapens en de aankoop van de benodigde voorraden.' Hij negeerde de sprakeloze Gerrit verder en keek naar Ivy. '*Memsahib*, het spijt me dat ik ongewoon lang weggebleven ben en u daarom bezorgd was, maar ik kon de kans niet laten liggen om me te laten instrueren in het gebruik van een nieuwe aanwinst. Kijk, *memsahib*, een radio!'

Er zaten geen pakketten voor de nonnen in de auto omdat de vrijgevigheid voor de missiepost sinds het begin van de oorlog sterk was afgenomen. Naast zakken met maïsmeel en peulvruchten had Sanele een grote bruine kast met veel schroeven en knoppen in de auto staan. De bediening ervan vereiste specialistische kennis. Peter Derringer had het apparaat voor twee geweren met Sanele geruild.

'Een radio?' Ivy kon het niet geloven. 'Wat moeten we daarmee doen?'

'Meneer Derringer zei dat hij meteen aan ons dacht toen hij hem kocht omdat we zo ver van de bewoonde wereld af zitten. Een radio geeft ons de mogelijkheid om op de hoogte te blijven van het verloop van de oorlog en hulp op te roepen als er iets met iemand gebeurt of als we aangevallen worden. De eigenaar van het postagentschap in Kijabe weet hoe hij dit apparaat moet bedienen en was zo vriendelijk het me te leren. Dat kostte wat tijd, dus daarom ben ik later terug. Als u het goedvindt, *memsahib*, dan sluit ik hem nu aan zodat we een eerste radiobericht kunnen versturen.'

Sanele laadde de bruine kast uit en Ivy was opgelucht toen ze zag dat Gerrit Harper hem hielp, hoewel het enigszins aarzelend was. Het was inderdaad een geweldig idee om een radio aan te schaffen zodat ze contact met Kijabe of zelfs Nairobi konden krijgen. Dit was veel beter dan af en toe naar de stad gaan om een krant te kopen. Juist Gerrit, die zoveel belangstelling had voor technologie, had hier eerder aan kunnen denken. Nu keek hij nieuwsgierig toe hoe Sanele in een kamer naast de hal antennes en koptelefoons aansloot. De boerderij beschikte over een generator om stroom op te wekken, die nu eveneens op de radio aangesloten moest worden. Sanele had veel aantekeningen gemaakt en werkte ze kalm een voor een af. Uiteindelijk raadpleegde hij een schema met het morsealfabet – dat hij nog niet uit zijn hoofd kende – en probeerde zijn eerste radiobericht naar de postmeester van Kijabe te sturen. Bij de tweede poging lukte het en Ivy juichte toen Kijabe antwoordde.

'Dit is fantastisch, ik wil het ook leren!' riep ze.

Sanele glimlachte en was duidelijk blij over haar enthousiasme. 'We besparen er ook benzine mee,' zei hij tegen Gerrit, waarna hij vertelde dat de benzine in Kijabe langzamerhand schaars werd. 'Ik ben zo vrij geweest om twee jerrycans te kopen en die met benzine te laten vullen. Dat helpt u misschien niet de hele oorlog door, meneer Harper, maar dan hebben we in elk geval een voorraad. Bovendien had meneer Derringer een ander idee dat vooral met u te maken heeft.'

Het was de bedrijvige Peter Derringer opgevallen dat alle families met een zoon die de oorlog in ging de wens hadden om de jongeman vooraf, bij voorkeur in uniform, te laten fotograferen. Er was nog geen fotostudio in Kijabe, dus hij was bereid om een ruimte aan de fotograaf ter beschikking te stellen zodat hij af en toe naar de stad kon komen om die dienst aan te bieden.

'Heb je daar voldoende materiaal voor?' vroeg Ivy. Ze was enthousiast over Gerrits dierenfoto's en zou het jammer vinden als hij het fotograferen moest opgeven.

Gerrit stelde haar gerust. Hij had honderden filmrolletjes meegenomen en voor zover hij wist konden ze nog steeds worden besteld. Dus begon hij de week erna als fotograaf in Kijabe te werken en verdiende daar goed mee.

Het viel Sanele op dat de Afrikaanse toekomstige soldaten zichzelf minder vaak lieten fotograferen. Zij vroegen Gerrit vaker om foto's van leeuwen, luipaarden of olifanten. Wawira vertelde hem uiteindelijk dat een tovenares daar amuletten van maakte die ze als talisman aan de mannen verkocht.

'Dat kunnen wij ook,' zei Ivy tot ontzetting van Margaret en Engelberta.

Ze betaalde een aantal Kikuyu-vrouwen om ebbenhouten

schijven te maken, plakte daar foto's en soms haar van verschillende dieren op en organiseerde een plechtige ceremonie bij vollemaan waarin ze, tenslotte was ze Mama wa Wanyama, de geesten van de wilde dieren opriep en aan de mannen toewees.

'Maina, je zult zo snel als een antilope zijn wanneer je de vijand achtervolgt,' zei ze tegen een van de voormalige spoorzoekers, waarna ze plechtig een amulet met de foto van een antilope rond zijn nek hing.

'En jij, Wangari, zult de kracht van een leeuw hebben als je in de strijd moet standhouden.'

Anderen gaf ze de behendigheid van het luipaard, de wijsheid en kracht van de olifant, het gezichtsvermogen van de giraf.

'Natuurlijk kunnen de mannen er ook twee omdoen als ze meer bescherming willen,' zei ze toen Sanele dat aan haar vroeg. 'De zegeningen die de geesten van de dieren schenken zijn onbeperkt.'

'Maar niet gratis.' Sanele telde het ontvangen geld. 'Ik denk niet dat we tijdens deze oorlog honger hoeven te lijden.'

'En als het toch moeilijk wordt om rond te komen, bedenken we wel iets nieuws. Misschien zegeningen voor de vrouwen. Hardwerkend als een bij of sterk als een scarabee? Of veilig als een schildpad in hun huis?'

De nonnen sloegen een kruis als Ivy een vuur liet ontsteken, geurige kruiden verbrandde en de geesten liet spreken. Maar het voedsel en de gebruiksartikelen die ze met het verdiende geld kocht, accepteerden ze graag als donaties.

27

De oorlog ging het tweede jaar in en het einde was nog lang niet in zicht. In Oost-Afrika vochten de Duitsers en de Engelsen in 1915 met wisselend succes hoofdzakelijk op zee tegen elkaar. Op het land hadden de Duitsers de overhand ten opzichte van de Engelsen en hun bondgenoten, maar de Engelsen slaagden erin de stad Bukoba aan het Victoriameer in Oost-Afrika in te nemen.

Adrian had daaraan meegedaan en had zich tijdens de gevechten onderscheiden. Hij schreef Ivy trots over de promoties die hij had gekregen. Ivy schreef terug en feliciteerde hem plichtmatig. Ze schreef niet veel over het leven op de boerderij omdat ze ervan uitging dat het hem niet echt interesseerde. Hij had maar heel kort, met alleen wat bemoedigende woorden, gereageerd op haar bezorgdheid dat de oorlog Edgecumbe Farm zou kunnen bereiken. Adrian gaf ook maar kort antwoord op haar vragen over Raven. Het paard was nog steeds gezond en deed wat hij moest doen. Het zwaartepunt van zijn brieven bestond uit levendige beschrijvingen van gevechtsscènes, zoals hij ook zo boeiend over de jacht kon vertellen. Hij werd slechts zelden persoonlijk en dan liepen de rillingen over Ivy's rug.

Misschien herinner je je nog dat we een keer over de jacht hebben gepraat, over het ontdekken van de prooi, het gevoel als je die in je macht hebt en uiteindelijk de beslissing over leven en dood, schreef hij een keer. *In deze oorlog ervaar ik dat nog intenser. Ik ben nu niet alleen een jager, maar ook een opgejaagd dier, ik moet anderen in mijn macht zien te krijgen en tegelijkertijd voorkomen dat ik in hun macht kom. Het doden verandert van beslissing in de noodzaak om zelf te overleven. De krijger voelt zich herboren als hij de vijand verslaat.*

'Hoe komt hij op zulke gedachten?' vroeg Ivy aan Gerrit

terwijl ze op een winteravond in augustus samen bij de open haard zaten en ze Adrians brief aan hem had voorgelezen.

Gerrit nam een trekje van zijn pijp en nipte aan zijn glas cognac. 'Adrian is altijd een filosoof geweest,' merkte hij op. 'Hij wil overal een bepaalde betekenis aan geven. Aan de jacht en nu aan de oorlog. En misschien ook wel aan de liefde, Ivy. Dat zou jij moeten weten.'

Ivy genoot van de vertrouwelijke gesprekken met Gerrit. Ze had vaak het gevoel dat ze dichter bij hem dan bij Adrian stond.

'Ik weet het niet,' antwoordde ze. 'Ik weet niet eens of hij weet wat liefde is. Ik denk dat hij het als een vorm van jagen beschouwt. Ik heb vaak het gevoel gehad dat ik alleen een trofee voor hem ben.'

Gerrit glimlachte. 'Ik denk dat jij het beste bent wat hem ooit is overkomen,' zei hij.

Ivy kreeg een warm gevoel door zijn woorden.

Sanele had zich ontwikkeld tot een bekwame radiotelegrafist en hield contact met verschillende andere radiostations in heel Afrika. Vaak hoorde hij sneller dan de krantenredactie in Kijabe wat er op de verschillende oorlogsfronten gebeurde. Ivy en Gerrit hoorden op die manier over de Winterslagen bij de Mazurische meren en in de Karpaten, over grote verliezen aan Duitse, Oostenrijkse en Russische zijde, over de loopgravengevechten in België en Frankrijk, en uiteindelijk over het gebruik van gifgas. Inmiddels was er al een tijdlang sprake van een wereldoorlog.

Uiteindelijk kon Sanele vertellen dat de Duitsers in Zuidwest-Afrika waren verslagen. 'Ze hebben zich overgegeven aan de verenigde troepen van de Unie van Zuid-Afrika en Portugees-West-Afrika,' zei hij.

'We gaan ze hier eveneens verslaan,' verkondigde Gerrit. Hij stelde voor om ter ere van de gelegenheid champagne te drinken en keek vragend naar Sanele, die meteen opstond, zijn koptelefoon afzette en een fles uit de koelkelder haalde.

Vanavond waren ook Engelberta en Margaret aanwezig. De nonnen hoorden in principe alleen via Ivy en Gerrit wat er in het verre Europa gebeurde. Hun orde leek hen te zijn vergeten.

'Wat me eraan herinnert dat jullie alweer niet naar de schietoefeningen zijn gekomen, Margaret en Engelberta,' zei Ivy berispend.

Ze had meteen na het vertrek van de missionarissen, de paters en de meeste mannelijke Kikuyu geweren aan de nonnen en Afrikaanse vrouwen uitgedeeld en hield regelmatig schietoefeningen op de boerderij. De Kikuyu-vrouwen kwamen altijd en Ivy had meerderen van hen al tot bijzonder bekwame schutters opgeleid. Van de nonnen toonde alleen Ann, de jongste van de nonnen die in Kedong Valley waren achtergebleven, een beetje enthousiasme. De anderen vertrouwden liever op Gods bescherming. Ivy vond dat nalatig.

'Geloven jullie serieus dat de Masai jullie missiepost zullen verdedigen als dat nodig is?' vroeg ze toen Elisabeth haar erop wees dat ze vlak bij de *enkang* van de stam woonden. 'Ze zullen in het dorp blijven om hun vee te bewaken. Als er een aanval komt, staan jullie er alleen voor.'

Ze geloofde niet echt dat de nonnen in staat zouden zijn om een aanval van de Duitsers af te slaan. Elisabeth en Ann woonden met drie weeskinderen in de missiepost. Als er iets zou gebeuren, konden ze hooguit een van de oudere jongens naar de boerderij sturen om hulp te halen.

'Op dit moment zijn de Masai onderweg,' legde Engelberta uit. Het nomadische volk was voor enkele maanden op pad gegaan om hun kuddes op een andere plek te laten grazen zodat de weidegronden bij hun dorp herstelden. Voor de oorlog hadden de nonnen en paters zich meer op de Kikuyu gericht of hadden ze zich teruggetrokken voor bezinning. Soms werden er nonnen voor bijscholing naar Mariannhill in Zuid-Afrika gestuurd. Een jaar geleden had Margaret daar een basisopleiding verloskunde gevolgd.

'Dan zijn jullie nu helemaal alleen!' riep Ivy. 'Zeg tegen Elisabeth en Ann dat ze hiernaartoe moeten komen. Ze zijn niet veilig in de missiepost.'

Uiteindelijk werden Ivy en Gerrit midden in de bush, tijdens een van hun tochten om wilde dieren te fotograferen, ingehaald door de oorlog. Ze observeerden een groep antilopen. Twee mannetjes vochten om indruk op de aanwezige vrouwtjes te maken. Ze waren zo druk bezig dat ze niet in de gaten hadden dat Ivy en Gerrit steeds meer naderden zodat Gerrit van dichtbij kon fotograferen.

Maar ook andere, minder vreedzame toeschouwers hadden de dieren opgemerkt. Ivy gaf een gil toen een van de antilopen plotseling werd doorboord door een speer en op de grond stortte. Ze greep naar haar geweer, maar voordat ze het had gepakt, werd ze vastgegrepen door iemand die een mes tegen haar keel hield. Geschokt zag ze dat Gerrit de camera uit zijn handen liet vallen. Hij was eveneens vastgepakt door een grote Afrikaanse man. De antilopen vluchtten en nog twee mannen kwamen in de buurt van het getroffen dier uit de bush. Ivy keek naar hun gezichten, die anders waren dan die van de Masai of Kikuyu.

'Wie zijn jullie?' vroeg ze met verstikte stem.

De mannen staarden naar haar. Ivy zag nu pas dat ze een uniform droegen dat niet Engels was. Ze gaven geen antwoord, maar wisselden een paar woorden in een voor haar onbekende taal. Uit hun gebaren bleek dat ze bespraken of ze hun gevangenen zouden doden of in leven zouden laten.

'Engels?' vroeg een van hen.

Gerrit antwoordde bevestigend.

De mannen discussieerden luidkeels en maakten gebaren. Gerrit maakte van de situatie gebruik om in de aanval te gaan. Hij bevrijdde zichzelf met een snelle beweging en draaide zich om, maar zijn tegenstander trok een mes. Op het moment dat hij stak klonk er een schot. Het mes raakte Gerrit in zijn zij en hij schreeuwde van de pijn. Ivy zag ontzet dat hij wankelde en in elkaar zakte. Daarna klonken er meer schoten.

De mannen, die geen vuurwapens hadden, lieten hun messen vallen, draaiden zich om en wilden vluchten, maar Ivy pakte in een helder moment haar geweer en schoot in de lucht, waarop de mannen zich op de grond lieten vallen.

Op dat moment kwam Sanele uit de bush. 'Bent u gewond, *memsahib*?' vroeg hij bezorgd. 'Ik hoop dat ik niemand geraakt heb.'

'Met mij gaat het goed, maar meneer Harper is gewond,' zei ze.

Sanele hield zijn wapen op de vier op de grond hurkende Afrikanen gericht terwijl Ivy naar Gerrit toe rende.

'Ben je gewond, Gerrit? Heb je pijn? Kun je opstaan?'

Gerrits wond bloedde hevig en hij kreunde. 'Het doet verschrikkelijk veel pijn,' zei hij. 'Maar het is waarschijnlijk alleen een vleeswond. Pak de verbanddoos maar.'

De verbanddoos hoorde voor iedere tocht door de bush tot de standaarduitrusting. Ivy hielp Gerrit om te gaan zitten, trok zijn overhemd uit en verbond hem provisorisch.

'Wie zijn jullie en waar komen jullie vandaan?' vroeg Sanele in de taal van de Kikuyu aan de vier mannen.

Tot Ivy's verbazing begrepen ze hem. Een van de mannen gaf antwoord en Ivy hoopte dat Sanele het zou vertalen.

'Het zijn Sukuma,' vertelde hij uiteindelijk. 'De stam woont op de zuidelijke oever van het Victoriameer. Hun taal is verwant aan het Swahili. Als we langzaam praten, kunnen we elkaar verstaan.'

Ivy hielp Gerrit overeind en hij werd duizelig.

'Wat doen ze hier in het oosten?' vroeg hij verontwaardigd. 'Op het privéterrein van de Edgecumbes? Ze hebben ons opgewacht en wilden ons vermoorden.'

Een van de Sukuma zei iets en Ivy verstond het woord '*Askari*'. Een ander leek hem tegen te spreken.

Sanele vertaalde wat ze zeiden. 'De vier behoorden tot de

Duitse beschermingstroepen, met andere woorden de eenheden die spoorlijnen opblazen en boerderijen aanvallen. De eerste vertelde dat ze *Askari* zijn en bij de strijdkrachten ingedeeld waren. De ander sprak dat tegen en zei dat ze alleen dragers waren geweest en dat de Duitsers hen uit hun dorp hadden meegenomen. Ze willen naar huis terug.'

'Ze zijn dus gedeserteerd,' merkte Gerrit op.

Een van de mannen leek te begrijpen wat hij zei en begon opgewonden tegen Sanele te praten.

'Hij zegt dat ze dragers en dus geen echte soldaten zijn. Ze kunnen niet deserteren, alleen weglopen. Hij smeekt om genade,' vertaalde Sanele, waarna hij weer met de Sukuma praatte. 'Ze lagen ook niet voor jullie in een hinderlaag,' zei hij vervolgens tegen Gerrit. 'Ze wilden door niemand gezien worden en verstopten zich zoveel mogelijk. Ze hebben de antilope alleen gedood omdat ze honger hadden. Het spijt hen heel erg. Ze wilden niemand kwaad doen en wilden alleen naar huis.'

'Wilden ze ons geen kwaad doen? Ze hebben ons bijna vermoord!' antwoordde Ivy verontwaardigd.

'Ze dachten dat het hun enige kans was om niet ontdekt en opgejaagd te worden. Bovendien wisten ze niet of dit gebied Brits was of al door de Duitsers bezet was. De laatsten zouden hen opgehangen hebben omdat ze deserteurs zijn.' Hij pauzeerde even voordat hij er iets aan toevoegde. 'En als ik mijn mening mag geven, wilde maar één van hen jullie doden. De Sukuma zijn geen krijgers, maar boeren en herders. Daarom worden ze ook niet als *Askari* gerekruteerd. De Duitsers werven de *Askari* uit de oorlogszuchtige stammen.'

'Wat doen we nu dan met ze?' vroeg Ivy. 'Wat mij betreft laten we ze gaan, maar als zoiets nog een keer gebeurt –'

'We nemen ze natuurlijk mee,' onderbrak Gerrit haar. 'We sluiten ze op en waarschuwen de autoriteiten. De politie in Kijabe zal wel weten wat ze met hen moeten doen. Stroperij en poging tot moord kunnen niet ongestraft blijven.'

Ivy had een ander voorstel. 'We kunnen ze bij wijze van straf op de velden van de Kikuyu-vrouwen laten werken. Niemand buiten de boerderij hoeft te weten waar ze vandaan komen.'

Gerrit lachte cynisch. 'En wie moet ze dan bewaken?' vroeg hij. 'Ze zijn binnen een dag vertrokken.'

Sanele praatte met de mannen en leek hun te vertellen welke mogelijkheden ze hadden. Ze raakten in paniek toen ze het idee hoorden om ze aan de autoriteiten over te dragen en begonnen Ivy in hun eigen taal te smeken. Sanele deed zijn best om hen gerust te stellen.

'We moeten eerst naar de boerderij terug,' zei Ivy terwijl ze naar Gerrit keek, die doodsbleek was en duidelijk pijn had. 'Ik kan Gerrit ondersteunen en jij bewaakt de mannen.'

Na een halve mijl stopten ze. Ivy was niet sterk genoeg om Gerrit te ondersteunen. Hij probeerde dapper om op de been te blijven, maar hield dat nauwelijks vol. Bovendien verloor hij nog steeds bloed. Sanele stelde voor om van plaats te wisselen omdat twee van de Sukuma-mannen leken te willen helpen. Uiteindelijk droegen ze Gerrit meer tussen zich in dan dat ze hem ondersteunden. Ivy was dankbaar voor hun hulp.

Ondanks de ondersteuning van de twee Sukuma was de terugweg een marteling voor Gerrit en hij zakte in elkaar toen ze de boerderij eindelijk hadden bereikt. Ivy instrueerde Wawira onmiddellijk om Elisabeth, die bij een patiënt in het dorp was, door iemand te laten halen. Sanele sloot de vier Sukuma in de werkplaats van de dierenpreparateurs op. Daarna vertrok hij met een ossenkar en twee halfvolwassen Kikuyu-jongens om de dodelijk getroffen antilope op te halen. 'De leeuwen krijgen dit vlees niet,' merkte hij op. 'Morgen hebben we een feestmaal in het dorp.'

Elisabeth was niet aanwezig, maar Margaret vertrok meteen naar de boerderij toen ze over de noodsituatie hoorde. Ze legden Gerrit op het bed in zijn kamer. Hij wilde zijn broek per se aanhouden, ook al was die doorweekt met bloed. Hij was niet van plan zich halfnaakt aan Ivy of de jonge non te tonen.

Ivy vertelde Margaret wat er was gebeurd terwijl ze de wond met warm water en zeep schoonmaakte. Gerrit vertrok zijn gezicht. Hij moest zijn best doen om het niet uit te schreeuwen van de pijn.

'Wisten jullie dat Sanele ons gevolgd is?' vroeg Ivy uiteindelijk. Het zat haar al een tijdje dwars en ze had het aan Sanele willen vragen, maar dat leek met Gerrit en de Sukuma in de buurt niet verstandig.

Margaret knikte. 'Hij gaat altijd mee als je de bush in gaat en hij geen dringende dingen te doen heeft,' vertelde ze. 'Ook toen meneer Adrian hier nog was hield hij je in de gaten als dat enigszins mogelijk was. Destijds was daar echter nauwelijks tijd voor. Hij geeft heel veel om je.'

Ivy begon te blozen. Ze had zich tijdens haar uitstapjes nooit geobserveerd gevoeld. 'Hij is een engel,' antwoordde ze. 'Vandaag heeft hij ons leven gered.'

Margaret knikte opnieuw. 'Afrikanen kunnen heel trouw zijn,' zei ze. 'Dat hoor ik telkens weer. Onze Kikuyu-jongens zijn ook heel zorgzaam.'

De Kikuyu-kinderen moesten ook op de velden werken, maar ze kwamen in elk geval naar de zondagsschool. Daar hield Engelberta een preek en vertelde Margaret Bijbelse verhalen. Er werd gezongen en de nonnen gaven één tot twee uur lang les in Engels, schrijven en lezen. De jongere kinderen kwamen doordeweeks ook om de nonnen in de tuin te helpen. De groenten die daar werden verbouwd droegen veel bij aan de voeding van de mensen op de boerderij en in het Kikuyu-dorp nu de nieuwe velden nog niets opleverden.

Vlak daarna kwam Elisabeth met haar dokterstas naar de boerderij. De vastberaden vrouw was niet alleen verloskundige, maar ook een ervaren verpleegster die er in de bush vaak alleen voor had gestaan. Ze stuurde Ivy en Margaret weg zodat ze Gerrit, die nauwelijks bij bewustzijn was, kon uitkleden en wassen, waarna ze hem een nachthemd aantrok. Daarna mochten de jonge vrouwen weer in de ziekenkamer komen. Ivy vroeg zich af wat ze zou hebben gedaan om hun onschuld te beschermen als het mes nog dieper in Gerrits lichaam was gedrongen. Nu legde ze Ivy uit dat haar inschatting juist was geweest.

'Er zijn geen vitale organen of grote bloedvaten geraakt, alleen spier- en vetweefsel. Toch is het een diepe, gapende wond en hij heeft veel bloed verloren.'

'Hij gaat toch niet dood?' vroeg Ivy bezorgd.

'Niet rechtstreeks door de wond,' antwoordde de non. 'Maar die kan geïnfecteerd raken. Hij zal vrijwel zeker koorts krijgen en dat kan slecht aflopen, maar laten we daar niet van uitgaan. Ik ga de wond nu hechten om het bloeden te stoppen en jij kunt me helpen. Misschien moet iemand hem vasthouden, maar het lijkt erop dat hij bewusteloos is, wat op dit moment het beste voor hem is.'

Elisabeth pakte haar tas uit, stuurde Ivy naar de keuken om een aftreksel van wilgenbast te maken en vroeg Margaret om de wondhaken vast te houden zodat ze de wond voor het hechten nog een keer kon schoonspoelen. Uiteindelijk hechtte ze de wond met naald en draad.

Margaret was bijna net zo bleek als de gewonde man terwijl Elisabeth hem verbond. 'Dit zou niets voor mij zijn,' bekende ze aan Ivy terwijl de onverschrokken non haar instrumenten schoonmaakte en inpakte. 'Tijdens de cursus verloskunde was ik ook voortdurend misselijk.'

Elisabeth keek haar berispend aan. 'We zijn opgewassen tegen datgene wat God ons oplegt, zuster Margaret. Je gaat me vaker assisteren in het ziekenhuis. Een dergelijke gevoeligheid is een missiezuster onwaardig.'

Ivy en Margaret haalden opgelucht adem toen Elisabeth naar de keuken ging om thee te drinken voordat ze naar haar volgende patiënt vertrok. Ivy hoopte dat Wawira een flinke scheut whisky of cognac en veel suiker in haar kopje deed.

Ivy was blij toen ze Sanele met de ossenkar zag terugkeren.

De Kikuyu verwelkomden het vlees van de antilope luidkeels en begonnen het dier meteen te ontleden. Ivy besloot een groot stuk vlees voor de nonnen achter te houden.

28

Gerrit Harper sliep die nacht goed, maar zoals Elisabeth had voorspeld, had hij een beetje koorts toen hij wakker werd. Ivy wilde hem opnieuw wilgenbastthee geven, wat niet enthousiast werd ontvangen. Gerrit beweerde dat hij zich goed voelde en wilde zijn vertrouwde earl grey. Tegen de middag was de koorts zo gestegen dat hij de vleesbouillon die Wawira voor hem had gemaakt niet wilde drinken. Hij beweerde dat hij alleen van de geur al misselijk werd. Engelberta, die minder gevoelig was dan Margaret, controleerde de wond. Die was droog, maar de randen waren gezwollen. Ze bracht de zalf aan die Elisabeth had achtergelaten en verbond de wond opnieuw.

'Het wordt erger voordat het verbetert,' voorspelde ze somber, en daar kreeg ze gelijk in.

Gerrit dommelde 's middags telkens weg en dronk de koortsverlagende thee zonder tegen te stribbelen. Die nacht sliep hij onrustig en de volgende ochtend was de koorts nog hoger.

'We kunnen niet veel doen,' vertelde Elisabeth nadat Ivy haar bezorgd had gevraagd om nog een keer langs te komen. 'Het lichaam moet de ontsteking zelf overwinnen. Kinine zou goed zijn, maar dat hebben we niet meer. Ik kan je echter wel wat andere tabletten geven. Acetylsalicylzuur, oftewel aspirine. Het komt uit Duitsland.'

Ivy bekeek het pillenbuisje sceptisch. 'Denk je dat het geen kwaad kan als hij dit inneemt?'

'Het is niet afkomstig van de militaire artsen,' antwoordde de non scherp. 'Hoewel ik hen er niet van verdenk dat ze de hele wereld willen vergiftigen. Ik heb het al een paar keer gebruikt. Het helpt heel goed tegen koorts en pijn.'

Ivy loste de pil op in water en goot het in Gerrits mond. Hij was niet meer aanspreekbaar en leek met koortsdromen te worstelen. Ivy en de nonnen waren van mening dat hij 's nachts niet alleen kon worden gelaten, dus waakten ze om beurten bij hem.

Margaret, die als eerste bij hem bleef, meldde later ontroerd dat de zieke man de hele tijd met zijn overleden vrouw had gepraat.

'Het zijn beslist mooie dromen,' zei ze. 'Hij praatte zo liefdevol tegen haar, beloofde dat hij haar mee zou nemen naar Afrika en vertelde haar hoeveel ze van het land zou houden. Iemand die zo intens kan liefhebben moet een geweldige echtgenoot zijn.' Haar gezicht kreeg een dromerige uitdrukking. Ivy was blij dat Engelberta en Elisabeth haar niet hoorden. Ze had het vermoeden dat er iets vreselijks was gebeurd in zijn dromen en kreeg dat te horen toen ze naast Gerrit waakte. In zijn koortsdroom beleefde Gerrit zijn leven met Leonie opnieuw, de fragiele vrouw die, zoals Adrian het had uitgedrukt, niet geschikt was voor Afrika.

Ivy hield zijn hand vast terwijl hij naast haar ziekbed in hun huis in Afrika zat en beloofde dat hij haar naar Engeland zou terugbrengen, waar ze aanvankelijk niets van wilde weten. Ze hoorde hoe hij haar smeekte om naar de dokters te luisteren. 'Ik hou van je, liefste, ik hou zoveel van je...'

Ivy wist dat zijn woorden niet voor haar bedoeld waren, maar toch ontroerden ze haar. Gerrit Harper wist wat liefde was en was bereid daar offers voor te brengen. Hij zou zijn vrouw nooit alleen hebben gelaten. Leonie Harper had uiteindelijk toegegeven en Gerrit beleefde de zeereis, haar lijden en zijn hulpeloosheid toen haar toestand in Engeland niet verbeterde en ze uiteindelijk stierf opnieuw in zijn koortsdromen. Hij woelde onrustig in zijn bed, huilde, smeekte en vervloekte zichzelf. Hij had Leonie meegenomen naar Afrika en voelde zich verantwoordelijk voor haar dood.

Ivy sprak geruststellend tegen hem en sloeg haar armen om hem heen.

'Liefste, mijn liefste, ga niet, mijn liefste...'

Ivy veegde het zweet van zijn voorhoofd terwijl hij zijn afscheidswoorden tegen Leonie uitsprak en zachtjes huilde. Ze gaf hem opnieuw twee aspirines voordat Engelberta haar afloste.

Gerrit viel uitgeput in slaap en werd pas de volgende dag rond het middaguur wakker toen Margaret weer naast zijn bed zat. De jonge vrouw, die dacht dat hij bewusteloos was, had haar sluier afgedaan. Vlak voor de oorlog had de ordecongregatie besloten dat de nonnen een nieuw habijt moesten dragen. De onconventionele rode rok en het comfortabele kapje waren vervangen door een wit habijt dat meer overeenkwam met de kleding van de andere orden. Daarbij hoorde een sluier die het haar volledig bedekte en het gezichtsveld van de nonnen aanzienlijk beperkte. Margaret haatte de sluier en nu ze dacht dat niemand haar zag, hing haar lange rode haar los over haar schouders. Ze las in haar brevier en merkte niet dat de zieke zijn ogen opende.

'Ben ik... in de hemel?' vroeg Gerrit. Margaret keek naar hem en zette haar sluier haastig op. Dat lukte niet zo snel en een paar plukjes haar ontsnapten. 'U... u moet een engel zijn.'

Margaret bloosde en probeerde te glimlachen. 'Nee, ik ben zuster Margaret. U kent me wel. Ik ben missiezuster en geef les aan de Kikuyu.' Ze draaide zich naar hem om en pakte de beker thee van het nachtkastje. 'Wilt u iets drinken, meneer Harper? U hebt beslist verschrikkelijke dorst. En ik moet uw koorts opnemen.'

Ze wilde opstaan.

Gerrit pakte haar hand vast. 'Wacht even... laat me... even tot mezelf komen. Het leek alsof ik dood was, alsof ik in het rijk der doden ben geweest... Hebt u me eruit geleid? Zoals Orpheus dat ooit met Eurydice gedaan heeft?'

Margaret fronste haar voorhoofd. Ze had nog nooit over een stel dat Orpheus en Eurydice heette gehoord. 'Bezondig u niet, meneer Harper. Niemand behalve onze Verlosser kan de doden opnieuw tot leven brengen. U hebt alleen gedroomd, u had hoge koorts.'

'Nu droom ik niet meer,' zei hij zachtjes. 'Tenminste, dat denk ik. Mag ik nu een beetje thee, zuster Margaret?'

Margaret hield de beker bij zijn lippen. Ze had dat 's nachts ook al gedaan, maar nu gaf het haar een ongemakkelijk gevoel. Ze was blij toen Ivy en Elisabeth even later de kamer in kwamen.

'Wat ziet u eruit, zuster Margaret,' berispte de oudere non haar meteen. 'Doe uw sluier onmiddellijk zoals die hoort. U mag ook niet alleen in aanwezigheid van een man zijn, vooral omdat... Het lijkt beter met u te gaan, meneer Harper.'

Margaret vluchtte zo snel mogelijk de kamer uit.

Elisabeth was bijzonder tevreden over de patiënt. 'Ik heb toch gezegd dat het Duitse medicijn zou helpen,' zei ze tegen Ivy. 'We hebben er eigenlijk veel meer van nodig. Die verschrikkelijke oorlog...'

Ivy beaamde dat haastig. Ze wilde Gerrit zo snel mogelijk verzorgen en vroeg zich af of hij zich zijn droom herinnerde.

'Dank u wel, zuster,' zei Gerrit nadat Elisabeth zijn wond had gecontroleerd en opnieuw had verbonden. Die zag er veel beter uit dan de vorige dag.

'U moet mij niet bedanken, maar mevrouw Edgecumbe en mijn medezusters die u zo toegewijd verpleegd hebben,' antwoordde de non koel. 'Misschien zelfs iets te toegewijd... Mevrouw Edgecumbe, zuster Margaret krijgt andere taken van me. Ik stuur zuster Ann voortaan naar u toe, meneer Harper. Haar geloof is volgens mij sterker.'

Ann was energiek en intelligent en wist hoe ze patiënten moest verplegen. Ze nam de zorg voor de snel herstellende Gerrit Harper op zich en was waarschijnlijk degene die de kleine goudkleurige gegraveerde munt voor hem had besteld die een bode een paar dagen later aan Sanele overhandigde.

'Voor mijn trouwe dienaar,' las Sanele hardop voor. 'Een kleine erkenning van de heer voor zijn toegewijde knecht. Hoeveel denk je dat deze munt waard is, Ivy?'

Ivy keek even naar de munt. 'Hij is van koper,' constateerde ze. 'Dat siert hem niet bepaald.'

Sanele wuifde haar opmerking weg. 'Ik weet hoe hij over me denkt,' antwoordde hij. 'Wat is de meest gepaste manier om hem te bedanken?'

Ivy glimlachte, opende een lade van haar secretaire in de kleine ruimte naast de ontvangsthal die ze als kantoor gebruikte en haalde er een doos met prachtig handgeschept papier, een pen en inkt uit.

'Schrijf hem een bedankbrief,' zei ze. 'In je mooiste handschrift en zo druipend van vleierij dat zelfs hij zal merken hoe ongepast zijn gebaar is. Ik mag hem heel graag, Sanele, maar als het op Afrikanen aankomt is hij ongelofelijk vastgeroest. Hij ziet jullie gewoon niet als gelijkwaardig.'

'Hij ziet ons niet als mensen,' voegde Sanele eraan toe. 'Je hebt gelijk, Ivory. Ik zal antwoorden alsof hij me het Victoria Cross gegeven heeft. Dat is beslist van echt goud.'

Gerrit bloosde toen hij Saneles brief las. Ivy had hem de brief gegeven met de opmerking dat meneer Zoeloe hem wilde bedanken voor zijn buitengewoon gulle geschenk.

Over de Sukuma-mannen, die haar hielpen, vertelde ze haar nog verzwakte vriend voorlopig niets. Sanele had hun niet alleen duidelijk gemaakt dat ze hun vrijheid aan Ivy te danken hadden en hun dankbaarheid daarvoor moesten tonen, maar had ook verteld dat ze, als ze erin zouden slagen hun dorp te bereiken, het risico liepen om tijdens de volgende rekruteringsronde van de Duitsers opnieuw te worden meegenomen. De Sukuma waren daar doodsbang voor. Toen Sanele hun de maïsvelden, bananenplantages en groentetuinen van de Kikuyu liet zien, waren ze meteen bereid zich daar nuttig te maken.

Eén van hen verdween de tweede dag echter. Sanele besloot niet naar hem op zoek te gaan. 'Hij had toch alleen voor onrust gezorgd,' zei hij tegen Ivy nadat hij haar had verteld dat de man was gevlucht.

Ivy knikte. 'Hij weet in elk geval wat voor risico hij loopt,' zei ze. 'Ik heb je trouwens nog niet eens bedankt omdat je als mijn beschermengel opgetreden bent. Zuster Margaret vertelde me dat je me al vaker tijdens mijn wandelingen in de bush gevolgd bent.'

'Ik volgde je niet omdat...' Sanele leek zich te willen rechtvaardigen. 'Ik wilde alleen... Ik wilde er zeker van zijn dat je niets zou overkomen.' Hij slikte. 'Ik bedoel... de boerderij heeft je nodig. We hebben je hier allemaal nodig.' Hij glimlachte. 'En bovendien ben je de moeder van de dieren.'

Ivy keek hem ernstig aan. 'Dank je wel,' zei ze. 'Voor alles. Ik wil dat je weet dat er ook als Adrian terugkomt altijd een plek op deze boerderij voor je zal zijn. Hij zal niet alles goedkeuren wat we gedaan hebben. De wapens, het land voor de Kikuyu-vrouwen, onze amuletten...' Ze glimlachte. 'Maar ik beloof je dat hij het niet op jou afreageert, Sanele.'

Hij kreeg opnieuw de vreemde uitdrukking op zijn gezicht die ze had gezien toen ze hem over Adrians brief had verteld. 'Bedankt,' zei hij. 'En nu ga ik luisteren of er nog nieuws is in de wereld is. Misschien ontdek ik zelfs wanneer je man thuiskomt...'

29

De Brits-Indische troepen vochten bij de grens met Oost-Afrika. Het voornaamste doel daarbij was om de Duitsers onder controle te houden en te voorkomen dat ze aanvallen op hun gebieden uitvoerden. Er waren echter geen grootschalige gevechten met de vijand of zware veldslagen geweest.

Adrian schreef dat zijn mannen het leven in het kamp niet goed verdroegen, vooral omdat het klimaat aan de grens onaangenaam was.

We verliezen nog steeds meer mensen aan tropische ziekten dan door de gevechten. Mannen sterven aan malaria, knokkelkoorts en infecties door parasieten. Het zou beter zijn geweest als we Afrikanen hadden gerekruteerd en opgeleid. Of er hier nog iets gaat gebeuren, is twijfelachtig, maar ik heb gehoord dat er in Kenia steeds meer inheemse mannen worden gerekruteerd…

Wat daarmee werd bedoeld, merkten de Masai aan het begin van het jaar 1916 op pijnlijke wijze. Ze waren teruggekeerd van hun trektocht en Elisabeth en Margaret waren in hun dorp om lessen en medische zorg aan te bieden. Elisabeth betrok Margaret inmiddels voortdurend bij het verzorgen van wonden en hield haar nauwlettend in de gaten. Sinds de ochtend waarop ze bij Gerrit Harper had gewaakt, had ze geen woord meer met hem gewisseld.

Ivy was vanochtend eveneens in de *enkang*. Ze was er op Tango naartoe gereden omdat ze weer geitenmelk nodig had. Sinds er in het resort niet meer werd gejaagd, waren er minder verweesde dieren, maar vanochtend had Sanele twee piepkleine bushbaby's onder een vernield nest van bladeren gevonden.

De moeder was waarschijnlijk door een roofdier gedood. Ivy wilde in elk geval proberen de kleintjes groot te brengen. De geiten van de Kikuyu waren echter al gemolken en de melk stond te fermenteren. De meeste mensen verdroegen de melk niet goed, dus maakten de vrouwen er voor eigen gebruik een zurige drank van door wei aan de melk toe te voegen en deze dan luchtdicht afgesloten te bewaren. Die was echter niet geschikt voor de bushbaby's.

Terwijl Ivy dit aan de Masai-vrouwen probeerde uit te leggen, kwamen er drie transportwagens het dorpsplein op rijden. Ze zagen eruit alsof ze werden gebruikt voor veetransport, maar er sprongen gewapende Britse soldaten en politieagenten uit. De bewoners van de *enkang* keken verbijsterd toe. Ze hadden weinig contact met de Britten en waren nooit betrokken geweest bij gewelddadige confrontaties met hen. Het gedrag van de mannen, die zich rond hun bevelhebber, een vierkante sergeant, hadden verzameld, was onbegrijpelijk voor hen maar maakte hen niet angstig. De nonnen daarentegen waren bijzonder ongerust.

Toen de sergeant op het dorpsplein ging staan, zich lang maakte en begon te praten, richtte Ivy zich tot een van de jonge vrouwen met wie ze had geprobeerd te communiceren. 'Ren naar de boerderij,' zei ze nadrukkelijk. 'Naar de boerderij, snap je? Haal Sanele en meneer Harper...'

De jonge vrouw knikte, maar leek onzeker. Margaret, die begreep wat Ivy wilde, schreef snel de woorden 'Masai-dorp' en 'help' op een lei en gaf die aan de jonge vrouw. Ze bleek voldoende tegenwoordigheid van geest te hebben om langzaam en onopvallend uit het dorp te verdwijnen voordat ze begon te rennen.

'Mannen!' zei de sergeant tegen de Masai, die kalm verdergingen met hun dagelijkse bezigheden, zoals altijd gescheiden tussen mannen en vrouwen. 'Jullie vaderland heeft jullie nodig! Kenia wordt bedreigd door de vijand en we moeten de Duitsers en hun handlangers naar hun oorspronkelijke gebieden en het liefst uit heel Afrika verbannen. Daar hebben we hulp bij nodig. We zoeken sterke inheemse mannen die ons kunnen helpen met het transporteren van materiaal en voedsel naar de troepen, met andere woorden "dragers". Jullie hebben daar geen bijzondere vaardigheden voor nodig en krijgen er natuurlijk voor betaald. Wie sluit zich bij ons aan, mannen?'

Geen van de Masai gaf antwoord. Ze hadden waarschijnlijk nauwelijks iets van de toespraak begrepen. Sommige moeders fluisterden met hun kinderen, die een beetje Engels van de missiezusters hadden geleerd en in elk geval een deel van wat de sergeant had gezegd konden vertalen.

De sergeant wachtte een paar seconden en keek vervolgens naar een van de Masai-jongens. 'Jij daar! Jij ziet er sterk uit. Wat denk je ervan om even weg te zijn uit dit dorp en op avontuur te gaan?'

De jongen wilde weglopen, maar twee mannen in uniform pakten hem vast en sleepten hem naar een van de transportwagens, hoewel hij zich hevig verzette.

De sergeant lachte. 'Zo gaan we het dus doen! Het ziet ernaar uit dat we jullie moeten dwingen om jullie geluk te beproeven.'

'Ziet u niet dat de mannen niet willen?' Elisabeth ging tegenover de sergeant staan. 'Ze hebben waarschijnlijk helemaal niet begrepen wat u wilt.'

De sergeant fronste zijn voorhoofd. 'Dat zouden ze wel begrijpen als u uw werk in de missiepost gedaan had,' merkte hij op. 'U wilde ze toch dopen en beschaving bijbrengen? Mannen, deze beschaving wordt nu bedreigd! Het wordt tijd dat iedereen meevecht. Of in elk geval helpt bij het vervoeren van de goederen.'

Zijn mannen pakten een paar Masai beet.

'Laat het me in elk geval vertalen,' drong Elisabeth aan.

De Afrikanen waren inmiddels zo opgewonden dat ze niet meer voor rede vatbaar waren, maar Ivy wist dat Elisabeth tijd probeerde te rekken. Ze begon de Masai gedetailleerd uit te leggen wat de Engelsen wilden. De vereenvoudigde vraag – Willen jullie meedoen aan de oorlog? – werd door bijna alle Masai ontkennend beantwoord. Alleen twee jongens van een jaar of vijftien, zestien die een beetje Engels spraken en op zoek leken naar avontuur stelden vragen.

'Jij geven ons geweer?' vroeg een van hen hoopvol.

De sergeant aarzelde. Hij had vrijwilligers nodig.

'Geweren, geld… en jullie helpen het vaderland,' zei hij op arrogante toon.

De twee jongens leken er niet afkerig tegenover te staan, wat tot een discussie tussen hen en hun vaders leidde. Ze praatten allemaal door elkaar omdat ze elkaar probeerden uit te leggen wat volgens hen de bedoeling van de sergeant was en wat Elisabeth had vertaald. Ivy gaf eveneens uitleg. Haar Masai was beter dan dat van de nonnen, maar ze had nooit met de Masai over de oorlog gepraat en kende de juiste woorden daarvoor niet.

Op een gegeven moment werd het de sergeant te veel. 'Nu is het genoeg, mannen!' riep hij. 'Er valt niets meer te bespreken. Alle geschikte mannen gaan nu op de wagens! En snel een beetje!'

Natuurlijk deed geen van de Masai dat vrijwillig, dus ontstonden er gevechten tussen de Masai en de Engelsen. Sommige Afrikanen hadden geweren bij zich, maar leken te aarzelen om ze tegen de witte mensen te gebruiken. Dat gold ook voor Ivy. Haar geweer hing aan Tango's zadel en ze kon het snel pakken, maar als er iemand begon te schieten zou het in een bloedbad eindigen en dat wilde ze niet riskeren.

Machteloos keek ze toe hoe steeds meer jammerende, schreeuwende mannen op de eerste wagen werden geduwd. De motor werd gestart en het voertuig begon langzaam te rijden. Ivy keek in paniek om zich heen. Wanneer kwam er eindelijk hulp?

Op dat moment reed Gerrit Harper het plein op. Hij sprong samen met Sanele en de jonge Sukuma uit de auto. De drie leken verontwaardigd, wat geen wonder was omdat ze de eerste transportwagen met gedwongen gerekruteerde mannen net waren tegengekomen en ze daardoor aan hun eigen ervaringen werden herinnerd. Ze begonnen wild gebarend tegen Sanele te praten, die duidelijk niet geloofde dat ze iets zouden kunnen bereiken.

Gerrit Harper verraste iedereen echter. 'Wat is hier aan de hand?' bulderde hij. Ivy had hem nog nooit zo boos gezien. 'Mag ik de heren om een verklaring vragen?'

De sergeant grijnsde naar hem. 'Waar lijkt het op, meneer?' vroeg hij provocerend. 'We rekruteren vrijwilligers voor het leger. We hebben dragers nodig. En wat gaat u dat eigenlijk aan? Kunt u aanspraak maken op deze mannen?'

Gerrit ging onverschrokken tegenover de sergeant staan. 'Dit dorp bevindt zich op het land van meneer Adrian Edgecumbe, die u misschien kent,' zei hij.

'De jager op groot wild?' vroeg de sergeant. Hij klonk plotseling eerbiedig.

'Die net tot officier bevorderd is. Hij voert het commando over een Brits-Indiaas bataljon aan de grens met Duits-Zuidwest-Afrika. Hij zal het beslist niet waarderen dat u zijn veehoeders ontvoert en zijn veehandel daardoor belemmert. Het vee wordt momenteel voornamelijk voor de voedselvoorziening van de Britse troepen gebruikt. Er kunnen dus tekorten vanwege uw actie ontstaan. Bent u zich bewust van die verantwoordelijkheid?'

De sergeant wreef over zijn voorhoofd. 'Niemand heeft me dit… eh… verteld,' stamelde hij.

'Ik vertel het u nu,' antwoordde Gerrit. 'Mijn naam is Gerrit Harper, ik beheer het landgoed voor meneer Edgecumbe en ik ben van plan om een officiële klacht bij de legerleiding tegen u in te dienen. Uw naam en rang, alstublieft!'

De sergeant leek ineen te krimpen. 'We… kunnen we dit niet op een andere manier oplossen? Ik kan mijn mensen terugtrekken en de Afrikanen die we al meegenomen hebben naar u terugsturen. Als ze dat tenminste willen...'

'Het leek er niet op dat ze vrijwillig meegegaan zijn toen het transport ons passeerde,' antwoordde Gerrit sarcastisch. 'Goed, sergeant, ik verwacht de mannen uiterlijk morgenavond hier terug. U kunt ze gewoon laten vertrekken. Ze vinden de weg zelf wel terug. Ik laat het aan u over. Begrijpen we elkaar?'

Ivy en Margaret konden het nauwelijks geloven, maar de geïntimideerde sergeant riep zijn mannen inderdaad terug, liet de Masai-mannen die al op de transportwagen zaten afstappen en commandeerde zijn mensen om te vertrekken. Even later waren de wagens uit het zicht verdwenen.

'Dat was fantastisch,' riep Ivy. Ze rende naar de mannen toe en omhelsde Gerrit onstuimig.

Sanele was eveneens vol bewondering. Hij maakte er geen geheim van dat hij Gerrit Harper niet mocht, maar nu had hij indruk op hem gemaakt.

Gerrit wuifde de complimenten weg. 'Het was duidelijk dat de sergeant niet in conflict wilde komen met de grootgrondbezitters die de Afrikanen nodig hebben om voor ze te werken. Hij gaat waarschijnlijk niet eens langs bij de koffie- en bananenplantages. Er zijn voldoende inheemse mensen in de bush op wie niemand aanspraak maakt. Hij gaat nu gewoon naar het volgende dorp.'

De Masai praatten opgewonden met elkaar en vroegen Ivy om te vertalen. Ze wilden dolgraag horen hoe de witte man hen met een paar woorden had gered.

Ivy besloot iets voor de missie te doen. 'Hij heeft gezegd dat de God van de mama's wil dat het goed gaat met jullie koeien. Daarom moeten jullie hier blijven en voor het vee zorgen. De blanken hebben veel respect voor hun God.'

Daarna vroeg ze de zusters om een loflied aan te heffen.

Meteen daarna begon Margaret met haar mooie stem 'Grote God, wij loven u' te zingen. Elisabeth, die meer bromde dan dat ze zong, stemde in, waarna Ivy en Gerrit eveneens meezongen.

De Sukuma begrepen niet wat er aan de hand was, maar

toen de Masai begonnen te trommelen en te dansen deden ze vrolijk mee.

In de daaropvolgende chaos van bidden, zingen en trommelen liep Margaret verlegen naar Gerrit Harper toe. 'Bedankt,' zei ze. 'Dat was heel dapper van je.'

'Vandaag ben jij de held,' voegde Ivy er lachend aan toe.

Gerrit knikte naar hen, maar zijn blik bleef iets langer op Margaret rusten.

30

Het einde van de oorlog was ook de daaropvolgende weken niet in zicht. In Afrika keerde het tij echter ten gunste van de geallieerden, die zich erop voorbereidden om de Duitse koloniën van alle kanten aan te vallen. Vanuit Kenia vielen de Britse, Indiase en Zuid-Afrikaanse troepen aan, terwijl de Afrikaanse bataljons de aanval vanuit Nyasaland inzetten. Bovendien kwamen er Belgische en Portugese troepen in actie. Ze waren wat aantallen betreft ver in de meerderheid ten opzichte van de Duitse koloniale troepen en hun *Askari*, maar de Duitsers zetten hun guerrillaoorlog voort en er ontstonden maar heel weinig grote veldslagen.

In maart hoorde Sanele dat de belangrijke stad Moshi aan het Victoriameer was ingenomen. Ivy had in de brieven van Adrian al gelezen dat hij zich daar samen met zijn manschappen op voorbereidde en wachtte op nieuwe enthousiaste verslagen over promoties en onderscheidingen. Die bleven echter uit en ze hoorde tot eind mei niets meer van Adrian.

Op een dag reed Peter Derringer in zijn Auburn het erf van de boerderij op. Susan zat naast hem.

Ivy begroette het stel opgetogen. 'Dat is lang geleden!' riep ze. 'Wat fijn om jullie weer eens te zien, ook al koopt niemand hier op dit moment jachtwapens.'

Peter Derringer keek met een ongewoon ernstige blik naar haar. 'Ivy, we hebben helaas geen goed nieuws, tenminste, dat vermoeden we. We hebben een brief van de legerleiding voor je. Natuurlijk hebben we hem niet geopend, maar er komt zelden iets positiefs van de officiële instanties. Daarom dacht de beheerder van het postagentschap dat we de brief beter persoonlijk naar je toe konden brengen.'

'Alles is gemakkelijker te verdragen als je vrienden om je

heen hebt,' voegde Susan er zachtjes aan toe.

Ivy keek het stel verward aan. 'Misschien kunnen jullie beter eerst binnenkomen,' zei ze.

Susan knikte. 'Dat denk ik ook. Hier is de brief.' Ze overhandigde Ivy een officieel uitziende envelop.

Ivy bekeek hem onzeker.

Susan nam haar mee naar binnen. Sanele was in de hal aan het werk. Het zilver moest worden gepoetst en hij had Ivy aangeboden om die taak op zich te nemen nu de dienstmeisjes waren ontslagen. Alleen Wawira, de kokkin, werkte nog voor Ivy. Zij deed samen met Sanele het huishouden.

'Boy!' riep Peter tegen Sanele. 'Haal cognac voor ons. Het kan zijn dat je *missus* zo meteen een flink glas nodig heeft. En ik weiger absoluut geen glas.'

Ivy zag dat Sanele naar de brief in haar hand keek.

'Misschien moet ik meneer Harper eerst roepen,' stelde hij voor.

Ivy knikte. Ze ging op een van de banken zitten terwijl de Derringers op twee fauteuils plaatsnamen, waarna ze de brief resoluut opende en hem snel las. 'Vermist,' zei ze toonloos. 'Ze schrijven dat Adrian vermist wordt. Sinds de inname van Moshi hebben ze niets meer van hem gehoord.' Ze zweeg even. 'Wat betekent het dat hij vermist wordt?' vroeg ze zonder iemand aan te kijken.

'Meisje...' Susan stond op en ging naast haar zitten. Peter liep naar de drankkast en schonk cognac voor Ivy, Susan en zichzelf in.

Susan sloeg haar arm om Ivy heen. 'Vermist betekent dat ze hem niet kunnen vinden,' legde ze uit. 'Hij is... spoorloos, maar dat hoeft niet te betekenen dat hij dood is.'

'Hoe zit het met Raven?' vroeg Ivy. 'Wordt hij ook vermist?'

Susan fronste haar voorhoofd. 'Raven?'

'Adrians paard,' verduidelijkte Peter. 'Dat kunnen we informeren.'

Op dat moment kwamen Gerrit en Sanele de kamer in.

'Is er iets met Adrian?' vroeg Gerrit toen hij Ivy verstard op de bank zag zitten. Ze had haar cognac nog niet aangeraakt. 'Is hij... gesneuveld?'

Peter schudde zijn hoofd. 'Hij wordt vermist. Er is nog steeds hoop.'

Gerrit knikte en ging aan de andere kant van Ivy zitten. 'Het is niet bepaald gemakkelijk om iemand zoals Adrian Edgecumbe te doden,' zei hij.

Ivy had het gevoel dat iedereen van haar verwachtte dat ze in tranen zou uitbarsten, maar haar ogen waren volkomen droog. Er verspreidde zich eerder een gevoel van leegte binnen in haar.

Susan hield haar het glas voor en ze nam een slok cognac. 'Waar kan hij zijn?' vroeg ze terwijl ze nog steeds naar niemand keek.

'Tja...' begon Gerrit aarzelend. 'Hij kan gevangengenomen zijn. Of misschien is hij gewond. Of beide. Misschien is hij in zijn hoofd geschoten en dwaalt hij ergens rond.'

'Adrian?' vroeg Ivy. Ze kon zich niet voorstellen dat haar echtgenoot geen controle meer over zichzelf had.

'Moshi is ingenomen,' zei Peter. 'De stad is in Britse handen, dus hadden ze hem moeten vinden.'

'Niet als de Duitsers hem meegenomen hebben,' hield Gerrit vol. 'Ivy, je moet er heel vast in geloven dat hij terugkomt! Het is hier niet zoals in de loopgraven in Europa, waar constant bommen vallen en de lijken...' Hij stopte abrupt.

Ivy wilde antwoorden dat er in Afrika geen granaten nodig waren om dode lichamen te laten verdwijnen. Ze dacht aan de gieren, hyena's en jakhalzen, maar zei niets. Ze wist niets over de omgeving van Moshi en voelde zich doodmoe.

Susan dwong haar om nog een slok cognac te nemen.

'Wat... gaat er nu gebeuren?' vroeg Ivy. Het was eerder om iets te zeggen dan omdat het haar interesseerde. 'Kunnen we iets doen? Hem laten opsporen of zo?'

Peter zuchtte. 'Ik denk dat we dat aan het leger moeten overlaten. Ze hebben beslist alles gedaan...'

'Ik kan proberen om informatie over Raven te krijgen,' stelde Sanele voor. 'Als u het goedvindt, *memsahib*. Ik heb contact met meerdere stations, ook in Moshi, dus als het kan helpen...'

Gerrit en Peter stonden beiden op het punt om uit te varen tegen de huisknecht die de brutaliteit had om zijn stem in hun gezelschap te verheffen, maar ze hielden hun mond toen ze beseften dat zijn aanbod Ivy troostte.

'Adrian en zijn paard waren onafscheidelijk,' merkte Peter op. 'Het zou in elk geval een aanwijzing zijn als het...'

Hij maakte zijn zin niet af en Ivy vroeg zich af of de dood of juist het overleven van Raven een aanwijzing voor de redding van Adrian zou zijn.

Sanele verontschuldigde zich en liep de salon uit.

'We kunnen alleen afwachten,' stelde Gerrit vast. 'Ik ben er natuurlijk voor je, Ivy.'

'Wij ook,' voegde Susan eraan toe. 'Misschien kun je na de oorlog opnieuw beginnen. Reggie wil beslist weer voor je komen werken als... als hij het overleeft.' Er ontsnapte een snik aan haar.

Reggie had zich eveneens vrijwillig gemeld en was ingedeeld bij de King's African Rifles – een infanterieregiment dat door de koloniale macht in Brits-Oost-Afrika was gevormd en bestond uit Afrikanen die zich vrijwillig hadden gemeld – om hen volgens het model van de *Askari* te trainen. Een aantal Kikuyu van Edgecumbe Farm maakten deel uit van dit regiment en leken het redelijk goed te doen. Het was belangrijk voor de Britten om inheemse troepen die vertrouwd waren met het klimaat en de omgeving te kunnen inzetten.

Ivy gaf geen commentaar op Susans suggestie. Zonder Adrian zou ze beslist geen jachtresort meer runnen. Ze moest iets anders bedenken om na de oorlog te overleven.

'Sommige families organiseren een herdenkingsfeest,' merkte Susan op. 'Omdat ze na zo'n bericht niet door kunnen gaan alsof er niets gebeurd is.'

Ivy schudde haar hoofd. Daar kon ze nu niet over nadenken.

'Adrian komt terug,' hield Gerrit vol. 'Laten we een toost op zijn terugkeer uitbrengen.' Hij hief zijn glas optimistisch.

De anderen stemden opgelucht in. Ivy zou het liefst naar haar slaapkamer zijn gegaan om zich in haar bed te verstoppen. In hun tweepersoonsbed kon ze nog het best aan Adrian denken en misschien zelfs om hem rouwen.

Na een korte stilte kwam Sanele uit de aangrenzende kamer waar de radio stond.

'Het paard leeft,' zei hij. 'Op de dag waarop de *bwana* als vermist opgegeven werd, was het paard niet bij de gevechten betrokken. De inname van Moshi volgde na een gevecht van huis tot huis, wat dat ook mag betekenen. In elk geval hebben er geen cavalerie-eenheden tegenover elkaar gestaan en heeft de *bwana* zijn troep te voet aangevoerd.'

Ivy voelde zich plotseling opgelucht. 'Kunnen we... kunnen we Raven naar huis halen?' vroeg ze zachtjes.

Sanele knikte. 'Dat heb ik al geregeld, *memsahib*.'

Ivy keek hem dankbaar aan. 'Ik wil nu graag alleen zijn,' zei ze. 'Neem het me niet kwalijk, Susan en Peter, maar dit... het is allemaal te veel voor me, ik moet...'

Susan keek haar meelevend na terwijl ze wegliep. 'Die Engelse adel,' mompelde ze. 'Ze zijn opgevoed om hun emoties niet te tonen. Het arme kind wil gewoon in afzondering kunnen huilen.'

Ivy liep als in trance naar haar slaapkamer, ging op het bed zitten en deed haar ogen dicht. Ze kon niet geloven dat Adrian dood was. Hij was de afgelopen maanden niet aanwezig geweest in haar leven en ze had nauwelijks aan hem gedacht, maar ze kon niet zomaar een punt achter hem zetten. Vermist betekende niet gesneuveld, dat wist ze, maar toch had ze het gevoel dat ze iets moest doen.

Ze stond langzaam op, liep naar het schilderij van de jachtpartij dat Adrian kort voor hun huwelijk in Nairobi had gekocht, en haalde het van de muur. Ze wilde het dode dier niet meer zien. Als Adrian terugkwam, kon ze het altijd weer ophangen. Ze nam zich ook voor om de kop van de antilope die Adrian in haar plaats had doodgeschoten weg te halen.

Achter haar raam bewoog iets en ze glimlachte toen ze zag dat Kurti haar aandacht probeerde te trekken. Normaal gesproken werd het aapje 's avonds opgesloten. Was Sanele het vergeten? Ze opende het raam en liet het dier binnen.

Kurti nestelde zich troostend tegen haar aan.

De moeder van de dieren sliep al snel diep en droomloos.

31

In augustus waren de Duitsers zo ver teruggedreven dat de spoorlijn geen gevaar meer liep. De Duitse koloniale troepen en hun *Askari* hadden zich in het zuidoosten verschanst en in Kenia werden geen gevechten meer verwacht.

Engelberta en Ann meldden verheugd dat er nonnen en paters naar de missie zouden terugkeren. Ze hoopten opnieuw op donaties. Elisabeth en Margaret waren weer naar de missiepost verhuisd. De oudere non hield de jongere non nog steeds nauwlettend in de gaten, wat tot onenigheid tussen hen leidde. Ann wilde de Masai liever bekeren. Ze sprak hun taal vrij goed terwijl Margaret zich alleen gebrekkig verstaanbaar kon maken. Aan de andere kant wilde Margaret liever bij de Kikuyu blijven, maar Elisabeth liet haar niet meer in de buurt van Gerrit Harper komen.

'De Masai maken grote vorderingen voor wat betreft de kerstening,' meldde Engelberta opgetogen. 'Zuster Margaret en zuster Elisabeth kunnen het onderwijs nauwelijks alleen aan. Het zou fijn zijn om meer ondersteuning te krijgen.'

'Als er meer nonnen op de missiepost zijn, wordt er een nieuwe moeder-overste benoemd,' zei Ivy. 'Zij zal de kwestie tussen Margaret en Elisabeth wel oplossen.'

'Misschien door Margaret over te plaatsen,' antwoordde Engelberta somber. 'We zijn al zo lang samen in Maria Kedong. De orde zal binnen afzienbare tijd een nieuwe taak voor ons zoeken.'

Missiezusters bleven inderdaad zelden langer dan een paar jaar in één missiepost, een beleid dat Ivy niet helemaal kon begrijpen. Waarschijnlijk was het bedoeld om de nonnen niet te sterk aan één plaats of de mensen van een stam en klooster te laten hechten. Hoewel ze zich voornamelijk met sociaal werk bezighielden en dus veel met mensen omgingen, mochten ze alleen volledig vertrouwd zijn met hun God.

Op Edgecumbe Farm ging het leven bijna net zo verder als voor het nieuws van de vermissing van Adrian. Op een dag arriveerde zijn paard inderdaad in Kijabe. Raven struikelde vermoeid en uitgemergeld uit de spoorwagon, met een vacht die net zo dof was als zijn ogen. Ivy was met Sanele naar het treinstation in Kijabe gereden en was blij dat hij de enige was die haar zag huilen. Tot nu toe had ze in het gezelschap van anderen geen traan gelaten, maar nu omhelsde ze het paard snikkend.

'Zullen we hem nog een nacht hier laten of nemen we hem meteen mee naar huis?' vroeg Sanele.

Ivy was eigenlijk van plan geweest om op Raven naar de boerderij te rijden, maar het was duidelijk dat een van hen naar de boerderij moest lopen. Het paard was te uitgeput om een ruiter te kunnen dragen. Ivy wreef in haar ogen. 'Ik neem hem bij de teugels,' zei ze. 'Ik moet de boerderij voordat het donker wordt kunnen halen. Je hoeft niet op me te wachten.'

Sanele schudde zijn hoofd. 'Ik blijf bij je,' zei hij. 'Met zo'n verzwakt dier midden door de bush... Daar zou een leeuw of luipaard heel verkeerde ideeën over kunnen krijgen.'

Vroeger werd de weg tussen de stad en de boerderij veel gebruikt, maar tijdens de oorlog had de wildernis een deel van de weg heroverd. Op de heenweg hadden ze veel grazende dieren gezien.

Ivy ging niet tegen hem in. Ze praatte liefdevol tegen Raven en begon te lopen terwijl Sanele vlak achter of naast haar reed in de gedeukte Franklin die Peter Derringer op haar verzoek voor de boerderij had opgeduikeld. Ze was trots op de auto, die al een paar jaar oud was en die de vorige eigenaars niet bepaald met zorg hadden behandeld. Het was niet eenvoudig geweest om tijdens de oorlog in Afrika een auto te vinden die te koop was aangeboden. Ivy had hem tegen wapens geruild. Peter Derringer accepteerde ze graag, want zijn zaken begonnen weer te lopen en het was moeilijk om een nieuwe voorraad geweren op te bouwen. De kopers van de jachtgeweren waren geen safarideelnemers meer, maar mensen uit de omgeving. Er werd niet meer voor het plezier geschoten, maar om een keer vlees te kunnen eten. Sinds het begin van het derde oorlogsjaar was voedsel schaars geworden.

'Het is niet zo dat... dat het paard belangrijker voor me is dan Adrian,' verontschuldigde Ivy zich voor haar tranen toen ze eenmaal onderweg waren.

Het hielp dat ze Sanele niet aan hoefde te kijken. Ze dacht zijn glimlach echter te voelen.

'Je hebt je tranen ongetwijfeld in het geheim vergoten, Ivory,' constateerde hij. 'Maar aan de andere kant weet ik dat je niet heel verdrietig bent over de *bwana*. Vergeet alleen niet dat vermist iets anders is dan dood, zoals meneer Harper ook al zei.'

'Denk je dat hij terugkomt?' vroeg ze.

'Ik zou zijn trofee in elk geval niet weggehaald hebben,' zei hij.

'Heb je dat gemerkt?' vroeg Ivy.

'De lege plek aan de muur in de hal is beslist niet alleen mij opgevallen,' zei hij. 'Je hebt waarschijnlijk wel gezien dat ik zo vrij ben geweest om de laatste trofee van de *bwana* daar op te hangen. Meneer Derringer was daar heel ontroerd over.'

Sinds de dag waarop Ivy het bericht van Adrians vermissing had gekregen, hing er een enorme tijgerkop aan de muur in de hal. De maharadja had hem naar Afrika gestuurd nadat Adrian zich bij het leger had aangesloten, maar Ivy had de afgrijselijke trofee niet eens uit de doos gehaald. Nu ging iedereen er blijkbaar van uit dat Ivy deze laatste herinnering aan haar man dicht bij zich wilde hebben.

'Wat ga je doen als hij inderdaad niet terugkomt?' vroeg Sanele. 'Het land en de boerderij zijn dan van jou. Ga je alles verkopen?'

Ivy schudde haar hoofd. 'Nee, nee, absoluut niet. Dan zou

iemand anders er weer een jachtresort van maken. Ik moet iets anders verzinnen.'

'Bedoel je dat er weer jachtgasten komen?' Sanele leek daaraan te twijfelen.

Ivy haalde haar schouders op. 'Als de oorlog voorbij is misschien wel. Voorlopig twijfel ik eraan of die ooit nog afgelopen zal zijn. We moeten maar zien.' Ze glimlachte vermoeid. 'We kunnen altijd nog vee gaan fokken,' probeerde ze een grapje te maken. 'Nu de Masai zich massaal laten dopen kunnen ze geen aanspraak meer op alle runderen maken.'

Sanele fronste zijn voorhoofd. 'Ik ben bang dat dat de oplossing niet is,' zei hij stijfjes, waarna hij een vraag stelde die hem duidelijk na aan het hart lag. 'En meneer Harper? Heb je plannen met hem?'

Ivy bloosde. 'Mijn man wordt pas een paar weken vermist,' antwoordde ze ontwijkend. 'Ik denk voorlopig niet aan een nieuwe relatie.'

Ze onderdrukte het gevoel dat Sanele haar niet geloofde en besefte dat ze ook niet eerlijk tegen zichzelf was.

32

In Europa woedde de oorlog gedurende de rest van het jaar 1916 met volle kracht verder terwijl de gevechten in Afrika beperkt bleven tot het zuidoosten van de Duitse koloniën. Reggie, die daar met zijn bataljon van de King's African Rifles was gelegerd, schreef dat ze de Duitsers steeds verder terugdrongen. Binnenkort zou de vijand zich moeten overgeven. In de tussentijd werden in heel Oost-Afrika dragers gedwongen voor de troepen gerekruteerd, ongeveer vier mannen voor iedere soldaat, die zijn proviand, tent en oorlogsmateriaal droegen. Inmiddels ontbrak het in bijna elk Afrikaans dorp aan mannen. De drie Sukuma-mannen bleken een godsgeschenk voor Ivy's farm. Ze hadden de mogelijkheid om naar hun dorp aan het Victoriameer terug te keren, maar bleven vrijwillig. Ivy vermoedde dat ze een oogje op de knappe Kikuyu-meisjes hadden.

De Masai bij de missie waren na het moedige optreden van Gerrit met rust gelaten en verzorgden hun runderen nog steeds onverstoorbaar, behalve drie jonge mannen die ervandoor waren gegaan. Zij hadden zich vrijwillig gemeld om aan de beklemming van het leven in een stam te ontsnappen. De paters van de missie – Maria Kedong was weer helemaal tot leven gekomen – schreven de vrede toe aan het feit dat God zijn hand boven de stam hield, waarvoor men Hem niet genoeg kon bedanken. De kerkdiensten werden dan ook goed bezocht, want de Masai wilden geen enkel risico lopen.

Tot Ivy's verbazing ging Gerrit Harper iedere zondag naar de missiepost om de dienst bij te wonen.

'Ben je eigenlijk katholiek?' vroeg ze, wat hij ontkende.

'Ik ben anglicaans,' vertelde hij. 'Zwaar anglicaans. Maar aangezien hier geen mogelijkheid is om een van onze kerken te bezoeken...'

'Je zou naar Kijabe kunnen gaan,' stelde Ivy voor. Daar was een goedbezochte anglicaanse kerk en dankzij Peter Derringer hadden ze voldoende benzine. Hij kocht altijd zoveel mogelijk brandstof en deelde die met hen. 'Ik zou met je mee kunnen gaan. Ik ben tenslotte ook lid van de anglicaanse kerk.'

Ze had jarenlang geen dienst meer bezocht – ze vond de gebedsdiensten van de nonnen voldoende – maar het vooruitzicht van een uitstapje met Gerrit sprak haar aan. Sinds het incident met de Sukuma hadden ze geen gezamenlijke foto-excursies meer gemaakt, zelfs niet nadat het gevaar was geweken. Ivy reed af en toe de bush in om de favoriete plekken van haar dieren te controleren en Gerrit gaf er de voorkeur aan om bij de waterpoel in de buurt van de boerderij te fotograferen. Ivy was daar een beetje verdrietig over, want ze begon zich steeds vaker heimelijk af te vragen of er een kans op een nauwere band met Gerrit Harper was. Zolang Adrian niet officieel dood was verklaard, was dat natuurlijk niet aan de orde, maar een incidenteel gezamenlijk uitstapje kon beslist geen kwaad.

Gerrit leek echter niet enthousiast. 'Dat kunnen we inderdaad wel een keer doen,' stemde hij in. 'Maar iedere zondag... Ik heb niet veel zin meer om voortdurend naar Kijabe te rijden.'

Ivy vond dat vreemd. Aan het begin van de oorlog was het heel druk geweest in Gerrits geïmproviseerde fotostudio, maar na verloop van tijd nam de vraag af. De soldaten waren aan het front en er werd nauwelijks getrouwd. Moeders lieten hun kinderen hooguit fotograferen om de foto's naar hun mannen aan het front te sturen. Ook de amulettenhandel van Ivy en Sanele liep niet goed meer. Ivy begon zich zorgen te maken over het gebrek aan contant geld. Gerrit zou niet vaker dan één keer per week naar Kijabe hoeven te gaan en hij kon de paar fotosessies gemakkelijk combineren met het bijwonen van een kerkdienst.

'Laten we aanstaande zondag gaan,' besloot Ivy.

Gerrit stond zondag natuurlijk als een echte gentleman klaar – keurig op tijd en gekleed in een licht kostuum – om haar naar de kerk te begeleiden. Ivy had zich opgeknapt en had een van haar mooie jurken van voor de oorlog aangetrokken. Ze genoot van Gerrits bewondering en ontweek de nieuwsgierige blik van Sanele. Ze wist dat hij eveneens anglicaans was gedoopt. Ze had hem kunnen uitnodigen om met hen mee te gaan naar de kerk en ze nam aan dat hij besefte waarom ze dat niet deed.

Desondanks genoot Ivy van het uitje. Gerrit was bijzonder voorkomend en de kerkdienst was plechtig. Toen de geestelijke haar herkende, liet hij het zich niet ontgaan om Adrian te vermelden en te bidden voor het prominente lid van de gemeenschap. Adrian was weliswaar nog nooit in de kerk geweest, maar de geestelijke wilde Ivy duidelijk troosten. Ze vond dat heel aardig en praatte na de dienst even met hem. Hij stelde voor om een herdenkingsdienst voor Adrian te houden, maar Ivy wilde daarmee wachten, waarop de dominee begripvol reageerde.

'Geloof, hoop, liefde...' zei hij bij het afscheid tegen haar. 'Twijfel nooit aan de goedheid van de Heer. Zijn wegen zijn ondoorgrondelijk.'

Ook andere bewoners van Kijabe betuigden hun medeleven met betrekking tot Adrians vermissing tegenover Ivy. Ze had helemaal niet geweten hoe bekend en geliefd haar echtgenoot in het stadje was geweest. Als jager op groot wild was hij in heel Afrika beroemd en veel mannen vroegen naar zijn laatste jacht in India. Ivy gaf beleefd antwoord en bracht veel minder tijd met Gerrit door dan ze had gehoopt.

Ze was niet boos toen hij de zondag erna weer naar de missiekerk ging.

'Als je naar Kijabe wilt, kan ik je brengen,' bood Sanele aan. 'Ik wist niet dat je het miste om naar de kerk te gaan.'

Ivy wimpelde het af. 'Ik heb liever dat je me naar de waterpoel in het westen brengt,' zei ze. 'Ik wil graag zien hoe het daar met de dieren is.'

Sanele maakte in het resort steeds vaker gebruik van de auto en had paden vrijgemaakt om gemakkelijker door de bush te kunnen rijden. Hij vond het veiliger als Ivy in de auto in plaats van op haar paard de bush in ging en het was natuurlijk ook sneller. Haar angst dat de dieren er schichtig door zouden worden, bleek ongegrond. Zelfs de leeuwen en de luipaarden waren al snel gewend aan de auto en de bijbehorende geluiden. Om dit zo te houden, verbood ze de opgroeiende Kikuyu-jongens om de auto te gebruiken als ze zo nu en dan een antilope mochten doodschieten om vlees voor het dorp te hebben.

De wildstand was volkomen hersteld sinds het resort geen jachtreizen meer aanbood. Ivy vond zelfs dat er te veel dieren in het gebied leefden, maar dat kon ermee te maken hebben dat het aantal waarnemingen toenam. Olifantenkuddes trokken onverstoorbaar verder terwijl de auto hen passeerde en de antilopen, gazellen en zebra's keken nauwelijks op.

'Het is fijn om een auto te hebben,' zei Ivy op de ochtend waarop ze de voorkeur aan de bush boven de kerk had gegeven.

Het eerste halfuur heerste er een lichte spanning tussen hen. Ze had de ironie in Saneles vraag over het naar de kerk gaan gehoord. Ze raakten echter al snel in vervoering door de dieren en de schoonheid van het landschap die ze vanuit de auto bewonderden. 'Zo'n autorit zou bij Europese gasten beslist ook in de smaak vallen,' zei ze.

Sanele haalde zijn schouders op. 'Dan houden de mensen geen trofeeën over aan hun reis die ze thuis aan de muur kunnen hangen.'

'Natuurlijk wel,' ging Ivy tegen hem in. 'De foto's van de dieren die ze gezien hebben. En ja, ik weet dat iemand zoals mijn vader dat niet genoeg zou vinden omdat hij een jager in hart en nieren is, maar misschien zijn er mensen die niet willen jagen en Afrika in harmonie met de dieren willen beleven.'

Sanele leek dat niet bijzonder waarschijnlijk te vinden, maar hij was eveneens onder de indruk toen ze bij de westelijke waterpoel een troep leeuwinnen tegenkwamen die een wandeling met hun welpen leken te maken. De dieren liepen vlak langs de auto zonder er aandacht aan te besteden en leken niet te merken dat er mensen in zaten. Sanele vertelde dat een jonge olifant onlangs zelfs speels had geprobeerd om de auto aan te vallen.

Ivy was nog steeds vol van haar ervaring met de leeuwen terwijl ze naar de boerderij terugreden. 's Avonds vertelde ze Gerrit over haar idee voor een nieuw bedrijfsconcept.

'Safari in het paradijs,' improviseerde ze een slogan. 'De gasten kunnen vanuit de auto op een comfortabele manier naar de dieren kijken. Ik ben nog nooit zo dicht bij een in het wild levende leeuw geweest als vandaag. Het was prachtig.'

Gerrit keek met een sceptische blik naar haar. 'Ik weet niet zeker of Adrian dat een goed idee zou vinden.'

Ivy hief haar hoofd. 'Daar kan ik eerlijk gezegd geen rekening mee houden, Gerrit. Als ik hier ooit weer gasten ontvang, dan heet ik ze welkom in mijn wereld. In mijn Afrika!'

33

Het jaar 1917 bracht meer ontberingen voor de mensen in Oost-Afrika. De oorlog was weliswaar teruggedrongen – de Duitsers vochten zich wanhopig een weg naar Portugees-Oost-Afrika om aan de geallieerde troepen te ontsnappen – maar de economie kwam niet op gang. Koffie en andere producten van de grote plantages konden niet worden geoogst vanwege het tekort aan arbeidskrachten – het rekruteren van min of meer vrijwillige dragers was goed verlopen – en de in- en uitvoer van goederen werd gehinderd door blokkades.

De bewoners van Edgecumbe Farm leden in elk geval geen honger. De velden van de Kikuyu leverden groenten op en een deel van de oogst kon zelfs worden verkocht. De veestapel werd groter en als het nodig was kon er altijd nog wild worden geschoten. Er kwamen tegenwoordig zelfs mensen uit de stad – vrienden en kennissen van Adrian – om voedingsmiddelen te kopen of te krijgen. Stropers werden een probleem in het resort. Ivy stond het oogluikend toe als er af en toe een antilope werd geschoten, maar dat opende de deur voor gewetenloze stropers die een voorraad ivoor wilden aanleggen om het na de oorlog tegen een hoge prijs te kunnen verkopen. Nadat een hele kudde olifanten was afgeslacht namen Ivy en Sanele halfvolwassen Masai- en Kikuyu-jongens in dienst om ze gewapend te laten patrouilleren.

Gerrit werkte aan een fotoboek over de dieren op de boerderij. 's Avonds las hij Ivy bij de open haard of op het terras de teksten die hij daarvoor schreef voor. Ze was bijzonder onder de indruk van zijn levendige schrijfstijl. Daarnaast bracht Gerrit veel tijd in de missiepost door. Hij had vrienden onder de missionarissen gemaakt en schaakte met sommigen van hen.

De nieuwe overste van de missiepost stond erop dat alle nonnen daar woonden. Er werden geen uitzonderingen meer gemaakt, ook niet voor Margaret en Engelberta. De paters hadden inmiddels een auto, de weg tussen de missie en het Kikuyu-dorp was goed begaanbaar en het was geen probleem meer voor de nonnen om 's ochtends naar hun werkplek te gaan en 's avonds terug te keren.

Engelberta was daar enthousiast over omdat ze de mis nu dagelijks kon bijwonen en haar geloof op die manier kon versterken. Er werd ook weer gepraat over de viering van de eeuwige geloften zodra de oorlog achter de rug was. Toch miste ze net als Margaret het contact met Ivy en het regelmatige nieuws over de voortgang van de oorlog dat via de radio binnenkwam. De paters kregen die informatie in Kijabe, maar vertelden daar niet veel over aan de nonnen.

'Jazeker, er komt een eind aan, zuster Margaret,' troostte Sanele haar. Hij was op een hete zomerdag in januari 1918 met Ivy naar het Kikuyu-dorp gegaan en had de nonnen daar aangetroffen. Margaret had somber opgemerkt dat de oorlog waarschijnlijk eeuwig door zou gaan en ze nooit meer iets van haar familie in Schotland zou horen. 'In de kranten schrijven ze alleen over overwinningen en nederlagen, en dat lijkt nog steeds min of meer in evenwicht, maar als je met de radiotelegrafisten praat hoor je dat ze in Europa genoeg hebben van de oorlog.' In de loop der jaren had Sanele vriendschap met radiotelegrafisten, zowel particuliere personen als militairen, over de hele wereld gesloten. 'De soldaten lijden honger en de mensen in hun thuislanden ook. Er heersen besmettelijke ziektes, mannen deserteren, in de fabrieken wordt gestaakt, veel regeringen vallen of worden afgezet. Ik begrijp het niet helemaal, maar het zal snel voorbij zijn. Ze kunnen in Europa niet nog een oorlogswinter volhouden.'

Inmiddels was er ook steeds vaker sprake van verloren Duitse veldslagen. Nadat de Verenigde Staten in 1917 betrokken waren geraakt bij de oorlog, was het tij definitief gekeerd.

Op 11 november 1918, in het kleine regenseizoen tijdens het Keniaanse voorjaar, zette Sanele terwijl hij de radio bediende zijn koptelefoon ineens af. Ivy en Gerrit, die op nieuws wachtten, keken hem verbaasd aan. Hij had een uitdrukking van vreugde en ongeloof op zijn gezicht die ze nog niet eerder bij hem hadden gezien.

'Het is voorbij,' zei Sanele. 'Op een plek met de naam Compi-èg-ne...' Hij sprak de lettergrepen van de hem onbekende naam met moeite uit.

'Compiègne,' corrigeerde Ivy hem automatisch.

'...is een wapenstilstand tussen Duitsland, Frankrijk en Engeland gesloten.' Saneles stem was nagenoeg toonloos. 'Het is voorbij!'

'Zijn de Duitsers verslagen?' vroeg Gerrit.

Sanele knikte. 'Ze hebben zich overgegeven. Nu komen alle soldaten naar huis.'

'Alle soldaten die het overleefd hebben,' verbeterde Ivy hem. Ze voelde een vaag medelijden voor de mannen die gedurende de laatste dagen en uren voor de wapenstilstand waren gedood. Het moest vreselijk zijn voor hun families om zo vlak voor het eind van de oorlog te horen dat hun dierbaren waren overleden

Ze zwegen even, tot Ivy opstond. 'Laten we het vieren,' zei ze. 'Ik heb nog een fles champagne. We... laten we een toost op Adrian uitbrengen,' voegde ze eraan toe toen Gerrit niet meteen antwoord gaf.

Gerrit schudde zijn hoofd. 'We moeten het de mensen in de missiepost vertellen,' zei hij. 'Ik ga er meteen naartoe.'

Ivy fronste haar voorhoofd. 'Kan dat niet tot morgen wachten?' vroeg ze. 'Voorlopig verandert er toch niets.'

'Zulk belangrijk nieuws kunnen we toch niet voor onszelf houden?!' riep Gerrit. 'Ze willen beslist een dankdienst houden!'

'In het holst van de nacht?' vroeg Ivy. Het was halftien

’s avonds. ‘Goed, dat zou inderdaad kunnen.’ Ze wist dat de dag voor de paters en zusters ’s avonds laat met een avonddienst eindigde en voor dag en dauw met een mis begon.

‘Ik rijd ernaartoe,’ hield Gerrit vol en hij was verdwenen voordat Ivy nog iets kon zeggen.

Ze keek hem niet-begrijpend na. ‘Goed dan,’ zei ze. ‘Dan vieren we het zonder hem, Sanele. Roep Wawira erbij, ze is nog in de keuken. Ze zal dolblij zijn als ze hoort dat haar zoons veilig zijn.’

Wawira’s zoons dienden bij de King’s African Rifles.

Sanele glimlachte. ‘Wil je met het personeel toosten?’ vroeg hij. ‘Wat zou meneer Harper daarvan vinden?’

‘We hebben de oorlog samen doorstaan en vieren de vrede ook samen,’ antwoordde ze.

Wawira dronk voor het eerst champagne en verbaasde zich over het prikkelende gevoel op haar tong. Sanele en Ivy glimlachten naar elkaar.

‘Zodra de situatie gekalmeerd is, heropenen we het resort,’ zei Ivy. ‘Alleen niet meer voor jagers. Ik heb er goed over nagedacht. Als Gerrit dat wil, dan bied ik hem een baan aan. Hij kan lezingen over de dieren en de natuur in Afrika aan de gasten geven. In plaats van foto’s met jachttrofeeën krijgen de gasten foto’s met levende dieren op de achtergrond. Dat moet te regelen zijn, zelfs als we daarvoor een tweede auto moeten aanschaffen zodat hij de gasten in de andere auto kan fotograferen terwijl er leeuwen passeren. Het wordt een nieuw tijdperk waarin geen dieren meer gedood worden.’

‘Hosanna!’ riep Wawira. ‘Een kalf en een leeuw zullen samen weiden en een kleine jongen zal ze hoeden. Een leeuw en een rund eten beide stro. Bij het hol van een adder speelt een zuigeling, een kind graait met zijn hand naar het nest van een slang. Niemand doet kwaad, niemand sticht onheil op heel mijn heilige berg, zegt de Heer.’

De kokkin was een gelovige christen en leek delen van de Bijbel uit het hoofd te kennen.

'Zoiets...' mompelde Ivy.

Sanele glimlachte en hief zijn glas. 'Op de vrede!'

Ivy bleef niet wakker tot Gerrit terugkwam en zag hem de volgende ochtend ook niet. Sanele had 's ochtends vroeg naar de eerste radioberichten geluisterd en ze waren nu in het Kikuyu-dorp om de bewoners het nieuws te vertellen. De Afrikanen aan het front waren nog niet helemaal veilig. Er waren motorrijders onderweg om het nieuws over het eind van de oorlog aan de troepen in Noord-Rhodesië te melden, maar er waren nog steeds vijandelijkheden met soldaten van het Duitse koloniale leger.

'Laten we hopen dat onze vrienden op het laatste moment niets overkomt,' zei Ivy tegen Gerrit toen ze elkaar tijdens de lunch uiteindelijk zagen. 'Waren ze blij met het nieuws in de missiepost?'

Gerrit knikte. 'Jazeker, ze waren dolblij. Ik heb erop aangedrongen dat iedereen wakker gemaakt werd. Sommige nonnen sliepen al. De dankdienst was bijzonder verheffend.'

'Vanmiddag maak je er nog een mee,' vertelde Ivy. 'Er worden overwinningsfeesten in Kijabe georganiseerd. Eerst zijn er kerkdiensten in de verschillende kerken, daarna muziek en dans en stalletjes met eten en gratis bier op straat. De postmeester zegt dat iedereen uitzinnig is. We moeten er absoluut naartoe!'

'Moeten we dan gratis bier drinken?' vroeg Gerrit aarzelend.

Ivy schudde haar hoofd. 'Nee, dat hoeft niet, maar laten we feestvieren. Onze contacten vernieuwen. Onze vrienden ontmoeten, zoals de Derringers en onze voormalige leveranciers. Ik wil het resort zo snel mogelijk heropenen. Het leven gaat eindelijk verder, Gerrit. Heb je... heb je er trouwens al over nagedacht wat je na de oorlog wilt gaan doen?'

Gerrit schudde zijn hoofd. 'Mijn boek uitgeven,' antwoordde hij. 'Misschien kan ik lezingen over de Afrikaanse dierenwereld op universiteiten geven.' Hij leek niet erg enthousiast over het idee.

Ivy glimlachte. 'Misschien heb ik een beter voorstel.'

Gerrit leek blij en opgelucht toen ze hem aanbood om voor haar te komen werken en hij stemde meteen toe. Tegen de avond ging hij met haar mee naar Kijabe, waar de mensen al voor de kerkdiensten op straat dansten. Het getrommel van de Afrikanen vermengde zich met doedelzakmuziek – Ivy wist helemaal niet dat er zoveel Schotten in de stad woonden – en vrolijke liederen.

De kerkdienst was natuurlijk een plechtige aangelegenheid. De anglicaanse dominee bedankte God met gebeden en lofzangen voor de vrede. Hij herinnerde de mensen echter ook aan het verlies van alle mensenlevens in de oorlog, las de namen van de gevallenen uit zijn gemeente op en vroeg de aanwezigen om te bidden voor de vermisten. Naast Adrian werden er na de verschillende gevechten nog drie andere mannen uit de stad vermist.

'Als ze nog in leven zijn, dan bestaat de kans dat ze naar huis komen,' zei Peter Derringer na de kerkdienst. Hij dronk bier terwijl Susan en Ivy een glas appelwijn hadden. Gerrit wilde geen gratis drank.

'Waarom juist nu?' vroeg Ivy verbaasd aan Peter.

'Beschuldigt u Adrian Edgecumbe ervan dat hij gedeserteerd is, meneer Derringer?' vroeg Gerrit fel.

De wapenhandelaar hief zijn hand kalmerend. 'Natuurlijk niet. Maar het komt voor dat soldaten tijdens de chaos van de oorlog ergens worden ingesloten, in een gebied dat ze weliswaar met man en macht verdedigen, maar dat afgesloten is van de belangrijkste slagvelden. Of ze komen in vijandelijk gebied terecht en moeten zich verstoppen. Ze kunnen ook gevangengenomen zijn, maar om welke reden dan ook niet geregistreerd zijn als krijgsgevangenen. Dat is eerder gebeurd. Verlies de hoop dus niet, Ivy...'

Ivy slikte. Het was waarschijnlijk beter om nog even te wachten met de hervorming van het jachtresort.

34

Gedurende de maanden erna keerden de soldaten geleidelijk naar hun landen van herkomst terug. De Kikuyu-mannen kwamen als eersten naar hun gezinnen terug. Ze hadden niet op de officiële ontslagpapieren gewacht, maar waren vertrokken zodra de wapens waren neergelegd. De Duitsers en hun *Askari* waren niet verslagen en waren daar trots op. Na een paar weken internering keerden de soldaten naar Duitsland terug en de *Askari* verspreidden zich in alle richtingen.

De vrouwen op Edgecumbe Farm vierden de terugkeer van hun helden, maar rouwden ook om de verliezen. Hoewel geen van hun mannen was gesneuveld, hadden sommige mannen er de voorkeur aan gegeven om naar Nairobi of Mombasa te gaan en hun geluk daar te beproeven in plaats van naar hun stam terug te keren. Hun vrouwen klaagden, hoewel Ivy hun onmiddellijk banen in de huishouding en dienstverlening aanbood. Ivy wilde de mannen eveneens weer in dienst nemen, maar ze vroeg iedereen om geduld te hebben. Zonder gasten waren er geen inkomsten en pas als het resort weer activiteiten aanbood, was er geld om de salarissen te betalen. Ze was opgelucht omdat de mensen loyaal bleken te zijn. Het resort moest worden gerenoveerd, de tenten moesten worden hersteld en de verwilderde tuin moest worden verzorgd. Ze overwoog om een lening af te sluiten, maar zolang Adrian werd vermist verwachtte ze niet veel medewerking van de bank.

Gerrit maakte zijn boek af en verdiepte zich in de nieuwste technieken op het gebied van fotografie. Met het voorschot voor het fotoboek dat hij uiteindelijk van een gerenommeerde Britse uitgeverij kreeg kocht hij een nieuwe camera die nog meer kon dan de vorige. Opnieuw ging hij enthousiast met Ivy de bush in om dieren te fotograferen en hij maakte foto's van de gerenoveerde tenten, de tuin van het resort en het huis. Ivy was van plan een brochure te publiceren om geïnteresseerden een eerste indruk van Edgecumbe Farm te geven.

Sanele trainde het huishoudelijk personeel omdat de vaardigheden van de bedienden na vier jaar oorlog moesten worden bijgeschaafd. Hij maakte ook lijsten van alles wat nodig was voor de heropening. Bij het zien van het totale bedrag werd Ivy duizelig. Ze begon met haar vroegere leveranciers over leningen te onderhandelen.

In maart, vier maanden na het eind van de oorlog en vlak voor het begin van het grote regenseizoen, veranderde alles. Opnieuw reed een auto, een vierdeurs Cadillac, het erf op. Als eerste stapte de chauffeur uit. De werknemers van de boerderij legden het werk neer en kwamen nieuwsgierig dichterbij. Zo'n elegante auto hadden ze niet meer gezien sinds de laatste welgestelde jachtgasten op het resort waren geweest.

De chauffeur hielp eerst een vrouw van ongeveer midden veertig uit de auto en vervolgens een forse man die zich alleen met behulp van krukken kon voortbewegen.

Sanele haastte zich naar hen toe om te informeren wat ze kwamen doen. Hij was niet zo formeel gekleed als anders bij het begroeten van gasten, maar daar was niets aan te doen. Tot zijn verbazing herkende hij het stel als twee voormalige jachtgasten.

'Meneer Wiltshire! En *missus* Wiltshire! Het was altijd een bijzondere eer om u als onze gast te mogen ontvangen, *milady*,' zei hij.

Mevrouw Wiltshire leek gevleid en bijzonder onder de indruk van de tuin en de boerderij. Haar man vond het echter niet nodig om beleefdheden met het personeel uit te wisselen.

'Majoor Wiltshire,' corrigeerde hij op een verwijtende toon, alsof Sanele aan zijn gezicht had moeten zien dat hij die militaire rang inmiddels had gekregen. 'We willen mevrouw Edgecumbe bezoeken. Ze woont hier toch nog steeds?'

Sanele maakte een lichte buiging. 'Natuurlijk, majoor. Ik zal haar onmiddellijk op de hoogte stellen van uw bezoek. Maar kom alstublieft binnen, dan schenken we iets te drinken voor u in.'

De Wiltshires volgden hem de hal in. Meneer Wiltshire had moeite om vooruit te komen, maar sloeg de hulp van zijn vrouw op een botte toon af. Sanele gaf een jonge Kikuyuvrouw, die de vloer in de hal dweilde, opdracht om de gasten thee te serveren in de hoop dat ze zich herinnerde hoe ze dat moest doen. Daarna ging hij op zoek naar Ivy. Ze had net paardgereden en droeg haar oude rijrok nog.

'Je hebt bezoek!' riep hij naar haar. 'Majoor Wiltshire uit Mombasa en zijn vrouw. Ik weet niet waarom ze hier zijn, maar het is beslist zakelijk en dat is goed.'

Ivy herinnerde zich de forse eigenaar van een koffieplantage, die meerdere keren met Adrian had gejaagd, eveneens. Adrian had majoor Wiltshire, een gepassioneerde jager die heel rijk was, altijd persoonlijk begeleid. Zijn vrouw had zich intussen ontspannen en theegedronken met Ivy. Ivy had goede herinneringen aan haar. Ze kleedde zich snel om in een donkere rok en een witte blouse, streek haar haar glad en haastte zich naar de ontvangstruimte. Sanele was er al. Hij had een jasje over zijn werkkleding en linnen broek aangetrokken en schonk een glas cognac in voor majoor Wiltshire.

Ivy begroette haar gasten hartelijk. 'Wat een verrassing,' zei ze terwijl ze naar mevrouw Wiltshire keek. 'We zijn weliswaar nog niet open, maar als u uw bezoek aangekondigd had, dan hadden we ons op uw komst kunnen voorbereiden.'

Meneer Wiltshire wuifde haar woorden weg. 'Dat is niet nodig, mevrouw Edgecumbe. Ik was in Kijabe en hoorde daar dat uw echtgenoot vermist wordt. Ik wilde persoonlijk –'

'Kom eerst bij ons zitten, mevrouw Edgecumbe,' onderbrak zijn vrouw hem.

Sanele bracht thee en serveerde dat op een perfecte manier.

'Goed, ik wilde u dus persoonlijk... als het ware... eh...

mijn medeleven betuigen,' stamelde majoor Wiltshire alsof hij niet goed wist hoe hij Ivy moest vertellen wat hem duidelijk dwarszat.

Ivy keek hem niet-begrijpend aan.

'Wat mijn man wil zeggen is dat u verkeerd geïnformeerd bent,' nam zijn vrouw het van hem over. 'Het spijt hem vreselijk, maar majoor Wiltshire kan getuigen dat uw man tijdens een gevecht bij Moshi omgekomen is. Mijn man is zelf ernstig gewond geraakt en heeft dagenlang buiten bewustzijn in het ziekenhuis gelegen. Meteen na de oorlog zijn we naar Engeland gegaan om hem daar verder te laten behandelen. Zo kon zijn been gered worden. Toen we in Afrika terug waren, vertelden andere veteranen hem over het lot van zijn kameraden tijdens de bewuste veldslag. Hij hoorde dat het lichaam van meneer Edgecumbe niet gevonden was en hij daarom als vermist beschouwd werd. Mijn man besloot dat recht te zetten.'

Ivy nam een slok thee en hield haar ijskoude handen rond het kopje. Ze leek de dag waarop ze het bericht kreeg dat Adrian was vermist opnieuw te beleven, maar nu was er geen hoop meer.

'Vertel alstublieft verder,' zei ze zachtjes.

De majoor schraapte zijn keel. 'Adrian Edgecumbe en ik waren samen in het veld. Ik was zijn commandant, maar daar trokken we ons niets van aan. We gaven leiding aan samengestelde eenheden van Indiërs en Afrikanen en achtervolgden een groep *Askari*-soldaten. Ik weet niet of ze ons wilden afleiden of dat ze een andere strategie hadden, maar ze lokten ons in elk geval weg van de stad waar de verdedigers zich hadden verschanst, de bush in. Uiteindelijk bleken ze in een onoverzichtelijk bos met veel struikgewas te zitten. We besloten ze uit hun schuilplaats te verjagen, dus vielen we aan. En u weet hoe Adrian was: hij stormde altijd voor zijn manschappen uit. Onder zijn leiding kregen de gewone soldaten geen kans om laf achter te blijven. Hij sleurde ze gewoon mee. Hij slaakte een strijdkreet en stormde de struiken in.'

Majoor Wiltshire nam een grote slok cognac voordat hij verderging. 'We hadden geen idee dat het een hinderlaag was, een mitrailleurpost. De *Askari* hadden ons in de val gelokt. En hoeveel verdriet het me ook doet... Ik zag Adrian vallen. Hij werd net als velen anderen geraakt en viel in het struikgewas. We konden ons niet druk maken om de lijken en eventuele gewonden. Ik gaf opdracht tot een snelle terugtrekking. Later werd het bos met granaten bestookt, maar toen lag ik al in het ziekenhuis. Ik meldde de hinderlaag en werd met mijn mannen naar de straatgevechten in Moshi gestuurd. Daar raakte ik gewond.'

'Hebben ze niet geprobeerd de lichamen te bergen?' vroeg Ivy.

De majoor haalde zijn schouders op. 'Zoals ik al zei zijn er mortiergranaten gebruikt om de mannen uit het bos te verdrijven. Die veroorzaken een enorme ravage en vaak ontstaat er brand. Als er nog lijken gevonden zijn, waren ze waarschijnlijk niet meer te identificeren.'

Ivy wreef over haar voorhoofd. 'Het was... is erg attent van u, majoor Wiltshire, om hiernaartoe te komen om... om me dit persoonlijk mee te delen.'

De majoor maakte een afwerend gebaar. 'We waren kameraden, bij de jacht en in het veld. Ik had heel veel respect voor Adrian. Het minste wat ik kan doen is mijn condoleances aan zijn vrouw overbrengen. Het spijt me dat u hem niet op zijn boerderij kunt begraven. Dit land... en u mevrouw Edgecumbe, waren alles voor hem.'

Ivy wist niet goed wat ze daarop moest antwoorden. 'Ik... hield ook veel van hem,' antwoordde ze uiteindelijk. Het was geen leugen. Alleen was dat lang geleden.

'U zei dat het resort nog niet geopend is. Dat betekent dus dat u de boerderij wilt houden,' merkte mevrouw Wiltshire hartelijk op. 'Dat verheugt me. Er zijn hier natuurlijk veel herinneringen.' Ze keek naar de trofeeën aan de muur. Bij een eerder bezoek had ze aan Ivy toegegeven dat ze de jachtkamer van haar man vreselijk vond en ze had hem verboden om zijn trofeeën in de gezinsruimtes tentoon te stellen. Ivy vroeg zich af of mevrouw Wiltshire de jachtkamer zou leeghalen als haar man zou overlijden of dat de trofeeën betekenis voor haar kregen als het herinneringen waren geworden.

'Dat wil ik inderdaad,' bevestigde Ivy. 'Ik hoop dat u het me niet kwalijk neemt, maar... ik moet... even alleen zijn. Ik zou het echter bijzonder op prijs stellen om u binnenkort weer als safarigasten op Edgecumbe Farm te mogen verwelkomen.' Ze stond op en begeleidde het echtpaar naar buiten.

'Mijn dagen als jager zijn waarschijnlijk voorbij,' verzuchtte majoor Wiltshire terwijl hij haar bij het afscheid een hand gaf. 'Met dit been...'

'Ik ben van plan het aanbod van het resort uit te breiden, majoor. Misschien zijn uw dagen als jager voorbij, maar de bush is niet verloren voor u. U hoort van me als het zover is. Nogmaals hartelijk bedankt voor uw medeleven, majoor. Sanele, kunt u meneer Harper naar me toe sturen als hij van de missiepost terug is?'

Sanele had tijdens Ivy's gesprek met de Wiltshires in de hal gewacht en bleef daar tot Ivy de gasten naar buiten had gebracht.

'Is meneer Adrian dood?' vroeg hij toen ze terugkwam. Hij had tijdens het thee serveren waarschijnlijk opgevangen wat er werd gezegd. Hij gebaarde dat Ivy op een stoel moest gaan zitten. Ze was bleek en voelde zich zwak.

Ivy knikte en vertelde het verhaal van de majoor. 'Het klinkt geloofwaardig,' zei ze. 'Ik ga contact opnemen met de autoriteiten om ervoor te zorgen dat Adrian officieel doodverklaard wordt.'

'Ik weet niet wat ik moet zeggen,' zei Sanele. 'Ik wil je condoleren, maar...'

Ze keek hem aan. 'Het doet toch pijn,' legde ze uit. 'Hij was geen slechte man voor me. Het lag aan mij dat we niet gelukkig waren.'

Sanele gaf een kneepje in haar hand. 'Je was een heel goede vrouw voor hem,' verklaarde hij. 'Je hoeft nergens spijt van te hebben.'

Gerrit was diep getroffen door het definitieve nieuws van het overlijden. Hij had waarschijnlijk rotsvast in Adrian Edgecumbe's onsterfelijkheid geloofd. 'Ik ben er in elk geval voor je,' herhaalde hij de belofte die hij eerder had gedaan. 'Ik zal je bijstaan bij de nieuwe start. Dit was Adrians levenswerk. We zullen het laten herrijzen en laten groeien –'

'Wil je morgen met me meegaan naar de stad?' onderbrak Ivy hem. 'Ik moet met de autoriteiten over de overlijdensakte praten en de herdenkingsdienst met de dominee bespreken. En misschien kan ik ook beter meteen naar de bank gaan.'

Ivy had weinig geduld voor theatrale speeches en had er geen behoefte aan om herinneringen uit te wisselen, wat Gerrit blijkbaar wel wilde. Hij begon te vertellen hoe hij Adrian had leren kennen, praatte over de safari's die ze samen hadden meegemaakt en zijn behulpzaamheid bij het regelen van een snelle reis naar Engeland voor hem en zijn vrouw. 'Hij hield heel veel van je,' beweerde hij, hoewel hij hen nooit samen had gezien.

Ivy zag ervan af hem erop te wijzen dat hij op hun bruiloft was uitgenodigd, maar op dat moment een expeditie in de bush begeleidde. Inmiddels was ze ervan overtuigd dat ze voor Adrian altijd slechts een van zijn trofeeën was geweest. Het had hem plezier gedaan macht over haar uit te oefenen. Misschien had hij dat als liefde beschouwd, net zoals hij beweerde te houden van de dieren die hij doodschoot en ze te respecteren, maar hij had nooit echt belangstelling voor haar verlangens en behoeften gehad.

De dagen erna ging Ivy meerdere keren naar Kijabe om alle formaliteiten af te handelen. Ze had enige tijd geleden leren autorijden en was heel blij met haar nieuwe zelfstandigheid.

Ze kocht samen met Susan Derringer rouwkleding. Dat was weliswaar duur, maar Susan herinnerde haar eraan dat haar toekomstige gasten zouden verwachten dat ze zich tijdens de rouwperiode in het zwart zou kleden.

Tijdens de herdenkingsdienst was ze blij dat ze het advies van haar oudere vriendin had opgevolgd. Ze droeg een eenvoudige, bijzonder elegante zwarte jurk en verborg haar gezicht achter een zwarte sluier. De dominee hield een ontroerende rouwrede waarin hij herinneringen ophaalde aan Adrian en zijn verdiensten voor Afrika, van zijn begin als avonturier tot aan zijn dood op het slagveld. Hij noemde zijn jonge weduwe ook, die dapper genoeg was om zijn nagedachtenis in leven te houden door de boerderij voort te zetten. Ivy was hem dankbaar, want bij de dienst was de helft van de inwoners van het stadje aanwezig, met inbegrip van de leveranciers en ambachtsmannen wiens hulp ze nodig had voor de heropening van het resort. Zelfs strijdmakkers uit Nairobi waren aanwezig, net als Newland, de Tarlton-broers en de jagers Bingham en O'Toole. Victor Newland hield tijdens de daaropvolgende receptie, waarbij Gerrit naast Ivy stond, een nauwelijks minder meeslepende toespraak. Met Adrian was een groot man gestorven, een man die in Afrika altijd in de herinnering zou blijven.

Ivy moest ineens aan Margarets lied denken: Je zult met een jager trouwen, een zeer goede jager die beroemd werd door de Selkie te doden, de echte heerser van het land waarin hij jaagde. Tegelijkertijd viel het haar op dat ze in de kerk en nu tijdens de receptie in een club in het stadje geen enkel donker gezicht zag. Natuurlijk bedienden er Afrikanen, maar ze maakten geen deel uit van de gasten.

Toen ze dat aan Gerrit vertelde, vond hij het volkomen normaal. 'We houden een aparte herdenkingsceremonie voor het personeel op de boerderij,' zei hij. 'En er is een herdenkingsdienst in de missiepost gepland waarbij de Kikuyu en de Masai aanwezig kunnen zijn. Adrian was tenslotte een enorme beschermer en weldoener van de missie.'

De kerkdienst van de missionarissen en nonnen was heel mooi. Er werden minder toespraken gehouden en er werd meer gezongen en gebeden. Ivy hield het niet droog toen het nonnenkoor – met Margaret als voorzangeres – zong en ze lachte om het kinderkoor. Toch bleef er een bittere nasmaak achter. Als Adrian zo belangrijk voor Afrika was geweest, waarom konden zwart en wit dan niet gezamenlijk om hem rouwen?

De dag na de herdenkingsdienst in de missiepost moest Ivy eigenlijk naar Kijabe vanwege de banklening, maar ze bedacht zich. Ze nam weliswaar de auto, maar reed de bush in om het land dat nu van haar was in bezit te nemen. Via de paden die door Sanele waren gevormd, bereikte ze de waterpoel waar Gerrit en zij door de Sukuma waren aangevallen. Gek genoeg dacht ze niet aan de angst die ze destijds had gevoeld, maar alleen aan de dieren die in dit deel van het resort leefden. Ze liet de auto achter en ging naar haar favoriete schuilplaats, van waaruit ze een leeuwin met haar welpen zag rusten en een kudde olifanten de bladeren van een paar bomen zag eten. De takken braken als dunne twijgen door de slurven van de dieren en de olifanten schoven de bladeren behendig in hun bek. Vanuit een andere schuilplaats observeerde ze een zebrahengst die een merrie het hof maakte terwijl haar veulen hem angstig ontweek. Een grote kudde gnoes graasde niet onder de indruk van het liefdesspel verder en ineens passeerden er een paar halfvolwassen mannetjesgiraffen die elkaar speels aanstootten en achtervolgden.

Ten slotte reed ze de savanne op en ontdekte daar een grote groep neushoorns en buffels. De neushoorns, vrouwtjes met hun jongen, lagen lui in de zon. De buffels graasden en een groot mannetje schuurde tegen een boomwortel en trok die daarbij half uit de grond. Ivy voelde een enorme liefde en kalmte door zich heen stromen terwijl ze naar de dieren keek. Vanaf nu zouden ze in vrede kunnen leven; het resort zou ze beschermen. Ze ging in de schaduw van een acacia zitten en staarde naar het vredige beeld van een groep grazende giraffen. Op dat moment voelde ze zichzelf ook beschermd. Ze zag Sanele niet, maar sinds ze wist dat hij haar meestal achternaging tijdens haar uitstapjes in de bush, probeerde ze zijn aanwezigheid te voelen.

Meteen daarna berispte ze zichzelf om haar dwaze gedachten. Adrian had een keer geprobeerd haar te laten geloven dat hij tijdens de jacht een spirituele band met zijn prooi opbouwde, maar dat geloofde ze allang niet meer. Het was alleen een interessant verhaal geweest om haar voor zich te winnen. En een rechtvaardiging voor het plezier waarmee hij doodde en het gevoel van macht dat hij daardoor kreeg.

35

De bank hield Ivy in eerste instantie aan het lijntje met het argument dat de overlijdensakte nodig was voordat er over leningen kon worden onderhandeld. Toen Ivy die overhandigde, voerde de bankdirecteur aan dat haar nieuwe concept van een niet-gewelddadige safari sterk afweek van het bedrijfsconcept van haar echtgenoot en dat de directie van zijn bank niet overtuigd was. Dit bracht Ivy in ernstige financiële problemen. Ze had haar laatste spaargeld uitgegeven aan de herdenkingsdienst voor Adrian en de aanschaf van haar nieuwe garderobe. Verdrietig vertelde ze Gerrit dat ze waarschijnlijk land moest verkopen, maar dat wuifde hij weg.

'Dat zou wat moois zijn, Ivy, als je Adrians land moet verkopen omdat deze bankdirecteur niet in staat is om vooruit te denken. We gaan er morgen samen naartoe,' zei hij.

Hij liet de krant die hij aan het lezen was geïrriteerd zakken. Sinds kort konden ook de mensen die verder van de stad woonden zich op de krant abonneren, en Ivy praatte via de telefoon met de Derringers en andere vrienden. Saneles radioapparatuur was verouderd, hoewel hij nog steeds contact onderhield met een paar vrienden. De grote bruine kist was verplaatst van de kamer naast de ontvangstruimte naar de schuur waar de nonnen hadden gewoond. Sanele had toestemming van Ivy gekregen om daar te wonen. Toen Adrian de leiding had sliep hij in een hut in het Kikuyu-dorp.

'Waarom bel je je vrienden niet gewoon?' vroeg Ivy toen Sanele na een gesprek via de radio naar het woonhuis terugkeerde. De bedienden hadden de open haard aangestoken voor Gerrit en haar, en Sanele maakte van de gelegenheid gebruik om op te warmen terwijl hij vroeg of hij ze nog iets kon brengen.

Hij keek naar beneden terwijl hij antwoord gaf. 'Ik... ben bang dat ze het aan mijn stem kunnen horen,' zei hij.

Ivy fronste haar voorhoofd. 'Wat bedoel je?' vroeg ze verbaasd.

Ze had hem graag een cognac aangeboden om op te warmen, maar wist dat Gerrit dat zou afkeuren.

'Dat ik zwart ben, miss Ivory,' antwoordde Sanele bijna onhoorbaar.

Gerrit had het gehoord. 'Heb je je voorgedaan als een blanke man?' vroeg hij beschuldigend.

Sanele schudde zijn hoofd. 'Niemand heeft me dat ooit gevraagd, meneer,' verdedigde hij zichzelf. 'En nu...'

'Het hindert niet, Sanele,' zei Ivy voordat Gerrit zich nog meer zou opwinden. 'De radio is van jou. Wij bemoeien ons daar niet mee.'

Sanele liep naar zijn schuur terug en Gerrit begon meteen bezwaren te uiten. 'Eerlijkheid is toch echt het minste wat we van het personeel kunnen verwachten! Wie weet wat hij nog meer uitspookt als je hem toestaat uit jouw naam bestellingen aan te nemen of aanmeldingen te beheren.'

Ivy zuchtte. 'Hij doet dat al heel lang en heeft me nog nooit bedrogen,' argumenteerde ze. 'En ook nu heeft hij niet gelogen, maar hooguit iets verzwegen. En als het inderdaad is zoals jij denkt, Gerrit, als er echt een verschil tussen blanke en inheemse mensen is, dan zouden de andere radiotelegrafisten beslist gemerkt hebben dat hij anders is, of niet soms?' Ze sloot haar ogen even. 'Ik ga nu slapen, het gesprek met de bankdirecteur heeft me vermoeid. Wil je echt nog een poging wagen?'

Gerrit knikte bedaard. 'Ik regel het voor je, maak je geen zorgen.'

Ivy liet hem alleen met zijn cognac en de krant en ging naar de keuken, waar de twee Kikuyu-meisjes die ze de laatste tijd in een kamer naast de keuken liet slapen, het ontbijt voor de volgende ochtend voorbereidden. Ze vroeg een van hen om een pot thee te zetten en die naar Sanele te brengen. 'En doe er een flinke scheut rum bij,' zei ze. 'Dat verwarmt het lichaam van binnenuit. We moeten echt verwarming in de schuur regelen.'

Ivy was verbaasd dat het bezoek aan de bank in het gezelschap van Gerrit volkomen anders verliep dan de twee keer dat ze er alleen was geweest. De directeur luisterde aandachtig naar het gepresenteerde zakelijke concept, stelde vragen over de rol die Gerrits fotografie daarin zou spelen, en informeerde of hij van plan was om de komende jaren op de boerderij te blijven. Uiteindelijk keurde hij de lening goed – met grote vreugde, zoals hij beweerde – en feliciteerde hij Ivy met haar capabele nieuwe bedrijfsleider. Ze was te verbijsterd om te vertellen dat Gerrit alleen als bioloog en safaribegeleider was aangenomen en dat ze van plan was de bedrijfsvoering zelf in handen te houden.

Toen ze hem later vroeg waarom hij dat niet had tegengesproken, antwoordde hij: 'Het belangrijkste is dat je de lening krijgt en het is volkomen irrelevant of de man denkt dat jij in staat bent om een bedrijf te leiden.'

'Ik begin langzamerhand te begrijpen hoe jij je soms voelt,' zei Ivy tegen Sanele naarmate meer situaties zoals die bij de bank zich herhaalden. Leveranciers die jarenlang wijn en champagne aan Edgecumbe Farm hadden geleverd en delicatessenzaken waar ze pasteien en sterkedrank hadden gekocht, hadden de neiging om Ivy's telefonische bestellingen eenvoudigweg te negeren. Als Gerrit daarna aandrong, werden de artikelen snel geleverd. 'Dat gedrag maakt me woedend.'

Sanele glimlachte. 'Je raakt eraan gewend,' beweerde hij. 'En als je winst maakt, gaan de mensen je respecteren, op zijn laatst als je ermee dreigt een andere leverancier te zoeken. Mijn positie zal echter nooit veranderen, ongeacht wat ik presteer. Het maakt me niet meer woedend, maar het is vermoeiend. Ze zullen me als ik tachtig ben nog steeds "boy" noemen.'

Ivy legde haar hand even op zijn schouder, een gebaar dat te klein was om door anderen te worden opgemerkt, maar voor hen beiden troostend was. 'Hier gebeurt dat niet. Voor mijn gasten ben jij na de heropening meneer Zoeloe, die verantwoordelijk is voor alles wat met de leiding van het resort te maken heeft. Ze moeten er maar aan wennen.'

De waardering die Gerrit van Ivy's zakenpartners kreeg steeg hem in elk geval niet naar het hoofd. Hij stelde zichzelf voor als haar vertegenwoordiger als hij weer eens moest bellen om goederen geleverd te krijgen. Als hem rechtstreeks naar zijn werk in het resort werd gevraagd, vertelde hij dat hij fotograaf en safaribegeleider was, en hij bemoeide zich nooit met Ivy's plannen of probeerde zijn eigen ideeën door te drukken. Ivy vond het bijzonder prettig dat hij niet zo gesteld was op macht als Adrian was geweest. Gerrit was weliswaar vast overtuigd van de superioriteit van de Europeanen ten opzichte van de Afrikanen en liet de werknemers dat ook voelen, maar hij had er geen behoefte aan om ze te treiteren, zoals Reggie soms had gedaan, en stond er ook niet op om *bwana* genoemd te worden, zoals Adrian had gedaan. Behalve dat hij zich door de inheemse mensen liet bedienen, had hij geen contact met hen.

Uiteindelijk naderde het moment waarop het resort werd heropend en Ivy had hoge verwachtingen van de advertentie die ze in de grote kranten van Nairobi en Mombasa liet plaatsen.

Een reis naar het paradijs! Bezoek de dieren van Afrika in hun natuurlijke habitat! De safarilodge Edgecumbe Farm biedt reizen naar een wereld die tot nu toe alleen door het vizier van een jachtgeweer werd geobserveerd. Maar wie heeft er jachttrofeeën nodig wanneer zijn safari naar leeuwen, luipaarden, neushoorns en olifanten fotografisch kan worden vastgelegd?

Geniet van het wild tijdens hun migraties, als ze op zoek zijn naar eten en van de jonge spelende dieren. Onze bioloog en fotograaf Gerrit Harper, een beroemde begeleider van wetenschappelijke expedities in de bush, zal u op een boeiende en veilige manier kennis laten maken met de dierenwereld. Uw gastvrouw Ivory Edgecumbe biedt u schitterende diners onder de sterrenhemel en de betovering van het overnachten in comfortabele safaritenten.

Heropening op 1 september 1919.

Op safari!

Ze was bijzonder benieuwd naar de reacties, want tot nu toe hadden de mensen aan wie ze haar plannen had verteld nogal sceptisch gereageerd. Peter en Susan Derringer vonden safari's zonder bloedvergieten een volkomen onzinnig idee en Reggie was er nog feller op tegen geweest. Hij was heelhuids uit de oorlog teruggekeerd en had voorlopig genoeg van avonturen met een onzeker resultaat. Hij had zijn positie op Edgecumbe Farm dolgraag terug willen hebben en was ervan overtuigd dat hij Adrian gedurende de laatste maanden voor de oorlog uitstekend had vervangen.

Ivy's ouders, met wie ze eindelijk weer regelmatig briefcontact had nadat er tijdens de oorlog alleen sporadisch brieven waren gekomen, hadden ook hun twijfels over haar bedrijfsconcept.

Ik begrijp er niet veel van, maar ik denk dat als iemand op safari naar Afrika gaat, hij ook wil jagen, schreef haar moeder. *Je vader is ervan overtuigd dat de reis te duur is om alleen rond te kijken en dieren te observeren die je ook in de dierentuin van Londen kunt zien. Je wilt iets meenemen van zo'n reis.*

'Als dat zo was, dan zou niemand naar de Niagara-watervallen gaan,' merkte Gerrit op toen Ivy hem de brief bezorgd voorlas. 'Of alleen als je daar kunt vissen. Van de beroemde geisers in IJsland en Nieuw-Zeeland, die tijdens iedere wereldreis bezocht worden, kun je hoogstens foto's meenemen en niemand stopt waarschijnlijk Saharazand in zijn koffer.'

Ivy's zus Rosamond schreef haar om een heel andere reden. Haar man was lichamelijk ongedeerd, maar psychisch zwaargehavend uit de oorlog teruggekeerd. Zijn ideeën over heldendom waren verzonken in de modder en het bloed van de loopgraven in Frankrijk. Hij had ontslag genomen uit het leger en zocht nu werk op de landgoederen van zijn familie of in het koffie- en thee-importbedrijf van zijn schoonvader. Helaas beviel hem dat allemaal niet en Rosamond zocht naar alternatieven, eventueel op Edgecumbe Farm.

Ze schreef: *Je zou het jagen beslist kunnen blijven aanbieden als je een bekwame bedrijfsleider zou hebben. Mijn Jeffrey zou daar heel geschikt voor zijn. Hij is een gepassioneerde jager, heeft uitstekende manieren en zou het inheemse personeel ongetwijfeld onder de duim kunnen houden.*

Gerrit lachte om het idee, maar Ivy was vooral teleurgesteld. Rosamond zou moeten weten dat de hervorming van het resort ongelofelijk belangrijk voor haar was en dat het er niets mee te maken had dat ze geen vervanger voor Adrian als jachtbegeleider had.

Na het verschijnen van de advertentie wachtten Ivy, Gerrit en Sanele vol spanning op het rinkelen van de telefoon en het arriveren van de postauto. Tegenwoordig hoefde de post niet meer in Kijabe te worden opgehaald, maar werd deze met de auto gebracht. Tot hun grote vreugde werden ze niet teleurgesteld. Net als voorheen wilden voornamelijk zakenmensen of ambtenaren uit Mombasa en Nairobi een paar dagen in de bush ontspannen. Sommigen van hen waren al op Edgecumbe Farm geweest en het hoofd van het gezin had natuurlijk deelgenomen aan de jachttrips. Nu waren de boekingen meestal het initiatief van hun vrouwen, die het verblijf heel fijn hadden gevonden.

De meeste mannen namen hun geweren mee omdat ze nauwelijks konden geloven dat er echt niet meer werd gejaagd, maar ze werden al snel enthousiast over de tochten in Ivy's nieuwe open terreinwagen over de hobbelige paden. Tijdens de oorlog hadden alle legers terreinwagens gebruikt en die waren ook uitstekend geschikt voor safaritochten. Gerrit reed meestal niet zelf, maar liet dat over aan een jonge Kikuyu-chauffeur, die er plezier in had om de autorit zelf al tot een belevenis te maken. Als de auto stopte en de dieren naderden, vielen de gasten van de ene verbazing in de andere. Soms slaakten ze kreten, wat zelfs leeuwen en luipaarden verjoeg. Vaak verbaasden de mannen zich erover dat de dieren wegrenden in plaats van aan te vallen. Gerrit legde dan uit dat dat ook al gebeurde toen er werd gejaagd.

'Het woord "jagen", dames en heren, betekent dat iemand wegrent en de ander hem achtervolgt. Heel zelden moet je je tegen wilde dieren verdedigen en daarom verplaatsen we ons in de bush met gewapende bewakers. Maar als de dieren niet geprovoceerd worden of zich in het nauw gedreven voelen, zijn ze vreedzaam. Bijzondere voorzichtigheid is echter geboden als ze jongen hebben. Dus blijf alstublieft rustig als we zo meteen een leeuwin bezoeken en stiekem een kijkje in haar kraamkamer nemen.'

Net als voor de oorlog waren vooral de vrouwelijke gasten heel enthousiast over Ivy's dierentuin, die inmiddels veel kleiner was. Tijdens de oorlog had ze de meeste dieren vrijgelaten maar de baviaan Kurti was er nog steeds, net als de olifantenkoe Bori en een zebra die mank liep. De bushbaby's waren eveneens vrijgelaten, maar hadden bomen op de boerderij gevonden om in te wonen. Na zonsondergang kon Ivy ze aan haar gasten voorstellen. Naast de safariritten en Gerrits lezingen over biologie organiseerde Ivy opnieuw avonden in het Kikuyu-dorp en bij de Masai. De vrouwelijke gasten bezochten de florerende missiepost graag en lieten zich met de kinderen van de school fotograferen. Toen een van de Masai een witte bezoeker lachend zijn speer gaf, wilden de andere gasten ook als 'krijgers' worden gefotografeerd en poseerden ze met kinderlijke vreugde in stamkleding. Er werd nog steeds een aperitief bij zonsondergang op het terras met uitzicht op de waterpoel geserveerd, er waren feestelijke diners onder de sterrenhemel en eens per week werd er een picknick in de bush georganiseerd. De spoorzoekers gingen van tevoren op zoek naar plekken waar geen roofdieren waren en patrouilleerden ongezien rond de picknickplekken om nieuwsgierige leeuwen of neushoorns te verjagen.

Aan het einde van hun verblijf kregen alle gasten een fotoboek met de mooiste momenten van hun verblijf op Edgecumbe Farm.

In het begin van het jaar 1920 maakte het voorzichtige optimisme van Ivy plaats voor de zekerheid dat haar nieuwe bedrijfsconcept een succes was. Steeds vaker begroette ze journalisten van over de hele wereld die over de safari's zonder bloedvergieten in Kenia wilden schrijven en Ivy de 'Moeder van de dieren' noemden. In de artikelen werd altijd verwezen naar de interessante keuken van de safarilodge. Ivy had besloten om geen Europese kok meer in dienst te nemen en had in plaats daarvan de recepten van haar Kikuyu-kok samen met haar aangepast. Wawira had voldoende van de vorige kok opgestoken om eenvoudige Europese gerechten te kunnen koken, zodat de gasten die geen exotische gerechten wilden proberen ook tevreden waren. Voor de kinderen maakte de kok graag vis en geroosterde aardappelen.

Het kwam natuurlijk voor dat gasten de waarschuwing om de boerderij niet alleen en onbeschermd te verlaten niet serieus namen. Zodra er iemand werd vermist, ontstond er een koortsachtige activiteit onder het personeel. Soms moesten mensen er zelfs van worden weerhouden om uit de auto te stappen om een dier dat net langsliep te aaien. Doordat op de boerderij werd benadrukt dat de dieren medeschepselen waren die bescherming verdienden, kregen sommige gasten het idee dat de natuur alleen vriendelijk was. Sanele had gezien dat een vrouwelijke gast een giftige slang die over de vloer van haar tent gleed kalm observeerde. Ze maakte een schets van de tekening van het dier in haar reisdagboek en besefte het gevaar niet. Ivy liet uiteindelijk nachtwachters patrouilleren en vuren rond de tenten aansteken om de gasten te beschermen. In de oorlogsjaren waren de dieren tammer geworden en er werden vaak gazelles of coyotes gezien. Vooral de agressieve bavianen bezorgden hun problemen. Ze wezen de gasten erop dat ze de dieren in geen geval mochten voeren en nadat een vrouw was gebeten door een baviaan, begon Gerrit de apen weer te verjagen door op ze te schieten.

'Is het je opgevallen dat we steeds meer alleenreizende vrouwen onder de gasten hebben?' vroeg Gerrit tijdens een van de regelmatig terugkerende vergaderingen.

Wawira en Sanele waren ook aanwezig, maar toch praatte hij alleen tegen Ivy en schonk hij de Afrikanen nauwelijks aandacht.

'Inderdaad, meneer Harper,' zei Sanele zoals altijd met onwrikbare beleefdheid. 'De dames komen zonder mannelijke begeleiding, maar meestal met een goede vriendin of hun kinderen.'

'We adverteren ermee dat we vooral graag gezinnen verwelkomen,' voegde Ivy eraan toe.

Gerrit nam kinderen weliswaar niet graag mee op safaritochten, maar als een gezin dat wilde, dan ging Ivy mee en zorgde zij ervoor dat de kinderen zich gedroegen terwijl de ouders alleen nog oog voor de olifanten of neushoorns hadden.

'En omdat het resort onder leiding van een vrouw staat, vinden de echtgenoten het ook geen probleem als hun vrouwen met een vriendin op reis gaan.'

'Daarover wil ik opmerken dat het vertrouwen dat u in hen stelt, helaas niet altijd volledig gerechtvaardigd is,' merkte Sanele op. 'Onze bewakers zien de laatste tijd opnieuw frequente bezoeken van Masai-dansers aan de tenten.'

Gerrit keek niet-begrijpend naar Ivy en ze legde het hem uit.

'Maar de heimelijke ontmoetingen met de meisjes hebben zich niet herhaald?' vroeg ze vervolgens aan Sanele.

Hij schudde zijn hoofd. 'Dat zou ik meteen gemeld hebben, *memsahib*. U wilde daar tenslotte meteen een eind aan maken.'

Gerrit sloeg met zijn hand tegen zijn voorhoofd. 'En ik vroeg me al af waarom de dames zich zo graag met de Masaikrijgers laten fotograferen. Die zijn blijkbaar een andere soort trofeeën.'

'Staan we dat toe?' vroeg Sanele. 'Of moeten we maatregelen nemen om de dansers na de voorstelling bij de gasten weg te houden?'

Ivy dacht even na. 'Zolang het om volwassen vrouwen en mannen gaat zie ik geen reden om in te grijpen,' antwoordde ze vervolgens. 'We zijn tenslotte geen zedenmeesters. Het zou natuurlijk vervelend zijn als we daarom bekend zouden worden, maar ik heb geen idee hoe we het moeten beperken zonder iemand te beledigen.'

'We negeren het dus gewoon?' vroeg Gerrit.

Ivy glimlachte. 'Laten we discreet zijn.'

36

Ivy was nog nooit zo voldaan en gelukkig geweest als in de eerste periode waarin ze het resort als haar eigendom kon beschouwen. Ze had haar dieren, ontving interessante gasten en werkte uitstekend samen met Gerrit. Natuurlijk hadden ze het allebei druk, maar ze zagen elkaar bijna iedere avond tijdens het diner met de gasten. Soms nodigde Gerrit haar uit om met hem mee te gaan op een safaritocht, meestal wanneer hij een afgelegen plek had ontdekt waar een luipaard haar jongen had gekregen of een stel struisvogels met hun betoverende kuikens bivakkeerden. Hij genoot duidelijk van haar voortdurende enthousiasme en keek opnieuw naar haar met de warme blik die haar bij het observeren van de dolfijnen tijdens de bootreis naar Afrika al was opgevallen.

Een jaar na de herdenkingsdienst voor Adrian kreeg ze regelmatig uitnodigingen van bekenden uit Kijabe en zelfs Nairobi. Haar reputatie als succesvolle leidster van het resort maakte haar interessant. Meestal werden de uitnodigingen discreet aan het management van Edgecumbe Farm gericht en de gastheren gingen ervan uit dat Ivy en Gerrit samen zouden verschijnen. Ze gingen samen naar kerstballen, vernissages en liefdadigheidsdiners, waarbij Gerrit zich onberispelijk gedroeg en niet liet merken dat hij andere bedoelingen had dan haar begeleiden.

In eerste instantie vond Ivy dat gepast, maar na verloop van tijd hoopte ze op meer aandacht van hem. Ze was klaar voor een nieuwe liefde en begon gevoelens voor Gerrit te krijgen die verdergingen dan vriendschap en sympathie. Hij zou bovendien een bijzonder geschikte partij zijn omdat ze het resort al samen runden. Zelfs haar moeder had dat in haar laatste brief voorzichtig aangekaart.

Je bent niet jong meer, liefje, schreef ze discreet. *Je bent al achtentwintig en langzaamaan wordt het tijd om aan een zwangerschap te denken. Ik weet hoe verdrietig je was omdat je huwelijk met Adrian niet met kinderen werd gezegend. Misschien lukt dat met een andere man beter.*

Ivy besloot om de brief niet aan Gerrit voor te lezen, zoals ze meestal deed wanneer ze iets van haar familie hoorde. Ze antwoordde haar moeder ook niet meteen, hoewel ze het volkomen met haar eens was. Als ze kinderen wilde, moest dat snel gebeuren en Gerrit leek haar een geschikte vader. Soms betrapte ze zichzelf erop dat ze hem in het Kikuyu-dorp observeerde als Margaret daar lesgaf. Hij was altijd vriendelijk tegen de kinderen. Als Margaret hem over de lessen vertelde, zag Ivy vaak een fonkeling in zijn ogen die ze anders alleen zag als hij een interessant onderwerp om te fotograferen zag of een zeldzaam dier ontdekte.

Gerrit bleef echter terughoudend tegenover haar en Ivy vroeg zich af waarom dat was. Wilde hij niet de indruk wekken dat hij via haar in het bezit van het resort en het land wilde komen? Respecteerde hij de herinnering aan Adrian of rouwde hij nog steeds om zijn lang geleden overleden vrouw, wat hem ervan weerhield om verder te gaan?

Ook Sanele riep de laatste tijd vragen bij haar op. Haar langdurige begeleider leek mistroostig te zijn. Hij praatte alleen als dat nodig was, toonde steeds minder interesse voor zijn werk en ging Gerrit en haar uit de weg. Soms leek hij geïrriteerd, andere keren verdrietig, en hij was duidelijk chagrijnig als ze met Gerrit vertrok omdat ze ergens waren uitgenodigd. Het raakte hem natuurlijk dat hij niet bij het management hoorde, hoewel het grootste deel van de verzorging van de gasten onder zijn verantwoordelijkheid viel. Misschien wilde hij ook graag weer eens naar een theatervoorstelling of een vernissage gaan. Als kind had hij zijn tante naar dat soort evenementen begeleid en misschien miste hij dat nu. Bovendien kon hij eenzaam zijn.

Ivy had hem nog nooit met een jonge vrouw van de Kikuyu- of Masai-stam gezien. Ze waren qua onderwijs en opvoeding natuurlijk niet van zijn niveau, maar sommige meisjes gingen al jaren naar de missieschool en twee van hen waren na de oorlog door de nonnen naar de middelbare school in Nairobi gestuurd. Sanele had echter nog nooit belangstelling voor een van hen getoond. Soms overwoog ze om er met hem over te praten, maar daarna zei ze tegen zichzelf dat het haar niets aanging. Ze wilde absoluut niet dat hij dacht dat ze hem als een onmondige beschermeling beschouwde.

'De mannen in mijn omgeving zijn vreemd,' klaagde ze op een ochtend in de missiepost tegen Engelberta. Gerrit moest daar iets doen en ze was met hem meegegaan, in principe om een beetje tijd met hem door te brengen. Ze probeerde hem voorzichtig aan te moedigen door zich mooi aan te kleden en lippenstift en een beetje rouge op te doen als ze iets samen deden, al was het maar een ritje in de bush. 'Niemand schijnt belangstelling voor vrouwen te hebben. Ik zou net zo goed bij de monniken kunnen wonen.'

Engelberta lachte. Ze was tegenwoordig meestal in een stralend humeur. In plaats van in te gaan op Ivy's opmerking, deelde ze enthousiast mee dat haar eeuwige gelofte niet lang meer op zich zou laten wachten en dat ze uitkeek naar haar grote dag.

'We gaan naar Zuid-Afrika,' vertelde ze opgewonden. 'Naar ons moederhuis in Mariannhill. Het wordt een groot feest. Tijdens de oorlog stond alles stil, maar nu zijn er heel veel zusters die de eeuwige gelofte willen afleggen.'

'En daarna komen jullie niet meer terug?' vroeg Ivy bedrukt. Margaret had over die mogelijkheid gepraat en leek er verdrietig over te zijn.

'Waarschijnlijk niet,' zei Engelberta. 'Zuster Margaret, zuster Ann, zuster Elisabeth en ik zijn hier al te lang. Het kan zijn dat zuster Elisabeth blijft. Zij heeft haar eeuwige gelofte lang geleden al afgelegd, spreekt heel goed Masai en leidt de ziekenboeg in Maria Kedong zo goed dat er soms inderdaad Masai-vrouwen komen... Misschien blijft zij, maar op ons wachten nieuwe taken. En dat is goed, ook al zal het afscheid moeilijk zijn. Hier komen andere zusters naartoe.'

Ivy zuchtte. Misschien was het goed voor de missiepost, maar ze zou nooit meer zo'n hechte vriendschap met een non krijgen als met Margaret en Engelberta.

Uit de winkel in de missiepost klonk gelach. Gerrit fotografeerde daar Masai-vrouwen die door Margaret werden geadviseerd. Ze wilden Europese kleding ruilen. De donatieleveringen waren eindelijk weer op gang gekomen.

'Zuster Margaret zal het moeilijk vinden om afscheid te nemen,' ging Engelberta verder. 'De kinderen hier zijn haar te dierbaar geworden, en al het andere ook. Maar het zal ongetwijfeld goed voor haar zijn als ze wordt overgeplaatst. Vooral voor haar...'

Ivy wilde vragen wat ze had willen zeggen, maar Gerrit kwam samen met een Masai-vrouw de winkel uit. Ze droeg een hoed en een Europese avondjurk.

'Mooi?' vroeg ze aan Ivy en Engelberta. 'Bruiloft van dochter. Ik mooi.'

Ivy glimlachte. 'Je moet de hoed aan je man geven,' zei ze in het Masai. 'De jurk staat je heel goed. Je zou zomaar kunnen denken dat jij de bruid bent.'

Engelberta zuchtte. 'Ze is er jong genoeg voor. Haar dochter is pas dertien en ze wordt beslist tegen een flink aantal runderen geruild. Toch is het hele gezin gedoopt en zouden ze beter moeten weten. Het is helaas hun traditie en die verandert nooit.'

'Ach ja, die tradities...' zei Ivy peinzend. 'Hoe hebben jullie dat eigenlijk gedaan met de meisjes die jullie in Nairobi naar school gestuurd hebben? Werkten de ouders daaraan mee?'

Er verscheen een lichte blos op het brede gezicht van Engelberta. 'Ik... heb wat geld geërfd... in Oostenrijk. Dat mocht ik natuurlijk niet zelf houden, we leggen tenslotte een gelofte van armoede af, maar ik kon het aan onze missie schenken en… nou ja…'

'Zeg niet dat jullie koeien gekocht hebben!' lachte Ivy.

De non knikte beschaamd. 'Pater Franz komt van een boerderij. Hij heeft prachtige exemplaren op de markt in Kijabe gevonden.'

Ivy glimlachte ontroerd. 'Dat vond God beslist een geweldige oplossing. Zijn wegen zijn zoals bekend ondoorgrondelijk.'

Gedurende de weken erna bleef ze al haar charmes gebruiken in haar pogingen om Gerrit voor zich te winnen. Tegelijkertijd deed ze haar best om Sanele op te vrolijken, wat bij beiden tevergeefs bleek.

Uiteindelijk vroeg ze Wawira, die vaak verstandige dingen zei, wat er volgens haar met Sanele aan de hand was. Zijn somberheid verontrustte haar meer dan Gerrits onverschilligheid. Ze was bang dat haar oude vriend op een dag een andere baan zou zoeken. Kenia was dat jaar uitgeroepen tot een Britse kroonkolonie en dat bood de Afrikanen misschien goede mogelijkheden om binnen het bestuur te gaan werken.

Wawira schudde haar hoofd. 'Hij is verdrietig,' zei ze. 'En boos... Ik vind het moeilijk. Misschien is hij jaloers? Mijn zoon heeft ooit ruzie met een jongen om een meisje gehad. De vader had haar aan de andere jongen uitgehuwelijkt. Mijn Kiano gedroeg zich ook zo, maar Sanele heeft geen vriendin.'

Ivy liet haar verdergaan met haar werk in de keuken en piekerde verder terwijl ze naar de gastententen liep. Ze hoopte dat Gerrit met zijn groep van het dieren observeren was teruggekeerd. Dan kon ze iets eten met de gasten en een praatje maken met Gerrit.

37

Tegen het einde van het jaar 1920 was het zover. Engelberta en Margaret gingen bij Ivy op bezoek om afscheid te nemen. Engelberta vertelde enthousiast dat ze de trein naar Nairobi zouden nemen en van daaruit verder zouden reizen. De volgende zondag zou het grote feest in Mariannhill plaatsvinden.

Ivy nam de nonnen mee naar de ontvangstruimte en vroeg een van de dienstmeisjes om thee en gebak te brengen. Ze was blij toen Sanele met het dienblad verscheen.

'Hebt u het al gehoord, Sanele?' vroeg ze. 'Zuster Engelberta en zuster Margaret gaan ons verlaten. Na al die tijd... Ik vind het zo jammer! Kom bij ons zitten om naar hun plannen te luisteren.'

Sanele keek naar de nonnen. 'Ik betreur het bijzonder dat u beiden vertrekt, zuster Engelberta en zuster Margaret,' antwoordde hij stijfjes. 'Jullie zullen gemist worden in het Kikuyudorp. Helaas heb ik geen tijd om thee met u te drinken, want we verwachten een wijnlevering...'

'We gaan u en alle Kikuyu natuurlijk ook missen, vooral de kinderen,' antwoordde Engelberta. 'We zullen jullie blijven gedenken in onze gebeden! Maar wij zetten nu een stap verder op het pad van God dat altijd vol vreugde is.'

Margaret, die tot nu toe opvallend stil was geweest en alleen aan haar thee had genipt, ging plotseling rechtop zitten. 'Ik... ik ga niet mee,' bekende ze zachtjes, waarmee ze algemene verbazing veroorzaakte.

Engelberta staarde naar haar alsof ze gek was geworden. 'Maar zuster Margaret –' begon ze.

Margaret onderbrak haar. 'Zuster Engelberta, het spijt me dat je het op deze manier moet horen. Ik had de moed niet om het je te vertellen. Ik ga de eeuwige gelofte niet afleggen en stap uit de orde.' Haar stem werd langzaam krachtiger en ze frunnikte aan haar sluier alsof ze van plan was hem af te doen.

'Je hebt je verbonden,' ging Engelberta tegen haar in. 'Je hebt je aan God gegeven. Als je je geloften breekt, kom je in de hel.'

'Ik heb me telkens weer voor drie jaar verbonden,' zei Margaret. 'Die periode is bijna voorbij.' Ze was in totaal vijftien jaar non geweest en het kwam maar sporadisch voor dat een non na zoveel jaren nog uittrad. 'Ik hoop dat ik zolang in een van de grotere missieposten kan werken,' ging Margaret verder. 'Of ik blijf hier, als de leiding daar open voor staat. Ik ga met je mee naar Nairobi om het uit te leggen.' Margaret liet geen twijfel over haar vastberadenheid bestaan.

Engelberta duwde haar handen tegen haar slapen. Ze leek niet te willen accepteren wat ze daarnet had gehoord.

'En dan?' vroeg Ivy. 'Wat ga je daarna doen?' Ze kon zich geen werkterrein voor een afvallige non voorstellen, in elk geval niet in Afrika.

Margaret, die tijdens haar bekentenis haar hoofd had gebogen, keek trots op. 'Ik ga trouwen,' zei ze. 'Ik hou van een man. Ik kan geen non meer zijn.'

Ivy dacht koortsachtig na op welke man Margaret verliefd kon zijn. Afgezien van de geestelijken en paters was Gerrit Harper de enige witte man die vaak in de missiepost kwam.

Engelberta had zichzelf weer in de hand. 'Ik wist het!' riep ze uit. 'En zuster Elisabeth vermoedde het lang geleden al. Ze had gelijk. Meneer Harper heeft je het hoofd op hol gebracht. Ik had het moeten tegenhouden door mijn vermoeden aan de paters of aan de overste te melden. Ik ben een slechte medezuster voor je geweest. Heb je je geloften al verbroken?'

Margaret schudde haar hoofd.

Opgelucht constateerde Ivy dat de twee nonnen een discussie begonnen. Hopelijk zouden ze beiden niet merken dat de wereld om haar heen tolde. Gerrit en Margaret. Zijn ogen hadden vanwege de non in plaats van haar gestraald. En hij was niet blij geweest met zijn baan op de boerderij vanwege haar, maar om bij Margaret te kunnen zijn. Alle ritten naar de missiepost, alle katholieke missen die hij had bijgewoond.

Ivy voelde zich verraden en teleurgesteld, een gevoel dat ze maar al te goed kende.

Als door een waas hoorde ze dat Margaret de vraag van haar medezuster ontkende. 'Ik houd me aan mijn geloftes,' zei ze plechtig. 'Ik stel mijn God niet teleur en Hij heeft mij evenmin teleurgesteld. Integendeel. Bekijk het als volgt, zuster Engelberta… Hij heeft me naar Afrika geleid om mijn bestemming te vinden. Gerrit en ik zullen Hem altijd dankbaar zijn. En we blijven hier. We gaan door met Zijn werk om de heidenen naar het licht te leiden.' Ze glimlachte gelukzalig.

Ivy's hart deed pijn. Die twee wilden dus een toekomst in de missiepost opbouwen. Gerrit zou daarnaartoe verhuizen voor Margaret. Hij leek in elk geval niet van plan te zijn om met zijn jonge vrouw op Edgecumbe Farm te gaan wonen.

'Dan… wens ik jullie veel geluk,' zei Ivy moeizaam. 'Jullie allebei.'

Ze wilde dat de nonnen vertrokken, wilde alleen zijn. Sanele had zich tijdens de discussie discreet teruggetrokken. Waarschijnlijk vond hij het ongepast om er getuige van te zijn.

Nadat Ivy eindelijk de deur achter de nonnen had dichtgedaan, rende ze naar het terras, de heuvel af en voorbij de gastententen naar de waterpoel, waar ze zich verstopte op haar favoriete plekje in het riet dat ze niet aan de gasten liet zien. Hier had ze een prachtig uitzicht op de dieren die kwamen drinken. Tijdens haar huwelijk had ze hier vele uren doorgebracht, verstopt voor Adrian en de jagers, soms met een boek, soms gewoon verdiept in de schoonheid van Afrika. Vandaag had ze echter geen oog voor de kuddes zebra's en olifanten die naar het water liepen. Ze ging zitten, leunde tegen de baobabboom die de plek schaduw gaf en begon te huilen.

Huilde ze uit teleurstelling? Om haar verwoeste hoop? Ze wist het zelf niet.

Plotseling hoorde ze geritsel in het riet en ze keek achter zich. Het was Sanele.

Hij kwam naast haar zitten zoals hij altijd deed als ze de dieren samen observeerden en keek haar aan, maar hield afstand. 'Vergiet je nu de tranen die na de dood van je man niet wilden komen?' vroeg hij. 'Of ben je teleurgesteld omdat meneer Harper verliefd is op een andere vrouw?'

Ivy schrok. 'Denk je dat ik niet voldoende verdriet om de *bwana* heb laten zien?' vroeg ze bezorgd. 'En had ik meneer Harper moeten laten weten dat ik...?'

Sanele schudde zijn hoofd. 'Ivory...' Zoals altijd sprak hij haar naam teder uit en gaf hij iedere lettergreep een bijzondere klank. 'Het gaat er niet om wat je laat zien, maar wat je voelt.'

Ivy keek voor zich uit en dacht na. Over haar gevoelens voor Adrian, voor Gerrit, voor Afrika... 'Mijn gevoelens zijn altijd verkeerd,' concludeerde ze uiteindelijk. 'Eerst hield ik van een man voor wie ik alleen een jachttrofee was. En over zijn dood kon ik... Nee, daar kon ik niet verdrietig over zijn. Het heeft me eerder hoop op een leven met meneer Harper gegeven... met Gerrit... Een man die van een ander houdt en alleen zorgzaam voor me is geweest om onopvallend bij Margaret in de buurt te kunnen zijn. Ik vergis me steeds weer in mijn gevoelens, Sanele. Misschien heb ik helemaal geen diepe gevoelens. Ik voel tenslotte ook geen angst. Ik ben niet bang voor leeuwen, ik –'

'Je bent bang voor inheemse mannen,' concludeerde Sanele.

Ivy keek verontwaardigd naar hem op. 'Dat is niet waar! Ik ben nooit bang voor de Kikuyu of de Masai geweest. Ik ga juist graag met Afrikanen om, en vooral met jou.'

'Heb je je ooit afgevraagd wat ik voel?' vroeg Sanele. 'Of wat jij voor mij voelt? Voel je iets voor mij, Ivory?'

Ivy fronste haar voorhoofd. De gedachten tolden door haar hoofd, scènes volgden elkaar op waarin ze samen met Sanele de bush in ging en ze met een bijna eerbiedig ontzag bijzondere ontmoetingen met dieren hadden. Ze herinnerde zich de talloze momenten waarop ze samen hadden gelachen, geheimen hadden gedeeld, met slechts één blik over iets hadden gecommuniceerd dat niet kon worden uitgesproken. Met Sanele had ze meer gemeen dan ze ooit met Adrian en ook met Gerrit had gehad. Hij was er altijd geweest, was altijd betrouwbaar, had altijd aandacht voor haar, had haar nog nooit verraden.

Ivy haalde diep adem. 'Je bent... mijn zielsverwant,' zei ze zachtjes. 'Er is altijd iets tussen ons geweest. In Engeland al. Ebbenhout en ivoor...'

Sanele schoof iets dichter naar haar toe en keek in haar ogen. 'Ik weet niet precies wat een zielsverwant is, maar ik heb ook altijd het gevoel gehad dat ik je kende. Je was de ster die ik onvermijdelijk volgde, Ivory, maar dat kan veel eenvoudiger gezegd worden. Ik hou van je, Ivory. Dat is beslist ongepast, maar ik kan er niets aan doen. En nee, het is niet de liefde van een bediende voor zijn bazin. Ik hou van je als een man en vraag je om een beslissing te nemen. Ben ik voor jou een inheemse man voor wie je genegenheid voelt omdat hij net als een leeuw of een gazelle bij Afrika hoort of ben ik de man van wie je kunt houden?'

Na die woorden stond hij op, draaide zich om en liep weg.

Ivy bleef verward achter. Het woord 'liefde' was nooit bij haar opgekomen als ze aan Sanele dacht, maar moesten gevoelens altijd een naam hebben?

38

Ivy kon aan niets anders denken dan aan Saneles liefdesverklaring en Gerrits verraad. Ze wachtte echter tot Engelberta en Margaret naar Nairobi waren vertrokken voordat ze Gerrit confronteerde.

'Ik heb gehoord dat je gaat trouwen,' zei ze. Ze wilde kalm blijven, maar kon de uitdagende ondertoon in haar stem niet onderdrukken.

Gerrit had Ivy de afgelopen dagen ontweken en het schuldgevoel was duidelijk van zijn gezicht af te lezen. Blijkbaar had Margaret hem over haar bekentenis verteld. 'Ivy, het spijt me, ik had het je allang moeten vertellen. Ik wilde het je ook vertellen, maar...'

Ze stonden op het terras en hij leek niet te weten of hij moest gaan zitten of de mogelijkheid open moest laten om zo snel mogelijk te vertrekken.

'Het ging niet alleen om mij, Gerrit,' zei Ivy. 'Het ging ook om de bewoners van Kijabe en Nairobi. Je deed maandenlang alsof we een stel waren. Je danste met me, stond aan mijn zijde. Als je nu met iemand anders trouwt, lijkt het alsof we ruzie gehad hebben. Alsof je me verlaten hebt, Gerrit. Begrijp je dat?'

'Ik heb nooit de indruk willen wekken dat er meer tussen ons was.' Gerrit had blijkbaar besloten om te blijven. Hij pakte een fles cognac uit de drankkast en schonk een glas voor zichzelf in. 'Wil jij ook?' vroeg hij aan Ivy.

Ivy keek met een scherpe blik naar hem. 'Misschien wilde je dat niet, maar je hebt het wel gedaan!' riep ze zonder op zijn aanbod in te gaan. 'En je hebt beslist gemerkt dat je meer dan alleen een vriend voor me was. Waarom heb je me niets over Margaret verteld? Wilde je je opties openhouden voor het geval ze toch bij de orde zou blijven? Was ik je tweede keus, Gerrit?'

Gerrit schudde zijn hoofd, maar zijn blos verried hem. 'Je... verdient het om de eerste keus te zijn, Ivy,' redde hij zich eruit met een compliment, waarna hij een slok nam. 'Margaret wilde niet dat ik het aan iemand zou vertellen,' probeerde hij een andere strategie. 'Ze was bang voor –'

Ivy onderbrak hem verontwaardigd. 'Bang voor mij? Margaret was bang voor mij? Dat geloof ik niet. Ik geloof niet dat ze iets wist over de relatie tussen jou en mij. Ze vertrouwde me, daarom heeft ze me over haar plannen verteld. Als ze bang was voor iemand, dan was het voor haar medezusters. Engelberta had haar misschien verraden om haar ziel te redden, maar ik? Geloof je echt dat ik naar haar overste zou zijn gegaan om haar te beschuldigen?'

Gerrit glimlachte verontschuldigend. 'Ik weet het niet. Zou je niet jaloers geweest zijn? Je had haar kunnen aanklagen en mij kunnen ontslaan. Ze zouden haar overgeplaatst hebben en ik weet niet of ik haar dan ooit teruggevonden had.'

Ivy's wereld stortte volledig in. Dat had hij dus van haar verwacht, ondanks de vriendschap die er tussen hen was geweest, alle hulp die ze elkaar hadden geboden. Ze had hem onderdak gegeven tijdens de oorlog, hij had haar geholpen bij het opbouwen van haar bedrijf en toch zag hij alleen een jaloerse vrouw die op zoek was naar wraak in haar.

'Dan kun je beter meteen vertrekken,' constateerde ze. 'Waar gaan Margaret en jij naartoe om het licht naar de heidenen te brengen? Ik wist niet dat je je geroepen voelde om missionaris te worden.'

Gerrit draaide zich om. 'We dachten aan een grote missieschool waar ook voortgezet onderwijs gegeven wordt. Ik zou kunnen lesgeven in biologie en Margaret is een ervaren lerares en muzikante. Hier kan ze dat niet uitoefenen, maar op een grote school zou ze een aanwinst als muzieklerares zijn.'

Ivy vertrok haar gezicht. 'Dat heb je mooi bedacht. En wie gaat hier de safari's dan leiden? Waar moet ik een vervanger voor jou vinden?'

Gerrit hief zijn handen. 'Alsjeblieft, Ivy, ik ben niet de enige persoon op de wereld die dat kan en je hebt niet per se een expert nodig. Zelfs de chauffeurs kunnen mijn lezingen inmiddels net zo goed geven als ik en jouw geliefde Sanele weet meer over Afrika, de natuur en de dieren dan wij allemaal bij elkaar.'

Ivy voelde zich plotseling doodmoe. Dit gesprek bracht haar niet verder.

'Als dat zo is, dan moet je inderdaad vertrekken,' zei ze. 'En nee, ik schop je er niet uit, je kunt je baan zolang je hem wilt houden. En voor de tijd dat je hier nog bent, hoef je geen nieuw onderkomen te zoeken. Maar kom niet meer op mijn terras en drink mijn cognac niet meer! Ik wil dat je uit mijn buurt blijft, Gerrit. Ik hoop alleen dat je Margaret in elk geval gelukkig maakt.'

Margaret was twee weken nadat ze samen met Engelberta naar Nairobi was vertrokken in de missiepost terug, twee weken die voor Ivy koud en eenzaam waren geweest. Sanele ontweek haar, hij had ineens veel te doen in Kijabe, en Gerrit trok zich terug als hij haar zag. Maar ze had gasten in de safaritenten en moest zichzelf dwingen om vriendelijk en beleefd te zijn. Ander personeel nam de taken van Sanele over en Gerrit moest ze zelf vervangen. Hij begeleidde de safaritochten nog steeds, maar daarna trok hij zich terug in zijn kamer en hij liet het contact met de gasten volledig aan Ivy over.

Dat was echter niets vergeleken bij wat Margaret had meegemaakt. De jonge vrouw had tranen in haar ogen, haar habijt was vies en de sluier zat scheef, deze keer waarschijnlijk uit koppigheid. Ivy kwam haar tegen toen een van de paters haar in het Kikuyu-dorp had afgezet, waar ze blijkbaar nog steeds lesgaf. Toen Ivy haar zag vergat ze alle verwijten die ze haar had kunnen maken. Margaret leek bang en ontdaan.

'Laat de Kikuyu vandaag maar even voor wat ze zijn,' zei Ivy zachtjes en ze sloeg haar arm om haar heen. 'Ze redden het wel een dag zonder je. Laten we theedrinken en praten over hoe alles is gegaan.'

Margaret barstte in tranen uit. 'Ben je niet boos op me?' vroeg ze. 'Gerrit zei dat je boos op ons was.' Haar blik was als die van een kind dat het vertrouwen in de wereld kwijt was.

Ivy schudde haar hoofd. 'Ik ben niet boos op jou, alleen op Gerrit. Hij had het me eerder moeten vertellen. Nu zet hij me gewoon voor schut als hij vertrekt. Heel Kijabe denkt dat we een stel zijn en mensen zullen roddelen over de reden waarom hij me heeft verlaten.'

'Ik wist niets over jou en Gerrit,' verzekerde Margaret haar. 'Ik dacht alleen aan mezelf en de orde. Dat heeft de moeder-overste in Nairobi ook tegen me gezegd. In Mariannhill, waar ik met Engelberta naartoe ben gegaan, wisten ze niet goed wat ze met me aan moesten. Ze verweten me dat ik egoïstisch was, dat het me aan nederigheid ontbrak, dat ik het niet verdiende om zo lang in Gods genade te mogen leven.' Ze begon te huilen.

Ivy trok haar naar zich toe, wiegde haar zachtjes en kreeg haar uiteindelijk zover om met haar mee te gaan naar de boerderij. De Kikuyu hoefden geen getuige van haar inzinking te zijn.

Uiteindelijk vertelde Margaret over de eindeloze gesprekken met steeds nieuwe oversten, over urenlang bidden, de biecht die ze had afgelegd waarbij ze de priester er niet van kon overtuigen dat ze het bed nog niet met Gerrit had gedeeld.

'Mocht je wel aan Engelberta's geloftefeest meedoen?' vroeg Ivy. 'Je was er tenslotte toch.'

Margaret knikte en probeerde te glimlachen. 'O ja, ze hoopten dat het me zou overhalen. Het was echt heel indrukwekkend. Zuster Engelberta en de andere zusters waren zo gelukkig, ze straalden om het hardst met de kaarsen en zagen er prachtig uit in hun witte trouwjurken. Het was bijna alsof Christus tussen hen in liep en hun leven en liefde als een kostbaar geschenk accepteerde. Ik kan dat nooit zo intens voelen.

Eigenlijk had dat het tegenovergestelde effect van wat onze oversten hoopten: mijn besluit om de orde te verlaten stond al vast, maar na het feest had ik het gevoel dat God me zijn zegen gaf om te vertrekken.'

'En waar gaat Engelberta nu naartoe?' probeerde Ivy van onderwerp te veranderen.

Als Margaret in religieuze extase raakte, vond Ivy het moeilijk haar gevoelens te begrijpen. Geen wonder dat haar vriendin dacht dat ze een roeping had. Eigenlijk was ze gewoon dromerig en te snel enthousiast, en Ivy wist uit ervaring dat dat niet de beste voorwaarden voor een huwelijk waren.

'Naar Tanzania,' vertelde Margaret. 'Ze krijgt samen met twee andere zusters de leiding over de stichting van een nieuwe missiepost en verheugt zich daar erg op. De stam daar is verwant aan de Sukuma, met een taal die verwant is aan die van de Kikuyu. Ze zal zich daar beslist al snel nuttig kunnen maken.'

Engelberta was meteen na het feest van de eeuwige gelofte vertrokken en Margaret had niet eens fatsoenlijk afscheid van haar kunnen nemen. Ze was in Mariannhill gebleven en had tien dagen in stilte in een cel moeten doorbrengen.

'Een retraite. Ik heb gevast en veel gebeden,' vertelde ze. 'En gehuild.'

Na die tien dagen had de orde Margaret laten gaan, of eigenlijk zouden ze dat doen als de periode van haar laatste verplichting eindigde. Die paar maanden zou ze in Maria Kedong doorbrengen.

'Natuurlijk onder streng toezicht,' vertelde ze. 'Alle zusters en broeders moeten een oogje in het zeil houden en ik mag Gerrit niet zien. Ik moet mezelf nogmaals onderzoeken, werd me opgedragen. Ik moest luisteren naar Gods woord en naar Christus, die ik ooit als bruidegom heb gekozen en die ik nu wil verlaten terwijl hij me al zijn liefde heeft gegeven, een geschenk dat ik niet waard ben.' Ze zuchtte, maar had zichzelf zo ver onder controle dat ze niet meer huilde. 'Ach, Ivy,' zei ze uiteindelijk. 'Wat is er zo erg aan om te houden van iemand die leeft en ademt en niet alleen in je hoofd met je praat? Die je geluk en nabijheid schenkt… een omhelzing… kussen…'

Ivy wreef in haar ogen. Margarets woorden raakten iets in haar. 'En als de man van wie je houdt heel anders is?' vroeg Ivy. 'Als de kerk hem niet alleen afkeurt, maar iedereen dat doet? Als je zelfs een beetje bang bent voor die liefde? Als je een grens zou moeten overschrijden die…'

Margaret keek haar niet-begrijpend aan. 'Wat voor man moet dat zijn?' vroeg ze. Ineens verscheen er een glimlach op haar gezicht. 'Misschien een Selkie? Het wezen dat op het land een mens en in de zee een zeehond is?'

Ivy schudde haar hoofd. 'Nee! Ik kan het je niet uitleggen, maar ik wil graag dat je me serieus neemt.'

Margaret dacht even na. 'Als je van die man houdt, wie het ook is, dan moet je niet aarzelen. Grenzen zijn door mensen gemaakt en je kunt ze doorbreken. Je moet gewoon voorzichtig zijn, voor jezelf en voor hem, zodat hij niet neergeschoten wordt door een jager.'

Toen Ivy het dorp een paar dagen later met twee gasten uit Nairobi bezocht om hun de houtsnijwerken van de stam te laten zien, hoorde ze Margaret liederen zingen die verhalen vertelden. Ballades, liefdesliedjes en verhalen uit haar thuisland. Ze begeleidde zichzelf op haar lier. Ivy en haar gasten luisterden net zo betoverd als de Kikuyu-vrouwen en -kinderen.

Margaret nam hen mee van het stoffige dorpsplein in de zinderende hitte van Afrika naar het ruige Schotse berglandschap en de geheimen van de fabelwezens. In plaats van tussen de hutten van de Kikuyu leek het alsof ze zich in de kastelen van koningen of de hutten van vissers bevonden.

'Dat was prachtig,' zei een van de vrouwen na afloop. 'Deze zangeres zou niet in een klooster moeten verdwijnen, maar optreden. Ik heb zelden zoiets ontroerends gehoord.'

'Kan ze een keer op de boerderij zingen?' vroeg de tweede

vrouw. 'De andere gasten zullen er beslist net zo enthousiast over zijn.'

'Ik denk niet dat haar overste dat zou goedkeuren,' antwoordde Ivy. 'Maar ik kan het haar natuurlijk vragen. Jullie hebben gelijk, een concert in onze ontvangstruimte zou fantastisch zijn.'

'Hoe zou dat moeten gaan?' vroeg Margaret toen Ivy er de volgende dag over begon. 'De paters laten me beslist niet voor publiek zingen. Nonnen moeten nederig en bescheiden dienen en dan past het niet om in het openbaar op te treden. Als het nu nog godvruchtige muziek was, maar heidense liederen? Nee, dat gaat niet lukken. En dan mis ik de late mis.'

'Ik had geen avondevenement in gedachten,' zei Ivy.

Ze had er al over nagedacht hoe ze een concert zou kunnen organiseren. 'Het blijft tot 's avonds laat licht, dus dan gaan we meestal met de gasten op pad om de dieren te zien. Maar wat vind je ervan als we het concert tijdens de thee organiseren? Dan kun je iets bij de Kikuyu te doen hebben. Dat zou helemaal niet opvallen. En daarna kun je om donaties voor de missie vragen. Als er geld binnenkomt, zijn de paters altijd blij.'

'Is... is Gerrit dan ook aanwezig?' vroeg Margaret. 'Ik... ik hoef niet eens met hem te praten. Als ik hem maar kan zien... Ik verlang naar hem. En hij... Ik zie hem vaak met gasten langsrijden, maar hij weet dat hij niet mag stoppen. Het is...'

Ivy sprong over haar eigen schaduw heen. Eigenlijk wilde ze Gerrit niet meer in de ontvangstruimte zien, maar het was de moeite waard. 'Gerrit is erbij,' zei ze.

39

'Mijn habijt is vies,' zei Margaret terwijl ze zichzelf ongelukkig bekeek. Ze was vlak voor de feestelijke high tea die Ivy één keer per week voor de gasten organiseerde op de boerderij gearriveerd, maar had zoals iedere dag in het Kikuyu-dorp gewerkt. Haar onpraktische witte nonnenhabijt vertoonde sporen van kindervingers en kleurrijke krijtstrepen.

Het was Ivy nog niet opgevallen. Een uitgebreide high tea vereiste veel voorbereiding en Sanele en zij waren de hele dag bezig geweest. Het feit dat ze zo weinig mogelijk tegen elkaar zeiden maakte de situatie er niet eenvoudiger op. Ivy vroeg zich af of Sanele zich schaamde voor zijn liefdesverklaring en zij schaamde zich er op haar beurt voor dat ze hem nog geen antwoord had gegeven. Ze twijfelde eraan of hij de man was van wie ze kon houden. Ze kon zichzelf er niet toe zetten om de stap naar deze relatie te zetten omdat ze niet wist of haar liefde sterk genoeg was om de sociale veroordeling te verdragen die het gevolg van haar keuze voor hem zou zijn. Ze wist alleen dat ze hem verschrikkelijk miste. Hun gesprekken, de vanzelfsprekende samenwerking, de manier waarop ze met elkaar lachten...

Ze was daarentegen verrassend snel over haar teleurstelling vanwege Gerrit heen. Het was fijn geweest om samen te ontbijten en 's avonds een glas wijn of cognac te drinken, maar een paar dagen na hun ruzie miste ze hem al niet meer. Ze las de krant nu zelf in plaats van dat hij hem aan haar voorlas en beantwoordde haar brieven zonder de verhalen van haar familie met hem te delen. Omdat hij geen deel wilde uitmaken van die familie, vond ze het niet nodig om hem er nog langer bij te betrekken.

'Heb jij misschien een jurk voor me?' vroeg Margaret.

Ivy schrok op uit haar gedachten. Het gebeurde de laatste tijd veel te vaak dat ze verdiept was in piekeren over hoe haar leven kon worden als ze toegaf aan haar liefde voor Sanele. Als het tenminste liefde was. Haar gedachten draaiden in kringetjes rond. Nu moest ze echter voor Margaret zorgen, die ongetwijfeld moeite had gehad om die vraag te stellen. Een ongeoorloofd concert was één ding, maar het afleggen van het habijt omwille van trots zou strenge sancties met zich meebrengen.

'Ga maar mee naar mijn kleedkamer, dan zoeken we iets voor je uit,' zei Ivy tegen Margaret. 'Je bent langer dan ik, dus het zal niet gemakkelijk zijn, maar aan de andere kant worden jurken tegenwoordig korter gedragen.'

Ivy droeg nog steeds zwart. Ze was er nog niet klaar voor om kleuren te dragen. Ze koos een eenvoudige zwarte jurk met een jasje met kimonomouwen voor Margaret. De mouwen waren subtiel versierd met donkergrijze bloemenranken. Over het jasje en de jurk werd een brede riem in de taille gedragen. De rok was misschien een beetje te kort, maar met zwarte kousen zou dat minder opvallen.

'De aanwezigen kijken toch alleen naar de harp,' constateerde Ivy, hoewel ze dat niet echt geloofde.

Het publiek zou naar het mooie bleke gezicht en de fascinerende barnsteenkleurige ogen van de zangeres kijken. Door de sluier, die ze nog niet had afgelegd, leek ze een novice.

'Een lier is geen harp,' corrigeerde Margaret haar. 'Hij hoort bij de citerfamilie.'

Ivy luisterde niet. Ze kon haar ogen niet van Margarets sluier afhouden. Vastbesloten deed ze hem af. Margarets weelderige, volle haar was deels opgestoken en deels gevlochten. Het was een prestatie om het onder de sluier te verbergen zonder te laten zien dat de draagster geen afstand van haar lange haar had kunnen doen. De meeste nonnen droegen het kort onder hun sluier.

Ivy maakte de vlechten los en borstelde Margarets haar. Het

viel in glanzende golven tot ver over haar rug. 'Je bent beeldschoon,' constateerde Ivy. 'Heeft Gerrit je zo weleens gezien?'

Margaret begon te blozen. 'Ik... ik heb mijn sluier een paar keer voor hem afgedaan. En ook toen hij gewond was en ik urenlang naast zijn bed gezeten heb. Hij dacht dat ik een engel was.'

Ivy glimlachte. 'Waarschijnlijk had hij koorts,' plaagde ze haar vriendin. 'Maar nu moeten we gaan. Ik denk dat de thee al geserveerd wordt. Je moet de gebakjes absoluut proeven. Wawira bakt ze volgens het recept van onze kok in Londen. Of ben je te zenuwachtig om iets te eten?'

Margaret haalde haar schouders op. 'Ik ben niet bang om te zingen, maar wel om zonder habijt naar buiten te gaan. Dat geeft me een ongemakkelijk gevoel.'

Ivy sloeg haar arm rond Margarets schouder en duwde haar zachtjes naar de deur. 'Drink dan een glas champagne met Gerrit voordat je gaat zingen. Hij zal ongelofelijk trots op je zijn.'

Margarets concert was een groot succes, precies zoals Ivy had verwacht. Ze trok onmiddellijk de aandacht toen ze aan de arm van Gerrit binnenkwam, hoewel ze verlegen naar de grond keek en alleen nipte aan het glas champagne dat hij voor haar van het dienblad pakte dat Sanele hem voorhield. De gasten zaten nog niet aan de met fijn porselein gedekte tafels, maar stonden in groepjes met elkaar te praten en te drinken. Gerrit stelde Margaret voor als zijn verloofde, wat haar in het begin duidelijk angstig maakte. Ze was beslist bang dat de gasten haar als een van de nonnen van de missiepost zouden herkennen.

Dat bleek niet zo te zijn. Tot nu toe hadden ze een paar dagen eerder alleen een zingende non gezien. De meeste gasten waren bovendien niet katholiek en waarschijnlijk hadden ze geen idee welke regel Margaret overtrad. Ivy en Gerrit hadden afgesproken om haar voor te stellen als Fiona Cullum, haar wereldlijke naam, maar Margaret had nog steeds moeite om te reageren als iemand miss Cullum tegen haar zei.

'Binnenkort zul je eraan moeten wennen dat de mensen je mevrouw Harper noemen,' zei Gerrit plagerig tegen haar.

Hij begeleidde haar hoffelijk van de ene gast naar de andere om haar voor te stellen. Iedereen vond haar verlegenheid charmant. Toen Sanele de lier op het kleine podium legde, wilden de gasten alles over het vreemde instrument weten. Daardoor begon Margaret zich op haar gemak te voelen. Ze praatte graag over haar muziek en toen ze uiteindelijk begon te spelen had ze haar zelfvertrouwen terug. Haar hoge, heldere stem nam de luisteraars mee naar onbekende werelden. Ze liet hen deelnemen aan de vreugde en het verdriet van de mensen in de verhalen die de liederen vertelden.

De gasten raakten hun theekopjes en de mooi gearrangeerde sandwiches en gebakjes op de etagères nauwelijks aan. In plaats daarvan staarden ze naar de mooie roodharige vrouw met het buitengewone snaarinstrument alsof ze uit een oud schilderij was gestapt. Ivy stond achter in de zaal naast Sanele. Als een gast een verzoek had, konden ze daaraan voldoen, maar op dit moment hadden ze alleen oog en oor voor Margarets optreden. Ze hoorden over geliefden die elkaar tot in de dood omarmden, die elkaar zochten, naar elkaar verlangden, een meisje dat zeven jaar op haar geliefde wachtte, een trotse jonge vrouw die de man die ze liefhad afwees en pas na zijn dood besefte wat ze voor hem voelde. In Saneles ogen waren het verlangen en de trouw uit Margarets lied te lezen.

Het lied raakte Ivy's hart. Verspilde ze haar leven en dat van Sanele ook niet? Ze liet zich meevoeren door de muziek en ging terug naar haar verleden. Twee kinderen, hand in hand, twee mensen die elkaar zoveel jaren na hun eerste ontmoeting herkenden, een man en een vrouw die bevriend raakten, vertrouwelingen werden. Eindelijk wist ze dat ze van Sanele hield, maar op een heel andere manier dan van Adrian, die haar had betoverd, en van Gerrit, bij wie ze veiligheid had gezocht. Het was precies zoals Sanele ooit had gezegd. Hij was altijd in haar buurt.

Waarom had ze niet eerder beseft dat die nabijheid liefde was?

Ze glimlachte naar hem en deze keer keek hij niet weg, zoals hij de afgelopen dagen had gedaan als hun blikken elkaar kruisten. Hij wilde zijn hand naar haar uitsteken, maar herinnerde zich waarschijnlijk op het laatste moment dat ivoor en ebbenhout niet voor iedereen zichtbaar verbonden mochten zijn.

Uiteindelijk zong Margaret het Selkie-lied en Ivy wisselde een blik met haar.

'Dit is mijn lied,' zei Ivy tegen Sanele terwijl de gasten applaudisseerden, zodat niemand het hoorde. 'Omdat ik ook met een jager getrouwd was die mijn dromen vernietigd heeft.'

Hij keek haar liefdevol aan. 'Ik wil je dolgraag helpen om weer te gaan leven,' antwoordde hij.

Ze beantwoordde zijn blik. 'Kom je morgen naar me toe?' vroeg ze.

'Om te praten?' vroeg hij.

Ze schudde haar hoofd. 'We hebben genoeg gepraat.'

'Ik kom zodra je me roept,' antwoordde hij.

40

Margaret was opgewonden, gelukkig en misschien ook een beetje aangeschoten nadat ze uiteindelijk toch een glas champagne had gedronken. Na het concert wilden de gasten weer met haar praten. Ze vroegen naar haar zangopleiding en de liederen die ze speelde. Uiteindelijk zong ze het Selkie-lied nogmaals in het Keltisch, waarbij ze zelf verrast leek dat ze de taal nog beheerste.

Ivy, die van slag was, vergat helemaal dat de auto van de missiepost naar de boerderij zou komen om Margaret naar het Kikuyu-dorp terug te brengen.

Sanele stootte haar heimelijk aan om haar daaraan te herinneren. 'Miss Cullum moet zich zo snel mogelijk omkleden om naar de Kikuyu terug te gaan,' zei hij zachtjes. 'Stel je voor dat de paters haar zoeken en de kinderen zeggen dat ze vanmiddag al vertrokken is.'

Margaret vond het niet gemakkelijk om afscheid van haar bewonderaars te nemen. Ivy nam haar mee naar haar kleedkamer en hielp haar met het aantrekken van haar habijt.

'Het duurt niet lang meer,' troostte Ivy Margaret, die haar sluier voor de spiegel verdrietig rechtzette. 'Binnenkort ben je voor de rest van je leven Fiona.'

Margaret omhelsde haar. 'Dat wil ik nu al zijn. Je hebt geen idee hoe graag ik dat wil.'

Ivy zocht haastig naar een pepermuntje. Ze rook de alcohol in Margarets adem en hoopte dat de chauffeur van de missiewagen niet dicht genoeg bij haar zou komen om het ook te ruiken. 'Als iemand vraagt waar je bent geweest en ruikt dat je iets gedronken hebt, zeg dan gewoon dat ik je naar de boerderij heb laten komen om je de donaties van de gasten voor de missie te geven en dat ze je een glas wijn opgedrongen hebben,' adviseerde Ivy haar.'Eigenlijk is dat sowieso het beste als ik erover nadenk. Wacht, ik ga met je mee, dan vertellen we het samen.'

Tijdens de collectie na het concert was er een aanzienlijk bedrag aan donaties opgehaald. De overste van Margaret zou blij zijn.

Margaret sloot haar ogen even en glimlachte terwijl ze de middag nog een keer beleefde. 'Zuster Margaret liegt niet,' zei ze, waarna ze ondeugend begon te giechelen.'Maar Fiona doet dat wel.'

Ivy zuchtte opgelucht toen Sanele met een kop koffie bij de achterdeur op haar stond te wachten. Hij dacht echt overal aan.

'Onze vriendin leek wel iets te kunnen gebruiken om nuchter te worden,' zei hij tegen Ivy.'Wilt u ook een kopje, *memsahib*?'

Ivy glimlachte naar hem. Ze zouden hun geheim nog even voor zichzelf houden.

'Nee, ik wil vandaag niet nuchter worden,' antwoordde ze. 'Ik wil voor eeuwig in mijn roes blijven.' Terwijl Margaret voor hen uit liep, voegde ze er zachtjes aan toe:'Die heeft trouwens niets met champagne te maken. Ik ben bedwelmd door jou!'

Ivy keek reikhalzend uit naar de volgende avond. Ze vond het moeilijk om niemand te laten merken wat er tussen haar en Sanele was veranderd of zou veranderen. Urenlang bereidde ze hun eerste ontmoeting voor, die heel bijzonder moest worden. Ze was eigenlijk van plan om hem in haar slaapkamer te ontvangen. Nee, ze zouden eerst champagne in haar salon drinken, of op het terras als het weer het toeliet: het regenseizoen was net voorbij. Daarna konden ze naar binnen gaan. Ze moesten er alleen voor zorgen dat ze de Kikuyu-dienstmeisjes niet wakker maakten. Ze dacht aan het nachthemd dat ze onder haar zijden ochtendjas zou dragen... Of zou ze een van haar mooiste jurken aantrekken en die door hem laten uittrekken? Hij zou er waarschijnlijk van genieten om dat te doen...

Alleen al door haar fantasieën klopte haar hart sneller. Ze zweefde bijna door de dag, maar kon haar voorpret niet met Sanele delen. Hij was voor een zending naar Kijabe vertrokken en werd pas 's avonds terugverwacht. Ivy ging er echter van uit dat hij net zo intens over haar droomde als zij over hem.

Aan het eind van de middag arriveerde Margaret, wat Ivy verbaasde omdat ze rond deze tijd altijd naar de missiepost terugkeerde. Ze leek van streek.

'Ik heb heel veel problemen gehad,' vertelde ze over de vorige avond. 'Ze denken dat ik samen met Gerrit op de high tea was. Ik had me niet door jou mogen laten uitnodigen om de donaties aan te nemen en met de gasten te praten. Als ze het hadden geweten, dan hadden ze een zuster naar je toe gestuurd die sterker in het geloof staat dan ik.'

Ivy had pater Flint verteld dat haar gasten misschien geïnteresseerd zouden zijn in de missie en het werk ervan en dat ze Margaret had gevraagd om aanwezig te zijn tijdens de high tea om vragen te beantwoorden.

'Ik moest in elk geval opnieuw verantwoording afleggen aan de paters en de oudere zusters, en biechten,' ging Margaret verder.

'Heb je gebiecht?' vroeg Ivy geschrokken. Ze wist dat het een ernstige zonde was voor nonnen om in de biechtstoel te liegen.

Margaret keek haar ondeugend aan. 'Zuster Margaret heeft gebiecht,' vertelde ze. 'Niemand heeft Fiona iets gevraagd. En vandaag zal ook niemand Fiona ergens naar vragen. Pater Flint heeft zuster Margaret naar het Kikuyu-dorp gestuurd om voor twee zieke kinderen te zorgen. Ze kunnen een besmettelijke ziekte hebben. Zuster Elisabeth heeft verteld dat er cholera heerst in een dorp bij Nairobi en die ziekte wil zuster Margaret absoluut niet naar de missiepost brengen.'

'Margaret!' Ivy herkende haar vriendin nauwelijks. Ze wist niet wat ze over deze plotselinge verandering moest zeggen.

'Fiona blijft vannacht bij Gerrit,' verkondigde Margaret. 'Mag ik nog een keer een jurk van je lenen?'

Ivy leende haar graag een jurk, maar zag haar eigen plannen in het water vallen. Ze kon Sanele niet meenemen naar haar slaapkamer als Fiona drie kamers verderop bij Gerrit sliep. Stel je voor dat ze elkaar in de gang of tijdens het ontbijt tegenkwamen. Ze wilde zich aan Sanele binden, maar Gerrit hoefde niet per se de eerste te zijn die daarachter kwam. Terwijl ze Margaret hielp met het kiezen van een jurk en een kanten nachtjapon bedacht ze een alternatief voor haar plan. Al snel kwam ze op de meest voor de hand liggende oplossing. Die dag waren er verschillende gasten vertrokken en drie safaritenten stonden leeg, dus waarom zouden Sanele en zij zichzelf de luxe niet een keer gunnen waarvoor ze altijd zo hard werkten? Niets was romantischer dan een nacht in een safaritent.

Ivy begon meteen met de voorbereiding en liet de mooiste tent in orde maken alsof het voor een bruidspaar was. Ze zette champagne klaar, vroeg de veelbetekenend glimlachende Wawira om hapjes te maken en kon haar opwinding nauwelijks bedwingen. Voordat ze een bad nam vroeg ze een bediende om Sanele te zoeken en hem te vertellen dat ze hem over een uur in de meest afgelegen safaritent verwachtte.

Even later lag ze genietend van de rozengeur in een bad vol schuim en stelde ze zich de liefkozingen voor die ze later zouden uitwisselen. Ze zouden een betoverende nacht beleven en daarna gezamenlijk de wereld tegemoet treden.

Ivy Edgecumbe en Sanele Zoeloe zouden de volgende ochtend een stel zijn en dat mocht iedereen weten.

41

Ivy was net klaar toen ze Sanele naar de tenten hoorde komen. Haar huid en haar roken naar rozen en het loshangende krullende haar omlijstte haar gezicht. Ze droeg haar mooiste nachtjapon, die ze nog nooit had gedragen. Ze had hem in Kijabe gekocht toen ze nog hoopte dat Gerrit zijn gevoelens voor haar zou toegeven. Ze druppelde nog snel wat van de geurolie die Gerrit lang geleden voor haar in Aden had laten halen op het zijden beddengoed. Ivy voelde zich mooi en verheugde zich op de glans in Saneles ogen, zijn lichaam en zijn kussen. Ze wachtte op hem op het bed in de huwelijkstent en had gevulde champagneglazen in haar handen toen het doek openging. Het volgende moment ging er een schok door haar lichaam.

Ze had Sanele nog nooit in de stamkleding van de Zoeloe gezien. Zijn bovenlichaam was ontbloot en een leren lendendoek, die tot zijn dijbenen kwam, verborg zijn schaamstreek en billen. Om zijn armen en enkels waren banden gewikkeld die gemaakt leken van de haren van koeienstaarten en hij droeg een band van luipaardenhuid rond zijn hoofd.

Dit was niet de Sanele aan wie Ivy gewend was. Hij leek getransformeerd en had een ernstige uitdrukking op zijn gezicht. Toch glimlachte ze naar hem. 'Wil je champagne?' vroeg ze zenuwachtig. 'Je ziet eruit als een krijger.'

'Wil je dat niet?' vroeg hij ongewoon stug. 'Vind je me niet aantrekkelijk?'

Ivy snapte niet waarom Sanele zo afstandelijk deed. 'Natuurlijk vind ik je aantrekkelijk,' zei ze. 'Ik vind je altijd aantrekkelijk. Ik heb je alleen nog nooit in een lendendoek gezien.'

'Ik kan hem uittrekken,' zei hij koel en hij liep naar haar toe. 'Uiteindelijk wil je me zien zoals God me geschapen heeft.'

Ivy probeerde opnieuw te glimlachen. 'Daar heb ik niets op tegen,' antwoordde ze zachtjes. Ze hoorde dat het een beetje geforceerd klonk. Speelde hij een spelletje met haar? Haar nachtjapon verborg bijna niets. Haar borsten waren zichtbaar onder het kant en konden bevrijd worden door aan het zijden lint te trekken.

Sanele maakte de lendendoek met één beweging los. Ivy vroeg zich af of het misschien een Zoeloe-ritueel was om tijdens de huwelijksnacht zo gekleed te zijn. Hij deed de armbanden, enkelbanden en hoofdband eveneens af, maar vertrok nog steeds geen spier.

Hoewel de hele situatie haar verbaasde, stokte haar adem toen hij naakt voor haar stond. Adrian had zichzelf nooit zo zonder enige schaamte aan haar laten zien. Ze had hem natuurlijk naakt gezien, maar dat waren vluchtige blikken geweest, terwijl Sanele haar de tijd gaf om zijn lichaam uitgebreid te bekijken. Het was bijna alsof hij zichzelf aan haar presenteerde.

'Je bent heel mooi,' zei ze hees.

Hij knikte met een vreemde uitdrukking op zijn gezicht die ze niet kon duiden en maakte geen aanstalten om naar haar toe te komen of het compliment te beantwoorden.

'Waarom kom je niet bij me liggen?' vroeg ze en ze sloeg het lichte dekbed open, klaar om er samen met hem onder te kruipen. 'Ik dacht dat we...'

'Wat je wilt,' zei hij. 'Wil je dat ik je kus? Je weet dat we elkaar bij de stammen niet kussen.'

Ivy stond op. Ze overwoog hem te vragen waarom hij zo ontoegankelijk was, waarom hij zich vandaag zo anders, bijna afstandelijk, gedroeg. Ze hief echter alleen haar hoofd en bood hem haar lippen aan. Alle remmen vielen weg toen ze elkaar aanraakten. Sanele wist precies hoe witte mensen kusten. Dat had hij vaak genoeg gezien en hij had er beslist van gedroomd. Ivy duwde haar lichaam tegen hem aan, liet zich door hem optillen en op het bed leggen, huiverde onder zijn aanrakingen en explodeerde bijna van genot toen hij haar overal streelde. Ze vergat dat ze ooit een andere man had liefgehad en geloofde dat Sanele alle vernederingen en afwijzingen waaronder hij ooit had geleden vergat. Tijdens die nacht verdwenen alle grenzen tussen hen.

Ivy werd wakker omdat Sanele uit bed kwam en zijn spullen bij elkaar zocht. 'Ga je al weg?' vroeg ze verbaasd. 'Waarom blijf je niet? Ik heb ervoor gezorgd dat hier vanochtend niemand komt. Ik dacht dat we samen konden ontbijten en...' En praten, wilde ze zeggen. Ze moesten immers beslissen hoe het nu verder moest. Ivy wilde niet meer zonder Sanele leven en dat mocht iedereen weten. Toch moesten ze nadenken over hoe hun relatie eruit zou zien. Misschien konden ze trouwen?

'Je hoeft niet zoveel moeite te doen, Ivory,' zei Sanele kil. 'Je hebt een inheemse man in bed gehad, de meest intense ervaring van Afrika. In een safaritent die nagenoeg in de wildernis staat, met de geluiden van alle dieren om je heen en de geuren van de Oriënt. Ik weet zeker dat je ervan genoten hebt en je hoeft er niet eens iets voor te betalen, Ivory. Ik heb het graag gedaan.'

Ivy keek verbaasd hoe hij zijn lendendoek omdeed en ineens besefte ze waaraan de zo zorgvuldig geplande liefdesnacht haar deed denken. De Masai-mannen die aanboden om tegen betaling seks met de vrouwelijke safarigasten te hebben droegen eveneens stamkleding. *De volmaakte Afrikaanse belevenis*, had een van de dames in het gastenboek geschreven, natuurlijk zonder precies uit te leggen wat ze daarmee bedoelde. Sanele en zij hadden het geweten en hadden erom gelachen. En nu dacht hij...

Ivy liep snel naar hem toe. 'Sanele, dit is een misverstand. Ik wilde alleen... Sanele!'

Hij draaide zich om. 'Dus geen Afrika? Ben ik dan een fabelwezen voor je dat je kunt laten vallen op het moment dat je een man uit je eigen kringen vindt?'

Ivy keek gekwetst naar hem op. 'Sanele, dat geloof je zelf

toch niet. Ik hou van je. Ik heb altijd van je gehouden, ik...'

Hij luisterde niet. Ivy keek hulpeloos toe terwijl hij de tent uit liep met een uitdrukking op zijn gezicht die als minachting geïnterpreteerd kon worden.

Of wanhoop?

Ze wilde hem achterna rennen om alles recht te zetten maar kon de tent niet verlaten in haar open kanten nachtjapon. Ongelukkig liet ze hem gaan en kleedde zich aan. Ze zou later met Sanele moeten praten. Misschien kalmeerde hij vanzelf. Als hij had nagedacht en terugdacht aan de heerlijke nacht die ze samen hadden beleefd, zou hij beslist niet meer geloven dat ze hem had gebruikt. Hij kende haar tenslotte.

Of niet? Hij had al die jaren eveneens binnen de grenzen geleefd. Misschien was zij niet de enige die lange tijd niet aan liefde had kunnen denken. En nu schrok hij ervoor terug en kon hij niet geloven dat ze hetzelfde voelde als hij. Op de een of andere manier zou ze het hem moeten bewijzen. Ze ruimde de tent haastig op en liep terug naar het woonhuis. Ze zou Sanele later vandaag naar haar toe laten komen om rustig met hem te praten. Het kon niet alweer voorbij zijn nu het net was begonnen!

Ivy probeerde kalm te blijven, maar werd in het woonhuis meteen met nieuwe problemen geconfronteerd. Gerrit en Fiona waren in de ontvangstruimte, maar raakten de thee en het brood die de verbaasde Wawira had geserveerd niet aan.

Ivy keek Gerrit verwijtend aan toen ze zag dat Fiona huilde. 'Was het niet fijn voor haar?' vroeg ze beschuldigend. 'Je wist toch dat ze –'

Gerrit hief zijn handen. 'In vredesnaam, natuurlijk wist ik dat. Ik ben de geduldigste en voorzichtigste minnaar ter wereld geweest. Als je het mij vraagt, was het fantastisch. Voor ons allebei. Maar nu is ze op de een of andere manier in zuster Margaret veranderd en worstelt ze met haar gelofte.'

Margaret knikte met tranen in haar ogen. 'Het was heerlijk,' bevestigde ze. 'Ik voelde me alsof ik in de hemel beland was, maar toch had ik het niet moeten doen. Niet nu al. En niet voor het huwelijk. De paters hebben gelijk. Ik ben een zondares.'

'Je gaat in geen geval biechten,' snauwde Ivy tegen haar. 'Anders breng je de laatste drie maanden van je kloosterleven op je knieën door. En, Gerrit... Het wordt niet gemakkelijk voor me, maar je hoeft je contract niet uit te dienen. Het idee om elkaar niet te zien tot jullie met de zegen van alle betrokkenen bij elkaar kunnen zijn was misschien helemaal niet zo slecht. Pak je bezittingen in en vertrek naar Nairobi of Mombasa. Ga op zoek naar een nieuwe baan. Het hoeft tenslotte geen missiepost te zijn.'

Gerrit wilde iets antwoorden, maar bedacht zich toen hij Ivy's woedende blik zag. Het laatste waaraan ze nu behoefte had was de problemen van Margaret en hem oplossen. Als ze dat toch moest doen in plaats van in een hoekje te gaan zitten huilen, kon hij maar beter naar haar instructies luisteren.

'Ga mee, Margaret. We gaan naar de Kikuyu in de hoop dat geen van je medezusters of paters daar al naartoe is,' zei ze. Ze keek naar de staande klok in de hal. Gelukkig was het nog vroeg. In de missiepost werd de ochtendmis op dit moment gehouden. 'Je gaat de kinderen verzorgen. Ze zijn toch echt ziek? Moeten we hun moeders op de hoogte brengen?'

Margaret schudde haar hoofd. 'Nee, ik heb ze verteld dat ik op de boerderij ben. Als de toestand van de kinderen verslechtert, kunnen ze me bellen, maar ik ben er vrij zeker van dat het gewoon buikklachten zijn in plaats van cholera.'

'Goed,' zei Ivy. 'Doe je sluier op en dan doen we alsof er niets gebeurd is.'

Ze hoopte dat Sanele haar niet als een vreemde zou blijven behandelen. Ze had meteen naar hem toe willen gaan. Haar gevoel vertelde haar dat het dringend was. Hij was haar zielsverwant en ze voelde dat hij iets van plan was waar hij later misschien spijt van zou krijgen.

42

Ivy ging met Margaret mee naar het Kikuyu-dorp, waar de zieke kinderen zich iets beter voelden dan de vorige dag. Inmiddels had een derde kind dezelfde symptomen. Ondanks haar medelijden met de jongetjes was Ivy opgelucht dat de ziekte ernstig genoeg leek om Margarets verblijf in het dorp te rechtvaardigen. Haar vriendin zag er bovendien zo uitgeput en bezorgd uit dat iedereen onmiddellijk zou geloven dat ze 's nachts bij de zieken had gewaakt. Een vierde jongen die begon te braken vertelde de volwassenen dat ze twee dagen eerder samen bij de waterpoel waren geweest. Blijkbaar wilden ze de dieren observeren, misschien ging het om een uitdaging of wilden ze met hun slingers op vogels schieten. Ze hadden dorst gekregen en hadden van het vervuilde water in de poel gedronken. De oorzaak van de misselijkheid en diarree was nu duidelijk en Elisabeth, die vlak daarna samen met pater Flint in het dorp verscheen, wist hoe ze de symptomen moest behandelen.

'Laten we hopen dat jullie niet ook nog wormen krijgen,' zei ze op haar gebruikelijke snauwerige toon tegen de jongens en hun ouders. 'Als ik de dokter in Kijabe spreek, vraag ik hem een geneesmiddel dat jullie voor alle zekerheid kunnen nemen. Bereid je er maar op voor dat het heel bitter is en dat jullie er buikpijn van krijgen.'

'Het is jullie verdiende loon,' voegde de pater eraan toe. 'Jullie moeten je schamen dat jullie het geschenk van onze overleden weldoener Adrian Edgecumbe niet voldoende waarderen.' Adrian had ervoor gezorgd dat de Kikuyu de beschikking hadden over water dat net zo schoon was als het water in het resort.

Elisabeth en pater Flint dwongen de jongens om een gebed

voor de overledene op te zeggen en hem te bedanken voor zijn vrijgevigheid. Bovendien moesten ze God vragen om hen snel te genezen. Hun gezichten werden steeds bleker en twee jongens begonnen meteen daarna weer te braken.

'Hadden jullie ze niet gewoon koolstoftabletten kunnen geven?' vroeg Ivy. Ze vond de missionarissen te streng. De jongens waren al genoeg gestraft door hun misselijkheid.

'Ze moeten leren dat ongehoorzaamheid zowel goddelijke als wereldse straffen met zich meebrengt,' legde de pater streng uit.

Margaret werd eveneens bleek, maar gelukkig viel dat niemand op. Elisabeth sommeerde haar om de gezonde kinderen zoals gewoonlijk les te geven. Zij zou voor de zieken zorgen en 's avonds met haar mee teruggaan naar de missiepost.

Ivy was niet langer nodig en ging naar de boerderij terug, waar rond het middaguur nieuwe gasten werden verwacht. Ze controleerde of de tenten klaar waren – ook die waarin ze de nacht met Sanele had doorgebracht – en of er hapjes en fruit voor de gasten klaarstonden. Daarna bereidde ze zich voor op de ontvangst door een kakikleurige outfit aan te trekken. De gasten moesten het gevoel krijgen dat ze deelnamen aan een echte safari. In de ontvangstruimte keek ze naar het ontvangstcomité, dat bestond uit bagagedragers en huisbedienden die de gasten naar hun tenten zouden begeleiden. Tot haar verbazing ontbrak Sanele. Normaal gesproken stond hij klaar met een dienblad met fruitcocktails en champagne. In plaats daarvan zag ze een jonge Afrikaanse man die al een tijdlang door Sanele werd opgeleid in een butleruniform tussen de bedienden staan. Hij viel enigszins uit de toon maar was duidelijk heel trots op zijn rol.

'Waar is Sanele, Thabo?' vroeg ze verbaasd.

De jongeman maakte een buiging. 'Dat weet ik niet, *memsahib*. Hij heeft me opdracht gegeven om voor hem in te vallen.'

'Heeft hij niet gezegd waar hij zo plotseling naartoe moest?'

vroeg Ivy. 'Hij is gisteren toch al in Kijabe geweest?'

Thabo schudde zijn hoofd. 'Nee, *memsahib*. Ik heb hem helemaal niet gesproken. Er ligt een lijst met instructies voor de hele middag en avond in de keuken. Hij heeft mij de leiding over het bedienend personeel gegeven. Is er iets aan de hand, *memsahib*?'

Hij leek haar verwarring en bezorgdheid aan te voelen en ze deed haar best om zich te beheersen. 'Natuurlijk niet, Thabo. Ik denk dat hij jullie gewoon een kans wil geven om de ontvangst zelf te regelen. Veel succes. Je ziet er heel elegant uit!'

Ivy liep naar de ingang toen ze de transportbus van de boerderij en een privéauto met de gasten zag arriveren.

Nadat de koffers waren uitgeladen en iedereen zich in de ontvangsthal had verzameld, begon ze haar welkomstpraatje. Alle gasten – een stel vriendinnen, twee echtparen en de bijnavolwassen zoon van een van de echtparen – hadden een glas champagne of een vruchtencocktail in hun hand.

'Ik ben Ivory Edgecumbe en ik ben heel blij dat jullie mijn resort hebben uitgekozen om de flora en fauna van Kenia te leren kennen. Ik ga jullie mijn wereld laten zien, mijn Afrika dat wild en toch heel vredig is. Gevaarlijk en toch vol liefde en tederheid. Jullie krijgen de dieren met hun jongen te zien, maken mee hoe ze met elkaar omgaan zodat jullie begrijpen dat ze meer zijn dan jachttrofeeën, dat ze meer te bieden hebben dan alleen hun huiden, geweien of slagtanden. De dieren kunnen jullie laten lachen en huilen en ze zullen een gevoel van geluk bij jullie oproepen zoals jullie misschien nog niet eerder hebben ervaren. Jullie betreden de wereld van onze dieren niet als jagers, maar als bezoekers. Ik heet jullie van harte welkom.'

Ivy glimlachte stralend naar haar gasten. Ze praatte zoals altijd met veel gevoel en was blij dat haar luisteraars zich lieten meeslepen door wat ze vertelde. Vandaag ontbrak er echter iets. Ze realiseerde zich nu pas dat Sanele altijd naast de deur stond om naar haar welkomstpraatje te luisteren. Ze had zijn stralende gezicht nooit bewust opgemerkt, maar miste het nu hij er niet was.

Terwijl de gasten zich in hun tenten installeerden, controleerde Ivy of Gerrit ook was vertrokken. Ze voelde zich erg alleen toen ze zijn lege kamers zag. Ineens besefte ze dat ze ook in Saneles schuur kon kijken om te weten te komen waar hij was en ze liep naar het gebouw waar de nonnen hadden gewoond. De schuur was opgeruimd, geveegd en helemaal leeg. Sanele was vertrokken. Hij had al zijn bezittingen meegenomen en had geen bericht voor haar achtergelaten.

Ivy voelde alleen nog kou, net als na het overlijden van Adrian, maar in tegenstelling tot destijds voelde ze nu een pijn opkomen die de leegte in haar hart snel vulde. Ze liep als in trance naar de vroegere vertrekken van de dierenpreparateurs, waar ze Adrians trofeeën had opgeslagen nadat hij dood was verklaard. Hier was ze zeker alleen, ook al voelde het alsof alle dieren haar aanstaarden. Ze zag de tijger en dacht aan de maharani in haar gouden kooi, zag de impalabok en dacht aan het bedrog. Uiteindelijk begon ze te huilen en kon er niet meer mee stoppen. De enige man die haar niet had verraden, de enige van wie ze echt hield, was gekwetst omdat hij dacht dat ze hem had gebruikt. Hij had zijn conclusies getrokken en was weggegaan. En ze had geen idee waar ze hem moest zoeken.

43

Ivy kon het verlies nauwelijks verdragen, maar het leven ging natuurlijk door. Ze moest de gasten tijdens het welkomstdiner vermaken en de safariritten van de volgende dag op zich nemen. Die kon ze niet zomaar aan de Kikuyu-spoorzoekers overlaten. Ze waren misschien goed in het opsporen van dieren, maar veel te verlegen om met de gasten te praten en uitleg te geven. Vaak was er ook een taalbarrière en bestond er een wederzijds wantrouwen. De Engelsen die in Afrika woonden keken neer op de inheemse mensen en de Europeanen die op safari waren staarden naar hen alsof ze tot de inheemse dierenwereld behoorden, of in elk geval tot het decor van de safari. Ivy was dus op zoek naar een vervanger voor Gerrit en misschien ook voor Sanele. De huidskleur deed er niet toe, maar een gids moest vloeiend Engels spreken en veel over de flora en fauna van het land weten. Zulke mensen waren heel gewild bij safaribedrijven en veel van hen waren bovendien jagers die liever bij een jachtresort of bij Newland, Tarlton & Co. werkten dan voor Ivy.

Na een maand zonder ervaren hoofd van de bediening en gids was ze zo uitgeput dat ze erover nadacht om het aanbod van haar zus om Jeffrey als beheerder aan te nemen te accepteren. Rosamond, Jeffrey en hun kinderen waren onderweg naar Afrika. Via familie had Jeffrey een baan bij het Britse bestuur aangeboden gekregen. Als het hem in Nairobi beviel, dan zou hij de baan accepteren, maar eerst was hij van plan om een paar maanden met zijn gezin op Edgecumbe Farm te verblijven om het land en de mensen te leren kennen. Ivy keek uit naar hun bezoek.

Toen ze arriveerden, bracht Ivy hen niet onder in een van

de tenten, maar in Gerrits kamers. De kinderen, inmiddels had haar zus er drie, brachten leven in huis. Ivy vond de twee jongens heel wild en het kleine meisje, de jongste van de kinderen, was erg verlegen. Madeleine was bang voor haar vader, wat waarschijnlijk kwam doordat hij te streng tegen haar was of zich onvriendelijk gedroeg. Ivy had Rosamonds man vanaf het begin niet gemogen. Hij gedroeg zich autoritair, wat Rosamond verontschuldigend zijn kazernetoon noemde. Hij had er geen enkele moeite mee om tegen de bedienden te snauwen, die dit niet gewend waren en geschrokken terugdeinsden.

Ivy merkte de volgende dag al dat Jeffrey niet veel voor elkaar kreeg, ook al beweerde hij stoer dat hij alles aankon. Toen ze hem vroeg om de safari-auto te besturen omdat de chauffeur niet beschikbaar was, was hij er bijna mee van een klif gereden. Later gaf hij toe dat hij nog nooit een auto had bestuurd. Hij had gewoon gedacht dat het niet moeilijk zou zijn en was er ook na het incident van overtuigd dat hij het geweldig had gedaan.

Rosamond leek niet gelukkig. Ze schaamde zich vaak voor het gedrag van haar man en de kinderen vergden veel energie van haar. Op een van de eerste dagen op Edgecumbe Farm vroeg ze Ivy om een inheemse oppas en ze ergerde zich er vervolgens aan dat de jonge Makena, die was gedoopt en redelijk goed Engels sprak, Madeleine uitkleedde en naakt in de modder liet spelen. Het meisje vermaakte zich uitstekend met twee Afrikaanse kinderen, die haar lieten zien hoe ze mieren moest vangen en ze daarna, tot ontzetting van Rosamond, opaten.

Tijdens de weken op Edgecumbe Farm wisselde Rosamond drie keer van kindermeisje. Ondertussen raakten haar zoontjes bevriend met de vier kleine rakkers die ziek waren geworden van het water in de poel. De gebeden hadden geen effect gehad. Ze haalden nog steeds veel kattenkwaad uit. Ivy maakte zich zorgen omdat het leek alsof ze probeerden voor hun tijd volwassen te worden en ze hoopte dat ze het niet in hun hoofd zouden halen om op leeuwenjacht te gaan.

Ivy en Rosamond hadden tijd nodig om opnieuw een band te krijgen, maar daarna kregen ze vertrouwelijke gesprekken met elkaar. Ivy vertelde haar zus over Adrian en Gerrit, maar over Sanele maakte ze alleen toespelingen. Rosamond behoorde tot de witte vrouwen die bang waren voor Afrikanen. Ze zou geschokt zijn als Ivy haar over hun liefde vertelde.

Ivy deed haar best om het resort goed te leiden, maar investeerde het grootste deel van haar energie in haar pogingen om Sanele te vinden. Ze vroeg voormalige gasten of hij zich misschien als butler had aangeboden en informeerde bij Newland, Tarlton & Co. en andere aanbieders van safari's. Sanele leek echter van de aardbodem verdwenen.

'Misschien heeft hij zich bij het leger gemeld,' opperde Margaret. Sinds Gerrits vertrek verliep haar leven in het klooster weer kalmer. Ze werkte als lerares bij de Kikuyu en moest de jonge non Maria Antonia bij de stam introduceren. Zij zou Margarets werk in het dorp na haar vertrek overnemen maar sprak nauwelijks Kikuyu.

'De oorlog is voorbij,' constateerde Ivy. 'Voor zover ik weet zijn de troepen grotendeels gedemobiliseerd. Er zijn nog ongeveer drieduizend officieren en andere specialisten en het lijkt me onwaarschijnlijk dat ze nieuwe mensen aannemen.'

'Er is altijd ergens oorlog,' merkte Margaret op. 'Misschien is hij naar de Zoeloe in Zuid-Afrika gegaan.'

Ivy haalde haar schouders op. 'Dat is het probleem. Hij kan overal zijn en hij is niet arm. Hij verdiende goed bij ons en had nauwelijks uitgaven. Hij kan zelfs naar Europa gegaan zijn.'

'Waarom schakel je geen privédetective in?' Margaret had een zwak voor detectiveverhalen. Ze haalde al jarenlang boeken uit Ivy's bibliotheek en las iedere vrije minuut.

'Ken jij iemand?' vroeg Ivy. 'In Kijabe, Nairobi en Mombasa weet ik niemand. In Londen natuurlijk wel... of in Amerika. Pinkerton bijvoorbeeld.' Ze lachte zenuwachtig. 'Ik denk dat ik gewoon moet afwachten. Misschien...'

Margaret keek haar onderzoekend aan. Ze leek zichzelf te

moeten overwinnen om de volgende vraag te stellen. 'Heb je echt geen idee waarom hij zo plotseling vertrokken is?'

Ivy had overwogen om vrijuit met Margaret te praten, maar had het idee uiteindelijk verworpen. Ze wilde liever zelf verwerken wat er tussen Sanele en haar was gebeurd, maar de afgelopen weken hadden haar uitgeput. Ze voelde zich vaak doodmoe en was zelfs bang dat ze iets onder de leden had. Op dit moment waren er weliswaar niet veel gasten op de boerderij, maar Rosamonds gezin was ruim voldoende en tijdens de regenachtige dagen aan het begin van het grote regenseizoen werd haar geduld zwaar op de proef gesteld. Ze was prikkelbaarder en gevoeliger en ook nu schoten de tranen in haar ogen.

'Jawel,' fluisterde ze uiteindelijk. 'Ik heb alleen moeite om het te vertellen. Ik heb hem onbedoeld pijn gedaan en kan alleen hopen dat hij me ooit zal vergeven.'

Margaret sloeg een arm om haar heen en trok haar tegen zich aan. 'Dat doet hij beslist,' beloofde ze. 'Jullie hebben altijd zo'n goede band gehad. Jullie gedachten en karakter komen zoveel overheen. Hij komt beslist terug.'

Ivy liet zich omhelzen en voelde zich daardoor een beetje getroost. Margaret had de speciale band tussen Sanele en haar dus ook gevoeld. Die kon toch niet zo plotseling voorbij zijn?

Gerrit kwam na tweeënhalve maand terug, aanzienlijk eerder dan verwacht. Margaret mocht acht weken later pas uit haar kloosterorde treden. 'Ik hield het niet langer uit,' zei hij toen Ivy hem omhelsde. Ondanks hun onenigheid was ze oprecht blij hem te zien. 'Ik miste Fiona verschrikkelijk en heb goed nieuws.'

Ivy vroeg een dienstmeisje om thee te serveren. Gerrit keek haar vragend aan. 'Waar is je favoriete Afrikaan?'

Ivy voelde de irritatie meteen opkomen. 'Sanele is vertrokken,' zei ze zonder nadere uitleg. 'En als je vervelend gaat doen, kun je meteen weer vertrekken. Je aanwezigheid zal het niet gemakkelijker maken voor Margaret.'

'Voor mij is ze allang Fiona,' zei Gerrit dromerig. 'En ik heb een verrassing. Ik ben door Afrika gereisd en hoorde dat het natuurhistorisch museum in Dar es Salaam een conservator zocht. Ik heb gesolliciteerd en ze hebben me aangenomen. Fiona en ik gaan in Tanzania wonen.'

'Je hebt haar toch een missiepost beloofd?' zei Ivy, hoewel ze vrij zeker wist dat Margaret dat niet belangrijk meer vond. Nu de kloosterorde zich zo tegenover haar gedroeg wilde ze waarschijnlijk ver uit de buurt van een missiepost blijven.

Gerrit wuifde haar opmerking weg. 'Ze kan vrijwilligerswerk gaan doen. Dar es Salaam is een grote stad. Daar zijn beslist voldoende organisaties die kinderen helpen, zowel gedoopt als ongedoopt. Wanneer denk je dat ik haar kan zien?'

Ivy vertelde hem over Antonia, die voortdurend bij Margaret was, en Gerrit keek teleurgesteld. Daarna begon hij plannen te smeden.

Hij werd onderbroken doordat Rosamond binnenkwam. Ze leek geïrriteerd en wilde waarschijnlijk haar beklag over iets doen, maar Ivy leidde haar af door Gerrit voor te stellen.

'Jij bent dus Gerrit,' zei haar zus weinig beleefd. 'Trek je hier weer in?'

Gerrit keek haar verontwaardigd aan en Ivy ergerde zich. 'Rosamond, waar zijn je manieren?' berispte ze haar zus. 'Je bent waarschijnlijk bang dat jullie moeten vertrekken, maar maak je geen zorgen, jullie hoeven niet weg. En, Gerrit, jij kunt natuurlijk ook blijven.' Ze keek hem aan. 'Mijn zus en haar gezin logeren in jouw vroegere kamers. Is het een probleem voor je om in de schuur van Sanele te slapen?'

Tegen Ivy's verwachting in verscheen er een glimlach op Gerrits gezicht. Engelberta en Margaret hadden destijds in de schuur gewoond en die gedachte prikkelde zijn fantasie ongetwijfeld. Hij dacht beslist dat het makkelijker was om Margaret ervan te overtuigen in de schuur langs te komen dan weer een nacht in Ivy's woning door te brengen.

Ivy besloot zich niet langer druk te maken om het stel. Ze wilde geen koppelaarster voor Gerrit en Fiona spelen, maar ook geen moraalridder zijn. Fiona's laatste weken als Margaret zouden hoe dan ook verstrijken en de paters en medezusters hadden de hoop om haar in het klooster te kunnen houden waarschijnlijk opgegeven.

44

Margaret leek te twijfelen tussen geluk en bezorgdheid toen Ivy haar over Gerrits terugkeer en zijn verblijf in de schuur vertelde. Ze had haar onder een voorwendsel op de boerderij uitgenodigd terwijl Antonia de kinderen in de tussentijd les zou geven. Daardoor was ze voldoende afgeleid. Vooral de kleine jongens namen de jonge non niet serieus en maakten schaamteloos misbruik van haar beperkte taalvaardigheid door grappen met haar uit te halen.

'Ik dacht dat hij niet terug zou komen,' bekende Margaret zachtjes.

Ivy was verbaasd. 'Waarom dacht je dat? Het was duidelijk dat hij terug zou komen. Hij is zelfs veel eerder terug dan de bedoeling was.'

Margaret boog haar hoofd. 'Ik dacht dat God me strafte. En hem... en... en jou.'

'Mij?' Ivy begon aan het gezonde verstand van haar vriendin te twijfelen. 'Wat heb ik gedaan om gestraft te worden?'

Margaret hief haar hoofd en keek haar aan, maar leek heel verlegen. 'Je... ziet er slecht uit,' zei ze. 'Zuster Elisabeth zegt dat ook. Je...'

Ivy zuchtte. 'Ik ben een beetje overwerkt, maar nu kan Gerrit de gasten weer van me overnemen, in elk geval tot jullie samen vertrekken. Ik hoop dat ik tegen die tijd een vervanger gevonden heb. Mijn zwager is helaas niet geschikt. Trouwens, Gerrit smeedt al plannen hoe je 's nachts bij hem in de schuur op bezoek kunt komen. Tenminste, als je dat durft. Ik zal daar in elk geval niets van merken.'

Margaret schudde haar hoofd heftig. 'Nee,' zei ze gedecideerd. 'Ik ga niet opnieuw met hem zondigen. Niet voordat ik zeker weet dat hij me niet bedrogen heeft.'

Voordat Ivy meer vragen kon stellen, draaide ze zich om en liep haastig naar het Kikuyu-dorp terug, zonder aan de koekjes te denken die Wawira had gebakken en die Ivy als excuus had gebruikt om Margaret naar de boerderij te krijgen zodat ze met haar kon praten.

De weken erna was Ivy niet alleen verbaasd over het gedrag van Margaret, maar haar zus en zwager gedroegen zich eveneens vreemd. Het verbaasde Ivy niet dat ze soms moeilijk waren. Binnen het gezin werd geschreeuwd en gescholden, maar tegenover buitenstaanders waren ze altijd uitermate beleefd geweest. Beiden hadden uitstekende manieren en zorgden er min of meer voor dat hun kinderen zich fatsoenlijk gedroegen. Tegenover Gerrit waren Rosamond en Jeffrey echter zo afwijzend dat het naar openlijke vijandigheid neigde.

'Wat hebben je zus en zwager tegen me?' vroeg hij nadat een gezamenlijke avond uiterst onplezierig was verlopen.

Gerrit had levendig over Dar es Salaam en zijn huwelijksplannen verteld. Hij aarzelde tussen een katholieke kerk om Fiona een plezier te doen en een anglicaanse kerk omdat hij zich daar meer thuis voelde.

'De naam Fiona gebruik je toch voor het nonnetje dat je zoveel hoop gegeven hebt dat ze voor jou uit haar klooster wil treden?' merkte Rosamond scherp op.

Gerrit, die het liefst over niets anders dan over Margaret praatte, had de ingewikkelde kwestie van de wereldlijke naam en de kloosternaam uitgelegd, waarna Jeffrey hem streng had aangekeken en had opgemerkt dat ze misschien eens van man tot man met elkaar moesten praten.

Ivy had haar zwager energiek ter verantwoording geroepen, maar Gerrit wilde de harmonie bewaren. Hij hield niet van ruzie, wat waarschijnlijk een van de redenen was geweest waarom hij Ivy pas zo laat had verteld dat hij niet van haar, maar van Margaret hield. Hij zei dus vriendelijk tegen Jeffrey dat hij altijd bereid was tot een gesprek, maar daarna had Rosamond haar opvliegende echtgenoot de mond gesnoerd door ergens anders over te beginnen. Uiteindelijk hadden ze zich teruggetrokken na de veelbetekenende opmerking van Rosamond dat Ivy en Gerrit beslist veel te bespreken hadden.

'Ik zou het niet weten,' antwoordde Ivy. 'Hoewel, misschien... Ik heb Rosamond verteld dat ik een tijdje verliefd op je was, dat je me hoop gegeven hebt en dat ik daarom boos op je was.'

'Maar dat is toch geen reden voor Rosamond om zo onbeleefd tegen me te zijn?' wierp Gerrit tegen. 'En die Jeffrey heeft er al helemaal niets mee te maken. Ik vind het heel vreemd.'

Ivy had inmiddels schoon genoeg van Rosamond en haar gezin. Vooral Jeffrey had de hoop om zich op de boerderij te vestigen – zoals hij het noemde – blijkbaar nog steeds niet opgegeven. Hij vond de bedienden ongedisciplineerd en de safaritenten waarin de gasten sliepen primitief. Bovendien bleef hij erop hameren dat het veel winstgevender zou zijn om het resort weer in een jachtgebied te veranderen. In Nairobi was hem waarschijnlijk een ondergeschikte positie aangeboden en hij wilde liever de rol van jachtheer op de boerderij spelen. Hij botste vaak met Ivy omdat hij niet wilde accepteren dat zij degene was die de zakelijke beslissingen nam.

Inmiddels was het begin juni en Rosamond klaagde over de hitte en weigerde Ivy te geloven toen ze vertelde dat het winter in Afrika was en dat de temperaturen tussen december en februari nog veel hoger zouden zijn. Nu de regentijd voorbij was, nam het aantal safarigasten weer toe. Ivy had geen tijd om zich om haar zus te bekommeren, wat Rosamond haar kwalijk nam. Uiteindelijk kondigden de Olden-Carmichaels aan dat ze de week erna naar Nairobi zouden vertrekken.

'Jeffrey neemt de baan bij het bestuur aan,' zei Rosamond. 'Je stelt zijn ervaring blijkbaar niet op prijs. En ik ga op zoek naar een geschikt huis. Tot die tijd logeren we in een hotel. Als Gerrit en jij jullie relatie legaliseren, waarvan ik ondanks alles natuurlijk nog steeds uitga, dan zijn jullie altijd welkom.

Je had me in vertrouwen moeten nemen. Ik ben je zus. We horen geen geheimen voor elkaar te hebben.'

Ivy antwoordde dat ze niet wist wat Rosamond bedoelde, maar ze voelde bezorgdheid opkomen. Had haar zus iets ontdekt of vermoedde ze iets over haar relatie met Sanele? Destijds met Adrian was ze tenslotte ook nogal helderziend geweest. Rosamond wilde er echter niets meer over zeggen.

'Je weet precies wat ik bedoel,' zei ze alleen.

Ivy was opgelucht toen de Olden-Carmichaels eindelijk waren vertrokken en ze gebruikte de tijd die ze bespaarde om zich meer met de dieren in het resort bezig te houden. In de periode waarin Gerrit weg was geweest, had ze bijna alle safari's geleid, maar het was één ding om de deelnemers over het wild te vertellen en iets heel anders om in haar eentje dicht bij de waterpoelen en favoriete plekken van de dieren te komen, het leven in de bush te ervaren, de geluiden ervan te horen en er één mee te worden. Nu de regentijd achter de rug was, was de savanne groen, bloeiden er veel planten en vulden hun geuren de lucht. De meeste dieren hadden nu jongen. Ivy had twee leeuwinnen en een luipaardvrouwtje ontdekt die waarschijnlijk voor het eerst jongen hadden gekregen en daarom erg bezorgd waren over hun welpen. Met haar gasten zou ze niet in hun buurt komen, maar ze had geleerd om net als een Kikuyu-spoorzoeker te versmelten met de wildernis.

Als ze in het riet zat en de badende olifanten en drinkende neushoorns observeerde, voelde ze zich heel dicht bij Sanele. Hij was haar heel vaak gevolgd tijdens haar eenzame verkenningen van het resort zonder dat ze het ooit had gemerkt. Ze stelde zich voor dat hij er nu ook was, altijd in haar buurt, of ze hem kon zien of niet.

Ivy genoot van de Afrikaanse winter, wanneer de aangenaamste temperaturen van het jaar heersten, en begon zich langzamerhand beter te voelen. Ze kwam aan, zag er gezond uit en voelde zich weliswaar niet gelukkig, maar niet meer zo verschrikkelijk leeg en eenzaam als vlak na Saneles vertrek.

Ze begon zich te verzoenen met het feit dat ze haar liefde kwijt was en troostte zich met wat Sanele haar in een van haar donkerste momenten had verteld: Afrika zou bij haar blijven.

Die rustige periode was voorbij toen Gerrit op een avond volkomen overstuur de salon binnenstormde. Ivy zat bij de open haard en las een boek.

'Ze wil niet met me trouwen!' barstte hij los. 'Dat heeft ze me net verteld. Ze wil weg uit de missiepost, maar zonder mij. Ze...'

'Fiona?' vroeg Ivy verbaasd. Ze probeerde eraan te wennen om de wereldlijke naam van haar vriendin te gebruiken, maar dat lukte nog niet echt. 'Waarom? Hebben jullie ruzie gehad?'

Gerrit liep naar de drankkast en schonk een glas cognac voor zichzelf in. 'Nee, helemaal niet. Het kwam vanuit het niets. Ze zei dat ze niet met me wilde trouwen om jou niet ongelukkig te maken. Ik moet in plaats daarvan met jou trouwen en ze zegt dat ik weet waarom dat is. Heb jij enig idee wat ze bedoelt?' Hij dronk het glas in één teug leeg.

Ivy schudde haar hoofd. 'Nee,' zei ze. 'Maar ze heeft tegen mij ook vreemde opmerkingen gemaakt. Hoewel dat al een tijdje geleden is. Ik heb haar de laatste tijd nauwelijks gezien.'

De nonnen en paters dwongen Margaret telkens weer tot retraites, gesprekken en speciale gebeden.

'Je was gisteren in de missiepost,' constateerde Gerrit. 'Er moet iets gebeurd zijn.'

Ivy dacht na. 'Ik zou niet weten wat dat zou moeten zijn. Ik heb donaties van onze gasten gebracht. Zuster Ann heeft hier een lezing over de missiepost gehouden, maar ze is vertrokken voordat ik gecollecteerd had. Na een paar drankjes zijn mensen guller en er is een flink bedrag opgehaald. Ze kunnen in september weer twee meisjes in Nairobi naar school sturen.'

Normaal gesproken zou ze Gerrit met deze opmerking aan het lachen maken. Het betekende namelijk dat de enthousiaste nonnen opnieuw zonder hulp van het moederhuis een aantal runderen wilden kopen. Vroeger regelde Engelberta dat, nu hadden Ann en Antonia het overgenomen. Deze keer verscheen er niet eens een glimlach op het gezicht van haar vriend.

Ivy herinnerde zich nog iets. 'Ik heb Margaret helemaal niet gezien. Zuster Elisabeth vertelde dat ze in de kerk aan het bidden was en dat ik dat ook zou moeten doen. Dat vond ik een beetje vreemd, maar die draak in habijt strooit altijd met hatelijke opmerkingen.'

'Ik begrijp er niets van.' Gerrit verborg zijn gezicht in zijn handen.

Ivy schonk nog een glas cognac voor hem in. Zelf had ze de laatste tijd helemaal geen behoefte aan alcohol, zelfs haar geliefde port smaakte haar niet en 's ochtends gaf ze over als ze de koffiegeur die uit de keuken kwam rook. Aan de andere kant had ze een uitstekende eetlust. Ze was aangekomen en moest langzamerhand een beetje minder gaan eten.

'Ik ga het morgen uitzoeken,' beloofde ze. 'Ik ga naar de missie om met Margaret en desnoods ook met zuster Elisabeth te praten. We komen er wel achter wat er aan de hand is.'

45

Gerrit sliep zijn roes uit terwijl Ivy 's ochtends vroeg in een van de auto's van de boerderij naar de missiepost reed. Ze wilde er meteen na de vroegmis zijn en zou erop staan om onder vier ogen met Margaret te praten. Nu het winter was, schemerde het op dit tijdstip nog en ze zag de vage contouren van de dieren op de savanne. Ze zocht koortsachtig naar een verklaring voor Fiona's beslissing en zelfs een pasgeboren zebra wist haar aandacht niet te trekken.

De missiepost leek verlaten toen ze aankwam. De nonnen en paters waren in de kerk en de Masai en Kikuyu die hier werkten of naar school gingen waren nog niet gearriveerd. Ivy ging onder de prachtige acacia zitten die het plein al had gedomineerd toen de missiegebouwen nog niet waren gebouwd. Inmiddels waren er verschillende werkplaatsen, bedrijfsgebouwen en een mooie kleine kerk die was gefinancierd met Europese donaties bij gekomen. Ivy luisterde naar het gezang van de paters en nonnen en genoot van de rust op de kleine bank onder de boom. Ze viel bijna in slaap. De laatste tijd had ze het gevoel dat ze de hele dag zou kunnen slapen.

De kerkdeur ging open en de gelovigen kwamen naar buiten. Op dit tijdstip waren dat alleen nonnen en paters. Pas om zeven uur gingen de bekeerde inwoners met tegenzin naar de kerk. Ivy liep vastberaden naar pater Flint toe. 'Ik moet met zuster Margaret praten,' zei ze gedecideerd.

De pater keek met een strenge blik naar haar. 'Is zuster Margaret van gedachten veranderd? Ze leek de afgelopen dagen erg van streek. De man met wie ze van plan was te trouwen, heeft haar blijkbaar diep teleurgesteld. Ik sta niet toe dat u probeert haar van gedachten te laten veranderen, mevrouw Edgecumbe.'

Ivy haalde opgelucht adem toen Margaret naar hen toe

kwam. Ze leek vermoeid en aan haar gezicht was te zien dat ze had gehuild, maar ze antwoordde vastberaden. 'Niemand kan me van gedachten laten veranderen, pater. Ik verlaat de orde en ik praat met mevrouw Edgecumbe. Met of zonder uw toestemming. Het gaat tenslotte om het geluk van mijn vriendin die God gezegend heeft, in tegenstelling tot mij. We gaan ergens naartoe waar we in alle rust kunnen praten.' Ze gaf Ivy een arm en trok haar mee naar het Masai-dorp. In de schaduw van de doornige omheining bleef ze staan.

'Ik kan me niet voorstellen dat je het nog niet weet, Ivy,' begon ze. 'Ik had een maand geleden al een vermoeden en zuster Elizabeth zag het meteen. Je moet toch gemerkt hebben hoe strak je kleding zit?'

Ivy knikte. 'Ik ben aangekomen,' gaf ze toe. 'Ik heb twee nieuwe jurken besteld, maar wat is daar zo bijzonder aan?'

Margaret werd rood. 'Wanneer... heb je voor het laatst gemenstrueerd?' vroeg ze. 'Ik bedoel...' Ze vond het duidelijk moeilijk om over vrouwenkwesties te praten.

'Wanneer ik mijn laatste menstruatie gehad heb?' Ivy dacht na en besefte dat ze het niet wist. Ze had de safari's de afgelopen tijd niet hoeven afzeggen vanwege menstruatiepijn. Hoewel ze de afgelopen weken allerlei klachten had gehad, was het ongemak dat ze altijd met haar menstruatie had geassocieerd daar niet bij geweest. Ze werd rood toen ze besefte wat dat kon betekenen, schrok en voelde zich schuldig. Het was al erg genoeg dat ze Sanele nooit met liefde had verbonden, maar ze had ook volledig genegeerd dat ze zwanger had kunnen worden. Sanele had gelijk: diep vanbinnen was ze nog steeds niet in staat geweest om hem volledig als haar man te accepteren.

Margaret interpreteerde haar blos verkeerd. 'Het is dus waar. Gerrit heeft me de waarheid niet verteld. Ik kan niet met hem trouwen. Hij moet bij jou blijven en een vader voor het kind zijn.' De tranen sprongen in haar ogen.

Ivy keek haar verbaasd aan en besefte ineens waarom Margaret, Rosamond en Jeffrey zich zo gedroegen. Rosamond, die drie kinderen had gekregen, had blijkbaar gezien dat ze zwanger was en ze beschouwden Gerrit als de verleider die haar in de steek had gelaten.

'Zo zit het helemaal niet!' riep Ivy uit. 'Gerrit heeft er niets mee te maken.'

Margaret fronste haar voorhoofd. 'Hij is de enige man die in aanmerking komt, tenzij een van de paters iets gedaan heeft.'

Ivy schudde haar hoofd. 'De enige blanke man,' zei ze verdrietig. Daarna kwam het hele verhaal eruit. Alleen de reden voor Saneles liefdesverklaring en haar verdriet omdat ze Gerrit kwijt was liet ze achterwege.

Margaret leek het in eerste instantie niet te kunnen geloven. 'Sanele? Draag je Saneles kind onder je hart? Een... donker kind?'

Ivy keek haar aan. Ze wist pas een paar momenten dat er hoogstwaarschijnlijk een klein wezentje in haar groeide, maar was nu al bereid om het als een leeuwin te verdedigen. 'Zoals jij het zegt, klinkt het alsof het een zwart schaap is of een zwart hart heeft, maar het wordt beslist een prachtig kind. Ik denk dat Sanele blij zou zijn als hij het wist.'

Margaret keek haar sceptisch aan. 'Sanele weet hoe moeilijk het is om een kind te hebben dat is verwekt door een blanke en een zwarte. Als christen mag ik het natuurlijk niet zeggen, maar niet elk kind is een reden tot vreugde.' Ze aarzelde even, maar sprak haar gedachten vervolgens uit. 'Als je het niet wilt houden, Ivy... Ik weet zeker dat er in Nairobi mogelijkheden zijn...'

Ivy ging krachtig tegen haar in. 'Als Sanele niet terugkomt, is ons kind het enige wat ik van hem heb,' zei ze vastberaden. 'En het zal het niet moeilijk hebben. Het zal hier opgroeien op mijn landgoed, in mijn wereld. Ik zal het liefhebben en beschermen. Niemand zal het wagen iets ten nadele van mijn kind te zeggen.'

Margaret was niet overtuigd. 'Op een dag is je kind volwassen,' waarschuwde ze. 'En dan verlaat het jouw wereld. Geloof je dat de rest van de wereld tegen die tijd veranderd is?'

46

Ivy was bijna in trance toen ze weer in haar auto stapte. Ze voelde dat ze niet naar de boerderij terug kon, dus reed ze dwars door het resort, door de vredige wereld waarvoor ze onvermoeibaar werkte om die te behouden. Langs de paden graasden giraffen, wrattenzwijnen renden weg, antilopen en zebra's keken nieuwsgierig naar haar auto. Met elke kilometer die ze aflegde verminderde haar verwarring en groeide haar blijdschap. Ze had altijd al een kind gewild en nu was ze al tijdens de eerste nacht met de man van wie ze zielsveel hield zwanger geworden. Ivy was bereid om het als een teken te beschouwen, misschien zelfs als een teken dat Sanele nog niet helemaal verloren voor haar was.

Pas tegen de avond reed ze naar de boerderij terug, waar iedereen in alle staten was. Na het gesprek met Ivy had Margaret zich niets aangetrokken van de mening van haar superieuren en was ze rechtstreeks naar de boerderij gegaan om Gerrit haar excuses aan te bieden. Natuurlijk had ze zich afgevraagd waarom Ivy er nog niet was en toen ze uren later nog steeds niet thuis was, begonnen Gerrit en zij zich zorgen te maken. De Kikuyu-spoorzoekers waren bijna allemaal op pad gegaan om haar te zoeken.

'We dachten dat je jezelf iets aangedaan had,' zei Gerrit op een toon waarin zowel verwijt als opluchting klonk. 'De schok...'

Ivy schudde haar hoofd. 'Voor mij is een kind goed nieuws,' antwoordde ze koppig. 'En ik had behoefte om mijn blijdschap te delen met de dieren, die zich evenmin afvragen of de vacht van hun partner in de lengte of in de breedte gestreept is! Ieder mens en elk dier is speciaal, en mijn kind zal fantastisch zijn. Als jullie daar een andere mening over hebben, kan ik dat niet veranderen.'

Margaret omhelsde haar. 'We zien het niet anders, Ivy, we zijn dolblij voor je, maar we zien ook de moeilijkheden die het zal veroorzaken. Wees alsjeblieft niet boos op ons. We zullen je kindje beslist niet afwijzen. Mag ik zijn peettante zijn?'

Ivy beantwoordde de omhelzing. 'Ik kan me geen betere peettante wensen,' zei ze. 'En nu moet ik een brief aan Rosamond en Jeffrey schrijven, zodat ze Gerrit niet langer verdenken.'

Rosamond, die een huis in Nairobi had gevonden, antwoordde onmiddellijk. Ze was geschokt.

We zijn inmiddels het een en ander van je gewend, Ivory, schreef ze formeel. *Maar een affaire met een bediende en dan ook nog een inheemse man? Voor iemand met beschaving is dat onbegrijpelijk en je zult natuurlijk beseffen dat we je bastaard niet in ons huis kunnen verwelkomen. We verkeren nu in de betere kringen van Nairobi, dus je kunt je wel voorstellen hoe dit schandaal ons en onze kinderen kan beïnvloeden. We kunnen alleen proberen om het geheim te houden.*

'Denkt ze nu echt dat ze zoiets geheim kan houden?' vroeg Ivy aan Gerrit. Ze had haar gewoonte om hem haar brieven voor te lezen weer opgepakt.

Hij glimlachte naar haar, al was het een beetje terughoudend. Gerrit accepteerde haar zwangerschap minder gemakkelijk dan zijn aanstaande vrouw. Hij was het waarschijnlijk met Rosamond eens. Een liefde tussen ivoor en ebbenhout leek hem ondenkbaar. Peter en Susan Derringer reageerden eveneens geschokt, hoewel ze hun vriendschap met Ivy niet meteen beëindigden.

We vonden je relatie met die Zoeloe altijd al te innig, schreef Susan. Ivy had het verstandig gevonden om hen ook schriftelijk op de hoogte te brengen. *Hoewel ik je belangstelling voor hem kan begrijpen. Hij is erg knap voor een man van zijn volk, wat opwindend kan zijn, en is verrassend goed opgeleid voor een Afrikaan. Je tante heeft hem toch opgevoed? Zo'n bevrediging van onze innerlijke verlangens kunnen we echter veel discreter aanpakken. En je moet er vooral voor zorgen dat het geen gevolgen heeft. Maar goed, ondanks alles kun je natuurlijk op ons rekenen. We kunnen bijvoorbeeld een pleeggezin voor het kind zoeken. Als een Afrikaanse een bastaard opvoedt, kan dat niemand iets schelen. Je zou in elk geval je plan om het arme wezen zelf op te voeden nog eens moeten overwegen. Dat zou ongetwijfeld schadelijk zijn voor het resort en sociaal gezien staat het gelijk aan zelfmoord, maar ik weet uit eigen ervaring dat wij vrouwen niet altijd verstandig kunnen handelen als we in verwachting zijn.*

'Misschien kun je doen alsof het kind Wawira's bastaard is,' opperde Gerrit, die duidelijk gecharmeerd was van Susans idee. 'Dan kun je het bij je houden zonder jezelf in diskrediet te brengen.'

Ivy wierp hem een boze blik toe. 'Jullie doen allemaal alsof het een buitenaards wezen is.' Ze zweeg en dacht aan Fiona's lied en Saneles beschuldiging dat ze geen mens in hem had gezien. Dat had haar intens gekwetst, maar langzamerhand begon ze te begrijpen hoe hij zich voelde in een samenleving waarvan hij dacht dat hij erbij hoorde omdat hij slim en bekwaam was, maar die hem vanwege zijn huidskleur nauwelijks beter behandelde dan een dier. Hij moest verschrikkelijk verbitterd zijn. Ze begon zijn reactie steeds beter te begrijpen.

Toen haar moeder eindelijk schreef, was Ivy al zo gedemoraliseerd dat ze de brief nauwelijks wilde openen. Hij bevatte dezelfde verwijten als de brief van Rosamond en in een extra envelop zat een kaartje van haar vader.

Laat je niet ontmoedigen, schreef hij. *Een goed paard heeft geen kleur.*

Ivy wist niet of ze moest lachen of huilen, maar besloot de oude wijsheid van paardenfokkers dat schimmels, zwarte paarden, vossen en bruine paarden allemaal edel konden zijn, als een bemoediging te beschouwen. Zo had hij het ongetwijfeld bedoeld.

Uiteindelijk naderde Margarets laatste dag als non. Binnenkort zou ze voor de rest van haar leven Fiona zijn en ze stond erop om zo al genoemd te worden. Gerrit en zij bereidden hun huwelijk en de verhuizing naar Dar es Salaam voor. Fiona was blij met zijn baan bij het natuurhistorisch museum. Haar droom om samen heidenen te bekeren was waarschijnlijk voorbij en Ivy was daar ter wille van Gerrit blij om. Ze had nooit een potentiële missionaris in hem gezien.

Een paar dagen voor haar definitieve uittreding uit de orde kwam Fiona opgewonden naar de boerderij. Ivy was net bezig met de controle van de safaritent waarin ze de nacht met Sanele had doorgebracht. Hij was klaar voor de volgende gasten en Ivy worstelde nog steeds met haar tranen als ze terugdacht aan de woorden die hij haar had toegebeten. Ze veegde snel over haar ogen toen haar vriendin binnenkwam.

'Sanele is terug,' zei Fiona zonder omwegen. 'Hij verscheen gisteravond plotseling in de missiepost en vroeg onderdak. In ruil daarvoor wil hij zich nuttig maken. Hij is niet alleen een goede vertaler, maar kan onze jongeren ook opleiden tot huisbedienden.'

Ivy's hartslag versnelde. Ze legde haar hand op haar buik, die inmiddels rond was, maar met wijde kleding nog enigszins verborgen kon worden.

'Hoe is het met hem?' vroeg ze ademloos. 'Hoe ziet hij eruit? Waar is hij geweest? En waarom is hij hier niet naartoe gekomen?'

Fiona speelde met haar sluier. 'Hij lijkt verdrietig, gekwetst en wanhopig,' zei ze voorzichtig. 'Hij is blijkbaar de hele tijd in Afrika geweest...'

'Heb je met hem gepraat?' onderbrak Ivy haar opgewonden.

Fiona schudde haar hoofd. 'Nee, maar ik was erbij toen hij voor de avondmis met pater Flint praatte. Vanochtend heb ik hem na de ochtendmis verteld dat je hem dringend moet spreken. Hij reageerde niet.'

'Wat zei de pater?' Het kon Ivy niet snel genoeg gaan. 'Heeft

Sanele hem verteld wat hij gedaan heeft, waar hij geweest is en waarom?'

'De pater heeft hem eerst een standje gegeven omdat hij zijn baan zomaar in de steek gelaten heeft. Je hebt destijds overal naar hem gevraagd, dus was het bekend dat hij zonder meer vertrokken was. Daarna vertelde Sanele dat hij moest vertrekken om een vrouw te vinden. Hij was verliefd op de vrouw van een ander en om niet te zondigen moest hij vertrekken om een vrouw te vinden die vrij voor hem was. Daar kon de pater hem niet voor veroordelen.'

Ivy begon bijna te lachen. Dat was Sanele zoals ze hem kende. Hoe vaak hadden ze samen niet aan oplossingen gewerkt om zich ergens uit te praten.

'Hoe dan ook, hij heeft rondgereisd en heeft bij iedere Kikuyu-stam en waarschijnlijk ook bij andere stammen naar een vrouw gezocht. Hij is zelfs bij de Zoeloe in Zuid-Afrika geweest. Hij vertelde dat hij geld gespaard heeft en een vrouw een goed leven in een kleine boerderij of een huis in Nairobi of Mombasa kan bieden. Daar zou hij beslist ook werk kunnen vinden. Het probleem was alleen dat geen enkele vrouw hem beviel. Dat kon de pater niet geloven. Hij heeft Sanele beloofd om hem de komende tijd aan gedoopte vrouwen van de Masai en de Kikuyu voor te stellen. Ik vermoed dat hij daarbij denkt aan de meisjes die we naar Nairobi gestuurd hebben om daar een schoolopleiding te volgen. Die zouden het best bij hem passen. Sanele stemde daarmee in en nu heeft hij in elk geval een slaapplaats. Wat ga jij nu doen?'

'Ik denk dat ik afwacht,' antwoordde Ivy. 'Misschien komt hij uit zichzelf naar me toe. Als hij dat over een paar dagen nog niet gedaan heeft, ga ik naar hem toe en probeer ik alles recht te zetten. Hij moet geloven dat ik van hem hou, Fiona, en hij moet zich verheugen op het kind dat hij samen met me krijgt.'

Fiona knikte. 'Dat hoop ik heel erg voor je... voor jullie, maar houd in gedachten dat ik nog maar een paar dagen in de missiepost ben. Volgende week woensdag zetten ze me op straat. Waarschijnlijk zonder afscheidsdienst. Ik heb de missiepost tenslotte nog maar vijftien jaar gediend.' Het klonk verbitterd.

Ivy probeerde opbeurend te glimlachen. 'Op kantoor zou je na zo'n lange tijd waarschijnlijk recht op een gouden horloge hebben. Vraag Gerrit of hij een horloge als huwelijkscadeau voor je koopt. Is de bruiloft op een zaterdag?'

Fiona knikte stralend. Ze hadden besloten om in de anglicaanse kerk in Kijabe te trouwen voordat ze naar Dar es Salaam zouden verhuizen zodat hun gezamenlijke reis Fiona niet kon compromitteren. De dominee was vriendelijk en extrovert. Hij had Fiona verzekerd dat ze God niet alleen als non kon dienen, maar net zo goed als een goede christelijke echtgenote. God wilde al zijn kinderen gelukkig zien en als ze de kloosterorde verliet werd ze beslist door Gods hand geleid. Ivy zou haar getuige zijn en Leslie Tarlton, de voormalige werkgever van Gerrit, zou als zijn getuige optreden. Victor Newland en de Tarltons hadden de tragische geschiedenis van Gerrits eerste vrouw destijds meegemaakt en waren oprecht blij vanwege zijn nieuwe geluk.

'Ik wilde dat het een dubbele bruiloft kon zijn,' mijmerde Fiona. 'Gerrit en ik en Sanele en jij.'

Ivy zuchtte. 'Dat is te mooi om waar te zijn,' antwoordde ze. Ze wist precies wat Gerrit daarover zou zeggen.

Ze was ook verre van zeker of de dominee een gemengd paar zou willen trouwen. Hij was inderdaad vriendelijk, maar zijn tolerantie had ongetwijfeld grenzen. Ze had in elk geval nog nooit een Afrikaan in zijn kerk gezien.

47

Ivy wachtte, maar Sanele kwam niet naar de boerderij. Langzaam kwam ze tot de conclusie dat ze inderdaad naar hem toe moest gaan om met hem te praten. Ze wist niet zeker of verwijten of excuses op hun plaats zouden zijn. Tijdens zijn afwezigheid was ze bereid geweest om alle schuld voor hun ruzie op zich te nemen, maar nu begon ze geïrriteerd te raken. Waarom was hij terug als hij haar niet wilde zien? Hoe was hij op het idee gekomen om een andere vrouw als vervanging voor haar te zoeken? Was het wanhoop of een vleugje arrogantie van de jager, iets wat Ivy maar al te goed kende?

Verbeten ging ze door met haar werk, begroette nieuwe gasten en bereidde de bruiloft van Fiona en Gerrit voor. Ze kon de confrontatie niet voor altijd uitstellen, misschien wachtte hij net zo ongeduldig op een teken van haar en in dat geval zou ze hem nog even laten wachten, net zoals hij met haar had gedaan.

Toch liep het allemaal anders. Het was midden in de nacht en het regende al urenlang aan één stuk door, hoewel het regenseizoen allang voorbij was. Ivy was in slaap gevallen bij het geluid van de druppels die op het dak tikten, maar nu klopte er iemand zo hard op de voordeur dat ze van schrik bijna uit bed viel. Kurti, die in een hangmat op het terras sliep, was al in de hoogste staat van paraatheid. Hij schreeuwde hard door het lawaai heen. De honden van de boerderij, die vanwege het weer opgesloten waren in de schuur, begonnen te blaffen.

Ivy trok snel een ochtendjas aan en werd in de ontvangstruimte opgewacht door de twee Kikuyu-meisjes die uit de aangrenzende keuken waren gekomen. Ze leken bang te zijn. Gerrit, die waarschijnlijk nog lang bij de open haard had gezeten, kwam ook aanlopen.

'Kan het een geest zijn, *memsahib*?' vroeg Makena, een dochter van Wawira, terwijl ze zich aan haar vriendin vastklampte.

'Dat is heel onwaarschijnlijk,' zei Ivy terwijl ze naar de sleutel zocht.

Gerrit herinnerde de jonge vrouw intussen aan het feit dat ze gedoopt was en dus niet langer in geesten mocht geloven.

Ivy opende de deur en was verbaasd toen ze Fiona zag staan. Ze droeg haar habijt, dat vlekkerig en bebloed was, en zag er bleek en uitgeput uit. Achter haar stond Sanele. Hij was net zo doorweekt en net zo van streek. Ivy zag met één blik dat hij magerder was geworden en hij had rimpels in zijn gezicht die haar nooit waren opgevallen. Fiona hield een baby in een deken gewikkeld in haar armen en stak haar naar Ivy uit zodra ze de deur opendeed.

'Je moet haar bij je houden, hier is ze veilig,' barstte ze uit. 'Mijn god, Ivy, het was vreselijk. Ze wilden de baby doden. Een pasgeborene! En de moeder schreeuwde alleen maar dat haar dochter behekst was en dat ze het behekste ding niet wilde. Ze wilden haar doden terwijl ze gewoon een baby is.'

Ivy trilde toen ze de deken van het gezichtje van de baby haalde. Aangezien het buiten donker was en Fiona nog steeds op de drempel stond, zag Ivy niet veel, maar de baby leek niet gewond te zijn.

'Laten we eerst naar binnen gaan,' zei Ivy. Ze nam de baby van Fiona over en liet hen beiden binnen. Gerrit, die achter haar stond, keek nu ook naar de baby, net als de dienstmeisjes. Makena gilde en sloeg een kruis. Haar vriendin leek net zo geschokt en stond op het punt om weg te rennen. Zij gilde eveneens van afschuw.

'O nee,' verzuchtte Gerrit zelfs. 'Niet nog een keer! Doe het jezelf niet aan, Ivy. Ik heb dit eerder in Nairobi meegemaakt. Een inheemse vrouw kreeg daar zo'n kind. Ze wilde het beschermen en Newland liet haar in een schuur bij het hoofdkantoor wonen. Hij dacht dat ze daar veilig waren, maar dat duurde niet lang. Het is hopeloos, Fiona. Je had de baby daar moeten laten. Hoe erg het me ook spijt...'

'Wat is er mis met haar?' vroeg Ivy. Ze deed meer lampen aan en keek verbaasd naar het slapende kleine meisje in haar armen. Het was schattig en nog een beetje gerimpeld. Als ze Fiona goed begrepen had, was het pas geboren. Het had de trekken van de Masai, maar had een lichte luid. Op dit moment was het roze, maar de huidskleur was die van een Europese baby.

'Dit is...' Ze zocht naar woorden.

'Een albino,' maakte Gerrit haar zin af. 'Je kent het uit de dierenwereld. De huid maakt geen of verminderd kleurstoffen aan. De dieren zijn wit met blauwe en soms zelfs rode ogen.'

Alsof het een teken was opende het meisje haar ogen. Ze waren blauw, zoals bij alle witte pasgeborenen.

'En wat is daar zo erg aan?' vroeg Ivy verbaasd. 'Misschien is de huid een beetje gevoelig.' Dat gold ook voor haar eigen huid. Ivy hield heel erg van de zon, maar moest haar huid altijd beschermen.

'De baby is behekst,' zei Nyambura.

'Bezeten door kwade geesten. Daarom is ze zo licht,' voegde haar vriendin Vanya eraan toe.

'Je hoort het,' zei Gerrit. 'Afrikanen beschouwen deze kinderen als vervloekt. En wat nog erger is: ze denken dat hun lichaamsdelen genezende krachten hebben. Medicijnmannen betalen een klein fortuin voor zo'n kind om het... Sorry, Fiona, Ivy... Ze verzorgen deze kinderen om ze te doden, in stukken te hakken en de lichaamsdelen te koken of er iets uit te extraheren dat als geneesmiddel voor bepaalde ziekten gebruikt wordt.'

Ivy keek afwisselend geschokt naar hem en naar het kleine meisje. 'En de moeder stond dat toe?' vroeg ze verbijsterd.

Fiona en Sanele knikten.

'Ouders zijn meestal blij om van een albino af te zijn. Ze worden tenslotte als vervloekt beschouwd. De moeder in Nairobi was een uitzondering,' zei Gerrit. 'Hoe zijn jullie eigenlijk aan dit kind gekomen?'

'Een meisje kwam naar de missie toe,' vertelde Fiona. 'Ze wilde zuster Elisabeth halen omdat de bevalling blijkbaar erg moeilijk verliep. Maar je kent Elisabeth, ze heeft haar principes. Als ze hoort dat de *Laiboni*, de inheemse tovenaars, bij de moeder zijn en de familie niet gedoopt is, gaat ze er alleen naartoe als de vader haar persoonlijk om hulp vraagt en alle anderen wegstuurt. Het meisje dat ons haalde komt echter uit het dorp, gaat altijd naar de kerk en was doodsbang omdat er geesten werden opgeroepen.'

'En toen ben je ernaartoe gegaan?' vroegen Ivy en Gerrit tegelijkertijd, Ivy begripvol en Gerrit geschokt.

'Wist je niet dat je jezelf daarmee misschien in gevaar bracht?' ging Gerrit verder.

'Jazeker,' antwoordde Fiona. 'Daarom heb ik Sanele wakker gemaakt. Hij heeft een geweer gepakt en is meegegaan.'

Sanele keek naar Ivy en ze beantwoordde zijn blik zenuwachtig.

'Toen we daar aankwamen, was het kind net geboren,' vertelde hij. 'De moeder wilde het kind niet eens aanraken, ze schreeuwde dat het vervloekt was en zijzelf ook omdat ze het had gebaard. De vader stond op het punt om het aan de *Laiboni* te geven. Dat is de gewoonte.'

'De gewoonte?' riep Ivy. 'Zeg alsjeblieft niet dat je het daarmee eens bent? Dat je zelf ook gelooft dat het kind vervloekt is.' Saneles blik betrok, maar hij keek haar nog steeds aan. Ivy corrigeerde zichzelf schuldbewust. 'Ik weet natuurlijk dat je daar niet in gelooft,' zei ze. 'Het spijt me. Wat hebben jullie daarna gedaan? Heb je net zo lang met het geweer gedreigd tot ze de baby aan jullie gegeven hebben?'

Dat kon ze nauwelijks geloven. De Masai hadden eveneens geweren. Sanele zou onmogelijk alle dorpelingen, die de tovenaars en de vader van het kind beslist steunden, kunnen trotseren.

'Op de lange termijn kunnen we haar niet beschermen,' zei Gerrit pessimistisch.

Sanele keek hem zelfverzekerd aan. 'Ja, dat kunnen we wel. De *Laiboni* zullen het niet aandurven om zich met mij te meten,' zei hij met vaste stem.

Gerrit lachte. 'Heb je ineens toverkrachten, zodat zelfs de *Laiboni* zich aan je onderwerpen? Wacht maar af, boy. Het kind in Nairobi werd voor de ogen van de moeder uit de wieg gerukt en in stukken gehakt. Newland heeft de moord gemeld, maar wat de inheemse mensen onderling doen interesseert de rechtbanken niet.'

Sanele wierp hem een korte minachtende blik toe en richtte zich vervolgens tot Ivy. 'Ik heb haar niet gestolen en ik heb niemand betoverd. Ik heb het kind gewoon gekocht. De vader was bereid het aan de hoogste bieder te geven en ik bood veel meer dan de medicijnman wilde betalen. Hij vloekte en sprak verwensingen uit maar zuster Margaret –'

'Fiona,' corrigeerde ze hem.

'Miss Fiona heeft uitstekend gereageerd en heeft het kind meteen gedoopt. Daardoor was de baby van haar God en had de magie van de *Laiboni* geen effect meer op haar, verklaarde ze. Bovendien bood ze de man en zijn vrouw aan om hen eveneens te dopen zodat hen geen vloeken meer konden treffen. Ze zijn er meteen op ingegaan. Ze waren doodsbang, maar hun hebzucht was groter.'

De twee dienstmeisjes sloegen een kruis. Ze keken nog steeds sceptisch, maar minder angstig naar de baby.

'En zo heb je op je laatste dag in de orde drie zielen voor je God gered,' zei Ivy met een glimlach tegen Fiona. 'Pater Flint zou eigenlijk heel tevreden over je moeten zijn.'

'Ik geloof niet dat iemand het aandurft om het kind te stelen,' ging Sanele verder. 'Niet als het bij de blanke *memsahib* woont.' Hij keek naar Ivy, en zoals zo vaak begrepen ze elkaar zonder woorden. Dit kind zou de wonden genezen die ze elkaar hadden toegebracht.

'Heb je haar gekocht om haar aan mij toe te vertrouwen?' vroeg Ivy met een verstikte stem.

Sanele schudde zijn hoofd. 'Nee, nee, dat had ik sowieso gedaan. Ik had medelijden met het kind. Ik kon niet toestaan dat ze haar uit de armen van zuster Margaret... miss Fiona... zouden rukken en...'

'Heb je haar gekocht van het geld dat je gespaard had om... te trouwen?' Ivy keek hem vragend aan. 'Fiona heeft me over je reis verteld.'

Sanele lachte verlegen. 'Ik heb niemand gevonden om mee te trouwen,' zei hij zachtjes. 'Ik heb het geprobeerd, Ivory... Ivy... echt waar. Ik wilde je vergeten, wilde een vrouw zoeken die beter bij me past. Er was echter niemand die lacht zoals jij, die zo slim is en ogen heeft die zoveel liefde uitstralen, ook al was dat niet voor mij maar voor de dieren die ik naar je toe bracht.'

'Waren de Afrikaanse vrouwen allemaal niet goed genoeg voor je, boy?' vloog Gerrit op. 'Heb je ze met mevrouw Edgecumbe vergeleken? Ik geloof niet dat je medelijden met het kind had, Zoeloe. Je wilt het albinokind opvoeden om over een paar jaar een blanke vrouw te krijgen.'

Sanele zag eruit alsof hij zich elk moment op hem wilde storten, maar Ivy ging met de baby nog steeds in haar armen vastbesloten tussen de mannen in staan. 'Hij heeft al een blanke vrouw,' zei ze tegen Gerrit. Ze moest hard praten om boven de op het dak kletterende regen uit te komen. 'Hij heeft mij. Ik hou van hem. Er zijn misverstanden tussen ons geweest, maar nu hij er weer is...' Ze lachte. 'Nu we een kind hebben gaan we trouwen. Als Sanele dat tenminste wil.'

'Wat?' Gerrit keek verbijsterd naar Ivy, maar voordat hij verder kon gaan nam Fiona het woord.

'Hou je mond,' zei ze vastbesloten. 'Je hebt me zelf verteld dat niets – geen geloof, geen geloften, geen geld en geen familie – de liefde in de weg mag staan. Waarom dan wel de kleur van iemands huid? Wens Sanele, Ivy en hun kinderen geluk.'

Ivy had Gerrits opmerking helemaal niet gehoord. Ze keek vragend naar Sanele. 'Is dit kind van ons? Van ons tweeën?'

'Eigenlijk wilde ik haar bij de missiepost laten,' bekende Sanele terwijl hij met een ernstige blik in haar ogen keek. 'Ik wilde niet naar je terug. Maar toen bedacht ik dat dit kind net als wij is. Het is zwart, het is wit en het is een deel van Afrika. Het is bijzonder, ook al wijzen anderen het af. Misschien hebben de goden het ons gestuurd om onze liefde te zegenen.' Hij sloeg zijn ogen verlegen neer.

Ivy liep naar hem toe en ging met het kind in haar armen tegen hem aan staan. 'Bedankt dat je me mijn fouten vergeeft,' zei ze. 'En de goden zijn vrijgevig met hun zegeningen. Je hebt me vandaag een dochter geschonken en misschien schenk ik jou over een paar maanden een zoon. Ik weet niet welke kleur het kind dat ik onder mijn hart draag zal hebben, maar het is een stukje van jou en een stukje van mij. En het is een deel van Afrika.'

Er verscheen een glimlach op Saneles gezicht toen hij besefte dat Ivy zwanger was. Hij gaf voorzichtig een kus op haar voorhoofd om het kleine meisje niet plat te drukken. Daarna glimlachten ze naar elkaar. Ze zouden nog voldoende tijd hebben om elkaar te kussen en één met elkaar te worden.

Op dit betoverende moment beloofden ze elkaar hun hele leven.

Historische achtergrond

Aan het begin van de twintigste eeuw waren jachtsafari's een prestigieuze trend onder welgestelde Engelsen en Amerikanen. De Keniaanse immigrant Victor Newland en de gebroeders Tarlton – hun reisbureau bestaat overigens nog steeds – maakten hier gebruik van en begonnen luxe jachtreizen te organiseren. Ze boden optioneel eveneens wetenschappelijke excursies aan die door jagers en biologen werden begeleid, of combinaties van beide. Voor elke deelnemer werden daadwerkelijk dertig inheemse dragers aangenomen. Koks en dierenpreparateurs waren natuurlijk ook van de partij. De Smithsonian Roosevelt African Expedition van 1909/1910 wordt als legendarisch beschouwd. Het aantal geschoten dieren is gedocumenteerd en veertig kisten met trofeeën per jager waren realistisch. Er werd inderdaad reclame in Londense herenclubs gemaakt en het kantoor aan Piccadilly Circus bestond eveneens.

Mijn personage Adrian Edgecumbe is gemodelleerd naar de jager op groot wild Richard John Cuninghame, die tijdelijk voor Newland, Tarlton & Co heeft gewerkt. Hij diende tijdens de Eerste Wereldoorlog bij het Britse leger, maar overleefde het en kreeg talloze onderscheidingen en promoties. Uiteindelijk stierf hij op hoge leeftijd in Schotland.

Natuurlijk is het personage van mijn jager op groot wild volledig fictief. Het verhaal van Adrians huwelijk met een deelneemster aan een safari en de opening van het particuliere jachtresort in Kedong Valley is verzonnen. Ik kon niet achterhalen wie het eerste particuliere resort heeft opgericht en wanneer dat is geweest en ik kan me heel goed voorstellen dat dit destijds niet openbaar werd gemaakt. Welke jager wilde tenslotte toegeven dat hij zijn trofeeën had 'gekocht'? Authentiek is het verhaal van de zogenaamde treffers van de jachtgasten. Ervaren jachtgidsen waren inderdaad bedreven in het gelijktijdig met de gasten schieten zodat ze geloofden dat ze het wild zelf hadden gedood.

Fotosafari's ontstonden pas in de jaren vijftig van de twintigste eeuw, hoewel foto's maken zoals Gerrit op Edgecumbe Farm doet, met de destijds beschikbare camera's geen probleem zou zijn geweest. En waarom zou er geen markt voor zijn geweest? Tegenwoordig vormen fotosafari's verreweg het grootste deel van het toerisme in Afrika, zowel in particuliere wildreservaten als in nationale parken. Er zijn echter nog steeds organisatoren die jagers verwelkomen en tegen een passende vergoeding trofeeën garanderen.

De Missiezusters van het Kostbaar Bloed waren in die tijd daadwerkelijk actief in Kenia en hun aanpak bij het stichten van nieuwe missieposten komt overeen met wat in het boek wordt beschreven. Het station Maria Kedong is echter fictief. De orde bestaat tot op de dag van vandaag, maar de kleurrijke kledij van de nonnen werd al snel afgeschaft en vervangen door een wit habijt. Tegenwoordig dragen de zusters net als de meeste andere orden zwart-wit. In hoeverre jonge vrouwen zich aan het begin van de twintigste eeuw door roeping of een hang naar avontuur aangetrokken voelden tot de missiezusters is moeilijk te zeggen. Vaak kwamen ze uit grote gezinnen die hen niet konden uithuwelijken en hen daarom naar een klooster stuurden. Het leven in een missiepost was misschien aantrekkelijker dan een leven in strenge afzondering. Juist de Missiezusters van het Kostbaar Bloed waren niet wereldvreemd. Mijn oudtante Franziska behoorde tot de orde, werkte in Afrika en bezocht ons meerdere keren in Duitsland. Ze was buitengewoon humoristisch en was dol op misdaadromans.

In de periode kort na de stichting van de orde werd het de nonnen inderdaad niet toegestaan om de eeuwige gelofte af te leggen. Ze moesten hun verbintenis met de orde om de drie jaar hernieuwen. Destijds werden de eerste jaren vooral beschouwd als een proefperiode om te zien of de nonnen geschikt waren voor het tropische klimaat. Degenen die ziek werden of te veel heimwee hadden, werden teruggestuurd naar Europa. Ik weet niet hoe het met de reiskosten zat als een jonge vrouw zelf besloot om de orde te verlaten. Volgens hedendaagse publicaties kwam dit niet voor, maar het gaat hierbij om kerkelijke bronnen.

Tegenwoordig verlaten veel missiezusters de orde zelfs na jarenlange verbondenheid en het afleggen van de eeuwige gelofte, vaak tegen de wil van de oversten van de orde. De gedreven missionarissen worstelen vaak met het feit dat het kerkelijke verbod op anticonceptiemiddelen ten grondslag ligt aan de duizenden sterfgevallen onder hun beschermelingen.

Wereldwijd heeft ongeveer één op de twintigduizend mensen albinisme. Het is een genetische stofwisselingsziekte waarbij het lichaamseigen pigment melanine niet of onvoldoende wordt geproduceerd. Mensen met albinisme vallen op door hun zeer lichte huid, haar en ogen. Ze zijn overgevoelig voor licht, hebben een verhoogd risico op huidkanker en hebben vaak visuele stoornissen.

In samenlevingen waar meer pigmentatie voorkomt is albinisme natuurlijk opvallender dan bijvoorbeeld in het noorden en helaas is het tot op de dag van vandaag een triest feit dat mensen met albinisme in Afrika vaak in levensgevaar verkeren. Het bijgeloof dat men toverdrankjes en geneesmiddelen van hun lichaamsdelen kan maken blijft op sommige plekken hardnekkig bestaan. Als ouders hun kinderen willen redden, moeten ze verborgen worden en beschermd worden tegen mogelijke moordenaars. Volgens Under The Same Sun, een organisatie ter bescherming van mensen met albinisme, is de levensverwachting van negenentachtig procent van de in Afrika geboren mensen met albinisme lager dan veertig jaar.

Het huidige Kenia heeft ruim 55 miljoen inwoners en meer dan 40 verschillende etnische groeperingen. Naast grote koffie- en cacaoplantages is het toerisme – vooral het safaritoerisme – een belangrijke economische pijler. Talloze nationale parken en particuliere reservaten, vaak met prachtige hotels, nodigen mensen van over de hele wereld uit om de unieke magie van dit prachtige land te ervaren. Ik kijk ernaar uit om mijn lezers in het volgende boek weer mee te nemen naar Kenia.